麥　田　人　文

王德威／主編

麥田出版

小說中國

NARRATING CHINA

晚清到當代的中文小說

Chinese Fiction from the Late Ching to the Contemporary Era

王德威
DAVID D. W. WANG

新版序

王德威

一九九三年，我應麥田出版公司陳雨航先生的邀請，出版《小說中國》。當時的構想是將敘事理論與我所關心的歷史、政治議題相連接，希望藉此擴展我們對現當代文學研究的方法。一晃二十年將屆，回顧《小說中國》中的篇章，難免看出「少作」中言不盡意、或自以爲是之處。即使如此，這些文章畢竟記錄一個階段的學思歷程，也讓我有了不勝今昔之感。

這二十年的台灣與中國都發生劇烈轉變，而學術圈內的起伏也似乎有微妙的對應。彼時的大陸天安門事件餘波蕩漾，台灣的國族運動蓄勢待發。結構、解構主義盛極而衰，種種「後學」隨之興起。之後彼岸的自由主義和新左派之爭喧騰一時，此岸的統獨議題也成爲學院內外的焦點。曾幾何時，中國成爲後社會主義資本化帝國，而台灣歷經一番改朝換代，仍在何去何從上打轉。歷史的變與常有時比小說更匪夷所思。

這二十年來的中文小說發展也頗有起伏。在《小說中國》之後，我與麥田公司合作出版《當代小說家》系列，爲兩岸四地的小說作出觀察；目前《當代小說家》系列II也再接再厲的進行中。與此同時，我個人就研究所及，出版了《被壓抑的現代性》、《歷史與怪獸》、《後遺民寫作》等作，涵蓋的範圍從晚清到當代，所討論的文類基本仍是小說。

儘管這些年小說式微的聲音不絕如耳，我卻認爲我們對於廣義敘事的需求和試驗不僅沒有稍息，反而持續發展。專志的作家不爲潮流起伏所動；網路興起則提供了前所未見的平台，滋生各種各樣的敘事可能。主流非主流小說的區分因此更爲模糊。

也因此，在《小說中國》中我所強調的幾條線索——小說衆聲喧嘩的包容力；小說介入、促動國家想像的能量；小說對抗「大說」的批判立場——似乎仍然有其意義。尤其在「中國崛起」呼聲不絕於耳的今天，在種種奉「天下」、「大國」、「盛世」爲名的「大說」再度流行的歷史轉折點上，從台灣的立場談論「小說中國」，也就更有關聯性了。

二〇一二年諾貝爾文學獎頒給了中國大陸小說家莫言，也許可以爲新世紀的中文小說界帶來新的震撼。但不論轟動效應如何，一百一十年以前梁啓超提倡「新小說」以救國救民的時代，已經離我們越來越遠。小說家看遍人生的崇高與低俗，唯以文字、以故事繼續述說古今、演義悲歡與涕笑。小說——虛構——的生命力無他，不斷推陳出新，以虛擊實。過去如此，未來亦如此。

《小說中國》改版發行，因此對我個人是個値得反思與感謝的時刻。我要謝謝麥田出版公司多年來對我的支持。特別向陳雨航先生、蘇拾平先生、涂玉雲女士、陳蕙慧女士，還有黃秀如女士、林秀梅女士、吳惠貞女士、吳莉君女士、胡金倫先生等在不同階段合作的編輯致謝。尤其謝謝陳逸瑛女士：當年《小說中國》的責任編輯，現在麥田出版公司的總經理。

二十年的變化可以如此，是爲新版序。

序

小說中國

王德威

小說是現代中國文學最重要的一種文類。過去一個世紀以來，小說記錄中國現代化歷程中，種種可涕可笑的現象，而其本身的質變，也成爲中國現代化的表徵之一。一九〇二年梁啓超等知識分子提倡「新小說」，認爲「欲新一國之民，不可不先新一國之小說。」（〈論小說與群治之關係〉）隨後的五四文人更發展出感時憂國的小說傳統，浩浩蕩蕩，至今仍爲多數文學史家奉爲圭臬。然而曾幾何時，台灣的張大春告訴我們大小說家宜與《大說謊家》並觀，而大陸的王朔《一點正經沒有》地寫著小說，而且《玩的就是心跳》。

由涕淚飄零到嬉笑怒罵，小說的流變與「中國之命運」看似無甚攸關，卻每有若合符節之處。在淚與笑之間，小說曾負載著革命建國反共復國獨立（又）建國的使命，也絕不輕忽風花雪月、飲食男女的重要。小說的天地兼容並蓄，衆聲喧嘩。比起歷史政治論述中的中國，小說所反映的中國或許更眞切實在些。

但由小說看中國這樣的觀念，畢竟還嫌保守。我更要藉此書強調小說之類的虛構模式，往往是我們想像、敘述「中國」的開端。國家的建立與成長，少不了鮮血兵戎或常態的政治律動。但談到國魂的召喚、國體的凝聚、國格的塑造、乃至國史的編纂，我們不能不說敘述之必要，想像之必要，小說（虛構！）之必要。從拋頭顱、灑熱血，到國共漢賊不兩立，到台灣人的出頭天，有關國家的敘述正在我們眼前快速消長代換。君不見，此廂的中國一統神話搖搖欲墜之際，彼廂的獨立建國史話已在文學史、文學大系的簇擁下，堂堂推出？你唱罷來我登場，只是其涕淚飄零的情節，何以又如舊戲新編？我無意追隨流行理論，將國家與歷史化約為符號遊戲：千百萬生靈的血淚悲歡，由不得理論家紙上談兵。然而我們如果不能正視包含於國與史內的想像層面，缺乏以虛擊實的雅量，我們依然難以跳出傳統文學或政治史觀的局限。一反以往**中國**小說的主從關係，我因此要說**小說**中國是我們未來思考文學與國家、神話與史話互動的起點之一。

小說中國還有第三層意義：**小**說中國。多少年來，有關中國往何處去的問題一直引得衆說紛紜。大人先生們喜從大處著眼，談政策，抓思想，論歷史，大言夸夸，令我生小輩目眩神迷。評論家黃子平謂之為「大說」，良有以也。小說作者見賢思齊，要將小說化為大說的努力，從五四到當代也所在多有。但站在世紀末的邊緣上，我們也許要說：大說聽多了，來段小說吧。小說夾處各種歷史大敘述的縫隙，銘刻歷史不該遺忘的與原該記得的，瑣屑的與塵俗的。英雄美人原來還是得從穿衣吃飯作起，市井恩怨其實何曾小於感時憂國？梁啓超與魯迅一輩曾希望借小說「不可思議之力」拯救中國。我卻以爲小說之爲小說，正是因爲它不能，也不必擔當救中國的大任。小說不建構中國，小說虛構中國。而這中國如何虛構，卻與中國現實的如何實踐，息息相關。

本書內的二十二篇論文代表我個人思考「小說中國」的方式與實驗。所涵蓋的作品始自晚清，迄於當代，討論的文類則包括了狎邪與政治、科幻與歷史、鄉土與怪誕等多種。藉此我也有意描寫傳統小說史未及探勘的脈絡，或細究經典作家作品較幽微的層面。我的興趣，大約可分爲五個方向：一、小說、歷史、政治的錯綜關係；二、晚清與當代小說所顯現的世紀末特徵；三、去國與懷鄉主題的興起與發展；四、女性小說家與女性角色的流變；五、小說批評的向度與實踐。這些方向當然可互相指涉，並及於其他。

本書的出版要謝謝麥田公司的支持，及陳雨航兄的主催——這是我們第四度的合作，也要謝謝柯慶明教授的鼓勵和陳逸瑛小姐的細心編輯。部分文字的中譯初稿由舒允中教授協助完成，在此一併致謝。

目錄

小說中國

晚清到當代的中文小說

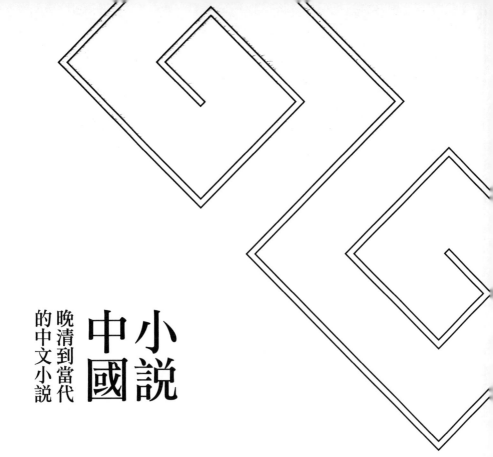

【輯一】

小說．歷史．政治

小說、歷史、政治間錯綜糾纏的關係，是二十世紀中國小說最重要的課題之一。傳統的研究多側重小說「補正史之遺」的角色，或小說為政治喉舌的功能上。這樣的觀念，亟待突破。我以為現代小說自文類的形成、內容與形式的取捨，在在見證意識型態及權力的角逐，而小說與歷史間所謂的虛實對話，永遠是帶有政治意味的好戲。

本輯共有五篇文字，討論上述問題。魯迅與沈從文一向被公認為五四傳統的兩大巨擘。魯的跌宕鬱憤、沈的寧謐淡遠，似也早成定論。但從兩人有關砍頭的故事中，我們重新得見他們政治及寫作姿態的另一面。身體與象徵、刑罰與權威等主題在兩人作品中相互激盪，引人思辨。至於誰保守、誰激進，尚有待分解。左派的茅盾、右派的姜貴都曾為一九二七年清黨（或第一次共黨革命），寫過小說。法國的馬婁也有鉅作描述此一事件。他們果真把話都說清楚了麼？寫政治小說是肯定意識型態信仰，還是完成添補歷史的欲望？老舍的《駱駝祥子》曾有行家（如夏志清教授）視為抗戰前中國的最佳小說，堪稱是批判現實、涕淚飄零的不二傑作。但在淚水中，我們好像聽到老舍陣陣陰森曖昧的笑聲。

老舍難道有意把悽慘的悲劇寫成喜劇？小說對文類本身的顛覆，比表面張揚的政治控訴，更爲値得思考。

潘人木五〇年代的反共小說《蓮漪表妹》想來在今天要讓我們發思古之幽情了。但我們實在去「古」未遠。同樣的激情與喧囂，換了意識型態標籤，好似仍縈繞耳畔。這本小說藉女性的墮落與救贖，寫出政治的罪與罰。人物佈局，兩皆可觀。對照從三〇到五〇年代八本反共或親共的小說，我們更可一窺在文字戰場上，左右抗爭（或不分？）的詭譎形勢。比起《蓮漪表妹》，九〇年代台灣政治小說的面貌，尤要豐富多變。從《浪淘沙》到《海東青》，從史筆到神話，政治小說或小說政治在二十世紀末依然大有可爲。

對女性與政治、歷史小說的探討，亦見於輯二〈寓教於惡〉、〈華麗的世紀末〉，及輯四〈作了女人眞倒楣？〉等文。輯三「去國與懷鄉」中諸作，也觸及了中國小說家常存的歷史、政治情懷。

從頭談起

——魯迅、沈從文與砍頭

一九〇六年，日本仙台醫學專校的中國留學生魯迅在課餘幻燈欣賞時，看到一張畫面：一群中國人正興致勃勃的圍觀一樁砍頭盛事。被砍的也是中國同胞，行刑者則爲日本人，行刑地點卻在中國東北。犯人的罪名是：日俄戰爭期間替俄國人作軍事偵探。這張幻燈畫面深深震撼了魯迅。如其日後所言，學期未畢，他即遄返東京，隨之竟棄醫學而就文學。砍頭一景，儼然成爲刺激魯迅生命志業的源頭，亦從而掀開了現代中國文學的新頁。

魯迅對頭與砍頭的執念，在在可見諸文章。無獨有偶的，五四作家中另有高手，也曾把無「頭」故事寫得頭頭是道。這不是別人，竟是沈從文。提起沈從文，我們立即聯想到他溫柔敦厚的品格、抒情婉約的文字、鄉土田園的故事。誰曾想到他和血絲呼拉的頭顱會有所轇轕？但沈從文不但寫，而且寫了不少有關砍頭的文字。他少年從軍，曾親見多起千人受屠的大場面；看幻燈作文的魯迅與他相比，反倒是小巫見大巫了。然則沈從文有關砍頭的小說或散文裡，不見鬱憤激越，卻有反常的平靜從容。難道他眞如過去極左派所言，黃連樹下彈琴、死人堆上跳舞，苦中作樂到極點了麼？就算「反動保守」，沈亦實可不必冒這樣題材的大不韙。他的砍頭文字因此值得細思。我以為它們一方面凸顯了沈少年經驗的傳奇面，一方面也透露了他溫暖閒適的抒情哲學後，前衛叛逆的衝動。而與魯迅作品合觀，我們更可見兩者為現代中國寫實文學的美學及道德尺度，所形成的一場主要對話。

一

在一九〇六年的那張幻燈裡，魯迅看到清末中國人最卑怯投機、兼又麻木不仁的劣根性。何以日俄兩軍在中國的領土廝殺，而中國人仍甘為其所役，打探偵察？何以自己同胞受戮，而中國人仍張口垂涎，津津有味的欣賞砍頭大觀？魯迅的憂憤，莫可言喻。十六年後，在小說集《吶喊》的敍言中他寫道：「凡是愚弱的國民，即使體格如何健全，如何茁壯，也只能做毫無意義的示衆的材料和看客，病死多少是不必以為不幸的。所以我們的第一要著，是在改變他們的精神，而善於改變精神的是，我那時以為當然要推文藝。」（註一）這段文字，剴切動人，可以視為五四以來中國文學的基調。醫學只能救治中國人病弱的皮囊，惟有文藝才能改造他們的心志，使他們免於沒「頭」沒「腦」、行屍走肉的生活。軀體的腐朽斷裂，猶可擔待，重尋心靈的頭緒，才是首要之務。更進一步說，中國人引頸待戮之災，何嘗不肇始於他們精神上的身首異處？

魯迅對頭與身體、身體與心靈的對照描寫，果然卓顯他的文學才具。而他自述一九〇六年親睹幻燈，憤而棄醫就文的經過，實已極具戲劇張力。較之說部創作，亦不遑多讓。學者如李歐梵等業已指出，由於缺乏實證，這場幻燈經驗有可能出於杜撰，本身就是一件文學虛構（註二）！到底魯迅是否看過那張改變他一生的幻燈片，恐怕要成爲文學史上的一樁無頭公案。但值得我們注意的，不是幻燈的有無，而是魯迅無中生有，以幻代眞的能力，他從文字幻象凝聚畢生執念的才華。不僅此也，魯迅看砍頭幻燈的自述，原就是他回顧創作之路，爲自己、也爲讀者「追加」的一個起點，「後設」的一個開頭。我們因而要問，此「頭」果係彼「頭」乎？何以一開頭即是斷頭？魯迅對頭的愛恨情結，可眞叫我們丈二金剛，摸不著頭。

砍頭或頭的意象，在魯迅小說和散文中均有發揮。著名的〈藥〉寫的就是革命志士刀下斷頭的血，如何竟淪爲民間偏方的故事。烈士的血到頭來既不能治心，也不能治身。我們也都記得《阿Q正傳》中，犯人被綁赴刑場，砍首示衆的場面，如何成爲阿Q心中的絕妙好戲；而阿Q最後莫名其妙的被槍斃了事，如何成爲圍觀群衆的一大遺憾。還有《故事新編》中的〈鑄劍〉，眉間尺爲報殺父之仇，不惜自刎其頭，以求知交黑衣人能藉機謀刺秦王。故事的高潮中，眉間尺、黑衣人、及秦王的三顆頭顱俱落秦廷鑊中，嚙咬追逐，成爲魯迅作品中最奇詭的景象之一。一九二八年的雜文〈鏟共大觀〉裡，魯迅更譏誚的評著萬人爭看殺頭的新聞：「『民衆』一批是由北往南，一批是由南往北，擠著，嚷著……臉上都表現著或者正在神往，或者已經滿足的神情。」（註三）聞之寧不堪驚！更不提像〈墓碣文〉等那樣誇張人頭屍身的場面了。

砍頭爲魯迅帶來的文學想像，可從刑罰與道德角度解釋。作爲過去極刑的一種，砍頭在執行技術上饒有社會意義。如《阿Q正傳》所述，被定讞斬首的犯人在受刑前必得游街示衆，必得在大庭廣衆下，咔嚓人頭落地。群衆的圍觀原是其設計的一部分。藉此，執行砍頭的當局不僅可收殺一警百之效，也向公衆證明其生殺予奪性命的無上權力。這類訴諸群衆的「大觀」式刑罰技術，中外皆然。近年法人傅柯(Foucault)對此曾加以理論化。他提醒我們，「大觀」式刑罰有其隱憂。暴力的展示，可能刺激群衆，對權力當局形成一挑釁的力量（註四）。令人啼笑皆非的是，斬首示「衆」也可能導致一殘酷的娛樂場合，在其中群衆既怕且愛的觀看身首分家的奇景——正如《阿Q正傳》所述。但群衆的笑聲叫聲未嘗不使殺頭的威嚇警惕意義大打折扣，從而搖動了執法者嚴肅的權威性（註五）。

由是觀之，魯迅賦予砍頭的詮釋，便得從長計議。我們還記得，一九〇六年的那場砍頭是在幻燈上看到的。魯迅的敍事位置是「觀看」中國人「觀看」殺頭的好戲。這樣的游離位置引發了道德的歧義性。當他斥責中國人忽略了砍頭大刑眞正、嚴肅的意義，他其實採取了居高臨下的視角。他比群衆看得淸楚，他把砍頭「眞當回事兒」。但試問，這不原就是統治者設計砍頭的初衷麼？魯迅當然反對砍頭及執行砍頭的那個暴虐政權，但他似乎並不排斥使砍頭成爲可能的那套道德與政治思維模式。君不聞，「無意義的示衆材料和看客」，死多少都是不足爲惜的麼？魯迅於此反成指點批判看客的高級看客。另一方面，他以笑謔的口吻寫著砍頭盛事，諷刺之餘，不無自我顚覆的作用。群衆的熱情捧場，已暗示了傳統刑罰意義的質變。當砍頭漸失威嚇效用時，嗜血的群衆開始蠢蠢欲動。阿Q終被「槍斃」，因而代表另一輪刑罰與鎭壓技術的開始。只是它眞能達到目的嗎？魯迅的懷疑態度，既憊懶又犬儒，並不亞於他筆下的群衆。他是「與人民永遠在一起」的。

魯迅「有」頭「沒」頭的文字，因此投射了他感時憂國的塊壘，以及自身立場的游移。但我以爲在上述道德的層次外，頭及砍頭更能導出一種認識論上的弔詭，不容忽視。回溯魯迅自述的創作緣起，我們可說他在砍頭一景中，不僅看到中國人的無知與無恥，也更感到個體生命符號系統的崩裂，而此一崩裂足使社會文化意義停止運作。身首異處使人不再是人；但更可怖的是軀體的肢解斷失，只是整個「中國」象徵鎖鍊散落的一小部分。中國領土四分五裂，中國的政治群龍無「首」，中國的語言「古爲今用」，難達新義。連傳統那圓融有機的禮教機構，也證明只是一席人吃人的盛宴，一場神魔不分的夢魘。陷身在這樣個人及歷史意識的斷層中，魯迅的吶喊與徬徨自是既深且遠，撼人心肺。

然而魯迅在求取藝術表達形式時，實陷入另一難題。他對砍頭與斷頭意象所顯示的焦慮，無非更凸出其人對整合的生命道統及其符號體系之憧憬。但是這一憧憬在魯迅創作意念裡，只能以否定的形式表露。換句話說，魯迅越是渴求一統的、貫串的意義體現，便越趨於誇張筆下人間的缺憾與斷裂；他越嚮往完整眞實的敍述，便越感到意符與意旨、語言與世界的罅隙。砍頭一景因而直指魯迅對生命本體意義失落的恐懼，以及一種難歸始原的鄉愁式渴望。由是延伸，我們更要說斷裂的主題不只顯現於頭與身體的分家，也顯現於像《狂人日記》中，敍事語言的文白分歧及主角性格的分裂，〈祝福〉中祥林嫂對身後二鬼分屍的恐懼，乃至〈在酒樓上〉知識份子言行不一的愧疚上。而魯迅的雜文，正是以文類上蕪雜散漫、「見首不見尾」的風格，分立於傳統種種「大敍述」之外。魯迅以驚見砍頭所象徵的意義崩裂起家，竟至自身迎向崩裂的主題、人物與風格，以作爲對此一現象的批判。這不能不看作是一爲求「全」卻自我割裂、否定的極致演出。

隱藏在這跡近以毒攻毒的寫作姿態下，至少有兩層弔詭。第一，如果理想社會文化境界只能藉否定或崩裂形式作負面襯托，魯迅的美學觀勢必淪入不斷自我矛盾的輪迴。他越暴露中國社會根深柢固的醜陋，越顯出現實與他始原理想的差距，越暗示彌補此一差距的艱辛無望。那爲什麼還要繼續寫呢？「寫作」成爲荒謬的活動。陷身此一輪迴中，魯迅猶抱一曖昧的耽溺心態。誠如夏濟安先生當年以〈黑暗的閘門〉一文，描述魯迅及其角色的悲劇命運所指：當英雄如魯迅者投身於黑暗的戰鬥中，他自膺的宿命負擔竟可成爲一種蠱惑，一種誇耀（註六）。第二，肢體及社會結構斷裂帶來了非理性狀態，亦釋放出始料未及的欲望。批評家早已指出，魯迅對死亡和人之心靈的幽黯面，有著不足爲外人道的迷戀。〈狂人日記〉裡他對禮教「吃人」意象的描摹，何其鬼趣多端；又如〈藥〉中他寫古中國對人頭人血的迷信，竟自流露一己的好奇。而最令人難忘的是，《阿Q正傳》裡萬人爭睹阿Q正法的場面，充斥著一片嘉年華盛會的歡樂氣息，與〈鑄劍〉裡的三「頭」大戰，遙相呼應。至於出現於〈從百草園到三味書屋〉中，那個蛇身人首的女怪，或是散文詩〈墓碣文〉裡，那具「胸腹俱破，中無心肝」，而能口發人言的死屍，更展現魯迅因由著身體的裂變，所生的深廣想像。這些弔詭層面構成魯迅作品最引人入勝的動力。

二

沈從文十四歲從軍，曾經轉戍湘川黔邊界。軍事的殺伐犧牲，對他原不足奇。尤其地方漢苗等族雜處，傳統上民風已極強悍，一逢亂世，枉死刀槍下的冤魂，更不知凡幾。沈的作品中關於死亡，尤其是橫死的題材不在少數，但最令人觸目驚心的，仍屬他對大規模砍頭的描寫。小說如〈我的教育〉、〈黔小景〉、〈黃昏〉、〈新與舊〉，散文傳記如《從文自傳》、《湘西》等均曾涉及砍頭的情景。陶醉於《邊城》、《長河》式作品的沈迷們，可能不免訝於這類血腥場面的出現。但沈寫來處變不驚的風格，才更讓人心有疑竇：怎麼到了人頭落地的節骨眼兒，他還能「溫柔」、「抒情」得起來？但也就是在這些地方，沈從文將傳統抒情文類的範疇，推至危險的極致，並藉此一展他前衛叛逆的企圖。同時，他處理砍頭的態度，也爲魯迅所示範的那套寫實法則，提供一不同的出路。

我們且先以中篇〈我的教育〉爲例。該作描述沈早期行伍經驗，自傳意味濃厚，而看殺頭則是其中的一大項消遣。全文二十三個小節裡，細寫或提及殺頭的部分竟占了十二節。年輕的小兵沈從文看到軍隊砍土匪的頭，也砍逃兵的頭；砍罪犯的頭，也砍無辜百姓的頭。軍隊的生活太「單調」了，「要刺激，除了殺頭，沒有可以使這些很強壯的群人興奮的事了。」看完了砍頭，有人爬上掛人頭的塔尖，「撥那死人的眼睛」，有人以抛頭爲樂。沈從文不甘人後，也好奇的「踢了這人頭一腳，自己的腳尖也踢疼了。」晚上大夥議論劊子手的刀法，並用同把殺頭的刀殺狗烹肉，沈也樂在其中。日子久了，一切習以爲常，沈反在寂寞裡，有了新感受。一天早上他一個人懷著「莫名其妙的心情」，走到殺人橋上觀看。一掬燒剩的紙錢，「似乎是平常所見路旁的藍色野花，作灰藍顏色，很淒涼的與已凝結成爲黑色漿塊的血跡相對照。」一切寧靜如常，沈無言而退。

以沈從文多次參與砍頭大觀的經驗來看，他一定也是魯迅痛罵的無知「看客」之一，爲人吃人的社會，加油助威。可不是，沈老年輕時，看之不足，還用腳踢咧。但要緊的是，他在文中不僅是無知麻木的看客，「也是」不知天高地厚的小兵，「也是」靈犀漸通的年輕藝術家。他同時用不同的觀點看砍頭、看世界，也要求讀者作如是「觀」。由此產生的包容的、多角並行的生命視野，在同輩作家中，實不多見。在〈黔小景〉中，或在《從文自傳》〈槐化鎭〉一章中，他寫尙未成年的小孩，「用稻草扎成小兜，裝著四個或兩個血淋淋的人頭」，哭啼的在山道上走著。懂得的人立刻可知那是小孩父兄的頭。如何死得「誰也不明白，也不必須過問的。」在自傳〈一個大王〉中，他筆鋒一轉，寫一個狐媚的女匪被捕後，仍能顚倒衆生，俟機脫走。她最後與一弁目一夜風流，事洩後終難逃被砍的命運。或是在〈新與舊〉中，他寫一個曾經風光一時的劊子手，在刑罰技術演進到槍斃時，竟面臨了生命價値的危機。描寫被砍頭或看砍頭者的反應，魯迅已有先例。但從黑色幽默兼同情的角度替劊子手唏噓，沈從文此作可算獨沾一味。當然，沈在追述當年苗亂及辛亥革命時所無謂犧牲的腦袋，成千上百，其慘烈令人掩卷後，猶自聳慄不已。

試想魯迅如果要寫作這些題材，會是什麼樣的結果？在沈從文筆下，我們只得一淸如水的文字白描。旣少孤憤，尤乏譏誚。但沈對人性的愚蠢、家國的動亂，豈眞無動於衷？〈我的教育〉或《從文自傳》的敍述者，以驀然回首的姿態，回顧軍旅生涯的血腥點滴。因年紀與見識成長而生之反諷意圖，早藏於字裡行間。當小兵沈從文凝視溪流邊斬首屍身的血跡，一夜就能濯洗盡淨；當他眼見無辜的農民，被迫以擲筊的兒戲方式賭輸性命，哀哀向待釋的難友交代後事，他形諸於外的反應是莫可奈何。但作家沈從文想到死者已矣，殺人者與被殺者的家人似乎很快就忘了一切，「大家就是這個樣子活下來」；「規矩以外記下一些別人的痛苦或恐怖，是誰也無這義務」時，寥寥數語，卻有多少對人世劫噩的大悲憫、大驚慟積蘊其中！

這樣的詮釋方法，雖點出沈從文極敬謹沉潛的人道關懷，卻仍不能說明他砍頭故事眞正的力道所在，以及他與魯迅分庭亢禮的最大本錢。欲論其詳，一切還得從「頭」開始。前文已試申明，魯迅對砍頭意象有著不能自已的焦慮與恐懼。這不只因爲萬頭鑽動、爭看人頭落地的奇觀，道盡了中國人的麻木冷酷，也更因爲那場景所暗示的荒謬氣息，帶出了一切禮儀及生命的崩頹與斷裂。魯迅的焦慮與恐懼，因有其形而上的層次。而在尋求文學語言的表達時，個人肢體砍斷失落的震顫痛苦，還有陣陣圍觀者的叫聲笑聲，成爲他一切想像的具體依歸。注意這裡身體與精神、社會與禮教、國家與國魂之間虛實交接的連鎖關係。就像語言與事物，意符與意指互爲指涉的關係一樣，身體、社會，與國家是某種內爍資源的外在體現，構成一情境交融的象徵體系。作爲其基礎的個人身體／精神有變，自然反應更高階序之象徵關係的傾圮。

三

沈從文與魯迅最大的不同處，即在於他並不預設這樣的象徵鎖鍊。在他的世界裡，人與人、人與物的關係輾轉照映，惟缺魯迅所構思的那種牽一髮而動全身的邏輯秩序。相對於「象徵」，我們毋寧說他的敍事法則，更傾向於當代批評常說的「寓意」（allegorical）表達。象徵藉具體經驗、符號「再現」靈光一閃般的內爍意義，跡近神秘的宗教啓悟；寓意表達則偏重具體經驗、符號間的類比衍生，而將內爍意義作無限延擱，因此遙擬修辭托喻的「遊戲」法則。所謂情隨意轉，意伴「言」生。語言本身也正是「物」界中，最靈犀流轉的一部分。終其創作路程，沈從文一再強調語言與形式的重要，絕非偶然。語言、形式、身體這些「外在」的東西，其實並不永遠附屬於超越的意義、內容、精神之下，而自能蓬勃擴散，不滯不黏。沈從文常喜說的「神性」，應在這「寓意」而非「象徵」的範疇下，才愈見玄機。

依循這一觀點，我們可再思何以沈從文對天地最無情事物，仍能作最有情的觀看。「親民愛物」式的人道主義辭令，不足以解釋沈寫那些最殘酷血腥人事的動機。從他對語言修辭上的強烈寓意特徵，我們或能揣摩他出入生命悲歡仁暴之間，而能不囿於「一」的原委。砍頭當然是極其可怖的暴行。但不像魯迅對砍頭所賦予的唯一象徵內涵，沈從文自其中還看到許多「意料以外」的意義，同樣需要我們的關注。既然他無意自頭的斷裂中，引申一環環相扣的象徵危機，他的反應在悲憫之餘，竟多了一層寬容。既然他不汲汲預設一道統知識的始原中心，他的視界因可及於最該詛咒詈恨的人或事。在寓意的想像中，等列並行的類比取代了靈光「再現」的象徵階序；而罅隙與圓融、斷裂或銜接都還原爲修辭的符號，爲散亂的世界，**暫時**作一註腳。尤其耐人細思的是，儘管魯迅自身體的斲傷，發展其對社會人生的認知體系，但身體畢竟不如心靈重要——恰如他認爲語言文學只能作爲達「義」救「心」的工具一樣。沈反其道而行，在身體形而下的運作或停止運作裡，他重新發掘生命不可測的律動潛能。在文學敍述的起承轉合形式中，他見證意義渙散、重組、衍生的無盡過程。這一對身體、語言、形式的執著，其實說明了沈從文對五四人道主義最特殊的詮釋。

於是由小說〈黃昏〉我們看到這樣的景象。揚子江中游的一個衰敝的小鎮裡，正值晚飯時分。炊煙處處，彩霞滿天。午後的一場大雨停後，處處稍見新意。孩子們正在臭水塘邊圍捕鱔魚，小鴨則悠游水中覓食。而這也是每日例行的砍頭時分。看獄的老門丁剛從白日夢裡驚醒，他原在計算「屬於一生的一筆賬項」。年輕時的荒唐，百年後的準備，一一流過眼前。行刑兵的步伐已近。被點到名的囚犯，或驚惶、或悲泣、或抵抗。一陣騷動後，一個被拉走的鄉下人還老實的拜託獄吏：「砦上人來時，請你告訴他們，我去了，只請他們幫我還村中漆匠五百錢，我應當還他這筆錢……」刑場上只剩下「留在家中也沒晚飯」的孩子們高興的圍觀。天上一角全紅了，「一切是那麼美麗而肅穆」。典獄官急著辦事，偏偏一個小兵點燈不慎，打翻了一地燈油。典獄官惦記著「自己房中煨的紅燒肉，擔心公丁已偷吃去一半。」這時，「天上紅的地方全變爲紫色，地面一切角隅皆漸漸的模糊起來，於是居然夜了。」

我們如果只看到〈黃昏〉中對社會的反諷批判，或是「天地不仁」的慨嘆，未免蹧蹋了這篇小說。砍頭，而且是寃枉的砍頭，是沈從文的主題。托生亂世，人命果不如螻蟻！但他抒情的筆觸，靜靜的將與砍頭同時的各種感官意象聯結起來：變幻莫測的夕照，晚飯的炊煙菜香，小孩的嬉戲目光，老門丁的春情舊夢，犯人的最後交代，添油兵丁的笨拙舉動，還有典獄官的紅燒肉，似乎一起來到眼前。這些雜然分屬的事物好像各不相干，但又似乎有所關聯。分則木然兀立，合則生機乍現。離合存沒之間，它們沒有象徵內爍的邏輯，惟見文字左右聯屬的寓意。魯迅斷頭一瞥所引出那決絕的、崩裂的危機感漸弛漸遠，取而代之者竟是一連綿柔韌的生活及生命憧憬。置之「死地」而後「生」，在一個政教秩序四分五裂的時代，沈的斷頭故事別具道德意圖。他對生命本能的驚奇，不因荒誕無道的世路而稍挫。他對文字「之間」接駁意義的可能（而非必然），未曾失去一再嘗試的興趣。這種對身體、文字、具象符號增殖互補的信心，其實充滿了嘉年華式的反叛衝動，與魯迅追逐終極形上道統的姿態，遙相對立。同時，沈從文也對抒情文類的題材及道德尺度，作了歷史性的突破。

魯迅與沈從文的砍頭故事，因此提供我們絕佳的機會，回顧現代中國寫實文學的不同路線。魯迅從斷頭的場景，看出了中國的社會民心，以及「中國」的道統象徵，不可收拾的摧頹瓦解。沈從文面對這樣的現狀，卻試圖從文字寓言的層次，提供療傷彌縫的可能。但兩者成就，皆遠過於此。魯迅在身體斷裂、意義流失的黑暗夾縫間，竟然發展出一不由自主的迷戀，一種與理性背道而馳的恣肆快感。奇詭曲折，令人三嘆。沈從文則決非童騃的樂觀主義者。正如著名的〈三個男人與一個女人〉的結尾所述：「我老不安定，因爲我常常要記起那些過去事情……有些過去的事情永遠咬著我的心，我說出來，你們卻以爲是個故事。」沈從文書寫砍頭的故事，或許是求藉著敍述的力量，化解他不說也罷的生命創痛；但更重要的，因由敍述綿延不盡的寓意格式，他將碎裂的、分割的衆生百相，組合起來。在意識型態狂飆的二、三十年代，我們失落的終極信仰和生命寄託「也許永遠不回來了，也許明天回來！」（沈從文《邊城》結語）但對沈而言，處在或長或短的等待狀態裡，那怕是虛構的希望也還得有。生活還得過，命還得活，「故事」也還沒有到頭。故事就是延續生命的基石。

五四以後的作家多數接受了魯迅的砍頭情結，由文學「反映」人生，力抒憂國憂民的義憤。他們把魯迅視爲新一代文學的頭頭。沈從文另闢蹊徑，把人生「當作」文學，爲他沒頭的故事找尋接頭。他最弔詭的貢獻，因此是把五四文學第一「巨頭」——魯迅的言談敍事法則，一股腦兒的砍將下來。他的文采想像，爲現代小說另起了個源頭，而他對文學文字寓意的無悔追逐，不由得我們不點頭。

註

一 魯迅《吶喊》自序，《魯迅全集》（北京：人民出版社，一九八一）一卷，四一七頁。

二 Leo Ou-fan Lee, *Voices from the Iron House* (Bloomington: Indiana UP, 1987), p.18.

三 魯迅〈劇共大觀〉，《魯迅雜文集》（上海，人民出版社，一九七二），一二四頁。

四 Michel Foucault, *Discipline and Punish*, trans. Richard Howard (New York: Random House, 1973),pp. 24～95.

五 參考 Frank Lentricchia, *Ariel and the Police* (Madison: U of Wisconsin P, 1988), pp.29～102.

六 T.A. Hsia, *Gate of Darkness* (Seattle: U of Washington P), p.146.

小說・清黨・大革命

——茅盾、姜貴、安德烈・馬婁與一九二七夏季風暴

一九二七年四月十日的早上，蔣中正統領的革命軍出其不意的攻入上海。由蔣所率的北伐在前一年展開；經過多場慘烈的戰鬥後，中國東南大致底定。但北伐軍的聲勢雖然日益壯大，卻遲遲不能克復上海。上海是南方商業交通樞紐，歷來由軍閥人馬、西方和日本資本主義勢力，以及幫會集團交相控制。到了北伐前後，上海更成爲中國共產黨革命的新據點，工運與學運的大本營。蔣中正深知上海局勢的詭譎，只宜智取，不可力攻。他將軍力部署於滬外郊區，一邊與左派工會談判，一邊對其他勢力巧施合縱連橫之策。此舉果然奏效。四月十日蔣的軍隊奇襲上海，原本頗有所恃的共黨分子盡成甕中之鱉。在一連串的搜捕屠戮中，左派菁英或流竄、或罹難，元氣大傷。

北伐軍經此一役，士氣如虹，未幾又在南京宣佈成立新國民政府。此舉對當時的武漢國共聯合政權，不啻致命一擊。武漢政權爲國民黨左派與共黨人士所合組，由汪精衛

及俄籍顧問鮑羅廷領銜。這一政權原就是國民黨「聯俄容共」政策下所遺怪胎，根基從未穩固。加以在武漢地區種種不得人心的舉動，形勢早已搖搖欲墜。南京政府成立後，汪、鮑撻伐之餘，力圖振作。無奈氣數已盡，亂象四起。苟延殘喘到一九二七年夏天，武漢政權終於垮台。隨之而起的又是左右派間的血腥整肅。八月共黨曾圖在南昌起事，迅被敉平。天下暫告底定，國民黨與共產黨從此分道揚鑣。（註一）

一九二七年春夏的國共鬪爭，是中國現代史重要的里程碑之一。這段歷史公案，從來衆說紛紜。右派史家謂之「寧漢分裂」與「清黨」，左派史家則稱其爲「第一次大革命」。但「清黨」或「革命」這樣的簡易標籤，又豈能盡言整個事件的複雜性？在歷史敍述的盡頭，小說興起。一九二七年的政治風暴以其曲折懸宕的發展、血光處處的鬪爭，不但是中國作家創作的好素材，也曾引起西方作家的興趣。這篇文章將介紹三部有關清黨與大革命的作品：茅盾（一八九六～一九八一）的《蝕》（一九二七）、姜貴（一九〇八～一九八一）的《重陽》（一九六一）、與法國作家安德烈・馬婁（André Malraux，一九〇一～一九七六）的《人間命運》(La Condition humaine, 1933)。我的目的，不在於藉小說來補充、照映所謂歷史事件的原貌，而在於指證小說與歷史敍述、虛構與事實間，相互辯證、運作的錯綜關係。但更重要的是，這三位作者的政治立場、創作動機、寫作時空背景，以及形諸筆下的事件意象，促使我們深思傳統歷史論述所不及的問題。茅盾早於一九二一年加入共黨，並曾參與武漢政府工作。《蝕》是他的處女作，寫成於一九二七年底。姜貴十七歲即成國民黨員；寧漢分裂時期，他與茅盾一般，都曾身與其役（註二）。但姜貴的《重陽》遲至一九六一年才在臺問世。在這三十多年間，國共之爭幾度消長，終致大陸變色，國府遷臺。馬婁於三十年代則是知名的國際共產人士。他的《人間命運》一九三三年出版，暢銷一時，早成現代歐洲經典名作。小說寫的雖是一九二七大革命，馬婁彼時卻尚未涉足中國。合而觀之，這三位作家與作品間形成極有趣的對話關係：歷史與虛構、政治與文學、左派與右派、傳統與現代、集權與解放、大我與小我，東方與西方這些重要議題，在他們的生命與作品中相互滲盪，循環質詰，在在使我們震懾於時間造化的曲折，敍述力量的奇詭，以及構成歷史「意義」種種之始料未及的條件。

在有限的篇幅內，我的討論將著重以下兩個方面。一、茅盾、姜貴與馬婁不僅是作家，也都是意識型態奉行者。一九二七年的革命對他們的政治生涯皆有深遠影響。發爲文章，我們乃看到他們如何運用小說形式，銘刻、駕馭歷史，並爲一己的政治立場，找尋邏輯論述。然則他們的作品又同時爲更廣義的歷史（敍述）運作所含攝，由此產生的齟齬與對話，最是可觀。二、這三位作家也企圖在政治騷亂與個人欲望間，找尋對應關係，從而將歷史、政治的視野，由公衆移向私人層面。他們爲歷史小說的主體定義，開創了新局。

一

茅盾是中國二、三〇年代最重要的左派作家之一。早在創作小說之前，茅盾已以介紹西方文學理論——尤其是自然主義——馳名文壇。文學之外，茅盾也熱中政治。他於一九二一年即參加共產黨，積極的鼓吹革命。國共聯合政府於武漢成立後，茅盾膺命擔任文宣工作。一九二七年寧漢分裂、清黨開始，像茅盾這樣的左翼分子，自然首當其衝。他親歷武漢這年夏天的混亂與恐怖，倉皇出奔，僅倖以身免。在上海躲藏國民黨的追捕期間，茅盾寫下了他的第一部小說《蝕》。

從革命家淪爲通緝犯，茅盾痛定思痛，對他所信仰的主義，不能無惑。何以一場標榜伸張理性正義，解脫中國亂象的革命，反引生了更大的瘋狂與騷亂？何以革命的理想與革命的現實，有如此大的嫌隙？茅盾的小說創作，因此不只是對剛發生的政治事件，留下目擊者的紀錄，更企求以虛構的敍述形式，重組散裂的、片斷的史實，爲那不說也罷的革命殘局，一營自圓其說的邏輯。

《蝕》是部三部曲式的小說，由三個中篇所組成，分別名爲〈幻滅〉、〈動搖〉與〈追求〉。這三篇小說皆以城市小資產階級青年男女爲主角，處理他們由北伐到清黨期間，種種政治及感情上的顛仆歷練。按照茅盾的說法，《蝕》的三個部分代表了共產第一次大革命的三個階段：青年男女徘徊在革命與戀愛的憧憬間，來得急、去得快的希望與幻滅；武漢聯合政府治內，眞假革命者或左或右的動搖與鬪爭；大革命失敗後，左翼男女青年在消沉頽靡之餘，對未來理想所重新作的追求（註三）。小說描述彼時讀者記憶猶新的政治事件，將新聞寫成歷史，極具創意。而茅盾對城市革命青年的信仰與激情，尤有絲絲入扣的描寫。《蝕》成爲現代中國「革命加戀愛」小說的源頭之一，不是偶然。但因題材本身的爭議性，此書也受到相當攻擊。奇怪的是，抨擊《蝕》最激烈的，不是右派評者，而是茅盾的左派同路人。

茅盾以同情的眼光寫大革命，何以無功，反而有過呢？左派評者如錢杏邨等指控《蝕》粉飾小資產階級革命者的玩票心態，以及散播失敗主義；他們認爲茅盾失去了自己的立場，「錯誤」的反映了歷史現勢（註四）。對此批評，茅盾也還以顏色。他除了重申自己的政治信仰外，也強調作爲自然主義作家，他必須對現實負責，不能睜眼說瞎話。要緊的是，他的《蝕》寫得消極悲觀，卻無非是爲仍持續挺進的歷史革命，加註一值得警醒的挿曲（註五）。茅盾與左派評者兄弟鬩牆，因而不只是意識型態之爭而已，也更進一步牽涉了文學「如何」反映、或反映「什麼」現實，還有歷史如何「編寫」往事等重要問題。

平心而論，左派評者對茅盾的攻擊並非全無道理。無論茅盾如何聲稱忠於現實，他最終的寫作動機不離政治範疇。一九二七年革命失敗後，對此一事件的描述盡由官方媒體掌握先機：歷史紀錄是國民黨說法的延伸。而茅盾此時轉向小說創作，儼然似要以小說「虛構」的聲音，向黨國所塑造的「史實」，提出挑釁。「以虛擊實」，茅盾文學創作的顚覆性意義，不言自明。然而左翼文人（甚至茅盾）並不願就此打住。他們近一步希望「以虛代實」，由小說中重塑他們心目中的「眞正」歷史。換句話說，他們一方面打倒歷史的權威，一方面又急急重建歷史的權威。

茅盾在此處於一尷尬地位。他的小說既嘲仿歷史，也肯定歷史；既要伸張意識型態，也要模擬現實人生；既想追隨黨的路線，又求一抒自身的塊壘。正如他的小說篇名〈動搖〉所示，茅盾的創作目標，充滿了動搖。由是觀之，他與批評《蝕》的左翼文人間的叫戰，原只是一場虛張聲勢的衝突。茅盾畢竟是爲政治而寫作的。果眞如此，他又何必猶抱琵琶半遮面似的，欲語馬列福音又還羞呢？錢杏邨等人的不滿，即是於此。

但我以爲茅盾之所以爲茅盾，正因爲他作品中所顯出的這種矛盾。就以《蝕》所展顯的歷史來看吧。茅盾原擬藉〈幻滅〉、〈動搖〉、〈追求〉的三部曲，描寫革命進程的三個階段。但任何明眼的讀者都會發現，這三部曲並未舖展一線性的前進史觀，反強調了歷史輪廻的軌跡。〈幻滅〉中的女主角靜輾轉革命與戀愛間，兩皆落空；〈動搖〉中的方羅蘭是右派政黨中的左傾分子，也是激進理想中的逃兵。而在〈追求〉裡，當年從上海出發，轉戰各方的青年男女志士，在革命失敗後竟又在滬上重聚。撫今思昔、不勝唏噓。難道革命也像春夢一般，了而無痕麼？茅盾的《蝕》彷彿將一個故事，講了三遍。歷史在他的筆下像是難以捉摸的自然力量，也像是不斷重複的機械宿命。這樣的矛盾史觀，反使《蝕》的魅力，遠超過多數左派教條小說。

茅盾的左派評者因此難怪要對《蝕》側目相向了。但《蝕》仍有另一層激進意義，可能茅盾本人亦未料及。如前所述，《蝕》是部極具新聞節奏的歷史小說。茅盾把五四以後的軍國大事，從五卅慘案到北伐誓師，從上海工人暴動到清黨，悉數蒐錄在小說中。他讓他的角色穿揷遊走其間，見證一幕又一幕的政治好戲。但《蝕》所透露的歷史訊息實是一則弔詭：該發生的沒發生，不該發生的倒都發生了。「大革命」千呼萬喚的來了，卻在一片混亂與殺戮中收場。我們的革命青年男女由追求到幻滅，由幻滅到追求，終而一無所獲。預期的歷史並未如願降臨，而這空虛的等待、幻滅的期望，也許才是一九二七年大革命「眞正」的歷史意義之所在吧？茅盾的《蝕》原在由檢討來肯定大革命的始末，但其最關鍵的訊息卻是弔詭虛無的。左派評者責備茅盾不照黨綱編述歷史小說，固是實情，但未免太小看了《蝕》書裡曲折的自我對話潛力。《蝕》不只是本寫政治的小說；小說的構成及所引起的反應本身，就是一樁政治事件。

茅盾藉一九二七年革命所呈現的小說、政治、歷史錯綜糾纏關係，在姜貴的作品中找到呼應。儘管茅、姜二人的政治立場、寫作風格迹近南轅北轍，他們藉小說銘刻歷史的用心，以及因此惹出的「麻煩」，卻可等量齊觀。姜貴的家庭與國民黨頗有淵源。他的伯父在辛亥革命期間即因地方（山東）起義而死難。姜貴日後被過繼到伯父房下為嗣，承續香煙，而他本人也在北伐期間，跋涉到南方加入國民黨。此後數十年，姜貴一直側身於國民黨軍政事務間。大陸變色，姜貴亦隨國府遷臺。

雖然姜貴在四〇年代曾嘗試過小說創作，但他一直要到移居臺灣後，才眞正成為專業作家。我們今天讀他的作品，也許會輕易的將其歸為老掉牙的「反共小說」之流。事實不然。姜貴的小說雖毫不掩飾批共反共意圖，卻較一般的口號文學複雜太多。正如寫《蝕》時期的茅盾一樣，姜貴獨樹一幟的寫作風格及史觀，使他不能見容於死硬派的文宣工作者。

姜貴的《重陽》寫的正是一九二七年春夏寧漢分裂與清黨的往事。恰如《蝕》，《重陽》也是以革命青年的歷練與墮落作為情節骨幹。故事中的主人翁洪桐葉是國民黨先烈之後，因家道中落，淪為上海法國洋行買辦的學徒，工作辛苦，所得卻不足以養家。適值洪母染病，告貸無門。一神秘青年柳少樵即時出現，為洪解圍，兩人遂迅速成為好友。柳實乃共產黨徒，他藉此機會不只是吸收，更是吸引了洪。洪柳二人所發展的同性戀關係是《重陽》的一大主題。對姜貴而言，洪桐葉尾隨共產黨人，非但是意識型態的墮落，也是身體欲望的墮落。

《重陽》的重心是武漢國共聯合政府轄區內，種種驚世駭俗的事件。洪、柳以協助北伐名義來到武漢，柳搖身一變，成了政府中的左派小頭頭。他策劃工運婦運、鼓動罷工搶糧，無惡不作。柳同時也是淫邪的雙性戀者。在洪桐葉外，他迫姦了洪母及洪妹，最後又搭上了自己原配妻子的女佣白茶花，一個醜陋的大腳婦人。柳與白這兩人一搭一檔，爲所欲爲，直把武漢鬧得一無寧日。國民黨實行清黨後，武漢大亂。洪在亂中爲柳謀殺，而柳則與白茶花逃之夭夭。

姜貴這樣的寫《重陽》，反共的用心似已明明白白。在《重陽》的結局，姜貴對國民黨撥亂反正的能力，亦寄予無限信心。尷尬的是，姜貴筆下寫的雖是國民黨一九二七年的勝利，他寫作的時間卻是國民黨潰退臺灣後的一九五〇年代末期。清黨一役，並未如《重陽》情節所料，讓國民黨走出政治陰霾，而共產黨第一次大革命的失敗，竟成爲其日後席捲江山的序曲。姜貴等了三十幾年才執筆寫一九二七的政治風暴。回首這期間國共勢力的消長，他能不有所感？作爲一老於世故的黨員作家，他要如何彌補這歷史與小說間的罅隙呢？

茅盾寫作《蝕》的初衷，即是要對失敗的大革命提出解釋。但茅盾的作品背叛了他的意圖。他力圖自情節展現一馬克思式進化革命史觀，卻終不免夾帶一奇詭的宿命循環論。姜貴的問題與茅盾既相似又相異。如果《重陽》最後的目的是宣揚共匪必敗、暴政必亡，姜貴就必得對已發生的歷史，巧爲安排。我們於是也看到一對相生相剋的敍述模式，自《重陽》中生起。前面提到茅盾因爲不請自來的循環史觀，而陷於創作的兩難；面對眼下（國民黨的）

歷史困境，姜貴卻企圖以一更廣濶的循環史觀來包容。歷史「從來」就是仁政與暴政、正義與邪惡相爭的紀錄。一九二七年的清黨除惡未盡，終予萬惡的共黨可乘之機。但天道好還，國民黨雖然困處海嵎，將來必能與仁義之師，收復失土。左派的茅盾不願見歷史循環重演，右派的姜貴卻悉心經營一歷史輪廻的憧憬。因爲只有在這一憧憬下，他重寫當年國民黨的勝利，才眞正彰顯其「時代」的意義。《重陽》不只寫過去，也寫現在與未來；不只是歷史小說，也是預言小說。

姜貴所持的這套歷史治亂循廻論，其實是中國傳統說部「天下大勢，合久必分，分久必合」的翻版。隱含其中之否極泰來、剝極必反的道德意義，不可小覷。但我懷疑姜貴是否眞能毫無滯碍的接受這一觀念。在我們沾沾自喜的盼望著時間（及道德）之輪繼續運轉，仁義（即國民黨）必將戰勝邪惡（即共產黨）的同時，我們是否也得承認，在下一回合中，邪惡又必將戰勝仁義呢？姜貴不是個簡單的作家；他必曾意識到這一層歷史的諷刺。《重陽》的結局裡，「好人」所遭的厄運絕不亞於「壞人」，而書中的兩大元兇，柳少樵及白茶花，卻幸運的逃過劫難。

歷史到底不能爲小說家一廂情願的駕馭。姜貴的《重陽》處理現代史的變局，而圖以一治一亂的「常道」視之。但小說最終透露的訊息，卻是時間的反諷，歷史的無常。面對這一僵局，在現實生活中自己也深受磨難的姜貴大約不得不啞然苦笑吧？笑，而不是淚，是反駁命運擺弄的最後手段。夏志清曾以姜貴另一部小說《旋風》爲例，指出姜的作品儘管主題嚴肅沉痛，卻皆沉浸在荒誕與笑謔的敍述中（註六）。《重陽》中的角色不論正邪，都難逃墮落醜化的命運。他們的所作所爲是如此乖離常道，又是如此匪夷所思，令人看罷只有掩卷長笑的份兒。而這一笑，又有多少不得已之情藏於其中！在海峽兩岸狂飆意識型態的歲月裡，宣傳反共或擁共的作品，不知凡幾。但像《重陽》般寫政治的瘋狂、歷史的莫測而讓人駭然、慘然失笑者，並不多見。人多謂姜貴保守，我獨以爲其人其書竟有激進一面，值得再思。

安德烈・馬婁的《人間命運》是三〇年代西方人士想像、介入中國事務最迷人的現象之一。這本書敍述一九二七年清黨後，一群國際共產主義者在上海策畫革命，終不敵蔣中正的掃蕩而盡數犧牲的經過。《人間命運》於一九三三年出版，迅即成爲暢銷書。馬婁本人也被視爲中國革命的西方代言人之一。値得注意的是，一九二七年大革命時期，馬婁其實人在安南，他的小說日後在巴黎寫成；而遲至一九三五年，馬婁才首度踏上中國土地。

同樣的一九二七年清黨（或革命）風暴，到了洋人作家的筆下，會呈現什麼樣的意義呢？這年春天的上海表面喧嘩依舊，實則暗潮洶湧。蔣中正的軍隊陳師滬外，急與軍閥及中外資本家獲取妥協。共黨分子雖力謀對策，無奈受制於史大林中國政策的牽制，不能制亂機先。書中的一群革命份子以日法混血兒基歐(Kyo)及俄籍的卡都 ((Katow)爲首。他們折衝在顚頊官僚的武漢政權及緊迫的上海危機間，每每事倍功半。值此同時，這群革命者也有個人問題待解決。從婚外戀情到暴力虛無主義誘惑，在在困擾著我們的英雄們。而身處上海這個既混亂又冷漠的中國城市間，更加深他們蒼涼疏離的感覺。

《人間命運》今天早已成爲現代歐洲文學的經典名作。對此書層層意涵的分析，自是花樣百出。論證馬婁的巴斯噶(Pascal)式悲觀主義者有之，引伸其海德格(Heidegger)式存在思想亦有之。生命是如此荒涼的存在，人爲的努力，即使是革命，亦恐終歸徒勞。然則馬婁的英雄們知其不可爲而爲之。在行動中，他們勉力廓清己身存在的意義。這樣的決定，已沾染荒謬英雄的氣息。準此，小說中有關群體主義與個人欲望、宿命論與自力救贖論、孤寂與溝通等主題辯證，皆曾是評者大書特書的好材料。

但當評者高談《人間命運》的總體命運時，他們對馬婁書中的人間歷史抽樣——中國——卻有意無意的忽視了。對此馬婁自己也難辭其咎。他的國際英雄大卡司奔波在上海及武漢間，但英雄們（及馬婁自己）信誓旦旦要解放的廣大中國人民，卻極少在書中露面。整本書中的中國革命者只得三人，而且皆屈居邊配角色。上海再具有歷史革命意義，也只是充滿異國情調的花都，「東方」的巴黎罷了。難道馬婁是把西方的霸權與欲望，強加於非西方世界的「東方主義」(Orientalism)信徒麼?

就此我無意暗示姜貴或茅盾既是中國人，且皆曾參與清黨或革命，他們的小說因此就比馬婁的更爲可信。一味的強調文化、政治國粹論者，與一味迷戀異國情調的東方主義論者，其實都犯了同樣的偏執症。我所關心的是，像馬婁這樣支持中國革命的洋作家，到底是如何把革命「寫」進他的歷史小說裡？他對一九二七年這段歷史，展現了什麼樣的洞見與不見？

與茅盾、姜貴作品相較，馬婁的小說顯然少了那份感時憂國之情，而求對人間命運作總體的、形上的觀照。這樣的角度超越了時空的局限，因而促使我們深思眼下政治恩仇以外的許多課題。大師出手，果然取法乎上。然而如前所述，馬婁這樣看中國寫中國的方法，是否也太大方，太「不見外」了呢？東方畢竟不是西方，上海畢竟不是巴黎；落實到近代歷史政治上，中國的人間命運與法國的人間命運，到底不同。循此我不禁要指出，隱含在馬婁小說下的史觀，實在是一奇異的綜合體，其中既有馬克思主義的世界革命理想，也不乏帝國主義殖民地歷險情調。二者其實都是十九世紀歐洲中心論的產品。

馬婁在三〇年代是自成一格的國際馬克思信徒；他來到東方，無非是要解放西方帝國主義對其的壓迫。這樣的胸襟，怎麼又與殖民地或異國情調主義掛鈎呢？在我的定義裡，「異國情調」代表我們對己身以外一切不熟悉的，卻又想當然耳的事物與土地的嚮往。這一嚮往又必建立在欲望不斷失而後得，得而後失的詮釋循環上。原因無他。我們一旦認知，掌握了原本陌生的事物，其所具有的異國風味自然要消失無踪。取而代之的，是我們對已失的異國情調的回味，以及對更新、更遙遠事物的期盼（註七）。「異國情調」通常與美學理念相連，但在十九世紀殖民主題興盛時期，它其實成為一意識型態的標誌，為帝國主義者幫腔造勢（註八）。

馬克思主義倡導天下一家，原應與殖民者的異國情調主義各不相干。但馬婁筆下的那群孤獨的荒謬英雄，卻為兩者搭上了線。革命家心嚮往之而又緲不可得的馬列天堂，何嘗不是以異國情調般的形象，挑動著大家的政治意識？另一方面，眼下荒涼的「人間命運」，可不正是樂園已失（或尚未復得）的寫照？所謂的異國情調，恰恰點出了革命完成前，我們各相疏離的、無從寄託的處境。換句話說，馬婁所經營一九二七年的上海，實具有雙重形象。上海既是共產革命通向馬列烏托邦的亞洲前哨，又是古舊東方神秘靡亂的核心。上海所煥發出的異鄉情調居然同時顯現既進步又頹廢的正反意義。但無論是世界革命的前線也好，殖民探險樂園也好，上海的舞台須由歐洲人所佔據，中國的解放也要由歐洲人來導演。馬婁的國際馬克思主義原是反帝國主義東進政策的，但《人間命運》卻傳達了一項矛盾訊息：馬克思式的共產國際呼應著傳統的帝國主義；馬婁所烘托的「進步」異國情調原來還是東方殖民主義的延伸；中國人的命運必須臣屬於歐洲人所設計的「人間命運」下。

但馬婁的小說還有一層曲折待論。《人間命運》中的一九二七大革命是一場失敗的革命，而那群國際英雄們的鬬爭自始就問題多多。這使馬婁擺脫了革命小說的僵化框框，更深入的質問世界革命論與東方主義間的轇轕。難道共產理想移植到了東方，也不得不墮落了麼？

難道只有從中國革命尚未成功的教訓裡，馬婁的西方英雄才體會到惺惺相惜的同志愛麼？到底這一場革命是解放中國，還是救贖英雄們自己的欲望與絕望，理想與挫折？

馬婁從反東方主義的角度，寫一小群共產勇士的反帝事蹟，他的小說卻透露著另一種馬克思式的東方主義觀。然而我的論證並不是要回東方／西方的二分法的老路上去。《人間命運》的東方主義問題事實上使我們重思像茅盾《蝕》這樣的作品。《蝕》寫的是一群「西化」的中國青年，力求在中國進行一場「西式」革命的故事。更耐人尋味的是，茅盾所運用的敍述模式本身，就是他大力吹捧的「西方」自然／寫實主義。我們今天談東方主義，往往止於批判西方人如何把自己對東方的想像及權力慾，強加於非西方事物上，以及由此所生的偏差。但像茅盾這樣的東方作家及革命家，毫無保留的接受西方影響，再回過頭來照西方的模子改變東方，不更是一種雙重的東方主義麼？果是如此，東方主義就不再是西方人的專利「罪惡」，我們東方人一樣難以自我撇清。茅盾的《蝕》寫西方馬克思革命在中國的失敗，但他用以寫作這一失敗的西方寫實敍事模式，卻在中國文壇上獲得空前成功。比起馬婁，茅盾所顯現的東方主義問題，因此更爲複雜呢。

二

在討論茅盾、姜貴、馬婁如何將歷史、政治當作一公共事件來書寫、辯難後，我也要對這三位作家如何將歷史、政治轉換到私人敍述層面，稍作探討。大體而言，這三位作家都承襲了十九世紀西方歷史小說的流風遺緒。他們不僅將重要的軍國大事，作爲銘刻歷史的標誌，也同時要從個體生命情境的轉換或遲滯，一探歷史運作的痕跡。這包括了個人思想、感情及行爲模式的變遷，活動範圍的消長，乃至語言及其他文化符號的異換等，不一而足。而如果我們希望在這三部作品中，找到一個共同的著力點，則可看到三位作家對政治與情欲間的交錯關係及後果，都貫注了極大的關切。

如前所述，茅盾是寫作「革命加戀愛」小說的始作俑者之一。在《蝕》中，他的角色在個人欲望的追求及意識型態的實踐間，尋尋覓覓，永難滿足。也正因爲這些角色的困境，我們乃了解革命在公衆及私人領域上的種種衝突與妥協。革命不盡是訴諸理性、秩序、及公衆效益的行動，它同時也能引生激情、暴力等非理性後果。廁身革命的男女，要如何解決這些不由己意的挑戰，從而尋求個人及群體理想的超昇呢（註九）？茅盾於此選擇一系列的女性，作爲著墨的重點。藉她們的心路歷程，小說展現了一個動盪時代的浮世繪。

在《蝕》的第一部〈幻滅〉裡，女主角靜爲逃離鄉下滯悶的環境，來到上海就學。但她的興奮很快就耗盡了。靜的心中另有一股難言的渴望及衝動，啃嚙著她。這一燥鬱不安的情緒在遇到抱素後，暫時找到出路。然而數度春風後，抱素即拋棄了靜。更難堪的是，抱素還是替軍閥作眼線的職業學生。靜得悉眞相，羞憤交加，因而大病一場。

病癒後的靜，居然要立志參政了。我們在北伐誓師的典禮上看到她，在武漢國共政府中也看到她。但靜對政治的興趣，一如她對愛情的態度。她不斷的轉換工作，總難落實。靜最後在軍醫院中作護士時，遇到軍官強猛。兩人一見鍾情，迅即成婚。不料蜜月好夢方酣，強猛即因軍情緊迫急回前線。靜的一場追求，又告「幻滅」。

像靜這樣的角色，日後成爲茅盾創作女性人物的原型。她們身受五四新文化的洗禮，反抗傳統，力求找尋一己的理想。但在二三〇年代劇變的社會裡，這類的女性也最易受到衝擊。她們的改變與墮落，自然要引起我們的同情。除靜以外，茅盾又創造了慧。與靜的栖惶懦弱相對，慧放浪大膽，遊戲人間。她顯然已經歷了新女性的一切苦樂，現在寧取無謂犬儒的態度，冷眼橫對人間了。茅盾因此自女性的角度來書寫歷史，以女性感情的挫折來偵測政治風雲的詭譎。茅盾是不是女性主義者當然是另一回事，但他採取一纖微的、瑣碎的女性（？）立場鋪陳大革命的成與敗，畢竟是對傳統以中性（或男性）爲主的史觀，提出反駁。而這一寫作方式，時至今日，仍方興未艾。

在《蝕》的第三部〈追求〉裡，昔日參與革命的青年男女同志又兜回了上海。不下一兩年的功夫，每個人都是傷痕累累了。多數的青年志消氣頹，或求找個好差事餬口，或求取個美貌嬌妻，或求致身教育，從長計議革命。但無論他們如何以最謙卑的姿態，逃避革命失敗所致的羞辱或迷惑，他們仍都是命運的犧牲，一無善果。茅盾卻在這些人中創造了章秋柳。章潑辣恣肆、煙視媚行。然而在她輕狂的外表下，卻掩藏著一顆絕不肯蟄伏的野心。大革命中章也屢起屢仆，面對清黨後的殘局，她希望東山再起。而她的第一步是「拯救」有自殺傾向的悲觀主義者史循。爲了刺激史循的生欲，章不惜肉身佈施；兩人放蕩形骸的生活，不知伊於胡底。然而史循到底是死了，死因不是自殺，而是肺病。更諷刺的是，章這才發現她也已自史處染上了梅毒。

茅盾對他的章秋柳可謂愛恨交加。在章秋柳絕不一致的言行中，他看到了革命最蠱惑，也最詭秘的吸引力。章秋柳一方面是革命大纛下的受害者，一方面也必須爲革命的墮落負責。但茅盾並不對章做急切的道德評斷。事實上，在小說最後一片愁雲慘霧中，是章秋柳在病床上大聲疾呼：「我要革命，我不要平凡」。二、三〇年代左派作家所創造的革命人物，多不離男女童子軍式形態。似章秋柳或是慧與靜般的女性，實屬少見。茅盾在這一方面的成就，因此可記一功。

姜貴的《重陽》也描寫革命對個人所造成的鉅大衝擊，但表現的方式則與《蝕》大不相同。茅盾擅寫左派男女感情的細膩變遷，姜貴則完全無視於筆下人物的內心波折。如果說《蝕》紀錄了一樁感情教育的悲喜劇，《重陽》只宜視爲一場人欲橫流、瘋狂恐怖的鬧劇。

相對於茅盾的感傷格調，姜貴以粗糙的言辭寫盡革命時期的暴虐與笑謔。他的角色多不懂也不屑談情說愛；他們所徵逐或逃避的，盡是變態的感官欲望。

姜貴把政治情欲化，或把情欲政治化的傾向，在《重陽》的第一章即可得見。洪桐葉受僱於法國商人爲學徒，不僅爲公事疲於奔命，還得爲老闆夫婦整理家事，清洗汚點斑斑的褻衣。洪後來更受命學習修腳術，好爲太太服務。日久生習，洪竟對老闆娘的腳，產生愛戀。修腳不再是苦差事，反成爲滿足他性幻想的古怪儀式。姜貴對戀足癖的描寫，並不僅於此。《重陽》中另有一名英國無賴，專事對中國婦女的纏足風，大事蒐奇。而我們也記得，小說中的首惡柳少樵迷戀白茶花，不爲別的，竟是爲的她那一雙既大且扁又跛的天足。

柳少樵吸引洪加入共產黨，不僅介紹他看馬列宣傳書報，也同時附贈性學博士張競生的《性史》。政治的墮落必須與性的墮落等量齊觀。姜貴牢牢抓住這兩者的對應關係，在《重陽》中發展了一複雜多姿的象徵體系，爲現代中國小說所鮮見。對姜貴而言，我們的身體正是禮教與意識型態最後的戰場。性氾濫及性扭曲反映了整個社會法理制度的崩潰，而其後果的恐怖，十足駭人聽聞。小說開頭的戀足癖描寫只是熱場戲而已。之後虐待狂與被虐待狂、通姦、強暴、同性戀、窺淫癖、暴露狂、穢物癖，乃至（嘲仿式）亂倫的例子，處處可見。在一個道德政治混亂的時代裡，沒有一個人能潔身事外，而女性所受的禍害，尤其慘烈。書中所有的處女角色都喪失了她們的貞操，而尼姑、寡婦、丫頭等「被壓迫」的女性，又都被強迫參加擇偶大會。武漢政權以解放婦女爲主要號召之一，但在柳少樵這幫人的導演下，卻演出了仇視蹂躪女性的瘋狂嘉年華會。

是的，在無所忌憚的原始欲力指使下，《重陽》充滿一種反常的亢奮狂歡氣息。恰與茅盾的悲情風格相反，姜貴對大革命的看法是群醜跳樑，倒行逆施。姜貴同期的許多反共作家，也抱著同樣輕蔑嫌惡的態度來看共黨革命，但少有人如姜貴般，寫出共產這個「玩笑」中的殺機，革命這場「胡鬧」中的血腥。他的主要角色，個個如上了獸欲之弦的機器人，橫衝直撞，絕不稍歇。當政治激情成了畸情，革命也眞成了要命的遊戲。

由這一觀點來看，柳少樵是個極成功的反面人物。柳原出身世家，自嚮應革命大業後，他的作爲即極盡驚世駭俗之能事。新婚之夜，他強暴了新娘，之後即棄如蔽屣，反與女佣白茶花戀奸情熱。柳愛女人，也愛男人。他與洪桐葉一度難捨難分，食同桌、寢同床。但洪犯了錯，柳卻大事體罰，彷彿在凌虐中，又另得快感。這段感情並不能阻止柳對洪母及洪妹的覬覦。兩位女性先後爲柳所強姦。柳少樵其貌不揚、儇懶下流，但姜貴卻看出其人的無窮魅力，引得一群又一群的角色，如飛蛾撲火般甘爲其役、甘爲其亡。武漢政府垮臺時，共產黨徒四散，柳也適時結果了洪桐葉一命。夏志清曾指出姜對革命家及色情狂一視同仁，因兩者均有絕難饜足的（政治或身體）欲望，對人生百態，卻殊少同情寬貸（註十）。觀諸柳少樵的行徑，信然！

《重陽》的書名指的是陰曆九月初九盛暑已過，秋風將起的時節。回望二十七年夏天的一場荒謬風暴，姜貴但願秋天能帶來冷靜與警醒。但秋風秋雨能不勾起姜貴蕭索蒼茫的感慨麼？除此之外，我也懷疑書名影射了書中兩個男主角以至兩個政黨的畸戀關係。《重陽》者，「重」「陽」也。對姜貴而言，洪柳的關係乖離常道，而武漢國共聯合政府也是變態的政治存在。

姜貴自謂是個保守的右派作家。然而細讀《重陽》，我們不禁要對他將政治色情化的寫法，暗暗叫絕。即便保守，他也絕非等閒的反共作家。他小說中身不修、家不齊而國不能治、天下不能平的論式，暗合古典小說常見的教訓，而走的路線卻是反諷托喻式的。就此我甚至要說姜貴的寫法提醒我們重審《金瓶梅》、《野叟暴言》這類古典誨淫小說的政治意涵。《重陽》將情欲的兇險、政治的無常、家庭的瑣碎、革命的高蹈合爲一談，使全書不再是一個「乾淨」的歷史小說。這一將歷史庸俗化的舉動，代表了姜貴與歷史對話的激進姿態，也間接暴露了五〇年代多數反共或擁共小說故作「天真無邪」的教條真相。比起三十年前茅盾的《蝕》，《重陽》的政治視野自是老辣世故得多。

個人欲望與歷史宿命間的鬪爭，也是安德烈·馬婁《人間命運》的重頭戲之一。所不同於茅盾、姜貴者，馬婁並不將欲望的表徵局限於愛情或性欲的範疇裡。他更不時賦予其一形上辯論的色彩。批評家對此，已多有所論（註一一）。歐文•荷(Irving Howe)就曾指出，《人間命運》基本上顯示了歷史是一時間劇場，在其中浪漫主義的英雄欲力(élan)與革命政黨的群體紀律間，相尅相生，無有盡時。而人類爲找尋一均衡點所付諸的努力，或成或敗，永遠都是好戲（註一二）。另一方面，馬婁本人對巴斯噶的悲觀主義的探討，也常是大家觸及的話題。生命原本即不可恃，盛衰功過，終歸徒然。但認知生命深邃的本質後，與其隨波逐流，自取墮亡，倒不如就眼下所及，作盡其在我的奮鬪。因此革命一舉，亦不妨作如是觀。在《人間命運》最具懷疑論的層次裡，革命不是目的，而只是通向不可知的目的的手段之一罷了。

《人間命運》是一部角色衆多的小說，從革命家、政客、買辦、商人到歡場人物，不一而足。馬婁有意借這一長系列的人物，探討人類對世界所投射的不同欲望，以及所作的不同掙扎。一九二七年上海革命是一個意外卻又命定的歷史偶然，將這些角色一齊捲入。他們互相來往傾軋，鬧革命也好、反革命也罷，卻在行動之間，顯現了驚人相似的惶惑與焦慮。五光十色又硝煙四起的上海，本身就是一個莫名其妙的所在。我們的男女角色身在異鄉爲異客的身分，更凸顯出他們個人處境的荒謬感。他們發展出一種曖昧的怨懟之情：他們對現況雖不滿意卻不能自拔，上焉者猶作困獸之鬪、下焉者則自欺欺人，永劫難逃。

革命是改變政治現實的劇烈手段之一，但加入革命者卻是各有寄託。混血兒基多爲了逃避自己亦東亦西的身分，以及所鍾愛的妻子的不貞事實，而從事革命。俄籍組織家卡都完全泯除個人意志，貫徹黨的指示。中國殺手陳則在一次又一次的暗殺行動中，絕望的想建立與他人溝通的形式。書中的反面角色也深自折磨著。警察長寇寧(Konig)早年受辱，造成心理性陽萎；他的殘暴完全來自對自己的輕蔑。法西斯主義者法瑞(Farrell)嗜色專權，卻無非要隱藏內心的絕望。

與茅盾與姜貴相較，馬婁的角色們之獻身（或反對）革命，與其說是出於意識型態上的信仰，不如說是對生命本體情境的質疑。他們最終要解救的，不是廣大人民，而是自己。但馬婁這一哲思式的傾向，並不意味他的小說就勝過兩位中國作家一籌。就此我特別想到的是姜貴。馬婁與姜貴的風格與政治背景可謂全然不同。但值得注意的是，兩人對革命旗號的幽黯面，均有濃烈的探索興趣。姜貴的角色在瘋狂與縱欲的邊緣鋌而走險，馬婁的人物則陷身於存在主義式的荒謬，進退兩難。對馬婁而言，革命如何激烈，到底是人生形上問題的延伸。是故在《人間命運》中，他及他的角色從未放棄從思想辯證上找尋救贖的可能。姜貴卻反其道而行。雖然口口聲聲是國民黨的信徒，他早看穿主義理想之爭，最終必須從飲食男女，人之大欲方面求解決。姜貴的《重陽》表面不如《人間命運》「深刻」。我卻要說，就是因著他不願（而非不能）將流血殺頭的革命形上化，不願將殘暴愚昧的人生理念化，姜貴比馬婁其實更關心「人間」命運。面對匹夫匹婦赤裸裸的苦樂，姜貴所生的戒懼悲憫，是無法由精微的論辯來演繹的。而遍歷生命的逆境，他悲觀與犬儒的一面，只恐較馬婁有過之而無不及。

準此，我們不妨再回到《人間命運》，看看馬婁如何爲他的英雄們作了斷。一九二七年四月十日蔣中正的軍隊攻入上海，共產黨人抵禦失敗，死傷累累。馬婁的國際革命家自基多、卡都以次，盡遭逮捕，被判死刑。革命看來是失敗了，但就在行刑前最痛苦的一刻，這些革命者反而體會了同志之情的眞諦。基多終於明白了置個人榮辱死生於度外的超然感受，一向冷靜寡情的卡都，也把最後一粒氰化鉀讓給一位同伴，自願承受等待死亡的煎熬。當我們的英雄們深知大限已至，相擁告別，慷慨就義時，《人間命運》的喧嚷波折，暫告一段落。

這幕共黨英雄共相死難的好戲，歷來引得萬千讀者動容。藉此馬婁似乎暫時解決了書中個人或團體、解放或服從、激情或革命等論式的兩難。在英雄們寧爲玉碎、不爲瓦全的抉擇裡，我們也似看到了西方古典悲劇大開大闔的氣派。但我仍以爲馬婁對此景的經營，與其說產生了悲劇性的高潮，不如說製造了煽情悲喜劇(melodrama)的極致（註一三）。馬婁嚮往悲劇英雄孤獨消亡前，所見證的純淨生命意義，但他的小說處理的不是一個，而是一群，英雄赴死的場面。除了回應悲劇驚慟與悲憫的感情淨化效應外，馬婁也意圖左右讀者意識型態的取向。他畢竟不甘於傳統悲劇的簡賅沉重，而力求作品的飛揚張致。

更反諷的是，馬婁英雄們共同攜手就義的情景，雖說表達了共產主義的兄弟之愛，卻也讓我們想起基督徒千百年前殉教的決心。莫非無神的共產道德戒律中，還是暗奉著神蹟主義？當同志們高歌受刑、在烈焰中銷溶，正彷彿他們經歷了煉獄的洗禮，得到了精神最後的超昇。

馬婁因此不只寫了個革命志士變爲烈士的故事，更寫了個烈士變爲聖徒的故事。是唯物，是唯心？這就難說了。儘管如此，馬婁到底是馬婁。小說最後還是維持了一自我質詰、對話的基調，而未墮入一廂情願的主義宣傳。基多的父親，那個看透生命無常，寄情鴉片的老者，被選爲替小說作收場白的人。他的無奈與慨歎頗有幾分「大江東去，浪淘盡，千古風流人物」的興味。革命引發的激情暴力，必須交付歷史的論斷；小說呈現的啼笑喧囂，也終須歸入時間敍述的流洗。

這篇文章以茅盾、姜貴、安德烈・馬婁三本有關一九二七年中國風暴的小說爲例，討論小說、歷史、政治間相互激盪的種種面貌。藉著對三位作家極不同的政治立場及寫作策略的探視，我們得見「虛構」的歷史小說如何顚覆著「眞實」的歷史紀錄，而時間的持續流轉，又如何牽動、重寫著政治理念與行動的合理合法性。小說家企圖以文字征服歷史，卻同時成爲銘刻人類活動的歷史之一部分。這其間的輾轉生尅過程，何其耐人尋味。

因此結束這篇文章的最好方法之一，是回歸到暗潮洶湧的時間之流裡，聽聽歷史敍述茅盾、姜貴、馬婁的「一」種可能說法。一九二七年的大革命並未如茅盾的《蝕》所暗忖的，造成共產黨活動一蹶不振。二十二年後革命成功了。茅盾在寫《蝕》之後，一度奇妙的與黨「失去聯絡」。以後他一再想入黨，終未如願。這造成他生命中一欲蓋彌彰的汚點。五〇年代茅盾成爲中共的文化部長。面對一個比國民黨時代更嚴苛封建的政治、文化霸權，茅盾至死噤若寒蟬。我們不禁要覺得，寫《蝕》時代的青年茅盾，雖充滿了「幻滅」與「動搖」，究竟要比成爲共黨權貴的茅盾，更爲可親。

無獨有偶的，馬婁也在日後當上了法國的文化部長。《人間命運》把中國問題推向世界舞臺的前端，但反諷的是，中國在馬婁的小說裡卻實是可有可無的符號：馬婁對中國的成功「注視」，在於他對中國的「視而不見」。當年的革命家馬婁四出點火，務求破舊立新；當上了文化部長的馬婁變成了古蹟文物的保護人。而他的頂頭上司戴高樂總統，執掌的更是個右派政權。歷史的嘲弄，一至於斯！

忠誠國民黨員姜貴追隨國府遷臺，矢志要以文字控訴共黨暴政。但他到底沒有成爲反共文學的巨炮。他的作品像《旋風》等雖有胡適、夏志淸等人的品題，卻銷路奇慘。姜貴寫作《重陽》時期，家貧妻病，困蹇不堪。《重陽》出版後，他更訴訟纏身，差點因虐妻疑案而身陷囹圄。姜貴對此逆來順受，日後更大澈大悟，認爲他一切的磨難均與「匪諜作祟」有關（註一四）！他最後幾年所獲的各項榮譽，未免予人其來也晚的遺憾。

九〇年代的臺灣，政治的激情與喧囂仍未有已時。在大家爭作國士、鬪士、志士、義士甚至烈士的當兒，重新看看這三位作家在不同的歷史時刻對一九二七事件所作的描繪，也許有助我們細思將來我們要如何寫歷史，歷史要如何「寫」我們吧。果如是，保守的姜貴所發之苦澀尖誚的笑聲，可是要比進步人士茅盾和馬妻的正義怒吼，更切合這個時代的氛圍？

註：

一 有關一九二七年國共鬭爭事件的記述極多，參見如郭廷以《近代中國史綱》（香港，中文大學，一九八六），pp.537～570; Immanuel Hsü, *The Rise of Modern China* (Oxford: Oxford UP, 1938), pp. 526～531; William Rosenberg & Marilyn Young *Tranforming Russia and China* (Oxford: Oxford UP, 1982), pp.112～119.

二 邵伯周《茅盾評傳》（成都：四川文藝，一九七四），六三～六八頁；姜貴《無違集》（臺北：幼獅，一九七四），三一四頁。

三 茅盾〈從牯嶺到東京〉，傅志英編《茅盾評傳》（上海：現代，一九三一），三四二頁。

四 錢杏邨〈茅盾與現實〉，傅編《茅盾評傳》，一五九～二〇〇頁。

五 茅盾〈從牯嶺到東京〉，三四二～三四四頁。

六 C. T. Hsia, "Whirlwind", in *A History of Modern Chinese Fiction* (New Haven: Yale UP, 1971), p.558.

七 Chris Bongie, *Exotic Memories: Literature, Colonialism, and the Fin-de-siècle* (Stanford: Stanford

UR, 1991), pp.1～32.

八　同上。

九　對此書更詳盡的討論，參見拙著，David Wang, *Fictional Realism in 20th-Century China: Mao Dun, Lao She, Shen Congwen* (New York: Columbia UP, 1992), pp.89～95.

十　Hsia, p.558,560.

一一　見如 Violet Horvath, *André Malraux: The Human Adventure* (New York: New York UP, 1969); Thomas Kline, *André Malraux and the Metamorphosis of Death* (New York: Columbia UP, 1973), pp.59～83.

一二　Irving Howe, *Politics and the Novel* (New York: Avon, 1967), p.215.

一三　參見 Peter Brooks, *The Melodramatic Imagination: Balzac, James, Melodrama and the Mode of Excess* (New York: Columbia UP, 1985), p.5.

一四　姜貴《無違集》，二頁。

荒謬的喜劇？

——《駱駝祥子》的顛覆性

作爲三十年代中國最重要的小說家之一，老舍（原名舒慶春，一八九九～一九六六）顯示了兩個相生相剋的形象。雖然今天使老舍聞名於世的是他的《駱駝祥子》（一九三七），老舍的聲譽最初建立於諸如《老張的哲學》（一九二八）及《離婚》（一九三三）等滑稽小說之上，而這些小說也爲他贏得了「笑王」的稱號。我們當然完全有理由將老舍視爲人道主義寫實作家，但這種看法使我們忽略了他的喜劇才華，使他僅僅成爲魯迅等人所開創的「正統」現實主義流派中，一個優秀實踐者而已。實際上眞正使老舍有別於其他現代中國作家的，不是他對社會弊病的客觀暴露，而是他通過滑稽與鬧劇筆法對社會弊病所做的嘲弄。這種嘲弄筆法的力量來自老舍對笑聲和淚水極其自覺的誇張，以及他戲劇性地顯示或顚倒道德和理性價値。而蘊於其下的，則是老舍對已約定俗成的「寫實」主義，一種頡頏對話動機。

老舍於一八九九年出生於一個窮困的滿族家庭。其時滿族的出身早已不再能保障其社會特權及前程。老舍的父親是衛戍紫禁城的衛士。庚子事變時，光緒皇帝與慈禧太后已先一步西逃，老舍的父親卻莫名其妙的死於紫禁「空」城保衛戰中。老舍和他的母親在極僥倖的情形下，身免於難。值得注意的是，在老舍的回憶中，這些幼時的心靈創傷所引起的訕笑多於悲哀。當他敍述他父親爲一座空洞的皇城所作的犧牲，以及他自己出乎意料地虎口脫生的經歷時，我們感受到的不只是悲愴，還有一種無邊的荒謬感。

這種荒謬感成爲老舍作品中幽默的基調。老舍的笑不僅針對一個充滿非理性的世界而發，也針對陷於這一世界的老舍本人而發。他不僅對表面可笑的題材大肆發揮，而且要刺探那些原應引起憤怒和眼淚的題材裡的喜劇潛流。當老舍以自嘲的口吻，敍述自己作爲民國時代滿族邊緣人的生涯、貧困的家庭環境，孤身任教海外的經歷（一九二四～一九二九），以及他（由於在英國教書及在美國旅行）所錯過中國近代史上兩次最重要的事件——五四運動之後的歲月和中共取得大陸政權——的時候，我們都可以聽到這種模稜兩可的訕笑聲。

但是老舍或許在文化大革命（一九六六～一九七六）中，才爆發出他最令人瞠目結舌的笑聲吧？在被抬捧爲「人民藝術家」多年之後，老舍在文革高潮中發現自己成了「人民」的敵人。當一切事物突然被剝奪了原有秩序及理性後，世界上唯一剩下的，大約只是夾雜著陣陣鬼魅磔笑的無限混亂而已。老舍的自溺而死或許並非意外。對「笑王」而言，自殺總結了他充滿反諷意味的笑的哲學。自殺將他的嘲諷（及自嘲）中所含的自我毀滅傾向，推向極端；

自殺也同時對他在生活中所經歷過的種種荒唐事件，表明了一種最終的蔑視。

《駱駝祥子》不僅是老舍創作生涯中的里程碑，而且也曾被譽爲現代中國小說中「正統」寫實主義的一座高峰。這部小說記錄北京一個年輕誠實的黃包車夫——祥子——墮落成社會棄兒的過程。老舍有力地控訴了社會的不公，同時對下層人民追求幸福時的希望和絕望，表達了深切同情。書中大量的北京風俗紀實，也使這部小說成爲老舍對故都的鄉愁禮讚。與老舍早期的長篇小說像是《老張的哲學》、《牛天賜傳》等相比，《駱駝祥子》在文體上呈現了突出的變化。我們在其中既不見一系列滑稽的人物，也不見插科打諢的鬧劇行爲。相反的，我們見證了人類在不可抗拒的環境中，所作的徒勞鬥爭。老舍對現實的悲觀犬儒態度及宿命信念，在這部小說中如此呼之欲出，使得以往評者多從左拉自然主義的角度來閱讀這部作品。然而在這部小說的歎息及眼淚背後，我們似乎也聽到一種捉摸不定的、曖昧的笑聲潛伏左右。用老舍本人的話來說：「生命是鬧著玩的，事事顯出如此；從前我這麼想過，現在我懂得了。」

祥子是一個生長於北京貧民窟中的孤兒。他年輕誠實，唯一的大志就是希望能夠擁有一部黃包車，而且他的確具有實現這一目標的能力。爲了實現理想，他勤奮地幹活。他的自尊心使他不屑於像同伴那樣墮落於吸鴉片、逛窰子。但在小說中，當他的理想剛剛實現，就被一件偶發的軍閥拉伕事件所中挫，黃包車也被奪走。儘管如此，祥子後來仍設法逃出軍營。

出逃時順手牽走三匹駱駝，並將其賤價出售，因此得到了「駱駝」的綽號。這一盜竊行爲雖然情有可原，卻損害了他的正直性格，也標誌著他墮落的第一步。

這件事僅僅是祥子厄運的開端。老舍似乎決心讓他的主人翁在遭受最後打擊前，先經歷形形色色的困厄。祥子與車行老闆的女兒——醜陋而且霸道的虎妞——的婚姻就是這樣的劫難之一。祥子從未喜歡過虎妞，但虎妞一天晚上在祥子酒醉時勾引了他。事後虎妞佯裝懷孕，其父信以爲眞，將她逐出家門，祥子因此不得不與她結婚。祥子的勤奮並沒有給他帶來任何報償。他的新雇主曹教授是個好心的社會主義者。但祥子的好日子沒過幾天，曹教授就被控參與陰謀活動而遭警察抄家，祥子的積蓄也全被一個無恥的偵探私吞。在消沉之中，祥子開始抽煙酗酒、並混跡於從前他所鄙視的那些黃包車夫之中；他甚至從一個臨時雇主的妻子身上染上了性病。然而祥子的不幸並不於此結束。虎妞死於難產，祥子唯一談得上話的朋友，賣身養家的鄰居小福子，後來也自殺了。這一切最終使祥子陷入絕望。

以往的許多評論或讚美老舍對被壓迫者的人道主義關懷，或強調老舍對下層社會自然主義式的描繪，然而很少有人注意到《駱駝祥子》的形式結構問題。至於這部小說與老舍喜劇作品之間的關係，則幾乎無人論及。有鑒於老舍最令人發噱的作品往往奠基於他對人生最冷酷的觀察，我們不禁要問：在《駱駝祥子》中，老舍是否仍暗暗沿用了這一「喜劇」手法？是否這部小說對人生的自然主義的描繪後，有某種淒厲幽森的「喜劇」力量作祟？

老舍在描寫祥子的墮落時，運用了一種很傳統的喜劇模式：即經由某種機械力量的作弄，使得原本有活力的人或事物變成僵化的「東西」。從這個觀點來看，小說首要表現的是一個黃包車夫和他的黃包車之間的「愛情」。儘管祥子想擁有黃包車的小小欲望本身無可厚非，他表達欲望的方式無疑是十分浪漫，而且可能過於浪漫。這使得他和黃包車之間的親密關係在在引人側目。由於祥子簡直地將他的黃包車當成了心上人，我們可以探討小說因此所產生的喜劇性基調。在老舍的正宗喜劇作品中，我們已看到一系列迷戀於金錢、書畫、做媒、愛國主義、「現代妻子」等事物或概念的正反面人物。他們的行徑皆因「執迷不悟」，而成我們的笑柄。祥子只是這一系列人物中的又一個角色罷了——儘管他是以一種偏執而令人悲哀的方式加入這些人物的行列的。

不僅此也，祥子墮落的開端無疑已充滿了鬧劇元素。雖然我們不贊同祥子的盜竊行爲，他的質樸性格和他的環境卻使我們在某種程度上願意寬恕他的錯誤。然而隨著小說情節的發展，我們意識到祥子失車及此後盜竊駱駝的行爲，只是一連串災難的前奏而已。自此以後，祥子的厄運以令人吃驚的速度接踵而至，甚至達到了機械重複的程度。命運三次使祥子幾乎實現擁有黃包車、金錢和心愛的女人的願望，然而每一次都以祥子一無所獲告結束。在小說中祥子遭到軍隊的搶劫，秘密警察的騷擾，顧客的虐待，虎妞和另一個女人的引誘和玩弄，以及車行老闆的欺騙。他沉溺於賭博，性病纏身，最終無法從事他曾經熱愛過的職業。他不僅兩次失去黃包車，而且失去了妻子、兒子、恩人、知己和自己的財產，最後甚至喪失了自我。

在經歷這些一波未平、一波又起的厄運過程中，祥子竟以一種新形象出現在讀者面前：他災星高照，註定了逢吉化凶；他成了楣運當頭的掃把星。祥子一系列災難令人「目不暇給」，也導出了小說荒謬的喜劇性質。老舍意在控訴缺乏正義和同情的社會，卻出人意料地引生了一種恐怖幽默效果：如同卓別林電影中反覆出現的倒楣鬼那樣，駱駝祥子最後演出的是一齣陰森滑稽劇。在小說開始時，我們但願祥子能交上好運，擺脫災難。但當祥子每況愈下的境遇成為必然重複的情節，而且偶然事件成為促成祥子災禍的常用手段後，小說的悲劇張力逐漸消失。我們原本的焦慮與同情逐步耗盡，取而代之的竟是一種不斷增長的、帶有諷刺意味的好奇心：我們想看看祥子的境遇究竟會「壞」到什麼地步。祥子的災難如此引人注目，他的失敗者形象勢必可納入伏爾泰筆下的老實人憨第德和馮•伽米索筆下的受氣包行列。他們經受著一次又一次荒謬無情的考驗，終使罕見的磨難成為「奇觀」，非人的痛苦成為「傳奇」。

我們對祥子看法的改變，不僅顯示了我們自己心理自我防禦機制的作用，而且顯示了老舍本人對人生的不合理現象，所持有的模稜兩可的態度。老舍以往的喜劇或鬧劇善於堆砌排比風馬牛不相及的事物及概念，或顚倒嘲弄價值的標準及社會道德的規範。《駱駝祥子》的重要性正在於他大膽的以喜劇敍事手法，來敍述一個純粹賺人熱淚的故事。無論小說的煽情悲劇色彩如何根深柢固，老舍對祥子（及其他人物）所受磨難的過度暴露，以及他刻意地將有活力的人貶爲行屍走肉的做法，勢必產生一種荒謬的，令人黯然或憤然失笑的效果。

老舍的早期小說運用狄更斯式的手法，以及晚清譴責小說中的荒唐滑稽筆觸，誇張社會弊病。《駱駝祥子》則變換了喜劇／鬧劇的敍述方式，要用最極端的眼淚代替了最極端的笑聲。然而在老舍引生的眼淚和笑聲背後，永遠隱藏著相同的強烈衝動，一種接近戀棧混亂和自我否定的強烈衝動。煽情悲喜劇(melodrama)在探索已經失去的道德及行爲規範的名義下，濫用淚水；而鬧劇則就著道德及行爲規範的沉淪，產生狂縱無度的喧笑。《駱駝祥子》處於煽情悲劇和鬧劇交界處，其令人涕極而笑的程度不亞於《老張的哲學》令人笑中生淚的效果。這兩種小說中呈現的戲劇性荒謬（和恐怖）均來自老舍對於現實含意本體性的懷疑，及其對於任何人間努力的嘲諷態度。

作爲一個陷入無情環境中的浪漫主義者，祥子是老舍筆下知識分子角色——諸如《二馬》中的馬威和《離婚》中的老李等人——的一個卑微不幸的翻版。祥子如同馬威和老李一般，沒有意識到在一個充滿不義和腐敗的社會中，任何實現理想的企圖都將變成無意義的笑話。祥子受騙於自己的奢望，而這一障蔽從犬儒的角度來看，無疑是十分可笑的。在理想的驅使下，祥子性格中愚鈍性顯得多於悲劇性。小說結尾時，讀者清楚地認識到世界是一個深不可測的黑洞，任何理解世界的企圖從一開始就注定要失敗。似祥子般的浪漫主義者只是由於自我撇清或欺騙，才沒有及早認識到這一不言自明的眞理。

另一方面，祥子的妻子虎妞也是老舍小說中最令人難忘的「喜劇」人物之一。這個胖大醜怪、脾氣暴躁的貧民窟「女皇」，個性中充滿了鬧劇潛力。老舍對虎妞的卑視到了恨極生愛的地步。虎妞自私的父親爲了讓她爲自己管理車行，使她變成了老小姐。然而虎妞最終以引誘祥子並與之結婚表示了反抗。生活使她變成了「另一個怪物，既陳舊又摩登，既是閨女又是婦人，既是女人又是男子，既是人又像野獸。」她的臉色每每隨著她的化妝技巧由鐵青變成黑紅，而她的食欲和性欲永遠難以得到滿足。作爲潑婦，虎妞脫胎於〈柳郮的〉中那個毆打丈夫和公公，虐待家族中的女人，並利用基督教名義控制全村的鬧劇女騙子。這兩個潑婦都怪誕不經，既使我們感到可怕，同時又使我們感到可笑。虎妞的喜劇面在她與蒼白無力的小福子配對時，更得到充分發揮。虎妞與小福子這兩個人物的體格和個性本身已經形成了鮮明的對照。當處在一起時，她們演出了一段惡欺善的自然主義好戲，同時也加插了一幕母老虎強壓小可憐的黑色喜劇。

黑色喜劇的意味甚至可以在老舍處理虎妞之死的手法中看出。由於年齡過大及孕期營養過度，虎妞腹中胎兒極大，導致難產。在短篇小說〈抱孫〉中老舍描寫了一位婆婆在媳婦懷孕期間爲其大事進補所造成的可怕結局。在《駱駝祥子》中老舍用同樣的喜劇手法，辛辣的敘述虎妞如何貪食無度，如何養尊處優，不做運動。這些都預示著虎妞的生產可能不妙。果然，虎妞遭受了巨大的痛苦。與她平日的表現恰相對照，虎妞的死是老舍小說中最喧鬧的死亡之一。她輾轉床側達兩星期之久，呻吟和嘶叫嚇壞了所有的鄰居。儘管如此，虎妞仍然對別人發號施令。當她信奉的神靈失靈後，她又乞靈於「蝦蟆大仙」和她的「徒兒」——一個黃臉中年漢子。這兩個騙子裝神弄鬼，念咒燒符，一面命虎妞強吞符水，一面自己好生享用小福子買回的蔴醬燒餅和醬肘子。發現虎妞生命垂危後，他們立刻溜之大吉。這兩個騙子使虎妞死亡的場面顯得更是聲色唱作俱佳。他們恰恰揭示了老舍心目中苦難和死亡的意義所在：「愚蠢與殘忍是這裡的一些現象，所以愚蠢，所以殘忍，卻另有原因。」

虎妞和小福子的死只是老舍慶祝死亡和衰敗的序曲。這種慶祝在《駱駝祥子》的末尾達到高潮。老舍在一九五五年版《駱駝祥子》中刪去了小說原來的最後一章，老舍這樣做並不無道理。這章所呈現的一幕幕扭曲誇張、令人毛骨悚然的嘉年華會場景，爲中國小說自魯迅的《阿Q正傳》中，阿Q砍頭的場面之後所僅見。這一章沒有再增加小說情節中已經存在的苦難奇觀，相反的，它好整以暇地瀏覽了春天來到時，北京市民快樂的生活。但恰恰由於這一章似乎什麼都沒有描述，反使它烘托出小說空洞無物的結局。對一部過度充滿痛苦、死亡和不幸的小說，這一不像結局的結局對結構和題材方面的完整性提出了尖銳質疑。這一章以激進學生阮明的受刑達到高潮。阮明曾背叛祥子的恩人曹教授，而現在則被祥子出賣。阮明行刑前遊街時，北京城萬人空巷、歡聲雷動，大家都想爭睹一場眞刀眞槍的血腥好戲。面對一群群痳木而又嗜血的人群，老舍發出了魯迅當年的譏評。可怪的是，就在他抨擊這種血腥的嘉年華會場面的同時，老舍似乎仍在刻意賣弄自己豐富的語言。這使他的批判也沾染了華而不實的曖昧感覺。過於流利的道德批判聽起來如此耳熟能詳，結果就同它所抨擊的油滑的北京道德風俗一樣，虛浮不堪。

於此同時，我們發現身處人群之外的祥子。毫無意義的生活使他變成了一個活死人，一個下流的浪蕩漢。他在北京街頭婚禮和葬禮的行列中討生活；他成爲一個活道具，爲北京最後一批富人雅士們的婚喪喜慶裝點門面。我們最後看見他走在出殯的靈旗哀樂中。與死人爲伍對祥子來說已經成爲一種不可能抗拒的「誘惑」。這種遊行帶來了虛假的壯觀與熱鬧，更暗示遊行之外一切事物的無生命、無意義和不眞實。祥子可怕的姿態和葬禮的浮華構成一場死亡之舞式的慶典，帶給我們一種強烈的頹廢戲劇感。當祥子被塑造成一個機器人，機械地扛著招魂幡行走在出殯的隊伍中時，我們所見到的是老舍鬧劇手法最懾人心魄的翻轉。

小說的結尾顯示的因此不是祥子的覺悟，而是他墮落成荒謬的行屍走肉。生活的打擊奪走了他的黃包車，使他成爲他曾蔑視過的大衆中的一員，甚至實際上將他變成了一部機器。換言之，小說的喜劇設計經歷了一個完整的過程——最後將人物變成了機器。這使我們回想到小說的第一章，在其中老舍已經把北京黃包車夫的行當概括成一種受命運機械控制的生活。祥子的故事正是這種敍述框架中的典型，用老舍自己的話說，祥子的生活起伏恰如這部「機器上某種釘子那麼準確了。」

這部機器——無論它是自然主義的「遺傳」與「環境」機器，還是一個命運大轉盤——以它單調不變的方式運轉，將各種不同的生活方式凝固成一種模式。任何人若企圖擺脫它的宰制，都會受到被吞滅的威脅。祥子荒謬的「喜劇」來自於他過晚認識到自己在和這樣一部可怕的機器打交道。老舍將自然主義的寫作公式誇張重複使用，不知不覺地造成了作品自身的解構；就連小說主體敍述者在結尾處亦被祥子身邊機械空洞的人和街景所吞併。而在這個時候，我們才深刻感受到老舍小說中一直存在的嘉年華式衝動，對暴力、非理性人生、以及死亡難以言說的迷戀與迷惑。

蓮漪表妹

——兼論三〇到五〇年代的政治小說

現代中國小說的發展，每與政治變遷產生密切關係。自五四以來，重要歷史政治事件不僅常爲作家關懷、描寫的對象，甚至左右了創作環境以及文藝欣賞的品味。多年前夏志清教授以「感時憂國」四字說明現代中國小說的特色，實一語道破其強烈的政治、道德意識導向。（註一）一九四九年大陸變色，迫得數以百萬計的人民流離遷徙，避亂海隅。烽火兵戎之外，國共雙方的意識型態之爭，尤屬激烈堅持。在這樣一段驚心動魄的歲月裡，寫作何能視爲兒戲？作家銜淚筆耕，無非是要將一己的鬱憤辛酸，化作對現時歷史風暴的見證。鞭撻紅禍、泣血山河，五十年代作家爲現代中國政治小說寫下重要一頁，日後論「傷痕」文學，亦應自此始。

潘人木女士的《蓮漪表妹》（一九五二）是五十年代小說的佼佼者。儘管作者否認其爲特定政治目的（抗戰、反共）而作（見作者一九八五年純文學版序），該書控訴暴政、分殊敵我的意識型態動機實在不難察知。歷來有關《蓮漪表妹》的文字多集中於人物或主題的分析，已少有新意。本文將試由文學史的角度重爲《蓮》書定位。我的討論將分爲兩個部分：第一部分追溯《蓮》書與三、四十年代描述青年參與政治的小說，形成何種傳承或對話關係；第二部分則比較《蓮》書與同時期「反」共或「崇」共小說的異同，並兼及其影響的消長。由於篇幅所限，下文的討論難免不夠周全。但我主要的目的在於跳出以往評價「反共文學」的窠臼，以求在較大的格局下，肯定《蓮》書的成就。

一

《蓮漪表妹》以九一八事變至大陸淪陷的一段時期爲背景，敍述一群東北大學生輾轉關內、求學成長的曲折遭遇。主角白蓮漪自幼喪父，隨母寄人籬下。蓮漪美而慧，但性格游移多變，每難落實。她的自尊心使她時時力爭上游，務求獨占鰲頭；她的自卑感使她患得患失，憤世自慚卻又耽溺虛榮。《蓮》書共分爲二部，第一部「在校之日」由蓮漪的表姐追記抗戰前蓮漪在校的風風雨雨；第二部「蓮漪手記」則由蓮漪現身說法，自述陝北勞改、及淪陷後之經歷。這兩部分相互形成對話格式，不僅顯現政治黨派鬥爭的波譎雲詭，也直指蓮漪本人命運的反覆兇險。蓮漪的故事是意識型態的悲劇，也是個性的悲劇。

歐文•荷 (Irving Howe) 教授於其名作《政治與小說》(*Politics and the Novel*)中曾指出政治小說的不易為：在冷硬的政治教條與浮動人世經驗間，在集體理念信仰與個人感情依歸間，小說家必須往來折衝，尋找恰當的表達方式。藝術與宣傳的差別，往往只存於一線之間。但話說回來，政治小說的扣人心弦處，也就在此（註二）。藉著歐文•荷的觀察，我們可說《蓮漪表妹》之所以仍具可讀性，正是因為潘人木不只要揭露「狂飆」政治的青年下場為何，也要探討他們複雜的心理動機；不只要批判敵對的意識型態，也要建立一己獨特的道德視野。但我以為作為政治小說而言，《蓮漪表妹》實內蘊另一層弔詭意義。主角蓮漪由獻身而陷身紅潮，不是因為她太關心政治，而是她太關心自己。另一方面，掌握全書（尤其是第一部）敍述關鍵的蓮漪表姐——「我」——之能免於陰謀，與其說是因為她如何明辨是非，不如說是她有幸甘居事外。在表面國共抗爭的喧囂下，《蓮》書核心卻因主角政治意識的位移和撇清，暗暗留下一片空白。由著這片空白來看共黨分子的乘「虛」而入，才更見其滲透力的可怕，而這片空白也同時預警反共與恐共的理念，在書中漸有合流的傾向。

在《蓮漪表妹》的第一部裡，潘人木對蓮漪個性上的缺點，有相當深入的描寫。由開學前的購鞋風波，到進退兩難的婚約困擾，具見蓮漪眼高手低、瞻前而不能顧後的浮躁性格。開學伊始，蓮漪憑其容貌聰明，輕易引來大批裙下之臣。第六章〈迎新會上〉，蓮漪為在救國義賣上出人頭地，竟不惜捐出訂婚金鐲。此一豪舉果然贏得更多欽羨（或嫉妒）眼光，贏定蓮漪校花地位，但也爲她的墮落，種下遠因。這一章寫職業學生步步爲營、煽動人心的本事，寫流亡學生義無反顧、熱血救國的激情，寫蓮漪孤注一擲、賭下身家的冒險，環環相扣，高潮迭起，最見作者功力。尤其引人深思的是，國仇家恨與政治陰謀，個人欲望與群衆狂潮相互穿插衝突，使得每一句言辭都沾染了曖昧的色彩，每一個行動都牽連了複雜的因果。校內政治情境的千變萬化，猶是如此，校外風雲的險惡，不問可知。若非此後作者僅集中火力於蓮漪個人的起伏，削弱了邊配人物的戲分，《蓮》書很可以再上層樓，透視更紊亂糾結的政治運作現象。

蓮漪因義賣一砲而紅後，順理成章的成爲各類學生活動的中堅。圍繞她四週的男女同學，也因各有所求，暗中較勁。同時，華北風雲益緊，日軍強敵壓境，共黨乘機活動。蓮漪之涉身政治，幾乎是不可避免的事。我們在一九三五年重要的「一二•九」及「一二•一六」學生示威遊行中看到她搖旗吶喊（註三），在煽情話劇《彼岸》中看到她感人肺腑的演出，在同學倪有義神秘死亡案中看到她率衆仗義伸冤，更不提其他校內風潮及個人感情糾紛。蓮漪的大學生活，可謂風頭出盡、花絮十足。也就是在這等光彩的頂峰，蓮漪驀然發覺自己的孤立。她旋即成爲校方殺一警百的犧牲，而被狼狽開除。三六年的早春，蓮漪自北平失踪。她的家人後來才查出她已有身孕。蓮漪去了那裡？她孩子的「父親」是誰？誰殺了倪有義？《蓮漪表妹》第一部在一片懸疑中倏然告終。

潘人木紀錄蓮漪逐步墮落的過程，諷刺中不失同情，令人三歎。然而我們若從蓮漪的案例來看國共思想鬥爭，卻可發現不少值得思辯的問題。蓮漪的左傾，究竟是孰令致之？或者她稱得上是左傾麼？她果眞關心政治麼？《蓮漪表妹》有一個明確的政治主題，但至少在第一部中，我們看不出蓮漪本人有任何眞正的政治立場。她最難忘的毋寧是一己欲望的滿足。在左派學生的策劃下，她欣欣然的參加各類「愛國」行動——畢竟愛國的前提總沒有錯。試問，若右派的學生有足夠的組織與影響力，像蓮漪般的青年是否也會欣欣然的共襄盛舉呢？蓮漪的左轉，不在於她受了什麼意識型態的感召，而在於她根本沒有任何意識型態的自覺。政治的好惡於她不過就如挑選時髦的皮鞋樣式，或替換像樣的男友罷了。

潘人木將蓮漪的故事由理念的層次轉換到性格的層次，其實可引起兩種截然不同的詮釋：一、蓮漪之輩的得意與失意、成功與淪落僅具有淺白的道德教訓意義。國共兩方對其的思想投資，「都」是一種浪費；她日後的下場，更是一場冤枉的宿命經驗。《蓮漪表妹》因此不具有堅實的意識型態說服力。二、恰與上述相反，正是因為蓮漪從來沒有激進的政治憧憬，她的轉向讀來才更令人驚異共黨誘惑方式的無孔不入。政治何嘗只是可見的教條與權力之爭？它更設定我們的「身體」為最後戰場；挑弄我們的欲望，制約我們的個性，因勢利導，與時俱變（註四）。《蓮漪表妹》因此透露了意識型態延伸滲透、最為詭譎多樣的一面。

強調《蓮漪表妹》引生了自相矛盾的閱讀可能，並不意味潘人木的創作未見成功。事實上我以爲這才是《蓮漪表妹》碰觸政治問題的精彩處。回顧二〇年代以來的政治小說，我們可以發現較佳作品多能在褒貶特定意識型態教條的同時，另行開拓自我對話的餘地。政治小說因不只是一透明的文宣工具，它本身已是一不同理念意見的角力場。順著這一觀點，我們乃可說《蓮漪表妹》承繼了像茅盾的《蝕》（一九二七）、老舍的《趙子曰》（一九二七）、路翎的《財主底兒女們》（一九四四），及鹿橋的《未央歌》（一九四五）之類作品的精神，爲青年與政治這一題材，提供了一個五十年代的詮釋。

茅盾的《蝕》作於一九二七年上海工人暴動、國共第一次分裂後。茅盾主要的目的，即在描寫左傾的青年男女如何在此一「革命」行動中，歷經挫折、一蹶不振的經過。《蝕》原由三部中篇小說構成，分題爲〈幻滅〉、〈動搖〉、〈追求〉。顧名思義，已可知其內容一斑。茅盾爲五四後重要左派作家之一，其本人政治立場毋庸置疑。然而《蝕》書一出，他竟飽受同路人的激烈批評（註五）。原因無他，《蝕》雖名爲貶右揚左之作，但其中的崇共青年男女卻個個搖擺不定、頹靡浪蕩。是茅盾扭曲了歷史實相？還是他反映了三〇年代前夕、「失落的一代」的眞貌？在左派批評家肆意詆毀聲中，難道《蝕》只淪爲反面教材？或實已喚起大家始料未及的政治潛意識？對茅盾本人而言，他運用所謂小資產階級式的人物及情懷來解釋「大革命」的失敗，既不乏反諷揶揄，也充滿感傷自憐，迂迴反覆，又豈是喊喊「文學爲政治服務」者所能了解的。

尤其值得注意的是，茅盾小說中的女性人物多少分擔了蓮漪表妹式的命運。她們已受五四洗禮，一心參與政治以求提昇自己。但她們對「革命」的熱情迅速與感情的冒險混爲一談，到頭來左支右絀，往往一無所得。我們有理由譏諷她們自私迷糊，不成氣候。但「先公後私」的聖賢榜到底只有少數人上得去，這群小女子的掙扎與幻滅才爲「革命」塡下眞正的血淚。同理再看蓮漪的遭遇，我們就不忍苛責她的虛榮與愚昧了。女性涉及政治，似乎免不了性的騷擾。多愁善感的慧在〈幻滅〉中失身於右派職業學生，這與蓮漪失身於左派職業學生洪若愚顯有異曲同工之妙。爲獻身政治而「失」身於政治，兩作對政治與身體禁忌、道德防閑關係的描述，作了類似寓言的處理。左（或右）派的意識型態化約爲一男性的、淫猥的象徵，其教訓意義，盡在不言之中。

老舍的《趙子曰》又從一迴不相同的角度探討學生運動問題。一反《蝕》的陰鬱感傷格調，《趙子曰》中的學生不論是鬧學潮還是鬥校長，不論是談戀愛還是搞革命，都是在一片嘻怒笑罵中進行，亞賽輕佻鬧劇。我們的英雄趙子曰掛名野雞大學，鎭日吃喝玩樂，無事生非。他的本性天眞，「玩玩」政治原不過是順應潮流的消遣。然而當學潮愈演愈烈，原本的遊戲成爲血腥的悲劇時，小說的輕鬆筆觸成爲自我最大的嘲諷。尤其在小說的下半部，趙的好友有的爲政治理想捨命，有的搖身一變成爲催魂惡棍，我們這才意識到老舍對學生政治及政治學生犬儒與惶惑的看法。

如同蓮漪一樣，趙子曰以學潮領袖的身分被開除。在遭遇種種挫折後，他將何去何從呢？小說爲趙安排的結局是成爲一「愛國」的恐怖分子。但誠如夏志清教授所言，「恐怖主義是中國通俗小說裡盡人皆知的俠義觀念的誇張和歪曲，而在當代救國乏術之餘，強調個人勇敢和氣節的舉動，只能當作濟急的藥。」(註六) 不只此也，當愛國的目的和手段相互混淆，老舍其實深爲其所呈現的弔詭關係所困擾。《趙子曰》的結局因而充滿強烈自我質疑的情緒。不論出諸於何種名目，恐怖主義只能加速而非避免政治理想的敗壞。我們都還記得《蓮漪表妹》中，倪有義的被神秘謀殺如何導致學運的分裂與瓦解，亦使蓮漪遭受池魚之殃。潘人木爲老舍表面的批判，提供了一個註解，然而老舍對政治漩渦中非理性力量的迷惑及迷戀，則不可於潘著中復得。

路翎是四〇年代崛起的左翼新秀作家，深受胡風賞識，也因此同於中共五〇年代的整肅中，遭到株連清算的噩運。路翎以《飢餓的郭素娥》等書嶄露頭角，《財主底兒女們》則堪稱是最具野心之作。全書以抗戰爲背景，舖陳一南方家族沒落瓦解的過程，其重點則放在家族中男繼承人蔣純祖的身上。蔣純祖聰慧善感，具有強烈藝術家的氣質。他的纖美愛好，神經質的個性，以及略帶頹廢傾向的世界觀，註定與世格格不入的命運。而路翎卻選擇了這樣一個角色，作爲抗戰流亡學生的抽樣！按照左派作家的公式，如蔣純祖般半路出家的城市小資產革命者正是先天不足，後天失調。他的墮落與頹唐不過是歷史的必然。但由路翎寫來，我們卻發覺蔣純祖赫然成爲掙扎在人與我、家與國、左與右、情與欲的價值糾纏間，一個困獸猶鬥的荒謬英雄。聖戰的號召，愛國的奉獻，團體的紀律不過權爲刺激蔣純祖作出存在主義式行動的外在誘因。而這個現實道德及意識型態規範外的逃兵，竟是要在不斷沉落的生命軌道上，試探並定義自我存在的潛能，至死方休。比起同是個人主義者的蓮漪，蔣的境界極有不同。

路翎在綿延一千三百餘頁的小說中（註七），細膩刻畫蔣純祖的家庭悲劇，戀愛糾紛，政治信仰及參與文宣活動的顚仆。純祖（或路翎？）所關心的抗戰與「革命」，不僅是種種意識型態互相對抗的終極場合，更是感情與欲望付諸辯證的歷史舞台。這一極其個人化、內向化的思維特徵在書內逐漸擴散到其他人物的性格上。由蔣的家族成員而及於蔣的男女朋友，再及於他在宣傳劇隊及學校工作的伙伴及上級，最後竟及於書中驚鴻一現的歷史人物，像是汪精衛與陳獨秀。他們在紊亂的生活與生命網路中，吃力的、卑微的求取某種解脫行動，卻注定發現「解脫」是進入另一重誘惑羈絆的開始。於是敏感若蔣純祖者「是深深地感覺到他身上的矛盾的，但他……不願意想到他們。他覺得，僅僅是悲涼的生涯，以將來的痛苦懲罰現在的錯失，便可以解決一切。」（註八）在一片抗戰八股聲中，《財主底兒女們》以其獨特的生命視景，延續血肉戰爭的即景而爲個人波濤起伏的意識掙扎。謂其爲當時政治小說的異數，應不爲過。

我最後要討論的是鹿橋的《未央歌》。這本記敍抗戰西南聯大時期的青春戀愛小說成於戰後，而在一九五〇年代開始受到廣大歡迎，其魅力至今不衰，堪爲中上學校的校園神話之一。將《未央歌》與其他已討論之作品相列，是顯得有些突兀，因爲該書除了空有抗戰背景外，儼然淸奇脫俗，絲毫不沾人間煙火。書中的四位男女主角徜徉山靈水秀的戰時校園內，你「追」我「趕」，嘗遍愛情的苦辣酸甜。有道是砲聲隆隆，愛聲濃濃，還有什麼樣的抗戰作品更能讓我們這輩太平盛世的讀者，閱罷但恨「生不逢辰」的呢？

好個青春之樂樂「未央」。我們可以反駁鹿橋的歷史詮釋，但我們不能不佩服他一氣呵成的文學構思。再退一步說，這原就是一部由年輕人寫給年輕人看的書，理當百無禁忌。反諷的是，正是因爲作者立意要將原本沾帶政治色彩的素材非政治化，他的「潔」本反而要招惹高度政治化的閱讀。齊邦媛教授在八八年《聯副》七七特刊中以〈烽火邊緣的青春〉爲題，討論與抗戰有關的學生小說，就是以《未央歌》與《蓮漪表妹》作對比。「兩作皆發生於流亡學校裡，也皆以『嬌美有餘而思想不足的校花』爲主角，但結局何其不同。」（註九）當蓮漪歷盡劫數的同時，燕梅、寶笙也在戰鬥育樂營似的環境裡接受愛的考驗。齊教授尖銳的對比實是語重心長，西南聯大的日子也確可能並不安靖——王藍的《長夜》就描寫過當時職業學生鬧事諸景。但我以爲兩作的對照仍可獲致另一種結論。《蓮漪表妹》及《未央歌》其實有極大的相似處。兩種都是寫青年的浪漫憧憬或激情：對政治的激情或對戀愛的激情。

試想《未央歌》中的男女若以同樣談戀愛的瘋狂去擁抱一種政治信仰，其摧枯拉朽的力量何曾會亞於蓮漪那班人馬？《未央歌》不是一本政治小說，但它「欲潔何曾潔」？它所誇張的浪漫感情看似美好，卻不免要讓走過三、四十年代的人，深感其跡近「拍花」式的意識型態誘惑力而惴惴不安（註十）。《未央歌》將《蓮漪表妹》式的題材，作了神話式的置換，但內裡所暴露或隱藏的政治情懷，卻分明是同一時代的產物。

以上我以四本早於《蓮漪表妹》的學生小說爲例，參看《蓮》書描寫青年投身（或拒絕）政治活動的種種情境。我的論點是，有力的政治小說不只被動的反映或排斥特定意識型態，更能使敍述本身成爲一象徵性的政治「事件」，匯集、攪擾不同的聲音，從而促使讀者警覺閱讀時所必備的因應策略。《蓮漪表妹》與《蝕》、《趙子曰》等作當然遠有不同，但正因爲這些引人思辯的不同處，我們才了解《蓮漪表妹》之未淪爲反共八股，或許即在於潘人木於書內書外所營造的「一己」及「異己」的聲音，仍饒有滋生政治對話的餘地之故。

二

《蓮漪表妹》第二部題名爲「蓮漪手記」，講的是蓮漪自北平失蹤後的種種遭遇。蓮漪自被學校開除，又與職業學生洪若愚因姦成孕後，果然含羞帶憤的投奔延安。但是解放區的日子並不好過，蓮漪這樣自命不凡的劇場新秀也只落得爲宣傳樣板戲的材料。她終因一次抗命罷演事件被判勞改。等到出獄時，大陸局勢已然劇變。蓮漪被安排重回北平任職。她自熱河一路輾轉歸來，卻發現家中早已人去樓空。更難堪的是，她所須報到的上司，竟是洪若愚！

潘人木顯然企圖以精巧的對位法來描寫蓮漪投共以後的痛苦波折。在校時的蓮漪志比天高，一呼百諾，到了延安的她卻屢被羞辱，俯仰由人。蓮漪嘗自詡如水中白蓮，只可遠觀，卻在一夜苟合後有了身孕。她嚮往婚姻自主，爲之不惜悔婚，卻反成了洪若愚的地下情婦。她爲了腹中骨肉遠走他鄉，卻被迫產後放棄母子關係。蓮漪周圍的人物也紛紛改頭換貌，「重新作人」。過去那些積極分子果然皆各有任務。洪若愚由職業學生成了職業官僚不說，最不可思議的是蓮漪在校時爭風吃醋的對頭，「前任」校花沈積露竟也是共黨臥底人士之一。

沈積露家境富有，貌美多姿，素爲蓮漪妒羨的對象。惟初時沈似乎志不在政治，僅以與右派學生趙白安吊膀子爲樂。這樣一個看似淺薄的人物後來竟在延安出現，且官列上級指導員。原來沈後與趙成婚，利用枕邊關係套出不少情報，且終於計害親夫！沈積露一角是《蓮》書的神來之筆。她一直是蓮漪可望而不可及的欲望指標；因爲她，蓮漪的努力及暫時勝利才有意義可言，也因爲她，蓮漪的羞辱才達於谷底。蓮漪之在延安獲罪，正是由於她拒絕演出《白毛女》娛樂有功歸來的沈同志。沈積露的轉變近似偵探小說的橋段，但她卻是映照蓮漪性格與命運的重要媒介。

從敍述方式的層面來看，《蓮漪表妹》一、二部的差別顯而易見。第一部的敍述者「我」是蓮漪的表姐，也是書中的邊配人物。這位表姐雖然總是冷眼旁觀，其實是統攝全局的重要聲音。她對事件的報導常持反諷距離，但我們不難認同她的立場以及價值觀，並據以判斷蓮漪的行爲。由於才貌不如蓮漪出衆，個性又較安份守己，我們的表姐雖也跟著大夥兒起鬨過，終能全身而退，而且在抗戰前夕爲自己找到了個如意郎君。相對於蓮漪飛蛾撲火式的冒險，「我」給自己的安排眞有天壤之別。我們基本上都會慶幸「我」較完滿的結局。然而這個看似質樸的聲音難道不曾透露一點令人騷動的訊息麼？在《蓮漪表妹》這樣一部旗幟鮮明的政治作品裡，表姐「我」除了暗示政治的嬗變虛妄外，似乎更暗示我們最好要遠離政治，以免惹火上身。反共與反政治應該是兩回事，因爲前者基本上就是一種政治姿態。然而在《蓮漪表妹》中這兩者卻逐漸形成矛盾的辯證關係。由厭共恐共而恐政，卻終不免導致又一種政治訴求的形式，恐怕是五〇年代許多反共小說共有的特色。這一特色當然有鎭懾人心的功用，但也無形迴避了較細膩的思想分殊要務。

同樣的特徵也出現在《蓮》書第二部蓮漪本人的敍述聲音中。蓮漪的悔恨悵惘一開始就清楚的陳述出來。鑒諸前述的對位寫作方式，蓮漪的改變我們應不覺意外。可是失去了第一部中旁觀敍述者的有利觀點，蓮漪的責任加重了許多。她必須在改變中又不時的提醒我們，「過去」的蓮漪仍然在她生命一角，蠢蠢欲動，由此產生的對比，才能可觀。潘人木顯然有心如此塑造蓮漪的「我」，然而她的同情心也有易放難收的時候。處理蓮漪與洪若愚的關係時，使我們常覺蓮漪最大的痛苦，好像不是來自誤入共產歧途，而是來自遇人不淑。與表姐的圓滿歸宿前後呼應，蓮漪的政治自覺也同樣外張內弛，成為她婚姻問題的副產品。

潘人木以女性作家特有的關懷來處理蓮漪和她表姐的政治／感情經驗，當然無可厚非。在一個劇烈變動的時局裡，女性知識青年的舉動，於公於私，原就較男性來得艱難。我所願強調的是，以婚姻、愛情的成敗來觀察政治經驗的得失，一方面提供絕佳的象徵喻意，一方面卻也容易帶來思考的盲點。政治及意識型態的領域固然和家族倫理道德的價值密不可分，但若僅由後者來詮釋、涵蓋前者的複雜性，仍難免有顧此失彼之虞。以《蓮漪表妹》第二部為例，蓮漪回到北平後勉強住進了洪若愚的家裡，成了名存實亡的「愛人」。洪的狡猾奸吝我們早有所知，有趣的是，在第二部中他的「能耐」瑣屑化、「家庭」化了。原來他也有上司要逢迎拍馬，有下屬要恫嚇支使。不僅此也，洪還性好漁色，且因此身染惡疾；外加嗜吸毒品，無以自拔。這眞可謂集眾惡於一身。但仔細讀來，這些缺點件件都屬家庭女子對婚姻的噩夢，可以發生在共產世界，也可如潘人木另一部作品《馬蘭的故事》中的壞丈夫一例，發生在其他的世界。

比較起來，小說第一部裡的共產黨人笑裡藏刀、神秘莫測，的確令人悚然；第二部中自洪若愚以下的鼠狼之輩，行徑則如跳樑群醜。與其說他們引起讀者的恐懼，不如說他們引起讀者的卑視。這種由「恐共」到「輕共」的情緒，交相爲用，其實出現在多數五、六〇年代的政治小說中，充分顯現作家反共想像的癥結。由是觀之，我們倒可發現另一反諷情形：相對於小說第一部蓮漪的墮落，第二部其實是關於共產黨人本身的墮落。上焉者如死硬派侯婉如被鬥而死，理想成空；下焉者如洪若愚苟且齷齪，日趨下流。他與他當年所藉詞要推翻的對象，竟是五十步笑百步之別。

《蓮漪表妹》的結局充滿了情節劇(melodrama)的設計。不出所料，洪若愚就是當年在校謀殺倪有義的眞兇。頗具巧思的是第三十三章學運敗類鬥爭大會一景。這一章與第一部第六章〈迎新會上〉遙遙相望，不僅集合了書內多數關鍵人物，且再以蓮漪當初捐出義賣的金鐲爲焦點。金鐲幾經轉手，雖失而復得，但歷史早已改朝換代，物是人非。遙想當年在掌聲中崛起，如今落得批鬥公審，蓮漪的榮辱起落，至此方告一大輪迴。小說道德勸懲的目的，似乎也已功德圓滿。之後的情節急轉直下。蓮漪由國特幫忙，倉皇南逃，竟於火車上巧認多年來相見卻不相識的私生子。但團圓迅又成爲死別。蓮漪身心俱傷，最後安抵香港，而該國特已成男友矣。潘的菩薩心腸，總算使愛護蓮漪的讀者，安心掩卷。

五〇年代的反共小說不在少數，但類似《蓮漪表妹》般以家族倫理道德視景批判知識分子的左傾際遇，而能不落俗套者，仍首推姜貴的《旋風》(一九五二)。《旋風》藉山東一大家族中各分子接觸共黨誘惑或迫害爲主線，寫出五四至抗戰期間地方政治、經濟結構崩潰的悲喜劇。主角方祥千出身教育界，迷信共黨宣傳的理想，結合族侄方培蘭及地方閒雜人等，發展一股江湖「革命」勢力。其間又有軍閥惡霸及日本駐軍的介入，益使情勢複雜化。依照方祥千的想法，共產「革命」是導向大同世界的不二法門。但他二十年致力「革命」的結果，不但搞得自身家破人亡，而且使整個故鄉發生了百劫不復的大變亂。等到共黨眞正坐大時，方氏叔侄大權旁落，終不免兎死狗烹的命運。

《旋風》一書人物情節複雜，歷來已多有名家分析，不必於此重複（註一一）。可以注意的是，姜貴有系統的將共黨盤據的社會，看作是一與傳統倫理宗法背道而馳的狂人世界。一切的綱常禁忌倏然作廢；一切的禮教秩序均須逆轉。舊社會的確問題重重，亟待改革，但諷刺的是，這個「美麗新世界」竟如此缺乏「新」意，而是那舊世界最荒謬殘暴的翻版諧仿。性的放縱與變態是姜貴攻撻共產式倫理的重要隱喩。一旦妓女流氓當家作主，封建家庭中的荏弱女子尤成首當其衝的迫害對象。任何讀者看到書中方冉武娘子所受的非人凌辱，恐怕都要駭然失色。這方面的處理，姜貴要比潘人木「狠心」得多。也因此，他能直搗我們放肆欲望時的癢處及痛處，以及隨之而來的種種醜陋結局。夏志清教授曾以杜斯妥也夫斯基(Dostoevsky)的《附魔者》(*The Possessed*)爲借鏡，形容《旋風》人物儼若小丑，沉浸在荒謬的滑稽戲中（註一二）。就此我願更進一言。《旋風》（以及其後的《重陽》）藉挖掘、移植古中國小說性禁忌及性暴力的潛能，來諷諕「革命」對個人身體的解放誘惑及威脅，譏誚知識分子與傳統家族倫理間的緊張關係，其露骨尖刻處，在現代中國小說中，得未曾有。

五〇年代至少還有另外一本著眼知識分子的反共小說，可以與《蓮漪表妹》相提並論，即張愛玲的《赤地之戀》（一九四七）。我們一般對張愛玲的印象，多來自《金鎖記》式的人間風情悲喜劇。事實上她的兩部政治小說，《秧歌》與《赤地之戀》，一寫農村，一寫都市，均各有可觀。此處專論後者，《赤地之戀》中的那批年輕人比蓮漪表妹晚半輩，而與《未央歌》裡的癡情男女背景相當或稍小。他們卻不若燕梅、小童那樣的得天獨厚。他們以戀愛般的癡情追隨一個新的主義、新的政權，卻在一次又一次的政治風暴中，被折磨得體無完膚。《赤》書的主角是劉荃，一個「解放」初期大學畢業生。小說開始時，他和一群來自北京各院校的畢業生被派到一個農村參加「土改」。但他滿腔的熱情迅速在實地工作中，化爲烏有。農民的愚與窮，共幹的貪與狠，還有投機者的奸與賤，在在使劉荃不寒而慄。一連串的血腥鬥爭後，他悄然而退，轉赴上海工作。

張愛玲描寫淪陷後農村的改變，眞實有餘，精彩不足。只有當劉荃回到了張所熟悉的上海後，各樣角色行動才鮮活起來。剛剛陷共的上海巧妙延續了她素來的人生視野：迷亂而慵懶、喧嘩又瑣屑。一批又一批的政壇新貴剛擺起架勢，準備享受得來不易的滬上風華，卻只發現一切不過是作戲一場，幕前的急管繁絃怎麼也掩不住幕後的頹靡與空洞。比起蓮漪表妹的情夫洪若愚及其他走狗壞蛋，張愛玲筆下的這些共黨人士似乎有趣得多。不論是紅軍長征英雄還是地方革命女將；不論是老牌黨工還是新進政客，他們都要在侷促吵嚷的生活圈中打點算計，都不免有一股張狂卻也張皇的面貌。看了太多生命的庸俗奸險，張基本上是以相當包容的心情來審視這批共幹。她失去了黑白立判的道德尺度，倒成就了一種半帶自嘲的悲憫與戒懼。果然，由於各種運動紛至沓來，我們這群忙碌的小官僚開始相互傾軋出賣。隨波逐流的劉荃也因此在劫難逃。

《赤地之戀》也有相當戲劇化的結局，動機卻遠較《蓮漪表妹》曖昧。劉荃繫獄待斃，他的情婦安排他的女友賣身相救。劉釋後灰心之餘，志願參加韓戰赴死，卻又居然出現美軍戰俘營中。小說的高潮，是在奔向自由或重回鐵幕間，劉選擇了後者。「他要回大陸去，離開這裡的戰俘，回到另一個俘虜群裡，只要有他這麼一個人在他們之間，共產黨就永遠不能放心。」（註一三）這樣的宣言眞是教條得可以。但我仍以爲對張愛玲這位老牌的派頭兼嘲弄主義者(snob and cynic)，劉荃的決定何嘗不是一個「美麗而蒼涼的」姿勢，是他下半輩子要不斷回味的。當他「一級一級，走回沒有陽光的所在」時，我們在他犧牲小我的利他信念下，發覺一股因自虐而來的快感潛流。

本文最後一個與《蓮漪表妹》作類比的例子，不再是反共，而是本「擁共」小說：楊沫的《青春之歌》（一九五七）。這本小說初版後即暴得盛名，成爲五〇年代中共文學的經典之作。將《青春之歌》與《蓮漪表妹》並列，我們立可看出好些既相輔又相異的關係。《青春之歌》寫的也是一位女孩子在抗戰前夕參與政治的心路歷程，也強調了在學青年發動學潮的始末，也穿插了國共鬥爭的驚險好戲。我們的女英雄名喚林道靜，姿色絕不亞於蓮漪，境遇之坎坷則猶有過之。學校畢業後她投奔親戚未果，草草陷入初戀並同居的困境。隨後她掙扎找尋出路，漸得機緣加入左傾政治活動。與蓮漪等被「拍花」般「騙」進左傾活動的學生不同，道靜的轉變儼然有宗教天啓意味。然而馬列天堂不是免費進場的，如道靜這樣的女孩縱有慧根，也得勞其筋骨、餓其體膚一番，方能擔當大任。在這本六百多頁的鉅作裡，我們看到她忙碌的東奔西走，搞情報、作思想、蹲監獄、上街頭，還應意猶未盡的（頭版）讀者（及檢查者？）要求，從第二版起到農村兜了一趟，好向老大爺、老大娘吸取革命經驗（註一四）。而全書的高潮正是《蓮漪表妹》也著墨甚多的一九三五年「一二•九」與「一二•一六」學生示威運動。但不知林道靜是否在遊行隊伍裡碰到了寬眉大眼，臉蛋白裡透紅的白蓮漪？

除了尖銳的國共政治立場分野外，兩作作者對女主人翁性格的塑造也頗有出入：潘人木極力寫蓮漪的虛榮與浮躁，楊沫則專攻林道靜的奉獻與謙卑。但我以爲兩作所依循的道德意識邏輯，卻委實相去不遠。套句林道靜的話，國共雙方，「一邊是神聖的工作，一邊是荒淫與無恥。」（註一五）而這「一邊」到底是那一邊？端看作者與讀者的立場。《蓮漪表妹》講信仰政治的罪與罰，《青春之歌》講政治信仰的救與贖。兩作各排女將出場，隔海叫陣，卻形成一最奇異的和聲，不能不說是五〇年代兩岸政治小說的弔詭現象。

我們應如何再進一步廓清兩作間的對話關係呢？方法之一是回到衍生政治小說的歷史情境裡去。潘人木五〇年代渡海來台，痛定思痛，爲蓮漪作傳。而《蓮》書第二部「蓮漪手記」更求以最直接方式，寫蓮漪的報應與怨悔，共黨的虛假與狠毒。相對的，《青春之歌》原爲「憶苦思甜」而作，楊沫自有其創作使命。在「反右」的年月裡，這本書能屹立不搖，足見符合「歷史」需要。然則歷史的軌跡何其難測！當六〇、七〇年代類似《蓮漪表妹》這樣的「老派」反共小說逐漸被判落伍而湮沒時，《青春之歌》曾幾何時也成了文革的毒草，慘遭嚴厲批判。楊沫可曾料到，她歌之頌之的「一二•九」事件裡學生那樣狂熱叛逆的革命情懷，三十年後竟「眞」的回到人間，應驗到紅小將的身上？而批鬥羞辱她最甚的紅衛兵中，竟有她的兒子！蓮漪的兒子若未死於非命，會有什麼作爲？

《青春之歌》的故事寫到抗戰前夕即嘎然而止，不能如《蓮漪表妹》第二部般即時見證歷史的後續發展。但時間居然促成《青春之歌》的「第二部」輾轉出現——不是由楊沫，而是由那個曾批鬥楊沫的兒子老鬼完成，題名《血色黃昏》（一九八七）。《血色黃昏》以第一人稱（！）懺悔錄形式，追記文革成長的一代如何由意識型態的狂飆中隕落下來，如何歷盡肉體折磨而領受一種政治寄託的虛妄。傷痕歷歷，血色斑斑。卅年一覺青春之夢，斯人回首處，但見紅霞漸緲，夕陽欲墜。楊沫的作品，畢竟也是由生命寫成。是潘人木的《蓮漪》

果有「先見之明」？還是楊沫的《青春》依舊無怨無悔？

在兩岸政治關係變動頻仍的今天，重讀像《蓮漪表妹》這樣五〇年代的反共小說，的確令人感觸良多。《蓮漪》老矣，潘人木女士的「控訴」在這個衆聲喧嘩的時代裡，似乎顯得孤單了些。然而在文革後傷痕文學的熱潮已退之際，我們再溯大陸陷共後的第一波傷痕文學，能不深深體會《蓮漪表妹》猶有新意存焉？政治小說的閱讀促使我們反省小說所揭露的政治訊息與內在張力，更促使我們思索「閱讀」本身的政治條件與情況。本文試圖以《蓮漪表妹》作爲特定之樞紐，發掘近代中國政治小說譜系之一端。由上述有限作品的相互指涉間，我們已可稍窺意識型態信念於文字中所歧生的種種擴散與對話關係，與時俱變，而不囿於作品表面的政治姿態。《蓮漪》當年曾是重要反共名作；風流水轉，如今再現江湖，自是要重新吹縐一池春水。但願我的閱讀《蓮漪》，有助激起陣陣漣漪。

註：

一 夏志清〈現代中國文學感時憂國的精神〉，丁福祥譯，收於夏著《中國現代小說史》，劉紹銘編譯（台北，傳記文學，一九七九），五三三～五二二頁。

二 Irving Howe, *Politics and the Novel* (New York: Avon, 1970), pp. 18~26. 惟其藝術／政治、形式

／內容二分的傾向，實應存疑。

三　有關一九三五年「一二・九」事件及後續學生活動的研究，可見Jone Israel, *Student Nationalism in China 1972～1937* (Stanford: Hoover Institution, 1966), pp. 111～156.

四　此處議論從傅柯(M. Foucault)對「身體」如何受制於政治文化運作所制約的看法。參見如Michel Foucault, "Body／Power", in *Power／Knowledge*, ed. Colin Gorden (New York: Pantheon, 1988), pp. 55～63.

五　有關《蝕》出版後所引發左派批評家的筆戰，參見如錢杏邨著〈從東京回到武漢〉、賀玉波著〈茅盾創作的考察〉，均收於伏志英編《茅盾評傳》一書（上海，現代，一九三一），二五五～三一四頁及七～五一頁。

六　夏志清《中國現代小說史》，一九一頁。

七　我所依據的版本是，路翎著《財主底兒女們》（北京，人民文學，一九八五），共一三一八頁。

八　路翎《財主底兒女們》，九一四頁。

九　齊邦媛〈烽火邊緣的青春〉，《聯合報》副刊，一九八八年，七月七日。

十　「拍花」語出潘人木《蓮漪表妹》第一部，第七章。見潘註「拍花的」：「傳說這種人用手一拍小孩的腦袋，小孩就會看見四面都是水，自動的跟著他走。拍走小孩後，可能殺掉或是賣掉。」，《蓮漪表妹》（台北，純文學，一九八五），九八頁。

二　見如夏志清〈姜貴的兩部小說〉，收於《現代中國小說史》，五五三～五七五頁；張素貞〈五十年代小說管窺〉，《文訊月刊》第九期（一九八四），一〇二～一〇四頁。

一二　同上，五六〇頁。夏對杜斯妥也夫斯基《附魔者》的批評，源出 Irving Howe 的 *Politics and the Novel*, p. 59.

一三　張愛玲《赤地之戀》（香港，現代，無出版期），二八〇頁。

一四　見楊沫〈再版後記〉，《青春之歌》（香港，三聯，一九六〇），六二五頁。

一五　楊沫《青春之歌》，六二一頁。

大有可爲的台灣政治小說
——東方白、張大春、林燿德、楊照、李永平

政治小說曾是五〇年代台灣文學的重鎮。在海峽兩岸狂飆意識型態的歲月裡，小說銘刻政爭所帶來的遷徙雜亂，並進而鼓吹明確的政治訊息。從陳紀瀅的《荻村傳》、潘人木的《蓮漪表妹》、司馬中原的《荒原》，到姜貴的《旋風》、《重陽》，都是其中的佼佼者。

八〇年代中期解嚴令下，台灣政壇一時風起雲湧。作爲社會象徵活動的一種，政治小說也重現江湖，而且鋒頭更勝以往。志在八方的作家寫之（陳映眞、王拓），有話要說的政客亦寫之（呂秀蓮、姚嘉文）。過去的禁忌成爲今日的圖騰。對白色恐怖的撻伐取代了對紅禍的控訴，獨立建國的口號卯上了反共復國的教條。這果然是個強人不再、老賊下台的時代。但在政治小說的喧囂聲中，一些老問題仍然存在：如果政治的核心是權力的角逐取予，政治小說的作者與讀者是如何演練他（她）們之間的主從關係？折衝於意識型態與文字符號間，政治小說家如何求取均衡點？政治小說到底是紙上談兵，還是政治行動之一種？如果政治可

以見諸各種不同社會關係，而且與時俱變，政治小說又如何定義它的文類及題材範疇？九〇年代前後出版的五本小說，張大春的《大說謊家》（一九八九）、東方白的《浪淘沙》（一九九〇）、林燿德的《一九四七高砂百合》（一九九〇）、楊照的《大愛》（一九九一），以及李永平的《海東青》（一九九二），分別自不同的角度，審視晚近台灣的政治生態，也以不同的寫作策略，凸顯作家一己的政治視景。這些作品所形成的頡頏或對話關係，更說明政治小說的趣味，不只在於作家寫下了「什麼」敏感題材，尤其在於作家「如何」寫他（她）的題材。

《浪淘沙》

在這五本小說中，東方白的《浪淘沙》最能符合傳統政治小說的定義。這本書藉三個家族三代的悲歡離合，寫出台灣自甲午戰爭以迄八〇年代的種種歷史際遇。由烏鴉錦之役到台灣文化協會事件，由太平洋戰爭到二二八事件，近百年來台灣政治可泣可涕的史實，盡入東方白筆下。《浪淘沙》長達一百五十萬字，可能是近年台灣所出版最長的一部小說。作者旅居加拿大多年，耗費十載才完成此書，而且其間因寫作過勞，幾乎精神崩潰，這樣瀝心泣血的經驗，本身已自成為一則傳奇。

東方白有意將《浪淘沙》寫成台灣版的《戰爭與和平》。但東方白不是台灣的托爾斯泰。儘管捧場的評者熱烈讚美《浪淘沙》爲「大河」傑作，「史詩」鉅構，我還是要說這部小說單調冗長，不能超越四、五〇年代「家族血淚戰爭愛情大河史詩」小說的窠臼。小說蒐羅了許多眞人實事的遭遇，固然動人，但東方白的舖陳描述，每有心餘力絀之虞。我不否認我的看法有其美學（乃至意識型態）的因由：既是閱讀或撰寫「政治」小說，誰又能自詡立場超然？但認知一己及異己的洞見與不見，是朝向政治小說美學的第一步。

政治是講求影響與效應的。「好」的政治小說未必產生「有效」的政治影響，反之亦然。《浪淘沙》寫得好不好是一回事，東方白爲了替台灣寫家史寫到心力交瘁，這一寫作行動本身已足以說明政治信念與激情的魅力。忙著鬧革命的鬥士們多半不會如我輩讀者，慢慢啃完《浪淘沙》再來品評一番。對他們來說，有像東方白這樣殉道家般的作者，有像《浪淘沙》這樣超大部頭的史詩作品，裝點場面已經夠了。三大冊《浪淘沙》所佔的空間不小，適足體現這部小說作爲紀念碑式的政治意義。

《大說謊家》

張大春的《大說謊家》代表當前政治小說的另一極端。東方白把《浪淘沙》當作是畢生志業，張大春則在《大說謊家》中公開說謊扯淡。東方白將台灣近代史神聖化經典化，張大春卻把歷史、新聞、小說混為一談。「我們都是大說謊家，小說有說謊的權利，新聞有說謊的義務」，張的憊懶犬儒姿態，由此可見一斑。《大說謊家》原為報刊連載，張將早上的新聞寫成了下午的小說。這樣的機動性為歷來文學所鮮見，也間接的透露小說創作與政治現實共有的虛浮變幻特性。而小說內容的爾虞我詐，以及所影射之當權人物的醜態，則猶其餘事。

張大春拆解歷史，嘲弄政治的作法，可以看出解構及解嚴美學的影響。但他嬉笑怒罵的嘉年華式筆觸，果眞消解了一切麼？無巧不巧，小說連載尾聲期間，六四事件爆發。天安門前的鎗聲血影，逼得張大春也暫不說謊，轉而指陳現實。歷史、政治、小說間的角力，因此達到張始料未及的高潮。《大說謊家》看似輕浮，但張的用心極其值得注意。我倒是覺得貫串小說的虛構故事部分，牽扯過多而漸失頭緒。說謊家儘可撒下瞞天大謊，但如何在撒謊之後，把謊圓得嚴實，不是易事。《大說謊家》如果不完全成功，這應是主因吧。

《一九四七高砂百合》

林燿德的《一九四七高砂百合》代表又一種評估政治與歷史的嘗試。小說以一九四七年二月二十七日為時間的基準點，串連當日台灣各層面的躁動與不安。這些層面至少包括了原住民與天主教傳教士間對信仰與傳統的衝突、日本敗軍的恐懼與鄉愁、陳儀長官及手下的顢頇暴行，還有市井男女永不停歇的行止操作。林燿德像東方白一樣，有心爲台灣漸被遺忘的故人往事，重建譜系，但他召喚過去、贖回歷史的方式，又略近於張大春。他不寫二二「八」而寫二二「七」，顯然已有著藉時間的位移，拆解歷史（敍述）霸權的用心：我們對歷史的任何洞見，都是後見之明；「二二八」的一切恩怨，已隱藏在「二二七」的千頭萬緒中。林燿德拒絕把政治簡化爲枱面人物的鬥爭，或是特定事件的發生。他希望將各不相屬的人物和行動溶爲一蒙太奇演出，由其間一切的互動生剋，他看到了政治的複雜。

但林燿德的企圖心雖大，小說的成績僅屬差強人意。他寫西洋耶穌會教士與原住民間糾纏不清的欲望與恩怨，爲前所鮮見。教士們救贖的信念、肉體的欲望、與殖民式統御的野心是如此相互消長，讀來尤其令人動容。但小說其他情節安排，卻嫌堆砌造作。尤其後半部分急著交代陳儀與二二八始末，又不能忘情原住民的苦難，終致篇幅愈益侷促而事件愈益繁雜。也許小說結構上的缺失反倒戲劇化的反映林燿德的中心課題：歷史（敍述）是一網打盡還是重點突擊？拆解歷史後，我們要再如何編織歷史？

《大愛》

楊照的《大愛》同樣的要爲台灣政治史重理頭緒。但與前述三作最大的不同處，《大愛》特別著重政治與個人主體性消長的問題。小說題名「大愛」，已可思過半矣。楊照藉一群年輕人追尋、定義「大愛」的眞諦，寫出台灣近二十年啼笑擾攘的政治史。許多我們熟知的政治事件，固然充實了此書的背景，但楊照的長處在於檢視男女角色種種不由己意的情欲顚仆，場場始料未及的生死際會。這些顚仆與際會來自個人的選擇或環境的宿命，但終以各樣曲折的形式，指向一不可言說的政治現況與渴望。《大愛》長達四百餘頁，包含不少細膩辯論說理的場面，很讓我們想起十九世紀西方如杜斯妥也夫斯基的小說，而楊照沉鬱跌宕的筆觸，及魔幻寫實情景的穿插，則頗見個人風格。

但到底什麼是「大愛」呢？是犧牲小我的愛？還是今生無悔的愛？是政治潛意識的具體表徵？還是意識型態的終極選擇？徘徊各種可能間，大愛的範疇也不斷膨脹。楊照的大愛最後終能大到包容原應被否定的一切麼？對大愛定義的辯證，是小說的核心所在。但我以爲楊照對此掌握不夠堅實。而小說部分主要角色的性格、立場，也有交代不淸之病。這使全書作爲一思考性、哲理性政治小說的力道，打了折扣。

《海東靑》

我最後要談的是李永平的《海東青》。這又是一本逾五十萬字的大書，而且文字晦澀典麗，爲本文所述諸作之最。乍看之下，《海東青》不像是政治小說。全書的重點是一個微近中年的文學教授與一個七歲小女孩之間的友情。經由這一大一小的忘年之交及所遊所見，李永平鋪陳了一頹靡詭異的城市背景：海東鯤京（台北？）。鯤京是二十世紀末的所多瑪，縟麗淫猥而又風情處處。在這樣的一座城市裡，女孩的成長與墮落成爲悲劇宿命。李永平的悲愴矜惜之情，由此而起。

但李永平志不僅止於此。他強調《海東青》也是一則政治寓言。小說的序明指當年蔣公率軍民渡海遷台，正有如摩西率以色列人越紅海尋找迦南美地。「開明」人士大概要對這樣大膽的類比大皺眉頭，李擁護國府的姿態也似頗不合時宜。但正因他如此明目張膽的要把歷史寫成神話，他看似保守的立場顯出不尋常的激進。李藉小女孩由清純到墮落的劫難，歎息盛世難長、青春不再。如此，他又似乎自神話憧憬中，看到因時間推移所帶來的罅裂。女孩終要長大，（反攻？）樂園終將墮落，《海東青》所要鋪述的故事與李序中所散播的復國預言其實已是自相矛盾。這才是我們眞正應細細體會之處。《海東青》只得上卷，李永平要如何爲他的寓言小說收尾，值得拭目以待。

由《浪淘沙》到《海東青》，我所論的五本政治小說形式不同，立場各異。合而觀之，這些小說充分顯示政治小說在台灣當代文學中大有可爲，而作家的政見表達，或左或右，也無不說明他們對台灣前途的關懷。以上五本小說都出自男作家之手，但這並不代表台灣的政治論述和言說領域全由男作家所壟斷。其實女作家對政治也頗有見地。女作家的政治小說，如平路的《台灣奇蹟》、李昂的《迷園》，以及陳燁的《泥河》等（＊），成績絕不下前述男作家的作品，也特別值得九〇年代政治小說讀者及評者的注意。

＊對平路《台灣奇蹟》及李昂《迷園》的討論，請參見本書〈華麗的世紀末〉，一六一頁。

【輯二】

從世紀末到世紀末

隨著朱天文《世紀末的華麗》一書的問世，中國現代小說可以名正言順的走入世紀末時期了。世紀末泛指歐洲十九世紀末的一種文化思潮、藝術氛圍。在末世倒數的計時聲中，有感傷、有頹廢，但也有期待、有不安。一世紀後，世紀末的觀念跨海東來，輒被引用。我們要如何定義這中國的世紀末呢？

本輯的論文可分為兩組。〈寓教於惡〉及〈賈寶玉坐潛水艇〉試圖重估晚清小說世紀末徵兆。所討論的文類一為狎邪小說，一為科幻小說。二者都是傳統史家所少眷顧的，我卻以為其中自有珠玉，值得翻揀。狎邪小說寫帝國末期，欲望的無常與無償，肉體及性別角色的升沉與徵逐。科幻小說寫新舊派新文人開拓知識及意識型態領域的好奇與幻想、猶疑與妥協。合而觀之，二者透露了晚清小說頹廢與啓蒙的兩個辯證層面。畢竟過了世紀末，就是世紀初。有興趣的讀者，另可參考輯三的〈賈寶玉也是留學生〉。

另一組文章討論海峽三岸小說的世紀末風情。〈華麗的世紀末〉以朱天文、平路、李昂三位女作家的作品，鋪陳「台灣」、「女」作家、及邇來流行的「邊緣」詩學間的對應關係。三人以極不同的風格及情節，爲九〇年代的台灣銘刻下或懨懶、或狂想、或煽情的痕跡。挑逗與挑釁，兼而有之。施叔青則以《維多利亞會所》一作，爲九七香港歷史的陸沉，預作寓言。全作瀰漫的張愛玲〈傾城之戀〉式史觀及《紅樓夢》式感傷，更可爲我們追尋中國世紀末想像的譜系，留作見證。本輯第五篇文章〈世紀末的中文小說：預言四則〉則綜論天安門事件後，大陸及港台小說發展的現狀。全文不再依賴現成西方世紀末理論，而企圖自現代中國小說史的流變中，預言可見的未來。準此清末狎邪小說風格、五四感時憂國的精神，均在九〇年代的小說中，綻現新意。

寓教於惡
——三部晚清狎邪小說

描繪倡優生涯的小說是晚清小說的一個重要部分。魯迅在其《中國小說史略》中將這類小說稱爲「狹邪小說」（註一）。此一名稱不僅點明了這類小說頹廢的題材，而且也暗示其敍述方式中誨淫浮誇的氣息。批評家們通常抱怨晚清狎邪小說筆調粗糙，充滿風花雪月的陳腔濫調，人物和情節也嫌千篇一律。然而這些傳統批評並未能解答一些顯而易見的問題：狎邪小說的作者們爲何及如何藉衛道之辭來表達其非非之想？狎邪小說的流行是否意味晚清的性風俗起了變化？狎邪小說怎樣攫取、改寫中國文學的浪漫主義傳統？如果狎邪小說曾風靡一代讀者，它們是否確實重新界定了晚清文化及倫理方面有關情色的概念？

就著這些問題，我將討論三部晚清狎邪小說：《品花寶鑑》（一八五二）、《海上花列傳》（一八九二）和《孽海花》（一九〇七）。這三部小說各爲晚清倡優生活提供了一幅獨特畫面，並進而彰顯或嘲諷傳統品德禮儀的僞善及矯情處。合而觀之，這三部小說也對各自所代表的倫理、欲望，乃至修辭前提，相互提出質疑。由於篇幅所限，我不能在本文中完滿回答前述的課題。然而我將提出下列初步的觀察：一、作爲晚清第一部大部頭狎邪小說，《品花寶鑑》通過「女性化」文體，將彼時男扮女裝的乾旦及其恩客間的私情浪漫化，從而顛覆了傳統風月小說性倫理的規範；二、《海上花列傳》打破了讀者及書中人物所共同憧憬的浪漫主義常規，因而給妓女生活提供了一幅更爲寫實的畫面；三、《孽海花》通過一個妓女的發達史，批判晚清歷史政治亂象，終使「狎邪」交易成爲當代道德關係的一個象徵。

一

陳森（一七九六？～一八七〇？）所作的《品花寶鑑》通常被認爲是晚清第一部長篇狎邪小說（註二）。這本小說以六十章的篇幅，紀錄了一群京劇伶人及其恩客間的羅曼史。小說師承了中國古典文學中的兩個浪漫主義傳統。在情節及人物塑造方面，它植根於理想化的才子與倡優的愛情故事；這一傳統可以追溯到唐代傳奇故事如《李娃傳》等。在修辭及敍述方面，它所表現的狎暱抒情傾向，使它成爲感傷艷情傳統的一部分；這一傳統，用夏志清的話來說，包括「詩人李商穩、杜牧、李後主，以及諸如《西廂記》、《牡丹亭》、《桃花扇》、《長生殿》和《紅樓夢》之類的戲劇及小說。」（註三）

為了使色情幻想過渡到高緲的感傷格調，陳森大事使用陳腔濫調、迂詩腐詞來裝點《品花寶鑑》，在在顯示一個二流作家的想像力難以跳出前人窠臼。如果《品花寶鑑》只是描述一般妓女和才子之間的羅曼史，它的確是不值一哂。但是陳森筆下的風塵名花都是京劇伶人，而且這些伶人原都是男兒身。這使《品花寶鑑》成為一部奇書。小說原意在模仿文學裡「才子佳人」的老舊主題，卻造成了一種雙重諷刺。《品花寶鑑》並不描繪真正的才子佳人，它只是將男伶和嫖客權充為才子佳人來大作文章。所謂的佳人都有性別問題，我們看到的是一幕幕假鳳虛凰的好戲。

儘管《品花寶鑑》的題材看來聳人聽聞，它的表達方式卻顯出傳統言情說部的影響，無所不在。有心從書中觀察晚清男色風習的讀者，可能要對此書失望。如前所述，這部小說的藝術缺陷顯而易見：它的敍述無味，人物平板，酒宴文會的描繪過度冗長，鬧劇穿插也很唐突。無怪曾有評者失望之餘，曾抱怨道：「如果說《品花寶鑑》證明了什麼的話，它所證明的是一個無能的作家寫出來的同性戀愛情故事，正與俗套的異性戀愛情故事一樣，令人不可置信。無論其性行為及感情取向如何，平庸的作家寫出的作品總是平庸的。」（註四）

但我以為《品花寶鑑》的重要性，不在宣揚離經叛道的性行為，而在以迂迴的方式，觸動並補充晚清社會中有關性（行為）的論述。《品花寶鑑》也許是一部平庸的小說，它卻涉及了一個特定的社會環境中，性規範被合法或非法化的現象，以及時人描寫和閱讀這些現象的道德藉口。更重要的是，由於小說的修辭方式沿襲了傳統說部的成規，卻又逾越了男女性別界限，它出人意料地揭示了女性在浪漫主義傳統形成過程中所起的作用。我因此要說《品花寶鑑》寫的雖是男色，卻對傳統文學如何想像女性，有極弔詭的註解。我以為女性人物的缺席，恰恰是這部小說的潛在動力。陳森及筆下的角色一意在男人中尋找已經消失的理想女子，反使我們了解這部小說在性觀念及倫理方面，對女性的曖昧之處。

《品花寶鑑》的情節以兩對情人為中心，通過他們之間浪漫關係的變化，陳森揭櫫了忠孝節義、至情至愛等美德的眞實含義。書中的主角乾旦杜琴言拒絕了許多敬慕者的求愛，對才貌出衆的書生梅子玉矢志不移。與杜琴言類似的男伶蘇蕙芬更是情義雙全。他愛上了貧窮但有才華的書生田春航，義助田求取功名，終使其功成名就。這兩場愛情都歷經波折與眼淚，更不用說無數情書與情詩的往返。魯迅及其他學者以為杜琴言和梅子玉為虛構人物，因為他們姓名中的「玉」與「言」為「寓言」的同音字（註五）；而田春航和蘇蕙芬則以眞實人物為依據，分別為曾在乾隆年代做過兩湖總督的畢秋帆及其終生知己李桂官（註六）。

這兩對情人之間的戀情，清楚地表明陳森師承前述中國文學中的兩個浪漫主義傳統。蘇蕙芬和田春航代表了那種書生落魄，幸遇妓女鍾情搭救的主題。至於杜琴言和梅子玉則不折不扣是清初以降、中國愛情感傷小說中的典型——林黛玉和賈寶玉——的翻版。杜琴言和梅子玉互表深情的經過，簡直像是比賽而非戀愛。陳森讓他們成為三種美德，情（愛情或感情能力）、才（文學才華）、愁（感傷能力）的表率（註七）。沒有這三種美德的人，是不配談戀愛的。於此同時，聚散離合、顛沛流離，外加誤解和周圍的逆境，更表明他們無條件的情愛和堅忍。陳森寫這樣的人間至情，猶嫌不足，更在第五十五章中告訴我們杜琴言其實原非凡品，而是貶入紅塵，經歷情刼的仙人。由於他們堅貞不移，兩對佳偶在小說末尾都喜慶團圓。但這種團圓建立在一種奇怪的前提上，即男主人翁必須先合法娶妻。無巧不巧，梅子玉的妻子不僅看上去酷似杜琴言，而且欣然接受兩「美」共事一夫的婚姻。一切苦盡甘來，小說圓滿落幕。

在此值得注意的是，陳森如何結合傳統言情小說高蹈和低鄙的層次，來實現自己的愛情幻想。同樣值得注意的是，他如何力圖彌補《品花寶鑑》及傳統愛情故事間倫理甚至法理認知的差異。在所有可能的文學來源中，陳森很明顯的將《紅樓夢》作爲自己作品最主要的原型。我們可以輕而易舉的在《品花寶鑑》中發現脫胎自《紅樓夢》情境的對應事物：像大觀園（第一章及以後）、十二釵（第六十章）、風月寶鑑（第十章）的指涉；又像關於「情」與「淫」的哲學討論（第十二章）、前生命定的悲情戀愛、「兼美」觀念的抒發，以及由好色小丑演出的鬧劇插曲（第十九、二十三與五十八章）等。然而頗具反諷意味的是，甚至《紅樓夢》中反映出來的浪漫視野，對陳森來說似乎都還不夠「純潔」。他筆下的男伶及其恩客出入於花街柳巷，但他們的志節高超，對情欲的潔癖猶勝寶玉與黛玉三分。在小說中，杜琴言和梅子玉甚至很少見面，更不用說會產生什麼淫念了；任何肌膚之親都會給他們之間柏拉圖式的戀情，留下汚點。

儘管杜琴言和梅子玉具有令人敬佩的美德，他們畢竟是餘桃斷袖之輩。正如論者所言，無論他們的行爲怎樣値得讚揚，（從大觀點來看）他們之間的關係即使不應受到譴責，至少也是可笑的（註八）。性別上的陰錯陽差解構了《品花寶鑑》「似乎」遵循的所有浪漫主義公式，同時也迫使我們重新思考這些浪漫主義公式背後的倫理前提。我並不是說陳森有意識地將他自己的小說寫成對傳統言情說部的一種批判或諷刺。我要強調的是，正因爲陳森非常努力地——或許甚至是過度努力地——將男伶寫成才女，將妓男及其嫖客寫成恪守孔孟之道的禁欲主義者，以及將頹廢墮落寫成三貞九烈，他反凸顯了小說中手段和目的之間的矛盾，同時也暴露了他急於調和倫理規則和情欲誘惑之間的辯證關係。這種矛盾並不限於《品花寶鑑》之類的小說而已；相反的，它正顯示了大多數晚清「正常」狎邪小說，及其所模仿的舊才子佳人浪漫傳統中，所潛在的倫理及修辭方面的不協調。陳森小說中的性別錯位爲我們提供一特殊角度，一窺中國言情及艷情文學中早被視爲當然的常規，局限何在。

就他實際的作爲而言，陳森畢竟既沒有意圖、也沒有能力探索這一題材內在的道德矛盾。如果我們用《品花寶鑑》中的兩場愛情與諸如李漁（一六一一～一六八〇？）創作的〈男孟母教合三遷〉這樣的故事相比較，我們會發現陳森實際上有多麼「保守」。李漁的故事同樣描述了兩個龍陽君間的羅曼史。故事中的「女」主角如此鍾情於自己的情人，以致自去其勢，表明心跡。情人死後，這位「女」主角含苦茹辛，教育情人與前妻所生的兒子，最後使其通過科舉，贏得功名。由於他的懿德和母愛，他爲自己贏得了「男孟母」的稱號。

李漁的想像力是如此的大膽不羈，他乃能無情地嘲弄傳統文學的成規，揭發孔孟道德的矛盾。他虛構的「男孟母」將現實世界中的性行爲及倫理準則，變成巴赫汀所謂的「嘉年華」雜碎。韓南教授在其對李漁的研究中指出，這一故事大大嘲諷了中國小說中諸如「異性戀愛」、「異性婚姻」、「貞烈寡婦」及「勇氣母親」之類的主題（註九）。如果我們進一步發展韓南的觀點，我們可以說李漁不僅嘲諷了一個「正常」社會中的道德及性風俗的虛矯，對那些身受社會壓迫，反卻自願遵循惡習酷法，而猶沾沾自喜者，抨擊更不遺餘力。〈男孟母〉將調侃的想像力發展成極端的諷刺，對倫理和性關係中的矯情處，作了全面揭發。

如果忽略作品的年代，我們會發現《品花寶鑑》正可能作爲李漁的嘲笑對象。陳森企圖創作一部逾越社會等級及性規範的羅曼史，但結果恰恰肯定了這些規範的威力。他缺乏李漁那樣玩世不恭批判社會的態度，也缺乏曹雪芹那種洞悉人生情淫虛實相剋相生的智慧。因此我們必須從其他方面尋找《品花寶鑑》的特點。我以爲這部小說在爲頹廢的情愛作無力的辯解時，戲劇性的顯示了一個原本頗有挑戰性的主題，如何可被一個奉行傳統敍述的二流作家所「馴化」。我也以爲這暴露了小說最根本矛盾，卽陳森因襲傳統爲女性而設的修辭論述來描寫那些易弁而釵的男子，但所謂的爲女性而設的修辭敍述，根本是源出於以男性爲中心的價值體系。所謂的佳人美色，其實是滿足了男性作家及讀者的想像，女性多半無緣置喙。

對《品花寶鑑》最常見的責難之一，即是其情節太類似於一般的異性戀羅曼史。小說中的那些旦角雖說在現實生活中，並不以男扮女裝的面目出現，也並非皆是性倒錯者，但他們恒以其在舞臺上所扮的女性角色，受到評價，而且他們的恩客和小說的敍述者也將他們看成女人。陳森在他男伶角色身上，濫用一般僅適用於女性人物的名稱、成語、意象及詞彙，以致於一個粗心讀者往往看罷全書，竟可能完全疏忽小說中的性別暗示。在《品花寶鑑》中，「眞正」的女人並不具任何重要地位，但她們不斷「出現」在小說的對話、詩詞、典故、諧語、笑話和描繪性段落中，成了故事中最常出現的隱形人。「世間的活美人是再沒有這樣好的。就是畫師畫的美人，也畫不到這樣的神情眉目。他姓杜，或者就是杜麗娘還魂？」在《品花寶鑑》的第二章裡，梅子玉就是這樣從朋友那裡第一次了解到杜琴言的美貌。湯顯祖的戲《杜丹亭》中風華絕代的女主角——杜麗娘——恰恰變成品評現實世界中，那些男扮女裝者的標準。

正如他們的職業所表明，乾旦在舞臺內外只是那些由他們自己及其恩客所召喚出來的「婦女」的「代言人」。如同杜麗娘或者林黛玉一樣，杜琴言被塑造成浪漫傳統中一個理想形象的化身。他受讚嘆的原因，不在於他的本身，而在於他所形似的人物。在小說中他從來沒有被視爲實實在在的慾望目標，因爲在慾望的辯證關係中，他本人是一個代替品。小說的無形動力很弔詭的是「女人」而不是男人。只有在這個理想的、卻不存在的「女人」起作用時，我們才能感受到小說從忠到貞的倫理取向。

另一方面，陳森用女性敍述方式來界定男伶的羅曼史之舉，也反映了一個明確的歷史事實。晚明和清代男伶戲班的突然興盛，並非出於（多數）中國男性性愛好的改變，而是出於政府嚴令禁止官紳嫖妓的結果（註十）。男伶應時而生，成爲妓女的代替，正是對這種男人爲男人制定的禁令的一種反撲——男風大盛按理說更代表一種墮落，然而這卻被法律所容忍。

這一歷史事實很容易使我們聯想起傅柯(Foucault)《性史》所論，性行爲、其敍述方式，與社會、法律及政治監視之間的永恒鬪爭（註一一）。但對我來說，它是造成陳森小說文字風格「性倒錯」現象的直接原因。《品花寶鑑》將男人作爲女人來描繪，將縱欲的幽會寫成純情好戲，可以看作是陳森自我陶醉的懺悔錄，也可以看作是他自圓其說的狂想曲。在這兩方面陳森也許都有些虛僞，但他眞實地暴露了一個社會如何只看自己願意看見的事物，並將性壓抑化解爲男女易位的化妝舞會。陳森未能使自己的男色版羅曼史有別於傳統羅曼史，因此甚至可以被視爲一有力的例證，顯示了陳森如何大談女人，卻眞從來沒把女人「放在眼裡」，還有他的同性戀幻想如何重新銘刻，而非泯除了男女有別的古訓。

但指證陳森有意無意地套用傳統描寫女性的敍述方式完成自己的寫作，只是我的觀點的一部分。仔細讀過《品花寶鑑》後，我們會發現小說中的性別矛盾，以及與性別有關的倫理概念，另有一個側面。當陳森一方面將女性視爲無上的傾慕對象，另一方面又輕而易舉地默認爲男伶爲女性的完美化身時，我們體會到其中必有矛盾。如果女性象徵著小說中美和德的最高境界，作爲其代替的男性旦角怎麼會如此輕易就成爲其化身？一個裝扮成女子的男人在什麼意義上居然可被視爲比他的「原型」更爲完善？究竟是誰在規定婦女的美德及女性敍述方式？

早在小說的第一章中，所有的恩客就曾聚集在一起，訓詁、討論有關女性美的修辭傳統。他們的結論是，在諸如《詩經》《楚辭》之類的經典中，「佳人」、「美人」等字眼兼指男女，因此追求男佳人與男美人從來就是詩禮之道。他們還進一步證明人類社會和自然界中，陽必優於陰、男必優於女的「哲學」觀點。這一場僞學術討論是一關鍵場景，因爲它從小說的一開始就肯定了性別的價值差異，並對其提出論證。從這場討論中的邏輯上來說，女人只是一個帶有男人所規定的「女子」特徵的東西，是一個由男人製造並可以被男人完善化的「角色」。由此，梅子玉開始了他對絕色（男性）佳人的漫長追求，而他最終與杜琴言的團圓，證明他的追求是有價值的。甚至梅子玉那位相貌酷似杜琴言的新婚妻子也不得不承認，她自己沒有她的男性姐姐那麼完美。

這一三角婚姻聽上去雖然荒唐，但對陳森來說，必定十分重要。蘇蕙芬與田春航的浪漫史也以三角婚姻告結束。就此而言，我們當然可以說這種關係影射雌雄同體的理想，但如果換個閱讀角度，我們會發現大團圓的結局所強調的，不過是一種以男性爲中心的幻想。《品花寶鑑》企圖描繪理想的女性美，並將這種女性美作爲書中男性情人之間浪漫關係的基礎，但結果卻表明「理想」女性的構成因素早已由男人設定。這裡涉及的已經不再僅僅是與生俱來的性「別」，而是像陳森描繪並參與的那種社會所認可的性「資格」。

既然性「資格」是人爲的、可替代的，小說中有關婦女最令人驚訝的結論是——女人可以由男人充當。無論在舞臺上還是在實際生活中，這些由男人扮演的女人都可以達到「兼美」的最高標準。我在前文中說過杜琴言是杜麗娘或林黛玉式等美女的化身。但如果杜麗娘和林黛玉都僅僅是虛構人物，杜琴言也只是假象之假象。他面貌不屬於任何人，而只屬於浪漫故事中的佳人敍述傳統。當女人被貶低成一種沒有實質內容的標誌時，使女人成爲女人的倫理規則洩露了它的武斷實質。

我們還可以採用另一種觀點來觀察《品花寶鑑》中的性敍述方式，如何偏向於滿足傳統男性的欲望。陳森在對梅子玉、杜琴言及其他男伶吹捧之餘，無意透露一個冰冷的事實，即幾乎所有男伶都來自貧困家庭，他們被賣進戲班，經過「學習」後才變成了「美人」與「佳人」。陳森描繪的男性中心社會，不僅將其性及倫理規範強加於婦女，而且在必要時能將經濟地位低下的男人「變成」女人，以利供銷。那些男伶無論在事實上還是在象徵意義上，都是爲了謀求生存而被女性化。

我們重讀《品花寶鑑》，因此毋需僅以看熱鬧的心情，專注於它的男色題材，更可由其中的女性論述一窺晚清性風俗和倫理概念所形成的複雜脈絡。小說中充滿陳詞濫調的修辭敍述非但不能輕視，反是指向晚清性及倫理矛盾的一個開端。

二

我要討論的第二部狎邪小說是韓邦慶（一八五六～一八九四）創作的《海上花列傳》。這部小說全面反映了上個世紀末上海花街柳巷的生活點滴。它以二十多個妓女及其嫖客爲主要人物，詳細描繪了他們來往的花招，他們之間的露水姻緣，以及其所產生的道德及心理後果。《海上花列傳》從未成爲流行小說。但批評家如魯迅、胡適、劉大杰、趙景深、阿英、孟瑤直到鄭緒雷(Stephen Cheng)都毫不遲疑地讚美它的藝術成就（註一二）。大家通常認爲《海上花列傳》之所以不流行是因爲它用吳語方言寫成，因此其他地區的讀者無法欣賞。事實上對中國讀者來說，這部小說並非所傳般的難懂，因爲用吳語方言寫成的只是其對話部分。而且由於著名小說家張愛玲於一九八三年將全書譯成國語（註一三），語言問題應已得到解決。

《海上花列傳》不流行的眞正原因，或許是它讀來「不像」我們通常了解的妓女小說，而這將是我的討論的起點。相比之下，《海上花列傳》與晚淸狎邪小說的開山祖師《品花寶鑑》大相逕庭。我所指的當然不只是妓男妓女的性別差異而已，而是韓邦慶對傳統風月小說這一文學體裁的人物、情節、修辭以及一般道德文化前提的眞實性原則，所作的徹底改造。僞才子佳人式的俗套在《海上花列傳》一書中已經烟消雲散，上海的妓女和嫖客們平庸得令人吃驚。他們見面、戀愛、爭吵、分手或重聚的方式一如普通的情人，但卽使如此，他們也知道他們只是假戲眞作，扮演類似於丈夫和妻子的角色而已。他們不屑（也不會？）寫情書和情詩，也不熱衷於床笫之事。張愛玲正確指出儘管小說的主題是八十年前上海的淫窟紀實，小說中卻殊少色情成分（註一四）。以往多數狎邪小說中喜歡自我撇清，在情與淫、正派與墮落之間大作文章。但在《海上花列傳》中這些分野已經很難看出。這使得不少批評家們已經指出《海上花列傳》在寫實方面勝過《紅樓夢》以來的大多數中國小說。

張愛玲和其他批評家的稱讚，並不意味著《海上花列傳》的寫實，僅僅是對某一社會階層的習俗及道德所作的忠實暴露。我們還應該將該書逼眞的氣氛看成是作者力圖打破狎邪小說的敍事常規而生的眞實「效果」。換句話說，《海上花列傳》的寫實風格不僅對社會所接受或想像的妓女生涯，提出了疑問，也對閱讀和寫作是類妓院小說的文化及美學動機，進行反駁。而韓邦慶的小說最精彩之處在於它看似互相矛盾的目的：他一方面要打破有關歌妓女生活不近情理的浪漫神話。但他的寫實敍述又間接肯定這一神話無所不在的威力。

韓邦慶拒絕將這兩個目標合而爲一的做法，使得他的小說在幻想與不無可疑的「眞實」，浪漫主義與現實主義，欲望與德行之間來回擺動。從這一角度來看，我們可以說《海上花列傳》最引人注目之處，與其說是書中的妓女得以家常方式談話和行動，倒不如說是她們談話和行動的內容，最終指向小說一開始就企圖否定的那些難以置信的浪漫公式。如果我們將勾欄生涯看成是一種逢場作戲的職業，一項以假亂眞的技藝，那麼書中妓女的行止不僅僅是對理想姻緣的譃仿，這一譃仿本身已經是一門高妙的藝術。這些妓女在眞假之間鋌而走險，她們過分浪漫或過分現實，都有可能危及職業的完美要求，但可啼可笑的情景卻也因此發生。尤其當這些職業勾魂艷使被她們自己所營的幻象迷惑而不能自拔時，她們對自己的辛酸職業，作了最後的嘲弄。

《海上花列傳》描繪的妓女並非道德楷模，她們不過是借道德之名，串演了一幕幕妓女與恩客間的欲望遊戲。反諷的是，當這些烟花女子在職業藝術中失誤時，她們反而能以淒絕的心情，實踐一種原只屬於浪漫神話的高超志節。更弔詭的是德與欲混淆不清、走火入魔的情形也時有可見。當某個姑娘決心不惜一切，將某種「眞正的」美德付諸實踐時，她的熱情又導生了一種新的欲望。對道德節操過度的嚮往也是一種偏執、一種對中道的逾越。《海上花列傳》之迥異於多數藉道德之名以誇耀墮落之實的晚清狎邪小說，端在它試圖以一種眞正的對話方式，進行一場美德與誘惑的辯證。

下面的三個例子將有助於我們廓清前述的問題。妓女李漱芳和書生陶玉甫之間的戀曲，可以被視爲小說中最具浪漫色彩的愛情之一。李與陶一見鍾情，隨著二人間的愛情加深，陶亟思迎娶李漱芳爲正室而不納她爲偏房。這一企圖自然遭到陶家的強烈反對。儘管李漱芳起初甘心爲妾，她的情人卻不肯改變初衷。於此同時，李漱芳染上了肺病。由於無法解決婚姻難題，她的身心日漸衰弱，最後悲慘死去。

這場愛情像極一部中國版的《茶花女》（此書一八九二年已被譯成中文），又像一部庸俗化的賈寶玉林黛玉情史，然而它卻有趣的折射了娼家道德觀念的幽微處。李漱芳一開始就十分明白自己的處境，原不指望嫁給陶玉甫爲妻。但幾經情郎撩撥，對她這樣志比天高的妓女來說，又怎能拒絕成爲正牌夫人的誘惑？——不論這誘惑成爲事實的可能是多麼的微乎其微。痲雀變鳳凰是所有妓院小說的宿命欲望。但當婚事遭到陶家拒絕後，李漱芳反而變得比人們意料的要堅強得多：如果她成不了書香人家當之無愧的主婦，至少她能成爲一個以自己的職業爲榮的妓女。

這一來李漱芳掌握了主動權。甚至在臨終之際，她仍然多次拒絕陶玉甫勸她搬出妓院，找一塊清靜之地休養的建議；她不願意以「外室」的身分死去。我們可以想像如果陶玉甫不作出他那致命的「正式」「求婚」，這對情人也許會以丈夫與愛妾的身分，愉快地共同生活。

可是這次不成功的求婚喚醒了潛伏在李漱芳胸中的自尊心，促使她堅持妓女的地位，直到最後。她的堅持有人也許要譏爲自暴自棄，但何嘗不是擇善（惡？）固執的美德表現。無論她在喧囂的上海妓院中鬱鬱死去是多麼卑微可笑，她的死亡標誌著她在道德上不僅戰勝了上流社會的虛僞，而且也戰勝了自己當初爲了順從社會期待而顯現的自卑與虛榮。然而，我仍懷疑李漱芳寧爲玉碎的美德中，是否潛伏了一種浪漫主義者的殉道願望，一種林黛玉之死式的戲劇性姿態。

與上述愛情故事形成鮮明對照的是王蓮生、沈小紅與張惠貞之間的三角關係。王蓮生是一個暫居於上海的中級官員。故事開始時，他與心愛的妓女沈小紅已經建立了穩定關係，但這種關係並不妨礙王蓮生光顧其他妓女，也不妨礙沈小紅接待其他嫖客。在商言商，妓女嫖客之間有一種不成文的默契。無論他們之間感情如何深厚，生意終究還是生意。但王蓮生發現沈小紅暗自與一京劇伶人發生戀情後，他們之間的微妙關係受到了威脅。由於社會偏見及當時一般伶人行爲不檢，與戲子發生戀情常爲妓女嫖客所不齒。出於報復，王蓮生開始接近善解人意、生性可愛的妓女張惠貞。

在一片虛情假意的歡場裡，沈小紅和王蓮生的新戀情原不應產生什麼麻煩。但王蓮生的另結新歡卻使沈小紅暴跳如雷，儘管她自己也另有私情。在小說的第九章裡，沈小紅衝進王蓮生在張惠貞處辦的宴會，砸壞所有家具並與張惠貞廝打，在地上滾成一團。王蓮生在事發時和事後或許感到尷尬，但他從未發火，最後他反向沈小紅賠不是。是不是愛情使王蓮生和沈小紅行為如此「不端」？換個角度說，這是不是一場雙方自願參加的浪漫冒險遊戲？如果說沈小紅被王蓮生的移情別戀所惹怒，她又如何為自己的韻事做辯解？沈小紅似乎在同時扮演淫蕩的情婦與妒忌的妻子這兩種矛盾角色，而王蓮生不知不覺中使自己同時變成了烏龜和不忠的丈夫。

因此這段情節的喧囂具有狎邪小說中罕見的家庭氣氛。這種家庭氣氛體現於沈小紅和王蓮生意識到他們之間在任何情況下，都存在的倫理轇轕——他們好似以夫妻反目的方式，表達從暴力到內疚的各種感情。可是王蓮生沈小紅之間的閨房勃谿是在違反家庭倫理的性關係中衍生的。事實上，正是這種風塵氛圍使他們能夠相遇相知，並給予他們演出各種欲望與幻想的機會，包括露水夫妻在內。然而他們現在陷入了不斷變換自己的角色的困境之中。

沈小紅這一人物尤其值得注意。她珍視她與王蓮生的關係（當然部分是出於經濟原因），但她對新情人同樣一往情深。她的激情使她摧毀張惠貞的住所，公開她對王蓮生獨佔性的愛情，也促使她甘冒失去王蓮生的人和財之險，發展一段妓女「紅杏出牆」的韻事。她賴以生存和發展的環境沒有教她任何顧忌，而她的職業性濫交使她經歷了十分嚴酷的欲望與激情的磨難。她的妒忌與輕浮自然使我們聯想到《金瓶梅》中潘金蓮之類的人物，這在一個想像力植根於《紅樓夢》的小說傳統中是一罕見現象。但沈小紅的確能夠去愛並為愛作自我犧牲。小說結尾時她不惜失去大多數嫖客，堅持厮守著不可靠的新情人。而她付出的最大代價是讓張惠貞代替自己嫁給王蓮生爲妾，走上大多數妓女從良後的理想道路。

沈小紅與王蓮生之間的風流韻事並未就此結束。無疑沈小紅看見王蓮生背叛自己，另娶張惠貞爲妾時，受到很大羞辱。但當新婚的張惠貞與王蓮生表弟的私情被人發覺後，王蓮生很快就嘗到同樣的惡果。張惠貞的醜行眞正地嘲弄了企圖將妓女「馴養」成賢良婦人的王蓮生之輩。然而，此處涉及的問題已不僅是不貞或報應，也不僅是妓女與嫖客所持倫理觀念的差別，而是在情欲世界裡無人能夠擺脫的無休止的自我欺瞞以及無法實現的欲望。如果法定婚姻關係尙不能遏制激情與欲望，我們爲何要重視婚外情戀情中的不忠行爲？從相反的角度說，有鑒於沈小紅與王蓮生在這樣不可靠的關係中，竟能表現短暫然而強烈的感情訴求，我們難道不應該珍視這種關係嗎？

因此，在小說的第五十四章中，當王蓮生得知沈小紅的生意一蹶不振後，他或許帶著上述想法重訪了沈小紅。他沒有見到小紅，但從僕人處得知她幾乎失去所有的主顧。他勉強從僕人手中接過一桿裝好的烟槍，兩滴眼淚無緣無故從眼睛裡流出。正是在這一時刻，王蓮生覺悟到自己與沈小紅畢竟處境相同，不斷扮演各種不同角色，甘心用這些角色來欺騙自己並爲此付出昂貴代價。這時他對沈小紅殘存的感情已經昇華成一種充滿同情的理解。

我從《海上花列傳》中選擇的第三個例子是趙二寶的悲慘故事。各種跡象都表明作者用趙二寶的故事，作爲小說一條潛在的情節線索，將各個分散的故事聯接成一敍事整體。小說以趙二寶的哥哥趙樸齋到上海探訪舅父開始，描寫他如何流連於花街柳巷，在經濟上和道德上都全面墮落。在小說的中間部分，趙二寶被其兄誘惑至上海，不久就被燈紅酒綠的都市夜生活及花花公子的打情罵俏所吸引。當她用完錢而羞於回家時，她得到一直陪伴著她的母親的默許，下海爲娼。

讀者很難忽略趙二寶故事中的自然主義成分。她來自鄉間貧窮人家，渴望過快樂有趣的生活。以她的美貌和虛榮而言，她似乎一開始就注定要走上墮落道路。然而在小說的整個過程中，無論她本人還是小說的敍述者，對她的所作所爲都沒有愧意。二寶毫不困難地適應了新生活，事實上她在短時間內就使自己成了圈子裡的紅人。

但恰恰由於她的「成功」得來太容易，二寶比她的同行姊妹們更容易受到才子佳人幻想的迷惑。出身高貴的闊少史天然醉心於二寶，將二寶包了整整一個夏天，並將她安置在自己的別墅中。這以後的事情不難猜測。在返回故鄉之前史天然答應娶二寶做合法妻室，從此二寶停止了妓女生涯，一心一意學做富貴人家的少奶奶。史天然自然是一去不復返，於此同時，趙二寶發現自己由於準備嫁妝已經負債纍纍。

二寶在小說中被描繪成一個過度虛榮和天真的女子，以致於不能預料自己可能的下場。但這並不意味韓邦慶對自己筆下女主角的愚昧毫不矜惜。他從一個冷靜的敍事角度表明妓女們陷入她們原可廻避的夢想時，畢竟體現出普通人的缺憾與無奈；他了解俗套故事在現實中一再發生的原因，在於它們正是人生的一部分。

由於這一原因，小說以趙二寶從夢中醒來作結，十分具有啓廸性。趙二寶在夢中得知曾經碰了她軟釘子而砸爛她住處的賴先生將要再次尋釁，當她趕到門口時她卻遇見史天然派來的僕人，通知她已經過期的婚禮即將舉行。欣喜之中，她仍沒忘記囑咐母親，不要提起她們經歷過的羞辱與痛苦。就在此時，有人提醒二寶史天然實際上已經去世多時，而送信的僕人突然變成了要把她攫走的怪物。

二寶在這一危急時刻醒來，小說就此戛然而止。二寶驚夢的一景揭示了她的欲望和憂慮，而這些欲望與憂慮均來自於二寶和讀者都熟悉的風月言情神話。在此我們可以察覺出一種有趣的辯證關係。二寶在夢中表現了她有能力去愛、去經受折磨並寬恕別人——所有這些都是在偉大的浪漫小說中受到讚譽的美德。可是在小說的現實主義環境中，這些美德只出現在妓女及嫖客的夢幻之中，而並沒有得到實踐。韓邦慶在兩個層次上顯示了他的寫實精神：他首先讓他筆下的姑娘們沉溺於此類「夢幻」，然後使她們將現實看成夢幻。二寶驚夢後，會不會意識到美夢正如惡夢一樣來得急，去得快？她是否不只惑於自己的欲望，也受騙於自以爲是的美德？

張愛玲與胡適都讚揚二寶的慷慨及其無私的愛情（註一五）。他們忽略了二寶的美德所具有的虛妄特點。這表明他們是一廂情願的讀者，而不是能夠看透浪漫主義理想的批評家。二寶已經從夢中覺醒，而張愛玲和胡適仍認爲夢境可以實現，妓女可以或應該以職業爲代價，實踐種種世俗美德，從而成爲「理想」人物（註一六）。因此《海上花列傳》的最後弔詭在於它預先反駁了最同情這部小說的辯護人，顯示了狎邪小說中現實主義與幻想之間的界限，在任何層次上都不易釐清。

三

我要討論的第三部小說是曾樸（一八七二～一九三五）的《孽海花》。一般而言，我們並不將《孽海花》視爲狎邪小說，而將其歸類於譴責小說或影射小說（註一七）。但由於小說取材於世紀之交著名學者洪鈞（一八四〇～一八九三）與兩個妓女，李藹如(?—?)與賽金花（一八七四～一九三六）之間的風流情史，我們自然可以從狎邪小說的角度來探討這部作品。實際上這部小說所呈現的孽海情濤，可以作爲我們探索小說敘事方式中對話傾向的線索。

曾樸是一個熱衷於革命思潮的作家。起初他想將《孽海花》寫成一部歷史小說，全面刻畫中國從一八七〇年直至民國前夕所經歷的政治動蕩。他不願採納傳統的中國歷史敘事方式，而有意模仿諸如雨果的《悲慘世界》及巴爾扎克的《人間喜劇》等法國名著（註一八）。

由於曾樸在晚清作家中是少數懂外文——他懂的外文是法文——的作家，他因而能夠不依靠曲解作品原意的譯作，直接接觸歐洲文學；他對外國作品敍事方式的偏愛不難理解。

曾樸模仿十九世紀歐洲歷史小說的敍事方式，不將歷史寫成帝王將相的傳記，而將歷史視爲匹夫匹婦在特定時空內，所經歷的大小事件的記錄。因此他在《孽海花》修訂版的前言中宣稱，他想把這些現象，合攏了它的側影或遠景和相聯繫的一些細事，收攝在筆頭的攝影機上，叫它一幕一幕的展現，印象上不啻目擊了大小事的全景一般（註一九）。

然而，當曾樸採擷西方典範，寫作他理想中的歷史小說時，他的想像仍不脫他所指責的中國敍事模式。觀察他如何「改寫」狎邪小說等傳統文學體裁，是十分有意思的事。如前所述，曾樸選用了洪鈞與賽金花之間的風流傳奇，來反映他的歷史視野。洪鈞（在小說中更名爲金汮）於一八八七至一八九〇年間被任命爲駐俄、德、荷蘭和奧地利特使。他後因解決中俄邊境糾紛時，誤購了十二張有錯誤的中俄地圖，導致中國喪失領土，而被解職。另一方面，賽金花（小說中名爲傅彩雲）是一代名妓，由於在義和團之亂中，盛傳她與八國聯軍司令德國元帥瓦德西伯爵（一八三二～一九〇四）有染，而名噪一時。

儘管日後史家一再證明賽金花與瓦德西不可能有一段情，曾樸對此顯然居之不疑（註二〇）。他甚至安排賽金花在隨洪鈞駐節歐洲時，就與年輕的瓦德西初次發生私情。一九〇〇年她再逢伯爵，重續前緣之餘，並力勸其制止聯軍在北京的搶刼及其他暴行。曾樸根據道聽塗說，將賽金花的化身傅彩雲塑造成一個出身娼門，終而成爲救國英雌的曠世奇女子。他筆下的傅彩雲從來不是一個本分的良家婦女；她充滿精力，所思所爲在在引人側目。在《孽海花》中她經歷了多種不同的社會地位，其中包括妓女、侍妾、（金汮居留國外時的）掛名官太太、交際花和情婦。她社會地位的多變與她道德尺度的彈性，形成了有意義的呼應。即使在她與金汮「結婚」期間，她也肆無忌憚地與其他男人保持私情。金汮死後，她設法擺脫金家的牽絆，不作未亡人，甘作交際花。《孽海花》並未寫完，小說因此沒有來得及敍述傳聞中傅彩雲（或賽金花）與瓦德西伯爵的重逢。我們在書中最後看到她與一個京劇男伶發生私情並遠走高飛。

當然，傅彩雲的艷名並不僅僅出自她的幾段私情。曾樸的故事告訴我們，傅也有其他方面的魅力。在歐洲時她就已經能夠贏得德國維多利亞女皇及其他王室的青睞，她甚至還和俄國虛無主義革命家夏麗雅結下友情，徹夜聆聽其暢談革命理想。與金汮這樣一個典型的晚清政客相比，傅彩雲的生命各方面都顯得更活潑多彩。金汮是一個披著開明外衣的老派官僚。他致力西學，無非是求在劇烈變化的歷史洪流中，保住自己的官位。他的事業以出使歐洲達到頂端。但由於他處理洋務生硬無能，他的使命注定要以失敗作終。曾樸明白的揶揄金汮是家裡的烏龜，官場上的笨伯。金汮和小老婆傅彩雲上演的綠色臥房鬧劇因此可以被視爲嘲弄晚清官場無能不舉的政治諷刺。

我們在此面臨的問題是：像傅彩雲（或賽金花）這樣的「壞」女人，是否可用來作爲一部龐大歷史政治小說的軸心？曾樸在面臨這一問題時，或許要抿嘴暗笑了。不錯，賽金花是一個頹廢無行的女人。但又有誰比她更有資格，引導我們進入一個腐敗墮落、聚散不定的世界？在《孽海花》中，三教九流充斥，男女貴賤亂交。這樣紊亂的社會人際關係爲彼時政治、商業、革命及洋務等不同領域的相與交雜，提供了隱喻模型。賽金花風情萬種，以淫逸無行的方式，加速滿清帝國道德及政治的崩潰，但另一方面，她不也是一個在最後關頭改變了國家命運的女英雄嗎？當中國無助地受列強蹂躪之時，是賽金花挺「身」而出，在臥榻之上勸服了瓦德西，使中國免於更難堪的羞辱。而使得賽金花這樣做的，不是道德上的謹小慎微，而是馬基維里式爲達目的、不擇手段的作法，和她的淫逸「美德」。

因此《孽海花》凸現了近代中國文化上最可爭議的一則神話傳奇。在中國古典小說中，我們很少看見傅彩雲這樣的女性人物，以如此的活力穿梭於社會的公衆及私人領域，並在行動上表現出集政治、倫理與性行爲一體的魅力。賽金花或傅彩雲的故事似乎告訴我們，爲國捐「軀」可以從字面上解釋，盡忠報國不必以貞潔爲前提，萬惡之首的淫或許能以一種迂迴方式拯救國家的危機呢。傅彩雲的浪漫冒險嘲弄了傳統孔孟之道從修身到平天下一以貫之的邏輯，將諸惡之首的「淫」變成了救贖民族傷痛的靈丹妙藥。究竟賽金花是否代表了二十世紀中國女權主義的先鋒，還是僅僅體現了男性最不可救藥的性幻想，是一件有趣的話題。但更爲有趣的是，她這個人物表現了曾樸頭腦中兩種意識型態的衝突：她一方面代表了晚清開明知識分子的玩世不恭和自嘲，另一方面又代表了革命宣傳家「嘉年華會」式的離經叛道思想。

關於曾樸如何對狎邪小說的常規既尊又貶的例子還可以舉出一些。他一方面吹捧賽金花的俠情義骨，把她風塵巾幗的形象推向極端，但另一方面又渲染賽不足爲人道也的私生活，因而凸顯她品德上的缺陷。曾樸對筆下的賽金花或傅彩雲必然心存好感，她是小說中最能體現晚清開放精神的人物。卽便如此，曾樸畢竟受制於他的個人識見及文化環境。他在處理狎邪小說的敍事方式時，有時仍不免顯得不太自在。以她放縱無行的適應性及無窮的精力而言，賽金花或傅彩雲不但可成爲摧毀晚清道德、政治信條的禍水，她甚至對方興未艾的革命思潮也構成威脅。她釋放出的能量已經超出作者所能控制的範圍。儘管曾樸對傅彩雲這個人物暗中懷有偏愛，他一定覺得自己有必要對她的潑辣無情加以解釋。這使他又回到風月小說的老傳統中找尋靈感。

曾樸竭力表明在傅彩雲故事的背後，還隱藏著一段鮮爲人知的青樓恩怨。他在小說的開頭就告訴我們，傅彩雲與金汮的戀情並非出於偶然，而是前生注定。金汮在未取得功名前曾與煙台名妓梁新燕（眞名據說叫李藹如）有過一段戀情。梁新燕資助過金汮，金並許諾她金榜題名後，娶她爲妻。但金汮中榜後自食前言，梁新燕絕望之餘懸樑自盡。十五年後，金汮與傅彩雲初次見面，就不由自主的傾倒裙下。後來他注意到傅彩雲頸上有條紅色胎記，乃知傅竟是當年舊情人的轉世投胎。

金汮與梁新燕的羅曼史聽來無疑像陳腔濫調，但作爲有關傅彩雲（或賽金花）的傳奇背景，它顯示了另一層意義。傅彩雲這個人物不再只是一個人盡可夫的蕩婦，也可視爲懲罰金汮寡情背信的果報工具（註二一）；她的淫蕩就是金汮忘恩負義的報應。曾樸似乎從未意識到傅彩雲這種雙面夏娃的性格問題。在這方面，小說最令人吃驚的是金汮之死的場面。在第二十四章中我們得知金汮的病主要是由於他在中俄邊界談判中受愚失利，羞憤交加所造成。但在彌留之際，他驚恐萬狀地看到舊情人梁新燕的鬼魂，前來索命。金汮之死既出於他在洋務上的慘敗，也出於他過去犯下的寃孽。

通過梁新燕還魂報仇的故事，曾樸或許滿足了部分老派衛道之士：傅彩雲之所以沒有像中國古典小說中其他蕩婦那樣受到譴責，主要是因爲她也是宿命輪廻的一部分。但這種作法使傅彩雲成爲一個更複雜的人物。因爲她和她的前身梁新燕代表了互相矛盾的新舊道德標準，而她們的交錯出現只有使小說的基本歷史道德框架，搖搖欲墜。

曾樸曾受到十九世紀歐州史觀的影響，視歷史爲一種充滿變化和鬪爭的直線進化過程。當個人被捲入這種洶湧澎湃的歷史流變中，他（她）的命運必須由歷史決定。任何人，無論好壞，都不能置身事外。興衰成敗的標準亦因此有了改變。在這層意義上，正如《孽海花》

的標題所示，傅彩雲也與金汮一樣，夠資格稱爲孽海之「花」。她的發跡見證了歷史秩序經過嬗變而分崩離析的一刻。

但金汮與梁新燕恨史的插入，喚出了一種相反的歷史觀。如果傅彩雲這個人物的出現在於懲罰金汮的無情，我們可以說曾樸實在是要把歷史放在因果報應的道德結構之內。我們甚至可從小說的標題《孽海花》中推論出這種傾向。「孽」字強烈意味著佛教轉世輪廻的觀念，它不僅指明了罪惡的本身，也指明了它的前因後果。曾樸的革命性進化史觀很奇怪地受到一種非進化性的，甚至是輪迴性的，報應觀念的限制。傅彩雲雖具有逾越當代道德及性規範的叛逆精神，但既然她的個性和行爲出自前世的恩怨宿命，她仍難稱之爲一個有自由意志的人。

已故的普實克教授曾抱怨，「《孽海花》的主要弱點在於兩種不協調因素之間的巨大差距：小說對傅彩雲及金汮浪漫關係的渲染，與對日本愛國浪人和狂熱的安南『黑旗軍』的描繪，很不相稱」（註二二）。胡適也持相似觀點。但這種結構上的不協調也許促使我們探討曾樸的歷史和政治觀時，要格外留心。我以爲曾樸最大優點恰恰在於他改寫了兩則妓女故事，並將其織入當代歷史事件中。他藉此混淆了國家大事與風花雪月，將公衆與私人的道德範疇融入一問題重重的新空間。他使傅彩雲（或賽金花）成爲中國古典小說最令人難忘的名妓之一。她社會地位的急遽消長反映了晚清政治道德基礎的鬆動；她多變的性格使她能浮沉於時代潮流中，其放縱無羈之處，甚至能超越創造者曾樸的原始設想。

在以上對三部晚清狎邪小說的討論中，我試圖說明這些作品的「矛盾」，不僅來自人與環境衝突下所表現的道德及倫理變貌，也來自這些作品與古典感傷艷情傳統的對話。以下的觀察，或可作為我們重審晚清狎邪小說的起點。

《品花寶鑑》在極反諷的情形下，成為晚清狎邪小說的開路先鋒。該書套用浪漫文學的公式，描繪男伶及其恩客間親愛精誠的關係，大大嘲仿了古典說部的愛情。小說性「別」的混淆以及與性別有關的敍述、修辭的錯位，使我們對小說中女性缺席的現象必須三思：它暴露出女性一方面是男性性幻想與敍述中的理想目標，另一方面也是男性文化霸權下的犧牲。

《海上花列傳》在另一層次上顛覆了傳統狎邪小說的妓女形象。它並不眞正泯除公式化的人物和主題，反而暴露出妓院生活本身就是浪漫公式與現實間的複雜混合物。與多數自我撇清的狎邪小說不同，《海上花列傳》絕不簡化道德的課題，反能提供一種道德的辯證，促我們再思。小說在最令人料想不到的地方，表現出道德的眞諦，並在最曖昧無奈的時刻，揭發了美德與欲望、夢幻與現實之間的互換關係。

《孽海花》則通過一個從良妓女的風流韻事，折射中國國運之盛衰起伏。曾樸將妓院小說寫成歷史小說，並進而顚倒我們所居之不疑的道德倫理取向。經過他的踵事增華，賽金花傳奇成爲表現世紀之交中國人對性及政治幻想（或憂慮？）的最佳神話之一。

因此，這三部小說從三個不同角度探索了傳統社會及文學文化敍述的一些重要關目：男女之間角色的衝突，現實與浪漫主義的交鋒，德與欲之間的對話，以及公衆與私人領域之間的對抗。狎邪小說向來被認爲是晚清小說較薄弱的部分。我對上述三部妓院小說的討論旨在證明狎邪小說或許包含著層層弔詭，有待發掘。寓「教」於「惡」，此之謂也。

註：

一　魯迅《中國小說史略》（北京：人民出版社，一九五八）二六五頁。狹邪者，勾欄也。本文刻意以「狎邪」代替「狹邪」二字，以示與魯迅原意有別，兼亦擴充此一文類的範疇與意義。

二　同上。

三　C.T. Hsia, "Hsu Ch'en-ya's Yu-li hun: An Essay in Literary and Criticism," in *Chinese Middlebrow Fiction: From the Ch'ing and Early Republican Eras*, ed. Liu Ts'un-yan(Hong Kong: The Chinese UP, 198), p.201.

四　Stephen Cheng, "Flowers of Shanghai and the Late Ch'ing Courtesan Novel," diss., Harvard U., 1979, pp.14～15.

五 魯迅二六六頁；Cheng, p.10.

六 趙景深〈《品花寶鑑》考證〉，收於陳森《品花寶鑑》附錄（臺北：廣雅書局，一九八四）七六二～七六四頁。

七 Hsia, p.214.

八 Cheng, p.10.

九 Patrick Hanan, *The Chinese Vernacular Story*(Cambridge: Harvard UP, 1981) p. 175;亦可參閱 Hanan, *The Invention of Li Yu*(Cambridge; Harvaud UP, 1988) pp. 97～98.

十 有關晚明及清代男風的資料，可參見如 Jonathan D. Spence, *The Memory Palace of Matieo Ricci*(New York: Viking, 1984), pp.201～231；孔另境〈《品花寶鑑》史料〉，收於《品花寶鑑》附錄七六九～七七四頁。

一一 見如 Michel Foucault, *The History of Sexuality*, Vol. 1, trans. Robert Hurley(New York: Vintage, 1980).

一二 魯迅《中國小說史略》二六八～二七〇頁；胡適《海上花列傳》亞東版序，重印於《海上花列傳》（臺北：廣雅書局，一九八四）一～二二頁；劉大杰《中國小說發達史》（香港：古文書局，一九七四）二五六～二五八頁；趙景深《小說戲曲新考》（上海：世界書局，一九四三）八一～八四頁；阿英《晚清小說史》（香港：中華書局，一九七三）七二頁；孟瑤《中國小說史》（臺北：傳記文學，一九八〇）六六六～六七〇頁；Steven Cheng, "Flowers of Shanghai and the Late Ch'ing

Courtesan Novel," 張愛玲《張看》（臺北：皇冠，一九七九）一七七～一七八頁。

一三 張愛玲的註譯本《海上花》於一九八三年由臺北皇冠出版社印行。應對原作略有刪節，並寫有一極具見地之跋。本文對《海上花》列傳的討論及例證，受益張文極多，在論文中不再一一註明。

一四 張愛玲《張看》，頁同上。

一五 胡適《海上花列傳》亞東版敍八。張愛玲《紅樓夢魘》（臺北：皇冠，一九七七）九頁，及其註譯本《海上花》跋五七一～六〇八頁。

一六 胡適，同上；張愛玲，註譯本《海上花》。五九九頁。

一七 魯迅在《中國小說史略》中卽視《孽海花》爲譴責小說(二九一頁)。

一八 見曾樸致胡適信，《孽海花》附錄二（臺北：世界書局，一九六〇）一八～一九頁，但學者已經注意到將曾作與其心儀的西方小說模式作對比，所得畢竟十分有限。見 Peter Li, "The Dramatic Structure of Niehhaihua," in *The Chinese Novel at the Turn of the Century*, ed. Milena Dolezelová-Velingerová(Toronto: U of Toronto P; 1980), p.150.

一九 曾樸，修訂版《孽海花》序。

二〇 見如羅家倫的討論。《孽海花》附錄四；魏紹昌「關於瓦賽公案的眞相」，重印於《傳記文學》五二卷，三期（一九八八），五八～六四頁。

二一 見 Peter Li, "Tseng P'u: The Literary Journey of a Chinese Writer," diss. U of Chicago, 1972, pp.71～169.

二二 Jaroslav Průšek "The Changing Role of Narrator in the Chinese Novel in the Beginning of the Twentieth Century," in *The Lyrical and the Epic,* ed. Leo Ou-fan Lee(Bloomington: Indiana UP, 1980), p.117.

賈寶玉坐潛水艇

——晚清科幻小說新論

晚清小說是中國古典小說中常被忽視的一環。過去數十年來我們對晚清小說的研究，多在《老殘遊記》、《官場現形記》等作間打轉，所論的範疇，也不離譴責、狹邪、黑幕等主題。至於風格特徵，當年魯迅在《中國小說史》裡所說的「辭氣浮露、筆無藏鋒」（註一），似乎仍被奉若圭臬。其實以晚清小說出版之繁、體材之廣，必有不少珠玉仍被埋沒。以科幻小說而言，五四以後新文學運動的成績，就比不上晚清。別的不說，一味計較文學「反映」人生、「寫實」至上的作者與讀者，又怎能欣賞像賈寶玉坐潛水艇這樣匪夷所思的怪談？

話說寶玉在林妹妹死後，萬念俱灰。那年雪夜拜別老父後，自個兒出家雲遊四海。不知過了幾世幾劫，寶玉凡心又動，重入紅塵。此時已是清末，亂象四起。寶玉身歷庚子事變，對國事日益憂心。他發表革新言論，卻引來官兵追捕。落慌而逃之際，他偶入一個叫「文明境界」的所在。「文明境界」簡直是個摩登桃花源，物產豐饒，地靈人傑。最令寶玉大開眼界的是「文明境界」的高科技發展。境內四季溫度率有空調，機器僕人來往執役，「電火」常燃運轉機器。上天有飛車，入地有隧車。而小說的高潮之一是寶玉乘坐一艘狀似巨鯨的潛水艇，航行海底兩萬里；由南極到北極，看盡奇觀異景，珍禽怪獸。當日恆坐大觀園內，那裡想到世界之大，文明之新？

賈寶玉訪「文明境界」，乘飛車、坐潛艇的情節出自小說《新石頭記》（一九〇八），作者是大家熟知的吳趼人（沃堯）。吳以《二十年目睹之怪現狀》、《恨海》、《九命奇冤》等作享譽，他對現代中國科幻小說的開路工作，卻少有人提及。其實類似《新石頭記》這樣的創作或翻譯，曾在晚清風靡一時。科幻小說以其天馬行空的情節，光怪陸離的器械背景，曾經吸引了大批趨時好新的讀者。而在表面的無稽之談外，科幻小說的所論所述，也深饒歷史文化意義。它以反寫實的筆調，投射了最現實的家國危機，而且直指一代中國人想像、言說未來世界的方向及局限。晚清的科幻作家一方面承襲古典中國神怪小說的遺產，一方面借鑒當代西方科幻小說的發明，所形成的敍述模式，自成一格，也讓我們再思科幻小說這一文類的疆界（註二）。至於晚清科幻作品所呈現的各種烏托邦視野，以及對時間及空間觀念的實驗，更是我們一窺世紀之交，歷史及政治思潮嬗變的好材料。以下的論述當然不敢奢言將晚清科幻小說的問題，一網打盡。我只希望藉有限的例證，勾勒出四個可行的研究方向，以期引發更多的對話。

一、從神怪到科幻

我們以往研究晚清小說，多半將眼光放在甲午戰後到辛亥革命的一段時期內。清末十餘年間小說的繁榮與變化，確是有目共睹的事實。但如果我們放大視野，將晚清文學的範疇再向回倒推半個世紀，則可發現許多不同的脈絡，仍待探討釐清。談晚清科幻小說，我因此建議以太平天國起事前夕、紹興俞萬春所作的《蕩寇志》（一八四七），作為一策略性的起點。《蕩寇志》也許不符一般科幻小說的定義，但清末科幻敍述的一些特色，以及其所對應的歷史課題，已可由此書中得見端倪。俞萬春以金聖歎七十回本《水滸傳》為基礎，寫梁山泊好漢聚義後，心懷叵測，興兵造反的經過。他呼應金聖歎的觀點，對古本《水滸》中宋江之流接受招安、並為國平定其他亂事的情節不以為然。《蕩寇志》因此一反舊例，不寫梁山泊人馬投誠勤王，而寫他們不忠不義、禍國殃民的下場。俞萬春又塑造了以陳希眞、陳麗卿父女為首的一羣忠貞俠士，與梁山泊對抗。歷經多次大戰，水滸一百單八叛黨最後非死即誅。

由於《蕩寇志》瀰漫濃烈封建效忠思想，使該書在太平天國時期成為政治讀物。清廷熱烈印刷流傳，而太平軍則必欲禁之而後快。本世紀的共產黨既然自認是替天行道，自然要把《蕩寇志》看作是反動文學的樣板。這本小說對忠義問題的處理，夾纏不清，其實頗値有心人注意（註三）。我所關心的是俞萬春如何就《水滸傳》舊有的敍事傳統，推陳出新。誠如魯迅所言，《蕩寇志》「思想未免煞風景」，但「造事行文，有時幾欲摩前傳之壘，採錄景象，亦頗有施羅所未試者，在糾纏舊作之同類小說中，蓋差爲佼佼者矣。」（註四）

俞萬春的小說裡，有什麼是施耐庵、羅貫中所未曾嘗試的呢？我以爲最可一提的，是俞萬春對軍事科技、器械發明的興趣。《蕩寇志》既是戰爭小說，少不得要對行軍佈陣、對壘交鋒，渲染一番。俞萬春熟讀《水滸》，青年時期又曾隨父赴粤東剿平瑤亂（註五），寫戰爭場面確是頭頭是道。但此君顯然別有抱負，他在小說中介紹、解說爲數不少的新武器，爲前所僅見。像奔雷車、沉螺舟、落匣連珠銃、飛天神雷、陷地鬼戶等，都曾大發神威。這些器械聽來雖然古怪，倒也不全出於俞萬春的非非之想。俞對中國兵器史素有研究，甚至曾著書立說（註六）。居住廣東時，又對西洋事物，多所接觸。而鴉片戰爭中英軍的船堅礮利，想來也對他造成衝擊。《蕩寇志》寫的雖是宋代故事，但卻力圖引進「先進」兵器科學的概念，自然令人耳目一新。

以奔雷車爲例，這是宋江招聘的歐羅巴國軍師白爾瓦罕所獻。此車形似巨獸，共分三層，上層裝置砲眼，中層藏有兵士，發射弩箭，下層則遍置鈎矛鋏藜。全車嚴嚴密封，鎗箭銃炮不入。尤其車底裝有韙板，輪邊又有尖齒，所以任何地形駛來都是快捷靈巧。若非此車仍需馬匹帶動，儼然就是坦克車的前身。白爾瓦罕另造有沉螺舟。顧名思義，這是種潛水戰艦。

舟作蚌殼狀，可開可闔，能載兵士上千人，潛水前舟內備足乾糧燈火，舟外遍敷瀝青，即可穿洋過海，數月不需浮出水面。至於沉螺舟的動力及舟內的空氣等問題，兪萬春倒沒有想到過。梁山泊得到這些新武器，果然所向無敵。若非後來白爾瓦罕被宋軍設計生擒，要想求勝還更得多費周章呢。

白爾瓦罕這位洋軍師的出現，也是一絕。白藍眼高鼻，原爲淵渠國人。其父唎啞呢唎，亦爲軍械發明師。白生於澳門，習得技藝後，本想貢獻大宋朝廷，無奈受奸相所妒，竟遭構陷而被發配邊疆——好一個歐洲版的「逼上梁山」故事。兪萬春寫白的博學多才，又心在漢家，多少反映了彼時知識分子對洋鎗洋礮洋鬼子的模稜心態。他一方面暗示白的科學新知，其實中國老祖宗都已發現；比方前述的奔雷車吧，據宋江軍師吳用的說法，就是脫胎自咱們的呂公車。另一方面兪萬春也急忙安排了宋營的女軍師劉慧娘小姐，苦思白爾瓦罕的招數，以求以毒攻毒。這分明響應了當時名士如魏源等「師夷之長以制夷」的號召（註七）。而師夷以制夷的最高表現，竟是先懷柔、收編那個本來和我們作對的「夷」。果然白爾瓦罕被擒後，感於天朝軍威，不但傾囊相授自家才藝，並附贈軍械秘笈《輪機經》。但這豈不成了「制夷以師夷之長」麼？果如此，洋人又有什麼可怕？兪小說情節的本末倒置處，恰恰表現了清末現代化運動中，中西接觸的一個荒唐側面。

然而我們若以爲《蕩寇志》只一味描寫半調子的新武器競賽，那又大錯特錯了。這部小說更不乏傳統的神怪人物及場面。宋軍的智囊人物陳希眞就是一個道士，梁山泊方面的公孫勝亦擅妖法。雙方對峙，各祭出呼風喚雨、撒豆成兵的本事，土遁水遁更是常事，而徒兒有難，師父必又出馬。一時《蕩寇志》讀來不像《水滸傳》，反似《封神榜》。小說最後，陳希眞父女得道升天，則與俞萬春本人的道教思想，相互輝映。

我們要如何看待《蕩寇志》中科幻與神怪的衝突呢？純從形式而言，俞萬春描寫科技發明，代表文學想像的推陳出新，對習於神怪公式的淸末讀者，應屬一大刺激。而相較於傳統奇門遁甲、飛天入地的敍述，我所謂的科技雖也是一種新的迷思，畢竟多了一層知性色彩。俞在許多章節中，對所創造的新事物多能詳爲解釋，而不徒以怪異炫人爲能事。但刻意分殊神怪與科幻的文類疆界，是件抽刀斷水的難事（註八）。在此我更有興趣的是俞萬春爲何及如何將科技與神怪合爲一爐而冶之？其所代表的歷史意義又是什麼？

以前述白爾瓦罕發明奔雷車爲例。宋營的女軍師劉慧娘當時正好身染重病，奄奄一息，因此宋軍毫無還手之策。慧娘之病，只有千年人參仙的血可治。爲此英雄好漢們發動了一場捉拿參仙的好戲。這位參仙年紀雖大，長得卻像三四歲小孩，每當月圓之夜，光著屁股滿山瞎跑。衆家好漢屢捉不著，後來還是其中一人的師父通一子出山，才手到擒來。慧娘喝了白色的參仙血，豁然而癒，下一幕中又恢復科學辨事的精神，設計了極精密的飛彈「飛天神雷」，以及地底工事「陷地鬼戶」，乃大破奔雷車陣。

俞萬春在神怪與科技間的擺盪，或可從人參仙與奔雷車的對比中得知一二。兩者都有不可思議的威力，但參仙的玄妙莫測，顯然在俞心中更勝一籌。這樣的例子在《蕩寇志》中數見不鮮。但所有的新舊兵器法術，都比不上陳希眞的乾元寶鏡。此鏡照陰陽、攝元神、通古今，眞是超級多功能妙用無窮。令人想不通的是，既有這樣的寶貝，俞萬春又何必忙著搬演新科技武器呢？

《蕩寇志》的寫成之期，正是晚清洋務運動發微伊始的階段。比起開明人士的言行，俞萬春的思想算是保守得可以。但也正因如此，當他下筆寫作具有現代科幻意味的小說章節，我們反能看出許多有趣問題。他如何構思新的器械發明，以求「蕩寇」，又如何將這些新事物融入傳統的想像及論述，無不遙指鴉片戰爭後，一代中國人「富國強兵」的欲望與焦慮。俞以封建忠義思想爲經、道教修煉飛昇之術爲緯，所編織出的宇宙觀終於涵攝了他藉科學器械所鋪展的新知識論。古中國的一切就像那個乾元寶鏡一般，博大精深，吃定了各種西洋算學器械的小道。這樣的思維模式在太平天國後更成主流，上焉者形成「中學爲體、西學爲用」的道器二元說，下焉者則預示了「刀槍不入」、「扶清滅洋」的義和團式思想。

《蕩寇志》後五十年，《年大將軍平西傳》（一八九九）以類似方式揉合了科幻與神怪，來敘述雍正年間年羹堯平西藏之事。其中雪山老祖大鬪羅馬教皇；月經布煉成的「胭脂巾」力克無敵「電氣鞭」等情節，在在令人瞠目結舌。而當年西洋人欽天監正南懷仁居然有子南國泰克紹箕裘，作升天球、造地行船和借火鏡，成了「小魯班」，顯然仍帶有《蕩寇志》中白爾瓦罕的影子。小說的主角更生童子為求破敵，遠赴歐羅巴洲，向瑞典奇人學藝，則肯定了科技向西方取經的時代潮流。其後的《新紀元》（一九〇八）、《電世界》（一九〇九）等小說，科幻成分越趨加重，下文當再論及，而晚清小說由神怪過渡到科幻的歷程，至此告一段落。

二、烏托邦之進出

烏托邦是科幻小說重要的主題之一。藉著一幻想國度的建立或消失，科幻小說作家寄託他們逃避、改造、或批判現實世界的塊壘，實驗各種科學及政教措施。烏托邦的想像可以投射一理想的桃花源，也可以虛擬出墮落的鬼門關，因此又有反烏托邦、擬諷烏托邦等次文類的衍生。晚清不少作家喜在作品起始處，介紹一寓言所在；以為楔子。像是曾樸《孽海花》、頤瑣的《黃綉球》、或陳天華的《獅子吼》，都曾在書首托言子虛之地，點出全書要旨。這樣的寫法，已含有烏托邦或反烏托邦的用意，但淺嘗即止，因此難謂凸出。

蕭然鬱生的《烏托邦遊記》（一九〇六）開宗明義要寫出探訪理想國的奇遇。但小說後繼乏力，只寫到我們探險家在太空船上的種種，就戛然而止。看來要進入烏托邦，還眞不容易。晚清烏托邦小說寫得最完整，也最耐人深思的，我以爲首推吳趼人的《新石頭記》。如前所述，吳的譴責小說一向爲人津津樂道，《新石頭記》則較少受到注意。顧名思義，這部小說是曹雪芹《石頭記》衆多續篇之一。比起一般續貂之作，《新石頭記》至少沒在林黛玉死而復生上作文章；相反的，林妹妹根本未曾出現。全書的重心反集中在寶玉周遊清末中國，以及訪問「文明境界」、領教其政教科技風采上。吳趼人的識見，果然高人一等。

《新石頭記》共分四十回。前二十回敘述寶玉出家後，凡心再動，墮入清末「野蠻世界」的經過。吳趼人巧妙運用曹雪芹《石頭記》中女媧煉石補天的神話，強調寶玉爲女媧所遺頑石，一直未能遂其補天壯志。此番再下紅塵，寶玉不再混跡脂粉叢中，而要以行動一償補天宿願。吳趼人因此延續了原書的神話架構，卻在其中貫注了感時憂國的歷史意識。寶玉先訪上海，看遍洋場升官發財醜態；他又遇上了粗鄙的薛蟠，後者反倒是如魚得水，十分兜得轉。小說十二回以後寫義和團之亂；寶玉感憤之餘，發表維新議論，反被誣爲拳匪餘黨，一度被捕，幾乎喪命。

《新石頭記》後二十回才是全書重心所在。寶玉爲逃避官方緝捕，來到「文明境界」。此處民康物阜，既無作奸犯科之徒，娼妓乞丐更是聞所未聞。最吸引人的當是境內物質文明的高度發展。由於氣溫由人工調節，這裡農藝一年四熟，而四時花木則隨時可以賞玩。居民飲食皆經科學調配，全爲流體，營養美容，又便消化。醫術發達，自不在話下，更有增強腦

「筋」，製造聰明的奇方妙藥。日常生活有司時器、千里鏡、助聽器、機器人、以及「地火」（瓦斯？）等設備；交通運輸則上有飛車、下有隧車、水中來去有水靴，「不煩舉步」而又秩序井然。就說那隧車吧，可不是我們所謂的地鐵，而是經過特殊設計的地底電跑車，停駛自如，且因電磁性相拒故，怎麼開都撞不到一塊兒去。寶玉在此大開洋葷。坐飛車高來高去，飄飄欲仙不說，參觀自動化工廠設備及軍事科技演習，更好似劉姥姥當日逛大觀園一般。當然最高潮是寶玉乘著潛水艇所作的海底探險。吳趼人其時與周桂笙等合辦《月月小說》雜誌，大量譯介西方科幻作品，「文明境界」的種種，當可見其影響。尤其法國作家裘斯・豐爾(Jules Verne)的暢銷作品，如《海底歷險兩萬里》等作，已被迻譯刊行。吳研人想來自其中得到不少靈感。

吳趼人也藉「文明境界」的典章制度，發抒了自己的政治理想。原來統治「文明境界」的，是一位複性東方，名強，表字文明的老先生。東方文明來自「自由村」，所生三子一女分別為東方英、東方德、東方法、東方美；「父子五人，俱有經天緯地之才，定國安邦之志。」在東方家族的治理下，「文明境界」發揚四維八德，成了既富且強又好禮的泱泱大國。吳趼人本人是提倡君主立憲的，他把「文明境界」寫成了開明專制之國，也就不足為怪。只是「文明境界」的君民眞是世界大同的信徒麼？不然。東方先生的子女盡以歐美強國命名，已顯其政治渴望，另一方面他們對紅、黑、棕各種人卻極其卑視，嫌其思想「無非是一個懶字」。

前述增長腦「筋」的「製造聰明散」是絕不肯讓這些人等吃的：「野蠻人用了」，只能「助長野蠻」。諂強欺弱而又自命不凡，「文明境界」的居民仁字掛帥，骨子裡卻是一羣不折不扣的阿Q。這大約是吳趼人始料未及之處了。

寶玉在「野蠻世界」及「文明境界」的遊歷，很使我們想起伏爾泰(Voltaire)的《憨弟德》(*Candide*)。一場「文明境界」的洗禮，讓寶玉了解烏托邦的理想，確實可行，只是他鄉再好，終非己鄉。寶玉仍需回到「野蠻世界」。臨行前東方文明揭露了自己的眞實身分，原來他竟是《石頭記》中的甄寶玉！賈寶玉見文明花果，已爲昔日至交捷足先得，不禁悵然若失。小說最後，寶玉作了一場大夢，夢中見到中國已擺脫帝國主義欺凌，日益富強。北京城內正舉行萬國和平會，揚子江頭則是工廠林立，車水馬龍。寶玉也參加了萬國和平會，當中國皇帝出場演講，赫然正是東方文明。寶玉聽演講聽得興起，忽的一腳踏空跌落深淵，醒來方知是南柯一夢。

賈寶玉因補天之志已爲甄寶玉佔了頭籌，終於留下隨身寶玉，飄然遠行。此石後存於靈台方寸山的斜月三星洞，有緣之人當可看到上鐫的《新石頭記》；石後有歌一首，其中「悲復悲兮世事，哀復哀兮後生。補天乏術兮歲不我與，群鼠滿目兮恣其縱橫」一段，道盡吳趼人的心事。至於「吃糞媚外的奴隸小人」卻只能看到英文打油詩一首：

All foreigners thou shalt worship,
Be always in sincere friendship.
Tis the way to get bread to eat and money to spend.
And upon this thy family's living will depend;
There's one thing nobody can guess:
Thy countrymen thou canst oppress.

今試譯如下：「洋人洋人你崇拜，眞情眞意抱滿懷。麵包金錢跟著來，食衣住行太悠哉！只有一事沒想到，自己同胞你迫害！」《新石頭記》以頑石補天之志始，以「補天乏術」終，緊扣曹著脈絡，而能放大大觀園之憧憬，建立宏觀的烏托邦藍圖，謂之爲晚清科幻小說的傑作，誰曰不然？

晚清小說中尙有海天獨嘯子的《女媧石》（一九〇四）踵事《鏡花緣》的前例，創造了一女權至上的女兒國，盡納婦女人才「如英俊者、武俊者、伶俐者、詼諧者、文學者、教育者」。一反傳統婦女形象，這一女性烏托邦中的成員以科學家、政論家、發明家出現，揖讓進退，處處顯示理性與文明的風範。小說最激進處，甚至排斥女國民自男性處受孕，而以人工授精法代之。這一群東方亞瑪遜女傑，令讀者大開眼界。另外抽斧所作的《新鼠史》（一九〇八），以鼠國興衰喻中國末世的亂象，並描寫腐敗的鼠國如何被置之死地而新生，終於變法圖強，重振國威，而且「還原」爲其祖虎國的經過。格局雖不大，但以動物寓言方式，訴說一烏托邦的欲望，尙可一觀。三十年代老舍的擬諷烏托邦小說《貓城記》，應可置於其下論之。

三、太空幻境

科幻小說對不可知世界的嚮往與描摹，除了表現在科技神怪事物或烏托邦的想像上，也常可得見於對時空架構的重組上。小說家們亟思超越軀體的束縛，時間的極限，乃至地理的障礙，以探尋另一種生存情境的可能。對時空觀念的再思，也必然影響到尋常歷史意識的定位，由此產生的曲折對話，最爲可觀。晚淸科幻小說家對時間的處理，下節將再論及；他們對世紀之交中國的地理及文化空間，有些什麼樣的看法呢？

在荒江釣叟的《月球殖民地小說》（一九〇四）中，中國雖大，已非容身之地。有志之士，都想奔向月球。書中嫦娥奔月的神話固然有跡可循，但我以爲前述法國作家豐爾的《環遊世界八十天》及《月界旅行》等中譯本，尤其可爲借鏡。《月界旅行》的譯者還是日後大名鼎鼎的魯迅。但這《月球殖民地小說》架構雖大，可惜又是未完。就已成的三十五回來看，月球所代表的烏托邦意義，已呼之欲出，雖然主要情節卻仍發展在地球之上。

我刻意提到《月》書的情節是在地球之「上」發生，是因爲小說最重要的道具及其所形成的空間是一個大飛行氣球——《環遊世界八十天》汽球旅行的影響，呼之欲出。我們的注意力多半是隨著氣球飄洋過海而移轉。小說的故事極其俗套。文士龍孟華攜妻鳳氏因避禍而遠走他鄉。途中所乘之船沉沒，鳳氏失踪。龍思妻情切，幸遇日本氣球旅行家玉太郎及其中國妻子所助，乃乘著氣球，繞著地球，四處尋妻。

荒江釣叟所創造的氣球碩大無比，設備一應俱全。我們的志士仁人乘此飛行器探訪亞、美、非、歐四大洲及無數島嶼，自然遇到不少千奇百怪之事。在這一方面，小說明顯因襲了《鏡花緣》的模式。譬如龍、玉等人因追踪鳳氏，飄到印度洋上空，即造訪了不少島國：勒兒來復島島民以迂腐無能見稱；魚鱗國的女性以纏「手」爲美；莽來賜島盛行爲大我而犧牲小我，以至只剩下十餘居民。凡此皆讓我們想起《鏡花緣》中的海外奇遇。對荒江釣叟而言，每一處島國都是中國的縮影，批判之寓意，自不待言。另一方面作者對實際西洋都會如紐約、倫敦的描寫，亦多少摸著個邊兒，比起李汝珍的時代，畢竟視野擴大了許多。

但乘氣球御風而行和海上航舟間的空間差異，才是我們最應注意的。古小說中的能人異士雖也高來高去，但少見如此龐大的空中行宮，載運如此多的輜重人馬，四處飄盪。隨著氣球冉冉而昇，我們的視野陡的放寬，而且是由上而下，縱覽世界。再沒有比氣球這樣的「位置」，更能使我們看清中國的疆域，其實只是世界地理的一部分。也再沒有比氣球這樣的「飄浮」器，更能傳達出那種懸而不定的身心感受。孔老夫子當年自歎道不行，乘桴浮於海，藉著《月》書，清末的文士大約可說，道不行，乘球飄於空吧？這本小說寫得實在不算好，但在表現一個歷史時刻中中國人空間想像的改變，仍頗值一觀。

小說中好幾個角色都曾夢到月球上的種種，事實上，龍夢華的兒子龍必大就是所謂月球童子投胎。月球是太空裡的桃花源，是天使往來的神仙洞府。月宮中供有三座巨像，中爲如來釋迦，東爲孔氏仲尼，西邊竟是美國總統華盛頓！晚清作家中西合璧的想像力，由此可見一斑。月球既是如此佳美的所在，人人自然心嚮往之。但以玉太郎的氣球設備，「奔月」尚須努力。小說寫到龍夢華終與妻子團圓，移民月球。而玉太郎仍與其他同伴暫居海角荒島，實驗氣球——他們成了月球在地球殖民地的開拓者。荒江釣叟就此擱筆，他所留下最後的懸疑是玉太郎因試驗氣球，身受重傷。究竟這羣人能否登上月球呢？《月球殖民地小說》懸而未決的現貌，反給我們無限低迴的餘地。

上月球，其實不稀奇。晚清小說裡，還有飛向太陽的呢。東海覺我（徐念慈）的《新法螺先生譚》（一九〇五）更上層樓，描寫中國人地心及太陽系歷險記，把我們的空間範疇，推向更深更遠的宇宙。《新法螺先生譚》是東海覺我根據日本谷岩小波譯的〈法螺先生譚〉所作的戲仿。後者曾由包天笑譯成中文。由小說題目即可知，主人翁擅吹法螺，而讀者也樂得一聽他的太空奇譚。小說中的法螺先生是個深具科學思辯精神之人。因不欲「局局於諸家之說」，成爲「一學界之奴」，經年苦思突破現有之知識僵局，終腦筋紊亂，忘其所以。一日奔上三十六萬尺之高山，適遇「諸星球所出之各吸力」的交點。在極速狂風之中，法螺先生的肉體與靈魂也被震盪分家，從此展開靈、肉各別的冒險。法螺先生將靈魂之身煉成一「不可思議之發光原動力」，比太陽的光力要強萬倍。他飛經歐美，光照四處，引起科學界絕大震驚。但當他來到中國時，卻要失望了。時值正午，全中國的人民多仍酣睡未醒呢。儘管法螺先生竭盡光源，照得大地閃耀刺眼，那廂的中國人依舊「噓氣如雲」；少數醒來的也是金銷帳中，坐擁金蓮。法螺先生這才了解只有光，沒有熱，仍不能成事。

以後法螺先生繞行地球，與月世界相撞。軀體部分垂身墜落，且因重力加速度故，竟穿入一火山口，經十八層地質變化，最後直落地心，而且掉在一老頭子的炕上。此處實爲地底之中國，老頭姓黃名種，九千餘歲矣，卻自稱出生僅十餘日。果然地底一日，世上千年。黃老引導法螺先生觀一穹形天幕，只見地上中國烏煙瘴氣，頹唐不堪。後又拜訪「內觀鏡室」，室內陳列各形各色瓶子，中國人的「氣質」，盡存於此。以當時而言，氣質優良者僅百分之一、二。有一特大瓶中，裝滿了嗎啡煙毒，比例高達全民氣質的百分之六十五。法螺先生頗有感觸，決定除了作爲發光體外，亦應爲「聲之原」，以喚醒國民。

在小說的第三部分裡，法螺先生的靈魂飛入太陽系的諸星球。他在水星上觀看了造人術，在金星上體驗物種進化、生生不息的達爾文觀念。金星表面，軟若皮球，金銀珠寶遍佈。但眞正令法螺先生注意的，是星球上尚存原始腔腸動物的化石。即使這些石頭裂爲碎塊，亦仍餘溫灼手。法螺先生乃知這一熱力是促進生物繁殖進化的動力。所謂「凡物皆能進化，而靡所底止。金星球然，即地球何莫不然。」相較之下，中國已成冷血動物之國，寧不可憂！是故法螺先生最後一站是奔向太陽，思吸收其光熱，以助中華。但因速度故，終於功虧一簣。

回到地球後的法螺先生，靈魂軀體復合爲一。他希望藉自己發明的「腦電」，教導羣衆發光發熱，促進生產。此舉不意引來電信電話電燈公司的杯葛，只好草草歇手。腦電之說，頗與彼時康有爲、譚嗣同的仁學與電學說相呼應，值得有心人繼續研究。

《新法螺先生譚》篇幅雖不長，但筆觸靈活，所述地心星球之旅，在在引人入勝。談科幻小說中令讀者嘖嘖稱奇，不能自己的雄渾觀(sublime)，此作可爲佳例。但我更以爲之中法螺先生凌虛御空，遊於物外的描寫，已近《莊子》中逍遙遊的意象。中國讀者讀來，想必要發出會心的微笑。至於各種應時當令的科學進化論點的渲染，則猶其餘事。小說中的三個主要意象，光、熱、力，不僅代表了中國對西洋科技、民性的總結看法，也是其踏向現代之門的必要物質與精神條件。光、熱、力是科技能量的菁華，也是國民道德的體現，更是文學功能的指標。《新法螺先生譚》因以科幻之筆，預言了二十世紀中國新文化、文學運動的主要寄託。

四、回到未來

晚淸科幻小說除了探索空間的無窮，以爲中國現實困境打通一條出路外，對時間流變的可能，也不斷提出方案。隨著進化論或天演說（由嚴復等人）的翻譯、傳入，中國的知識分子對時間呈直線發展，且愈益精進的說法，印象深刻。對他們而言，所謂的物競天擇、物種進化等觀念，不僅有其生物學上的意義，也暗示了道德上的自我超越。晚淸作家憧憬未來，希望自未來的實現，看到中國的希望。而未來也提供一特殊角度，供他們檢視現實的缺憾。但弔詭的是，當晚淸作家迫不及待的銘刻他們對未來的欲望及理想時，他們預先「消費」或「消耗」了未來。當那神秘的天啓時刻提早降臨，當那緲遠的不可知成爲想像的必然，晚淸小說家把未來變成了一種鄉愁。他們的預言作品不是迎向，而是回到，未來。果如此，這些作品縱然肯定線性史觀，卻暗暗散播著天道循環論，也就可以理解了。

春颿的《未來世界》（一九〇七）雖有堂皇的書名，但絲毫不見「未來」如何開展，就是一個好例子。小說沿用古典說部的公式，僅以維新立憲等主張敷衍其上，並不能帶給讀者新意。吳趼人的〈光緒萬年〉（一九〇七）也有類似問題；他想像未來君主立憲後的一切美景，卻難逃眼下事物的窠臼。誠然科幻小說的未來，說穿了都是現實的倒影延伸，有「遠見」

的作者還是能化腐朽爲神奇，挑動讀者的想像及欲望。

由是觀之，碧荷館主人的《新紀元》則可資一論。這部小說所設定的時間是一九九九年。此時中國國力強大，早已改用立憲政體；中央地方皆有議院，政黨會社自由設立。各國的租界早於六十年前收回，蒙古、西藏、新疆也已建省。全中國的人口，計達一千兆！單是常備、後備軍人，即有六百萬。中國早非世紀初的老大帝國，而成泰西各國所隱隱擔憂的新「黃禍」了。

小說的重點在於中國與西方強國間的一場世紀之戰。戰事之爆發，緣於匈牙利境內匈奴裔的黃種人與歐裔的白種人因是否採用黃帝紀年，發生衝突。由於事關世界黃、白人種日後的福祉，一場內亂迅速演變爲世界大戰。中國方面以寡敵衆，可卻毫不憂懼。事實上，是中國托言保護黃種匈裔人民，出兵入駐匈國，先挑起戰端的。當年的被侵者現成入侵者，可眞是風水輪流轉了。統率中國海軍的是黃之盛元帥，智勇雙全，自不待言。難得他性好先進科技，因此引進許多新鮮武器，蔚成奇觀。

黃以海戰知覺器（雷達？）、洋面探險器（聲納？）大破敵艦水雷，又以日光鏡引火燒毀敵方船艦。我們同時也看到水上步行器、避電衣、流質電射燈、泅水衣、軟玻璃眼鏡等輕便軍事用具，廣被採用。歐洲軍隊不敵，竟施放劇毒綠（氯）氣。幸有黃夫人獻計，採用水底攻勢，並將水還原爲氫、氧，引火燒船。此一化水爲火之招，配合上述日光鏡，果然大敗歐洲聯合艦隊。前此被視爲稀奇的大氣球、潛水艇，在《新紀元》裡更是成羣結隊出動，成爲普通裝備。此役是戰爭的轉捩點，雖發生於一九九九年，讀來倒有些《三國》赤壁之戰、火燒曹軍的味道。科幻小說的未來總也拋不下過去，信然。

碧荷館主人寫戰爭中的中國將士，一齊用命，全世界、五大洲的華僑，包括一群住在婆羅洲外海底的僑胞，也空前大團結爲祖國助威。這眞是國際版的《蕩寇志》。小說最後少數敵軍負隅頑抗，放炭氣、樹電牆，皆爲黃元帥一一破解。壓軸是黃夫人祭出追魂砂，此砂的特異成份能放出比X光更強的光線，終殲滅所有敵人。各戰敗國與中國簽約，割地賠款、設立租界。時爲黃帝四千七百零九年，西曆二千年。中國的「新紀元」於焉開始。

《新紀元》一書對時間的關切，可從世界大戰的起因，竟是爲了奉行黃帝紀年看出。碧荷館主人對中國的前瞻，其實是基於一回顧的姿態。他在世紀初所作的世紀末預言，急欲擺脫歷史包袱，卻反而印證了中國過去與現在的陰影，從未消失。中國的未來只是重演列強對中國的醜行，並以其人之道還治其人之身。這樣的「新紀元」痛快雖痛快，畢竟只是抄襲、挪用了西方諸國的「歷史」，求取想像中的「未來」好景。依樣畫葫蘆，何「新」之有？但作者對歷史的焦慮感，已躍然紙上。

《新紀元》對中國未來國力的憧憬及大中國思想，因此使我們想到梁啓超那部有名的《新中國未來記》（一九〇二）。這部（未完成的）小說記敍光緒二十八年（一九〇二）一甲子後，中國政治的盛況。時爲一九六二年，大中華民主國的國民正慶祝維新五十週年紀念。南京有萬國太平會議，上海則舉行大博覽會，並敦請全國教育會長曲阜先生孔弘道演講，講題是「中國近六十年史」。是日有數千各國學者，數萬學生前來聽講，曲阜先生侃侃而談中國民主立憲的經過，舉座爲之動容。夏志清教授謂此景直追《妙法蓮華經》中釋迦證道，感天動地的莊嚴盛大場面，確是良有以也（註九）。

我們通常將《新中國未來記》當作政治小說來讀，多注重梁啓超在其中所揭櫫的立憲維新理念。但從科幻預言小說的觀點來看此作，則可一窺晚清作家在時間的戰場上，所作的種種馳騁。《新》書的架構來自日本作家末鐵廣腸的《雪中梅》（一八八六），然而梁啓超並未能貫徹始終。小說只得五回，而且預言的架構自第一回後即迅速消失。這不只是梁啓超在經營小說美學上的缺失，他對新中國的未來「究竟」是什麼樣子，以及新中國要「如何」達到那樣的未來，缺乏更豐富的想像資源，恐怕才是主因。歷史上的一九六二年，中國的民主並未實現。一九九九年即將到來，中國的新紀元可有希望？

《新法螺先生譚》的作者徐念慈曾寫道：「月球之旅遊、世界之末日、地心海底之旅行，日新不已，皆本科學之理想，超越自然，而促其進化者也。」（註十）善哉斯言。晚清的科幻作家始於對歷史的感喟，終於對未來的嚮往，在中西科幻神怪傳統中，摸索一新的小說路線，而其「補天」之志，未嘗稍移。這一類別的小說，在五四之後突告沉寂。除老舍《貓城記》、沈從文《愛麗絲中國遊記》等聊爲點綴外，文壇大抵爲寫實主義的天下。這篇文章以四個方向介紹清末科幻小說的發展。孰科孰幻，猶待辯證，但科幻小說的出現，無疑從極特殊的角度，見證了中國現代化的開始。時序又到了另一個世紀末，在張系國、黃海等人的努力下，我們是否能盼望一個科幻小說「新紀元」的到來？

註：

一 魯迅《中國小說史略》（台北：宏雅，一九八一），二九八頁。

二 西方關於科幻小說的極多，現僅舉二例。*Darko Suvin Positions and Presuppositions in Science Fiction* (Kent: Kent Sate Up,1988); Carl D. Malmgren, *Worlds Apart: Varratology of Science Fiction* (Bloomington: Indiana Up,1991).

三 見如歐陽健〈《蕩寇誌》價值新說〉，《明清小說采正》（台北：貫雅，一九九二），四〇二～四五五頁。

四 魯迅《中國小說史略》，一五七頁。

五 俞萬春《蕩寇志》（北京：人民文學出版社，一九八一），一〇三九頁。

六　俞萬春曾著《火器論》及《騎射論》。

七　參考袁英光，桂遵義《中國近代史學史》（江蘇：江蘇古籍出版社，一九八九），六七～八〇頁。

八　科幻小說批評者多強調科與幻的分野，常在於前者對知識論式敍述的鋪陳，對理性邏輯的講求，對未來世界「超乎想像之外的描述」，「盡在情理之中」的解釋。見如 Malmgren, pp. 1～23.

九　夏志清〈新小說的提倡者：嚴復與梁啓超〉，收於林明德編《晚清小說研究》（台北：聯經，一九八八），七九頁。

十　徐念慈〈小說林緣啓〉，引自時萌《晚清小說》（台北：國文天地，一九九〇），四六頁。

華麗的世紀末

——台灣・女作家・邊緣詩學

在中國小說的現代化過程中，女作家的貢獻有目共睹。然而除了陳若曦外，極少台灣女作家受到海外評論者的嚴肅關注（註一）。當女性主義評論者處理當代中國女作家這一論題時，他們多半只把眼光放在中國大陸（註二）。他們的「邊緣詩學」(Poetics of Marginality)往往開始於政治地理中心論(Geopolitics of Center)。這使我想到，如果李昂（註三）、平路和朱天文這樣的作家不是在台灣而是在大陸從事寫作或發表的話，她們將會在世界受到何等的重視？

我的一個學生有次憤憤不平地向我抱怨，當代大陸女作家沒有得到出版商及評論家應有的注意。這確是事實。與傑出男性作家如莫言、韓少功和余華等一長串名單相比，女作家似乎遠遠落在後面。我於是幫助這位學生從次要雜誌和其他地方性來源中蒐集大陸女作家的作品，同時也建議她或許能從台灣文學中發現更多資料。長期以來台灣女作家佔據了顯著地位，而且其受歡迎的程度遠勝過男作家。我的學生遲疑片刻後，對我說台灣女作家或許不足以代表「中國」婦女的經驗。這種說法也言之成理。但我仍不禁暗自要問，哪一個大陸女作家最能代表中國六億婦女的眞正聲音?是王安憶?是張潔?還是殘雪?

我與這個學生的對話也許可作爲我們重新思考邊緣政治與邊緣詩學的起點。我支持這位學生抗議大陸女作家被邊緣化的事實，但在她對台灣——中國在地理政治方面的邊緣地區——女作家所表現出的遲疑中，我聽到了排她主義的曖昧回音。她力圖推翻現代中國文學中的男性中心神話，但對「大陸」中心的政治神話卻似乎無動於衷。這位學生當然可以辯白說，沒有人能夠一下子研究整個領域，既然女性作家在台灣已經享有相當知名度及社會經濟地位，當務之急是發掘出「眞正」被邊緣化的大陸女作家。這樣的論點顯示了兩種理論弔詭：㈠台灣女作家已經獲得一定社會及經濟地位，「看起來」不像大陸女作家那樣被排擠或邊緣化，因此我們不必立即給她們深切關注；㈡由於台灣女作家來自中國邊緣的地區，因此她們不足以「代表」中國婦女的邊緣地位。台灣女作家的存在擾亂了任何一種企圖概括中國女性文學的論述，而這種論述往往不自知的承續了男性中心主義的遺毒。對男性至上的評論家和熱衷於獲得權力中心認可的女性主義評論家而言，當代台灣女作家在中國文學中的地位不是太過邊緣化就是不夠邊緣化，結果落得兩面都不討好。最後，這位學生在拒絕處理台灣女性文學的豐富資源的同時，也表現了不願放棄其「特權」邊緣地位的傾向。她的邊緣地位（「這麼少的大陸女作家被重視！」）成爲她的新資本，使她樂得以局外人、被壓制、被忽略者的姿態，不斷傳播她的正義呼聲。

我這樣指出這位學生的女性主義中的盲點，並非誇耀我的「洞見」有多麼高明。（事實上，作爲一個在女性主義邊緣瞎摸亂撞的男性讀者／作者，我怎能沒有盲點？）我責難某些學者和學生重大陸輕台灣的研究態度，即便在事實上站得住腳，也容易使我像我那位女性主義學生一樣，一邊爲自己的邊緣地位咬牙切齒，一邊也因此成爲邊緣理論的新貴。我或許還讓人認爲我將大陸與台灣簡化爲兩個涇渭分明的政治和文學實體，從而印證了權威與弱勢、男性與女性、中心與邊緣等簡單的二元對立關係（註四）。晚近的文學評論一再告誡我們任何誇張邊緣、將邊緣「中心化」的企圖，都面臨滑入全面否定邊緣的危險。我並不反對我的學生只研究大陸女性文學的選擇，我只想強調所謂的邊緣（現象及地位）既非絕對也非唯一。在凸顯一種邊緣、使其中心化而犧牲其他的做法中，隱藏著自我矛盾。在此我想到了史庇華克(Gayatri Spivak)的論點：

> 我要打消目下當紅的邊緣概念，這一概念其實暗中肯定了中心論。就批評家而言，邊緣立場基本上應是一種自我反思批判的立場。……我寧願將其簡單命名爲危機性立場，而不願稱其爲邊緣立場。……我心目中思考邊緣的方式是，不視邊緣爲中心的簡單對立

，而是視邊緣爲中心的影子幫手。（註五）

為了進一步引申我的觀點，我將在下面討論三位當代台灣女作家的小說：朱天文的中篇小說〈世紀末的華麗〉（一九九〇）；平路的中篇小說〈台灣奇蹟〉（一九九〇）和李昂最近的長篇小說《迷園》（一九九一）。這三位作家都涉及九〇年代初期台灣在性別、文化或政治上的邊緣性問題，她們同時用不同方式將世紀末意象注入其中，從而形成了一種極富對話性的敍事方式。而「世紀末」一詞本身也正是出於對歷史及時間邊緣的想像。

一

《世紀末的華麗》是朱天文最近發表的一部短篇小說集。這部短篇小說集收有作品七篇，觸及了台北社會各階層的人物，藉著這些人物的社會及個人經歷，台北展現了她進入本世紀最後十年的面貌。這本小說集大概首先會讓讀者聯想到白先勇的《台北人》。《台北人》銘刻五六〇年代渡海來台的大陸人，如何摸索、改變他們的生活方式和精神面貌，曾風靡了一代讀者。然而我們卻不應該過分強調這兩部作品之間的相似性。朱天文筆下的台北幾乎已經忘卻自己曾是國民黨「反攻復國」的基地，和大陸移民的臨時落腳點。二十世紀末的台北沉浸在政治解嚴、文化解構的風潮裡，躁鬱悸動，輾轉難安。在這個城市裡，對過去的鄉愁與對未來的憧憬互相碰撞，喜新和戀舊構成了她奇詭的後現代特徵。

新一代的「台北人」被描寫成一種新人類。他們一方面玩世不恭肆無忌憚，另一方面又「如此不知覺簡直天眞無牙近乎恥」（註六）。這些人發跡於都會的喧鬧之中，為台北裝點出既鮮活又庸俗、既天眞又墮落的風格。但在他們的心靈深處，這些新台北人有著他們的憂懼。他們害怕眼前的快樂時光不久就會中止，他們甚至覺得他們過去自以為享受過的歡樂喧囂實際上並不存在，而將來這種「幸福生活」也不會眞正實現。歡樂在正式開場之前其實就已經結束；任何期望都只是一種變調的懷舊甚或對懷舊的奢望。深不可測的絕望和無法滿足的欲望竟是一體之兩面。台北在末世憂鬱和及時行樂思想的刺激下，染上了世紀末綜合症。但何其不堪的是，這種世紀末的自我放縱終也不過是一種陳腐的模仿，一種抄襲自西方上個世紀末的姿態。

與本書同名的〈世紀末的華麗〉是解釋朱天文世紀末哲學的最好範例。這個短篇寫於一九九〇年，背景卻是一九九二年秋季。故事講的是職業模特兒米亞的風流韻事。米亞在二十歲之前就已出盡風頭。就其職業而言，目下二十五歲的米亞已經有點過時了，她因此做好了走下坡路的準備。米亞和一位年齡可以作她爸爸的已婚建築師老段有曖昧關係。儘管她渴望獨立生活，她卻無意改變自己作為老段情婦的身分。他們的關係一如既往的持續到故事結尾。

這樣的故事聽來有點像俗不可耐的連續劇。然而小說本身並非如此。朱天文非常自覺地處理這樣一個俗套的簡單題材，她使〈世紀末的華麗〉成爲辯證衣服與身體、外貌與實質、女人與男人間之關係的文字狂想曲，在在引人入勝。

〈世紀末的華麗〉給讀者印象最深刻之處，應在於它無窮無盡地羅列了各種衣飾、香水和香料的商標、質地、顏色和氣味。朱天文盡情地將我們帶入一個名牌貨的世界，炫耀她對維瑟斯、香奈爾、亞曼尼、山本耀司、加利亞諾、三宅一生……的知識。她耐心地描繪了針織布、水洗絲、人造皮毛和嫘縈雪紡的質感和視覺印象。她以科學家般的鄭重態度解析著有關流行服裝的神話：川久保玲新的不規則的剪裁象徵著女性意識的回升；羅密歐吉格利的新款式標誌著回歸燦爛的文藝復興精神；莫斯奇諾的染色人造皮革服裝反映了當代保護動物運動的曖昧影響。〈世紀末的華麗〉竟煥發出一種奇特的教育意義。它傳授的一種幽秘的「知識」，使我們了解服裝其實一點也不瑣碎無聊，恰恰相反，裡面的學問大著呢。

〈世紀末的華麗〉骨子裡正是一個關於瑣碎無聊的「藝術」的小說。朱天文在模特兒的生活中找到了最好的範例。模特兒的最終目的是突出衣服而不是突出裹在衣服裡的身體；是突出商標而不是突出商標的使用者。「出沒」於自己身上所展示的衣服，模特兒扮演著矛盾角色。她（或者他）如同一種靈媒。透過她（他），時裝獲得生命，其活力及信息得以傳達。〈世紀末的華麗〉描繪了一種空洞的模特兒生涯，它情節上的空虛來源於題材本身的空虛。

布迪亞(Baudrillard)認爲，商標「不是普通的名字，而是一種有宗教意味的聖名。」（註七）商標散發出一種誘惑消費者的魔力。在〈世紀末的華麗〉中讀者還會注意到故事中涉及的商標均爲舶來品。這些商標古怪綺麗的中文譯名，像聖羅蘭、金子功、拉克華，疏離了讀者與中文慣用語言間的關係，從而在我們熟悉的句法和語義環境中造成了異國情調。商標在香水香料的眩目色彩及強烈氣味中不斷壯大繁殖，變成一種宗教，米亞則爲這一宗教的女祭司——用朱天文自己的話來說，「巫女」（註八）。在米亞的世界中，任何東西，包括她的風流韻事在內，都可以被轉換成一種精美的姿態、一個迷人的商標或者品牌；米亞不愧是一個超級模特兒。

在小說創作的層次上，朱天文不斷引起讀者對「世紀末」這一字眼的注意，透露她自己是這一目前流行的文學商標的崇拜者和消費者。她的創造性弔詭來自於她的模仿能力。她試圖重新捕捉並移植一個世紀以前歐洲的一種文化現象，而「再現」與「模仿」恰恰是朱天文故事裡的主人翁所長。她的小說把我們熟悉的「世紀末」氛圍發揚光大，而小說到底說了什麼已不重要。在這層意義上她的功能與米亞這個人物相去不遠。

作爲一個時間概念，「世紀末」頹廢絕望的情調來自於一種盛年不再、事事將休的末世觀點。但在另一方面「世紀末」這一概念又承認時間的周期性，並急切地盼望新紀元的到來。這兩個觀點都與基督教對時間的解釋有密切關聯（註九）。

朱天文給「世紀末」這一時間概念加上了另一層含義。她使自己的故事充滿了「世紀末」註册商標式的姿態與情緒，因此重複並延長了在上個世紀末就該結束的一切。換句話說，她將上世紀末的「終點」符號變成了這個世紀末模仿的開端。她將一個歷史時代（一八九〇年代的歐洲）的「邊緣」歲月與姿態變成另一歷史時代（一九九〇年代的台灣）的幻想「中心」。這種做法使她不將世紀末視爲西歷紀年的武斷的結尾，或是一個虛幻的新時代的開端，而是將其看成飄蕩於二者之上的海市蜃樓。朱天文正是以這種方式表達了台北（以及台灣）在二十世紀末所扮的歷史角色及無所依憑的地位。

朱天文的世紀末觀點究竟與她的服裝／性別辯證學有何聯繫？作爲張愛玲的忠實信徒，朱在創作〈世紀末的華麗〉時或許牢記了張愛玲的一段話：「衣裳似乎是微不足道的東西。劉備說：『兄弟如手足，妻子如衣服。』可是如果能作到『丈夫如衣服』的地步，就很不容易。」（註十）朱似乎想藉著〈世紀末的華麗〉來證實張愛玲的觀點。手足是身體的有機部分，而衣服只是附屬品。對身體而言，衣服是可替換的並且經常以複數形式存在。米亞與老段的關係即類似於衣服與身體的關係。老段熱愛米亞，但他並不打算與老婆離婚。老段在事業及家庭兩方面都顯得春風得意，對他而言，米亞並非不可或缺的身體要件。米亞不過是一件額外的漂亮衣服，是老段生活中一項浪漫的點綴。

米亞倒似乎並不因爲自己與老段的露水關係而煩惱。她在意的其實是自己的服裝。她用老段的錢並且樂於與老段做伴。由於老段比自己年長許多，米亞料想他勢必比自己先死，因此爲自己在老段死後如何度日先做了準備。她是個自成一格的情婦。儘管她了解老段感情上的隱私，她卻從不介入他的婚姻；儘管她生財有道，但她卻從不拒絕老段的資助。我們因此很難認定米亞這樣的人究竟是特立獨行的女權主義者，還是莫名其妙的寄生蟲。

張愛玲上面的那番話能夠幫助我們理解朱天文（或者米亞）的女權主義立場。「兄弟如手足，妻子如衣服」；「可是」女人很少將丈夫看得比衣服還重。張愛玲的「可是」二字所起的作用，不在於它引導了一個意義與前文相反的句子，而在於它扭轉話鋒，對隱喻的「衣服」作字面解釋，從而貶低了前面那句話。男人或許將女人看成衣服，但在被他們輕視的女人眼中，男人的地位甚至不如衣服。〈世紀末的華麗〉充分表明了張愛玲關於女人與服裝的觀點中暗含的反諷意味。作爲模特兒，米亞「以」服裝爲主；作爲情婦，她又「像」衣服般生存；但更重要的是，米亞同時又「爲了」服裝而生存。男人在米亞的職業和生活中並不是「中心」，米亞崇拜的是服裝，被她視爲「手足」的是服裝而不是男人或其他女人。米亞一直記得她的周圍曾經有許多追求者，由於她沒有時間也不想和這些人中的任何人戀愛，他們「至今好多成爲同性戀，都與她形成姐妹淘的感情往來。」（註一一）米亞對服裝的崇拜也許並沒有沉落爲拜物教或自戀的標誌，相反的它表現了一種最令人側目的當代中國女性主義敘述策略。

〈世紀末的華麗〉還可以當作一則政治寓言來看。表面上這篇小說並不涉及政治問題，構成米亞整個世界的似乎只是時尚、衣料、香水與色彩。但在此張愛玲的觀點能再度給我們啓迪。在〈更衣記〉中張愛玲寫道：

> 時裝的日新月異並不一定表現活潑的精神與新穎的思想。恰巧相反，它可以代表呆滯；由於其他活動範圍的失敗，所有的創造力都流入衣服的區域裡去。在政治混亂期間，人們沒有能力改良他們的生活情形。他們只能夠創造他們貼身的環境——那就是衣服。我們個人住在個人的衣服裡。（註一二）

在政治混亂的歲月中，時尚對張愛玲和朱天文來說變成了人們藉以保存想像力及欲望的堡壘，抵禦外在世界的冥頑或兇險。但另一方面我們必須承認，服裝同時也可以成爲一種禁錮，局限了人們的想像力及欲念。

朱天文明白時裝風尚的起落絕非小事；所謂的流行或過時與熱門的社會及政治問題往往有著微妙的聯繫。時裝將社會政治編織成一種衣飾的寓言。對愛滋病的恐懼扭轉了八十年代中期興盛一時的雌雄同體式的款式；法國大革命兩百周年紀念啓迪了仿軍裝的潮流；九十年代初期的款式則突出了環保意識。服裝潮流不僅僅反映或諷刺時代，它更是時代的先導。設計師和模特兒們永遠走在時代的前端，籌畫甚至預示了下個季節中將要時興的式樣。世紀末的情緒在影響到公衆政治意識之前，早已經感染了米亞。在世紀末眞正到來之前她已經預先經歷了世紀末勢必會帶來的歡樂與悲哀。她的職業使她比誰都更加倍感受到世紀末的危機意識。

商標、服裝和模特兒的形象滙成了一種服裝政治。這不是普通意義上的政治，而屬於蕭兒(Naomi Schor)和周蕾(Rey Chow)所稱的「瑣碎政治」的範疇：「時尚用感性、瑣細、多餘的方式表現了它與改革和革命等大『視景』間的曖昧糾葛。這些大『視景』企圖控制這些瑣碎的存在，但它們出人意料的反覆出現卻反而改變了這些『視景』。」（註一三）我們於是看到MTV中米亞與一群裝扮成瑪丹娜的模特兒與科拉蓉・阿基諾和平競選的黃絲帶海洋互相輝映，而同時一個台灣政治犯妻子「代夫出征」的競選行列又來到眼前——一個奇麗的服裝政治蒙太奇（註一四）。當米亞佩帶著情人那塊俄國產的紅星手錶，乘坐一輛載有「謎中謎」夜總會霓虹燈廣告的卡車，在總統府大道上呼嘯並穿過中正紀念堂時，這種服裝潮流的政治體現了自己。

朱天文藉此爲台灣的命運注入了一種「瑣碎」的歷史感。台灣一度的繁榮是借來的時代，當世紀進入尾聲時，這個美麗島上的中國社會正以一種令人眩目的方式走向永久墮落。正如一位批評家所說，在朱的視景中台北好像「一座遍灑香水裝點鮮花的所多瑪」（註一五）。朱天文將傳統敍事方式剪成碎片，然後縫成了帶有她自己特色的台灣世紀末女性寫作方式。她筆下的台北或台灣究竟能否有救贖的可能？朱天文對時間的循環並不樂觀，但小說的結尾也許透出一線不無自嘲的希望。我們最後看到米亞在學校做香水紙並準備以此技術謀生。小說的最後一段如下：

年老色衰，米亞有好手藝足以養活。湖泊幽邃無底洞之藍告訴她，有一天男人用理論與制度建立起的世界會倒塌，她將以嗅覺和顏色的記憶存活，從這裡並予之重建。（註一六）

二

平路於一九八四年以短篇小說〈玉米田之死〉獲獎，首次贏得讀者注意。這篇小說描寫了一個台灣男子在美國的一塊玉米地裡離奇的自殺，以及一位海外記者為追尋死因所作的徒勞無功的努力。

平路在此作中刻畫了一群中國移民，他們既不能（同時也不願意）適應新社會，也不能返回祖國。儘管這篇小說寫得很好，它讀起來仍然不脫海外遊子小說的老套，而這種異鄉異客的主題可以一直追溯到魯迅與郁達夫。平路對自己的局限並非毫無意識；在〈玉米田之死〉中，她試圖加上女性主義的層面，從而創造了一種新的性別化的觀點。她筆下的男主角對個人及家國意義的追求夾雜著深切的性焦慮。政治的挫折與性的鬱結交相衝突，爆發成中國（男性的）意識危機。

〈台灣奇蹟〉則較〈玉米田之死〉跨前了一大步。平路不再沉溺於異化及流亡等熟悉的海外小說主題。相反的，她爲中國（男性）意識危機的探索添加了國際色彩。如果說「感時憂國」的中國情結依然潛伏在〈台灣奇蹟〉中的話，我們必須從大歷史的角度來了解它：在分裂幾十年後，大陸上的中國正在竭盡所能地模仿島嶼上的中國，而且是不論好壞的照單全收，而目睹中國苦難的二十世紀已兀自接近尾聲。〈台灣奇蹟〉以九十年代中期爲時間背景，用喜劇幻想的形式描繪台灣如何在世紀末時分，竟然走出了現代中國歷史政治的陰影。她不但傾倒大陸，而且征服美國，更佔據了世界舞台的中心。對朱天文而言，世紀末意味著台灣墮落過程中最後卻也最璀璨的階段；而對平路來說，世紀末意味著一個所有的不可能都變成可能的時代，一個嘉年華會式的大解放的時代。

小說始於一位台灣駐海外記者（可能即〈玉米田之死〉中的那位記者）對美國社會的一些變化的觀察。這些變化很奇怪地呼應台灣近年來的情況。參議員與衆議員每天在國會山莊上打群架；大衆不去從事日常工作而去玩弄股票及大家樂、六合彩。白宮爲了「改運」而雇用最當紅的風水專家爲總統的裝潢顧問；教會開始就股票市場上最值得下的注提供「明牌」。房地產價格突飛猛漲，道瓊股票指數在兩三月內從兩千猛升至一萬點。在乏味的中產階級住宅區裡，家庭式的妓院雨後春筍般地冒出，而且以泰國妹和大陸妹作號召。更不可思議的是帝國大廈的頂端竟新增了違章建築——台灣最大的按摩院「文化城」的紐約分部。

這只是〈台灣奇蹟〉的開始。要不了多久，「奇蹟」更變本加厲，像傳染病般的四散。它表現爲一種選票與拳頭混爲一體的新的民主體制；一種崇拜貪婪與機會主義的宗教；一種新饑渴症病毒——其症狀首先可見於病人對中國食物及投機活動貪得無饜的追求；一種導致美國氣候及農業劇烈變化的生態變異。「台灣化」一詞成爲被經濟學家、心理分析學家、歷史學家、政客、物理學家及未來學家經常使用的術語。這一術語究竟意味著什麼呢？根據平路的最新版韋氏詞典，「台灣化」意味著：(a)由於不斷盲目膨脹而失去界限的一個國家、一個社會或一種語言；(b)任何導致模糊曖昧及自相矛盾的感情的事物；(c)世界的將來。

平路的敍事方式可以說是文學中常見的由疏離來認知(defamiliarization)的方式。她將一些我們習以爲常的事情放入某種極端環境中，從而引起我們的注意。在上面的例子中，平路藉用美國這最令人不可思議的背景，暴露台灣所有社會及經濟問題。但平路並不是第一個借助幻境凸顯現實缺陷的中國現代作家。半世紀前老舍的《貓城記》和沈從文的《愛麗思中國遊記》都使用了相似模式，來表達他們對中國墮落的憂慮。

但平路畢竟有不同於前人之處。她所創造的奇詭幻境不僅僅是凸出台灣隱患的異國景觀而已，這一權充背景的異國景觀與正文所涉的台灣其實一樣值得注意。小說中互不相干的場景被放在一起，產生了一種令人意外的呼應效果。藉此平路描繪天安門大屠殺中，解放軍的坦克在台灣流行歌曲「我很醜，可是我很溫柔」的音樂中，輾過示威者的身體；寇派崔克(Jean Kirkpatrick)代表美國企業協會愉快地預言台灣不久將會以三民主義統一腐敗自由的美國。面對這些例子，我們與平路不僅嘲笑台灣向海外統戰的不自量力，也間接嘲笑了大陸中國政權及美國右翼分子；他們對台灣文化及意識型態產品的重視竟遠甚於台灣本身。在這一方面大陸中國和美國的確已經被「台灣化」了。

這種現象使我們再思邊緣政治的問題。儘管平路嚴厲批評台灣現狀，她的批評方式也可能在迂迴的情形下，肯定了台灣征服美國及世界的妄想。在其政治合法性長期被否認後，台灣捲土重來，用最不可能的方式贏回了國家的面子。台灣通過一種嘉年華會的逆轉模式先使自己墮落瓦解，然後使世界墮落瓦解，從而控制了世界。無論我們視「台灣化」現象爲腐化還是狡猾，它的確改變世界，使全球互動；它甚至可說是唯一將各國納入同一體系的有效手段。〈台灣奇蹟〉的情節體現夢幻成眞的好戲，但這「夢」是惡夢還是好夢就難說了。

平路特殊的世紀末想像，使她得以改寫台灣在國際政治上被矮化及邊緣化的事實。更爲有趣的是，台灣這種魔術般的時來運轉瓦解了傳統現實主義的敍事方式。〈台灣奇蹟〉在體例上熔科幻小說、三流愛情故事、影射小說、政治小說與暴露小說於一爐。愛國說教、金融行話、道德教條及感傷呢喃層出不窮，奇特地構成了一種庸俗的修辭雜耍。這種體例上的混亂所造成的喧嘩不僅嘲諷了台灣社會的混亂性質，也同時對「現實主義」的常規提出了挑戰——而（狹義的）「現實主義」往往是官方及衛道之士認爲作家在表現感時憂國主題時最應該採取的姿態。

然而，〈台灣奇蹟〉中如果有什麼勝利，這一勝利是用「形式」表現出來的「幻想」勝利。如果台灣人的自豪來自於把自己貶得一文不值後，再奇蹟般的敗部復活的話，那麼〈台灣奇蹟〉使我們聯想到阿Q的「精神勝利法」的邏輯；尤其是阿Q那種以自己是頭號無賴而自豪的邏輯。當羞辱與勝利、自貶與自誇混爲一體時，我們見到的是〈台灣奇蹟〉對台灣邊緣政治地位極其矛盾的態度。

台灣時來運轉的奇蹟故事還有一個令人爭議的層面。如前所述，〈台灣奇蹟〉不僅涉及台灣，故事中的美國提供了所有的必要角度，暴露台灣「奇蹟」中的缺陷。爲什麼選擇美國？平路將台灣與美國放在一起，顯然想造成一種鮮明的對比效果。美國是世界的領袖、軍事超級大國、現代民主的先鋒（部分）、第三世界國家的道德及經濟支持者，也是發展中國家人民的夢境。而台灣卻似乎代表了美國的反面，甚至台灣的經濟力量也應被看成是種勝之不武的成就。面對這種明顯對照，〈台灣奇蹟〉的讀者理應對台灣征服美國的無稽之談感到好笑。美國是如此民主，愛德華・甘迺迪(Edward Kennedy)和史蒂芬・索拉茲(Stephen Solarz)哪會在參議院或衆議院的講台上打架；美國是如此理智，美國老百姓既不炒股票也不玩彩票。美國是一面照妖鏡，反射出台灣所有問題。

然而，細讀〈台灣奇蹟〉會使人領悟到這篇小說不只處理台灣與美國的不同之處，也處理它們之間的相同之處。如前所述，「台灣化」是一個強有力的運動，它不僅在表面上影響了美國人的道德和舉止，而且進而控制並改造了整個美國的經濟、文化、政治及生態環境。按照小說的邏輯，如果台灣目前已經壟斷美國國旗及避孕套的生產，那麼預言有一天美國大多數產品將受海外廠家控制，或許並不太離譜。亞州的大小國家在七十年代及八十年代中受到現代化（美國化？）的巨大影響，眼見自己的精神與物質文化越變越「美」。風水輪流轉，誰也說不準有一天所有美國人會吃大米而不吃麵包，愛我華州的農夫會租灰狗巴士上芝加哥玩股票，新英格蘭地區各州會申請併入台灣呢。正如台灣往昔無條件地被美國化，從軍備到民主到麥當勞漢堡包照單全收，美國有朝一日也無法抗拒「台灣化」病毒的入侵。沒有世界美國化的模式在先，世界台灣化短期就能完成還眞不可想像。

英國學者洪米・巴巴(Homi Bhabha)曾用「默仿」(Mimicry)概念來解釋其殖民地論述的觀點（註一七）。殖民地臣民像扮演摹擬啞劇一樣，抄襲殖民者的每一特徵，到頭來卻發現自己的模仿只是東施效顰，以局部扭曲的方式再現殖民者的嘴臉。「默仿」的效果總是似是而非。這種模仿在瓦解被模仿者的特徵的同時也暴露了自己的不足（註一八）。據此我要說〈台灣奇蹟〉之類的故事將美國與台灣、中心與邊緣之間複雜的權力取予關係戲劇化。平路開始時也許從美國的角度嚴厲批評台灣，但終不免有意無意地從台灣的立場批評美國。台灣「奇蹟」的災難性後果必須被理解爲全球美國化故事裡的一個續集。

「台灣奇蹟」在隱喻和直接層次上都不是一種自別於美國範圍之外的特異例子，而是這一範圍內所滋生的一種現象。由於台灣奇蹟是美國奇蹟的不完善的翻版和模仿，它提醒人們注意那種打破原型與再現之間對等關係的歷史性因素，它並且威脅美國在二十世紀世界代表絕對眞理與權力的位置。這一位置，如同以前任何代表權勢與榮耀的位置一樣，已經不再是一成不變的中心位置。換言之，〈台灣奇蹟〉對中心與邊緣、或者第一世界與第三世界之間的對立，提出了疑問。它在處理這種簡單對立時，從差異中發現同一，並揭示了對抗關係中的共謀嫌疑。當我們意識到自己的邊緣地位時，我們已不可避免地肯定了中心的存在；邊緣與中心是一體之二面。在這層意義上〈台灣奇蹟〉可以被看成有關九十年代初期，台灣政治經驗上一種最令人深思的告白。

三

李昂是過去二十年來台灣最受爭議的作家之一。幾乎她所有作品都觸及在男性中心世界裡，女性社會及性意識的幽黯面。李昂一九八四年發表的《殺夫》標誌著她寫作生涯中的重大突破。這部小說藉一樁謀殺親夫的血案，大膽暴露了中國傳統婚姻制度的殘酷無情；它對性及性暴力的露骨描繪，也可被視爲現代中國文學的一個里程碑。《迷園》是李昂最新也是野心最大的一本小說。除了女性主義以外，這部小說還包括了從保護歷史文物到台灣獨立運動等一系列主題。李昂顯然不僅僅以處理婦女問題爲滿足；她力圖從女性主義的立場重新思考台灣的歷史及政治動盪。

《迷園》的情節集中在一個女人和一個花園間複雜的感情聯繫。女主角朱影紅生於台灣最古老城市之一——鹿港，她也是鹿港最後一家地主紳士的末代女繼承人。朱影紅幼時隨父母居住在菡園（「菡」與「漢」同音），在那裡她度過了她的童年和少年。菡園曾是台灣最精緻的中式庭園之一，在朱影紅父親生前最後的歲月中曾被短期修復。然而這個花園現已完全破落，面臨被拆毀改建的命運。朱影紅向來希望修葺花園以紀念父祖之輩，但這一願望一直沒有可能實現，直到她遇見並愛上林西庚——一個有兩次離婚紀錄、無所不爲的土地開發商。

朱影紅尋找自我及女性性意識的痛苦過程構成了小說的中心，但這一女性尋求自我的心路歷程只有在朱完成了台灣文化啓蒙後，方能克竟全功。朱的地位很可以視爲中心與邊緣對立、男性與女性角逐的象徵。作爲台灣反對黨運動的同情者，李昂竭力描繪了台灣在現代中國歷史中所代表的「女性」喻意。小說的第一部分開始於朱影紅在一篇題爲〈我〉的小學作文中，「無意識」寫下的句子：「我生長在甲午戰爭的末年。」（註一九）一個一九五〇年代的學齡兒童宣稱自己出生於一八九五年聽來也許荒唐，但它卻透露了朱影紅（及她的台灣同胞）久受壓抑的政治潛意識。這句像偈語般的話後來成爲小說的主題。朱影紅骨子裡屬於過去，她也深深懷念過去，她希望通過對女性自我的解放來了解過去的眞正含義。

但我認爲這部小說如果具有可讀性，這並非出於李昂肯定了朱影紅的女性自覺與自決，而是出於她藉小說說明這一自決過程中，所表現的迂迴躊躇的姿態。小說企圖套用女性主義的論式表達一系列被邊緣化的社會政治主張（如台獨、古蹟維護、反土地壟斷），但它結果卻暗示女性主義——至少李昂所理解的女性主義——並不能涵攝這些社會政治主張。女性主義與這些主張也許有戰略上的共同之處，但這並不能保證它們能結合成一種邊緣者的「統一戰線」，也不能說明它們的鬥爭對象有「相同的」中心。事實上它們不僅不能相提並論，而且互相矛盾。隨著小說的發展，社會政治問題似乎把女性問題排擠到邊緣，兀自形成新的中心，而從另一角度來看，女性主義又似乎（至少是象徵的）凌駕於其他社會政治問題，將其邊緣化，以使自己成爲無所不在的議題。李昂（或者說她的女主角）渴望重建自己的花園，但正如小說的標題反諷地暗示，這個花園是個迷宮般的迷園。

在菡園失而復得之前，我們的台灣夏娃朱影紅必須經歷一次全面墮落。而正是在這一點上，李昂的世紀末想像和她的女性主義觀點滙成一體，造就了小說中最令人費解同時又最吸引人的章節。儘管林西庚是台北出名的花花公子，朱影紅仍與他一見鍾情。李昂一再提醒我們朱林之間的緣分是命定的。林西庚把朱影紅當獵物一般對待，挑逗兼羞辱雙管齊下；有一次他甚至使她跪下拜倒在他勃起的陰莖跟前。由於無法完全贏得林西庚的愛情，朱影紅在狂躁之中轉向他人尋求慰藉。她開始每星期與商人泰迪幽會，後者以他的性欲及做愛技巧在圈中出名。朱藉與泰迪作樂，以解除生理苦悶。當朱影紅最後贏得林西庚後，她發現他經常在床上的無能，因此與泰迪的幽會變得更有必要。

有潔癖的女性主義者也許會對朱影紅尋求愛情及自我意識的方式，不能苟同。李昂的確在此表現了一種十分含糊的女性主義策略。我們還記得在《殺夫》中，女主角林市被塑造成一個平庸無知的女子，完全受制於其屠夫丈夫的淫威。李昂藉此將婦女的悲慘處境戲劇化。林市日夜受丈夫辱罵、強暴及斷食處分，終被逼得走投無路，在瘋狂之中殺死了丈夫。李昂對中國男性對女性的「吃人主義」強而有力的控訴令人怵目驚心，但在暴露這種男性吃人主義罪惡的同時，她卻面臨將林市描繪成受苦受難的女烈士的危險。林市所受的磨難及她採取的報復措施是如此誇張，我們在同情之餘只能覺得男人與女人之間沒有任何溝通的可能。

與造型扁平的林市相比，朱影紅就複雜多了。她不僅是男性中心社會的犧牲品，更是這一社會的同謀犯。李昂顯然想塑造一個具有女性意識的台灣查特萊夫人。隨著朱影紅逐步從女性主義立場認識自我及社會，她同時有了新的問題：她不能也不願放棄委身於男性控制時所獲得的自虐快感。在此最有意義的是，早在一次聚會上初見林西庚時，朱影紅就預見了自己的命運。那次聚會有台灣歡場常見的妓女陪酒陪唱節目。當台前的應召女郎唱著悲哀的流行歌曲時，朱影紅突然領悟到：

我們，那風塵女子，歌曲，以及我，我們作爲一個女子，對愛情的渴求，爲著或不同的原由，被命定始終無法被了解、懂得、與珍惜，無從得到眞心的回報。必然的只有被辜負。

既知曉命定要被拋棄，我們，那風塵女郎，那歌曲，以及我，便只有自己先行棄絕情愛，如此，歷經了含帶悔恨的無奈與愁怨，在自我棄絕的心冷意絕中，便有了那無止境的墮落與放縱，那頹廢中淒楚至極的怨懟與縱情。（註二〇）

怨懟與縱情是台灣女性追求愛情的宿命下場。此後朱影紅繼續與林西庚周旋，並隨他玩遍台北荒淫頹廢的聲色場合。他們在院子裡，在溫泉邊，在豪華轎車裡做愛，而在此同時她也不斷回到泰迪身邊，甘願被泰迪當成妓女般的羞辱。

李昂用這種怨懟與縱情的風格刻畫了世紀末台灣慘淡的愛情視景。愛情、欲望和權力相糾結；男人和女人在情欲的戰場上你來我往，互相追逐同時又互相消耗。這使我們必須重新思考小說中最聳人聽聞的性愛場面。林西庚帶著朱影紅去台北附近一個溫泉參加狂歡聚會，兩人都被聚會中的淫戲挑逗得春情蕩漾。當他們兩人獨處一室時，林西庚爲了「休息」雇了一個盲眼的女按摩師傅。林、朱及按摩師然後開始玩起一種奇怪的遊戲。按摩師當著朱影紅的面按摩林西庚赤裸的身體，林西庚的性欲儘管受到異乎尋常的刺激，但卻躺著無用武之地。朱影紅利用按摩師的失明和林西庚的被動，在林西庚的身體上大施淫威，這在正常情況下她是做不出來的。按摩師儘管失明，對眼下的情事卻洞若觀火，並從中獲得如臨其境的快感。「三個人同在一起嬉戲，尚不是眞正的歡愛，更由於互相牽制，抑遏下愈發不可收拾，便另有著一番春情激引，歡妙刺激。」（註二一）

按摩師借按摩之名行刺激性欲之實；朱影紅一邊將身體暴露在按摩師之前一邊與林西庚間接作樂，她的欲望獲得前所未有的刺激。林西庚任由按摩師及朱影紅上下其手不加還擊，爲自己的性功能衰退找到藉口，而這種被動姿態戲劇性地使朱影紅暫時能控制他。這個場合春色無邊，但眞正的性行爲並未發生，到處都充滿了僞裝、戲弄和造作。他們假戲眞作的愛撫使他們想像逾越性規範的種種不堪，終把他們送上前所未有的高潮。按摩師力盡而退，林西庚和朱影紅繼續兩人的好戲，暢美難言。

這一性交場面恰如其分地顯示了男人與女人無論強弱，都無法擺脫欲望的鎖鏈，他（她）們在一種封閉的性意識循環中活動，絕難找到出口。對李昂來說，這種欲望和權力的活動僅僅是虛有其表的形式上的活動，因而必須被視為一種頹廢的遊戲。在此發生的純粹是世紀末社會所搬演的權力交換及其瓦解過程。就此我們才能眞正理解朱影紅與林西庚及泰迪的關係。面對林西庚的挑逗，她既抵禦同時又迎向誘惑。她時而在林的引誘下與林試驗異乎尋常的做愛方式，時而又從泰迪身上尋求補償。欲望和絕望交替地佔據朱影紅的思想，而這兩個男人無意中交替地投射了她的欲望與絕望。由於朱影紅搖擺於（性）解放與（性）墮落的兩極之間，到小說的中間部分我們已不易分清她究竟是引男人上鉤的蕩婦，還是受男人欺凌的怨女。李昂暗示在九十年代台灣這樣的環境裡，朱影紅對女性自我的追求似乎已經進入絕境。要改變這種絕境，她只有另謀出路。

對朱影紅而言，菡園象徵著這種解脫。荒蕪的菡園包含著朱影紅兒時的記憶以及朱家的秘密，是女性受挫的欲望和台灣被邊緣化的歷史意識的滙合點。為了超越台灣（中上階級）婦女所受的限制，李昂設想出一個在歷史、政治及經濟等所有方面都能給女性展示新前景的象徵性結構——菡園。然而反諷的是，她並沒有使女性衝破世紀末的限制，邁入一個新的女性化的時代；她的女主角其實倒退入上個世紀殘留下來的父權主義制度中。

李昂努力地——或許過分努力地——使菡園成為各種問題的象徵焦點。這座花園兩百年前由朱家富有神秘色彩的女主人興起，是朱家家史起落的舞台。它的存在提醒我們當年台灣地主階級的財富和權勢，大陸精緻文化對台灣的影響，日本佔領台灣的辛酸，以及一個毒咒——任何朱家子孫若想改寫家譜都會導致家族的滅亡。另一方面菡園也是朱家所蒙受的屈辱及家道中落的見證。朱影紅的父親曾經在菡園中遭到逮捕，罪名是支持反國民黨的地下活動。獲釋後他以搜集照相機及立體音響了卻殘生。更爲重要的是朱影紅成長於菡園並必須不斷回到菡園尋根；只有當她返回菡園後，他和林西庚的感情關係才達到新高潮。

爲了擺脫在處理男女性問題上所陷入的複雜兩難，李昂在解釋菡園的象徵意義時，重拾《殺夫》中壓迫者與被壓迫者二元對立的邏輯。比起她描寫台北情欲世界所顯現的耐心和自省，這一轉向毋寧有簡化問題之嫌。在李昂看來，台灣位於中國歷史地理的邊緣，歷來只有土著、海盜、流徙犯人、窮人等被大陸遺棄者聚居。政治上台灣不斷遭受各種殖民主義霸權的欺凌，經濟上台灣過去聽命於大地主而現在則聽命於資本家。可憐的台灣像一個荏弱的女子，從最初的入侵者手裡不斷被轉手，終爲國民黨接收。台灣的每一個新主人都在征服舊主人的過程中，攫取越來越大的利益。這樣的邏輯聽來動人，卻使我們無法理解台灣的墮落是否因她失去了最初的純眞，還是因爲台灣從開始就是男女性權力競爭的戰場，而每次政治經濟霸權的易手，只是更凸顯了這性別之爭的永恒性。

我不是說李昂不應該從女性主義角度來縱覽這些歷史政治問題，她的女性主義立場的確給我們新的啓示。我感到不安的是，李昂有意無意地試圖藉象徵符號的替換，爲台灣的問題鋪陳出一條簡單的敍述。我們可以用女性主義的觀點設想台灣被邊緣化（女性化）的歷史及政治地位，但我們不能不承認，台灣「不是」女人；將台灣所有問題「命名」爲男人和女人之間的鬥爭並不能解決所有問題。李昂小說所發展的情節與她的初衷常有背道而馳的傾向，我們無法確定她的迷園是個世紀末的女性伊甸園還是個迷魂陣。小說中最大的工程是李昂試圖從政治、經濟、歷史和文化方面將台灣的存在加以女性象徵化，但在建構這一女性政治歷史時，李昂似乎也迷失於自己的藍圖中。

朱影紅的父親在四、五十年代曾涉身於台灣獨立運動，事發後一年被捕，釋後鬱鬱而終。値得注意的是，朱父不僅是一個革命者，也是一個富裕而頹廢的地主。他從監獄中獲釋而被軟禁於菡園之後，重新修繕了菡園，並在園中只種植台灣本地植物。軟禁生活也許痛苦，但朱父至少還有錢購買兩百三十二架照相機，四十七套立體聲裝置和三輛賓士汽車聊以自娛。朱影紅的父親在歷史上既是受害者也是壓榨者。這一雙重身分饒富深意，可惜李昂並未多加發揮。同理，儘管朱影紅將菡園視爲其女性意識的源泉而加以珍視，花園本身卻是個象徵父權的花園，而更弔詭的是，這種父權竟曾一度喚起、培養過朱影紅的女性意識。

小說另一令人深思之處是，朱影紅如不依仗林西庚的經濟支持，則無法買回菡園。林是一個貪婪的地產商，一個新式地主，在小說中象徵著絕對的男權中心權力。林追求朱影紅部分出於他迷戀朱末代地主家庭女繼承人的身分，部分出於他企圖證明自己的男子氣概。儘管他滿腦子的資本主義精打細算，爲了朱影紅他竟買回菡園，並同意她將其捐獻給台灣「人民」而不是政府。

朱影紅還想在家譜中爲朱家的第一代祖先——一位海盜——恢復地位。她留戀自己末代地主之女的身分，她爲海盜祖先歸宗的舉動與其說是愼終追遠，更不如說是浪漫欲望使然。朱影紅改寫家譜之舉使她面臨朱家第一位女祖先——那位遭海盜遺棄的妻子——所遺留下來的詛咒：任何改寫家譜的人都會使朱家家破人亡。果不其然，小說結尾處當林企圖與朱影紅在菡園中做愛時，他似乎喪失了性能力：朱影紅擔心詛咒應驗了。但持女性主義立場的讀者不禁要問：男性沙文主義者的陽萎難道不也暗示著女性主義的勝利麼？難道小說宣傳了半天的女權竟要在朱影紅憂心丈夫的不舉中落幕嗎？朱非得靠著林西庚生孩子才能完成自我嗎？「人民」一詞在近半世紀早被用濫了，菡園可能奉「人民」之命繼續其岌岌可危的存在嗎？爲什麼我們不能用一種新方式建造一座新花園？爲什麼我們要重返一座輕視女性也受到女性詛咒的花園？

《迷園》藉情境、人物的塑造提出了一連串互相關聯的問題，表明李昂是有心作家，也有能力擴展其女性主義視野。然而這並不是說她急於回答的問題都能在小說中得到解決。事實恰恰相反，《迷園》的迷陣使讀者（及李昂？）身陷其中，難以自拔。這使我再想起前述朱影紅、林西庚與那位雙目失明的按摩師做愛場面。也許閱讀這本小說的經驗差近於既放縱又警醒、既清明又盲目的狂歡。這種狂歡吸引了所有參與者，也只有在人人精疲力竭之後方告結束。作爲讀者，我們受到小說中謎樣循環邏輯的影響，越陷越深，無從倖免。我們難以決定究竟要將這部小說視爲世紀末台灣的頹廢見證，還是近代台灣史破繭而出的象徵。

我在前文中討論了三位台灣女作家如何用世紀末想像，凸出被邊緣化的台灣女性意識及政治地位。朱天文側重於女性在愛情及職業方面的空虛。對她而言，世紀末大大地踵事增華了女性的邊緣地位，反而滋生了一種前所未見的力量。平路關心的是台灣在國際上陰陽不調的政治經濟地位。她的世紀末想像引發出一種怪誕的諧仿，一個黑白顚倒的嘉年華會幻影。李昂是三人中野心最大的作家，她的女性主義搖擺於純情的政治和頹廢的美學之間，卻造成邏輯上男與女、中心與邊緣的互相循環，結果是一種無償的虛耗。總結這三位女作家對台灣世紀末的預言，我們不妨再「擁抱」張愛玲這位早熟的世紀末的女作家一次吧：

時代是倉促的，已經在破壞中，還有更大的破壞要來。有一天我們的文明，不論是昇華還是浮華，都要成爲過去。如果我最常用的字是「荒涼」，那是因爲思想背景裡有這惘惘的威脅。（註二二）

的確，朱天文、平路、李昂這三位女作家是在「惘惘的威脅」中進行創作，她們對世紀末所作出的反應，在在引人注目。她們的作品可以被看成未來有關台灣世紀末的華麗敍述裡，一個動人的序曲。

註：

一　陳若曦於七〇年代末期受到廣大注目，主要因爲她台灣留美學生的身分，於文革初期回歸大陸，以及她後來離開大陸所寫下一連串關於文革經驗的小說。見如 George Kao, ed. *Two Writers and the Cultural Revolution* (Hong Kong, 1980); Kai-yu Hsu, 〝A Sense of History: Reading Ch'en Jo-hsi's Stories,〞 in (*Chinese Fiction from Taiwan: Critical Perspectives,*) ed. Jeannette Faurot (Bloomington, 1980), pp. 206～233; Michael Duke, 〝Personae, Individual and Society in Three Novels by Chen Ruoxi,〞 in *Modern Chinese Women Writers: Critical Appraisals,* ed. Michael Duke (New York, 1989), pp.53～77.

二　儘管許多海外女性主義學者信誓旦旦的要解除「男性中心」文學史的神話，到目前爲止，她們最常處理的三、四〇年代女性作家，仍不脫丁玲、蕭紅等人，而這兩者的成就原就爲男性批評者肯定。張愛玲至今尚未見有系統的專論，更不提像盧隱、淩叔華、冰心、陳衡哲、馮沅君、謝冰瑩、石評梅、白薇、白朗、羅淑等人，是如何被女性主義學者所冷落。即使在研究當代女性文學時，女性主義批評者一窩風的專注於王安憶、張潔等人的現象，也難脫偶像崇拜的「中心」主義之嫌。除了我所論的台灣女作家，香港作家如西西、施叔青、鍾曉陽，也值得重視。至於大陸女作家殘雪的成就，亦猶待論斷。

三 由於美籍學者葛浩文(Howard Goldblatt)對《殺夫》一作的譯介及宣傳，李昂可能是唯一在國際上引起注意的台灣女作家；但比起大陸王安憶、張欣欣、張潔前幾年在國外的風光，李昂倒還是相形見絀。奚密曾討論過李昂的另一本小說《暗夜》，見Duke, pp. 78~95。第一本對台灣女作家作全面譯介的英文選集於一九九〇出版：Ann Carver and Sung-sheng Yvonne Chang, eds., *Bamboo Shoots after the Rain: Contemporary Stories by Women from Taiwan* (New York, 1990)。

四 這立即使我們自省：如果世紀末台灣女作家值得重視，那麼香港的女作家在九七大限及世紀末雙重陰影下，是否更應引起討論呢？

五 Gayatri Chakravorty Spivak, "The New Historicism: Political Commitment and the Post-modern Critic," in *The New Historicism*, ed. H. Aram Veeser (New York, 1989), p. 281.

六 朱天文〈紅玫瑰呼叫你〉，《世紀末的華麗》（台北，一九九〇），一六一頁。

七 Jean Baudrillard, *For a Critique of The Political Economy of Signs*, trans. Charles Levin (St. Louis, 1981), p. 69.

八 朱天文《世紀末的華麗》，一八六頁。

九 台灣學者如張漢良及南方朔都曾自覺的指出世紀末觀念與西方基督教末世觀的淵源。見張漢良，〈世紀末、頹廢、海峽兩岸〉，《當代》六期（一九八六），二八～二九頁；南方朔〈解構世紀末〉，《中時晚報》副刊，一九八七年六月二十七日。

十 張愛玲〈更衣記〉，《流言》（台北，一九八六），七一頁。張文原以英文寫成，題名爲"Chinese Life and Fashions"，刊於 *The XXth Century*. 中文稿爲張手譯，但較英文略有增飾，本引句出自中文稿。

一一 朱天文《世紀末的華麗》，一六〇頁。

一二 張愛玲〈更衣記〉，《流言》，七二頁。

一三 Rey Chow, *Woman and Chinese Modernity: The Politics of Reading between East and West* (Minneapolis, 1991), p. 85.

一四 朱天文《世紀末的華麗》，一八一頁。

一五 詹宏志〈一種老去的聲音〉，《世紀末的華麗》序，一一頁。

一六 朱天文《世紀末的華麗》，一九二頁。

一七 Homi Bhabha "Of Mimicry and Man: The Ambivalence of Colonial Discourse," *October* 28 (1984): p. 127.

一八 Robert Young, *White Mythologies: Writing History and the West* (New York, 1990), p. 147.

一九 李昂《迷園》（台北，一九九一），一五頁。

二〇　同上，四四～四五頁。

二一　同上，二四六頁。

二二　《傳奇》再版自序，收於《張愛玲短篇小說集》（台北，皇冠，一九八二），三頁。

眼看他起朱樓，眼看他宴賓客，眼看他樓塌了

——施叔青的香港世紀末寓言

一九八一年二月十一日，香港的維多利亞會所爆出經理威爾遜與採購主任徐槐串謀受賄的醜聞。這一天，會所雇用才八個月的職員岑灼向廉政公署舉報兩位頂頭上司的罪行，從而掀起了連串偵察行動。維多利亞會所是香港招牌最老、入會要求最嚴的俱樂部。它是英帝國殖民勢力在港落地生根的首要象徵，也是高級華人上邀榮寵的晉身之階。然而經過近百年的輝煌歲月，會所再難遮掩自內而生的腐蝕。貪污醜聞的發生，使「這座殖民地身分象徵的會所，名譽毀於一旦。」

施叔青最新的小說《維多利亞會所》，就這樣拉開序幕。這部小說代表施叔青到目前爲止，野心最大、視野最廣的創作。全書以會所採購主任徐槐爲中心，縷述他被檢舉、偵察、抄家的遭遇，奔走尋求自救的經過，終以法院聆判達到最高潮。但徐槐的官非只是施叔青小說的引線而已。藉著這個上海佬的浮沉顛仆，她要一窺維多利亞會所的發達記與齷齪史，也

要為出入其間的華洋男女，理出一段段驕人或羞人的譜系。在此之外，施更順著徐槐四通八達的人際關係，白描香港的衆生百相。幾番繁華起落，無盡徵逐騷動，東方之珠一頁頁的殖民史，於焉來到眼前。八一年二月十一日不只是徐槐，也是整個香港，命定的不祥時日。同在這一天，英國國會以迅雷不及掩耳的手法修改國籍法，剝奪香港人移居英國居留的權利。九七兇兆，初露端倪。徐槐垮台的那一日，也正是香港歷史陸沉的開始。

也就在一九八一年夏天，施叔青開始發表以「香港的故事」為題的系列短篇小說。第一篇〈愫細怨〉寫豪門怨婦與市井小商人的一段孽緣，已顯現施對香港風情的獨特看法。她對飲食男女、聲色犬馬有無限的好奇，但在表面的喧嘩悸動之下，施叔青看到了寒磣與荒涼。海誓山盟無非是露水姻緣的前奏，一切璀璨光華終只是海市蜃樓。香港的時間是租借來的時間，香港的歷史在於銷解**歷史**。施筆下的痴男怨女飄蕩其間，匆匆聚散；他們以最淫猥狎暱的形式，見證了這塊地方的繁華與宿命。

儘管「香港的故事」系列作品觸及了三教九流，短篇小說的形式不免限制了施叔青的歷史視野。近幾年來她改弦易轍，從事長篇創作，儼然要趕在九七之前，為香港百年來的擾攘喧騰，留下紀錄。《維多利亞會所》應屬這一新計畫下的首篇成績。細心的讀者，可以在這篇小說中，找到前此「香港的故事」諸多人物情景的翻版，但這回他們有了足夠盤桓接觸的空間，因而形成極複雜的社會網絡。從殖民地官員到舞廳撈女，從過氣革命學生到商場買辦，從猶太裔難民到摩登訟師，施的人物熙來攘往，要在香港這彈丸之地上，出人頭地。他們既相吸又相斥，嗔痴喜怒的關係宛如走馬燈般轉換，在在令人眩目。行有餘力，施叔青更大事鋪張她（與她的人物）對物質世界的貪戀。錢納利的中國貿易風名畫，GALE的玻璃藝品，皮爾卡丹雅曼尼迪奧登喜路；三天三夜燉出的佛跳牆，四萬港幣一席的乳鴿舌大餐，白蘭地酒拌魚翅……。是了，這是「施叔青的」香港：吃盡穿絕的香港，上下交征利的香港，人欲與物欲合流的香港。

一個半世紀以前，巴爾札克以近百部的小說，串聯出《人間喜劇》。巴黎是巴爾札克世界的中心，在其中冒險家與淘金客，貴族仕紳與風流男女，相生相剋，共同組成了一個充滿金錢、權力、與機緣的曠世都會奇觀。各部小說中的角色情節盤根錯節、互爲主配、息息相關。整個《人間喜劇》的結構或正如巴黎本身的社會與建築結構，複雜萬端，牽一髮而動全身。而塡充這些結構的，是巴黎市民或過客永不止息的公私活動。藉此巴爾札克呈現了資本主義興起時分，一個都市的欲望與憧憬，生機與殺機，洋洋大觀，不愧爲古典寫實主義的奠基之作。

比起巴爾札克的成就，施叔青當然遠有未逮。但就《維多利亞會所》以及其他有關的文字來看（譬如《聯合文學》曾刊出的〈公元一八九四年香港的英國女人〉），施所經營的架構視景，倒頗有幾分「雖不能至，心嚮往之」的意味。她的香港崛起於亂世，幾經風雨，竟成爲東方的花都，集蠱惑與奢靡、機運與風險於一身。這裡的人事升沉快過金錢流轉；權力的遞嬗有似江湖幻術。惟一不變的，是殖民者無所不在的宰控機制。《維多利亞會所》中的徐槐當年逃避共黨，携母倉皇來港，三十年間，居然家成業就。然則好夢由來最易醒，貪汚的官司終要把他送回一無所有的境地。審理徐案的法官黃威廉不是別人，正是施〈公元一八九四年香港的英國女人〉中妓女黃得雲的孫子。那個與洋人亞當・史密斯廝混而暗結珠胎，那個與伶人姜俠魂苦戀而不得善終的黃得雲，竟能有了孫子戴假髮、披紅袍，成爲殖民地的執法者。這是屬於香港的傳奇：「黃家發跡的過程，等於香港開埠歷史的縮影。」

論者或要指出茅盾當年的《子夜》（一九三二），可與此書的排場與主題類比。的確，《子夜》中上海的紙醉金迷，男歡女愛，乃至股市大亨的爾虞我詐，商場醜行，讀來亦讓人心驚動魄。但作爲自然主義作家，茅盾毋寧意在解剖筆下人物意識型態的缺陷，暴露資本社會的末世病癥。施叔青寫香港的企圖則要世故得多。她並非生於香港，卻也已久居斯土；她既是外來者，也是局內人。她揭露香港陰濕幽暗的一面，卻也由衷愛戀它的綺麗光華。她的創作目的不在「革命」，而出自一種休戚與共的歷史感喟。也因此，她能更從容的，也更包容的，看待筆下人物。她所謂的「傳奇」，較少自然主義的殺伐之氣，而近於巴爾札克式的浪漫奇詭。

《維多利亞會所》以徐槐爲中心人物，是一妙著。徐身膺「採購」主任，微妙的點出他在小說中的歷史地位。採購是徐的職業，更是他的娛樂與本能。在金錢與貨物轉手之間，徐槐伺機而動，攫取額外利益。他對商品及商業交易有跡近美學般的愛好，擴及其他，他與上司、情婦及家人的關係，也只能以無盡的物欲徵逐來定義。而徐槐任職的維多利亞會所本身，又何嘗不是一殖民者採購、消費「東方」的貿易殿堂？徐槐三十年前由滬赴港，從無到有，本身就是商業機會主義的見證。從當年用哆嗦的手買下第一條名牌領帶起，他已經成爲香港這個「大商場」最虔誠的供養者與代言人之一。但採購主任停職不到一月，「徐槐已經跟不上形式了……那種往日與物連在一起，人在貨品中遊走，伸手隨便可觸摸、變成物的一部分的歸屬感沒有了。」徐槐的墮落，不是道德的墮落，而是生存本能的墮落。

儘管徐槐長袖善舞，他舞不出殖民地執掌經濟者的手心。徐的頂頭上司威爾遜與徐狼狽爲奸，但總能隱身幕後，坐收漁利。這個出身不高的英國人從來不把徐放在眼裡，卻絕不拒絕他的供奉。合在一塊兒，威爾遜與徐槐成爲殖民地經濟關係的縮影：老闆與買辦、主人與僕從，互相譏視算計，卻又不能須臾稍離。然而大難來時，殖民者到底棋高一著；威爾遜越洋供出徐的一切，以取得自身罪狀的豁免權。徐槐再精打細算，到底不能衝出歷史環境深植於他週遭的瓶頸。他的慘敗，不始自今朝，而是在香港割讓給英國時就註定了。

徐槐這樣的人物，寫來不容易討好。施叔青卻能以相當的耐心，敘述他的少懷大志，他的叵測機心，還有他的虛浮情欲。她寫徐槐早年因不名一文而遭女友遺棄，日後久別重逢，他一身名牌披掛，向其示驕；嘲弄之餘，實有無限悲憫。小說後半，施一再以「抄家」一詞指涉徐遭搜查的噩運，無疑沿用了《紅樓夢》的筆法。大難來時各自奔逃的窘困，繁華散盡後的荒涼寥落，縈繞整本小說。另一方面，施把徐槐小小一人的醜聞，與香港九七大限的惡兆合爲一爐冶之，則顯示了張愛玲〈傾城之戀〉式的視景。我們都還記得，香港在二次大戰中的淪陷，如何竟成全了范柳原、白流蘇的亂世姻緣。藉此張愛玲教育我們，歷史原來可以是這樣瑣碎參差的。施叔青一向是張的忠實信徒，觀諸《維多利亞會所》徐槐的升沉，信然。

小說另外一條重要的歷史線索由告發徐槐的岑灼所引出。七〇年代的岑灼，曾是參與民族主義運動，反帝反資的健將。曾幾何時，當年的同志都被「萬惡的」資本殖民主義制度吸收，甘爲其役，岑灼反成爲時代的落伍者了。施叔青寫岑灼蒼白陰鷙的面貌，時亢奮時猥瑣的行止，還有他無從發洩的革命野心與性欲，活脫是杜斯妥也夫斯基地下室裡跳出來的人物。岑灼之所以告發徐槐，與其說是申張正義，更不如說是一種報復：對社會的報復，對自己的報復。施解剖被殖民者的反叛、怨懟姿態，堪稱別有見地。岑灼對香港的威脅性，其實遠過於徐槐一流。這樣一個危險人物，施叔青不應就此輕輕放過。他應像鬼魅般在世紀末的香港一再浮現。

穿插在小說中的其他人物，如爲徐槐辯護的律師吳義、以及偵察徐案的廉政公署探員法蘭西斯•董，也都值得注意。吳與董雖然立場針鋒相對，早年的困蹇背景卻居然有相似之處。

吳義那年隨教授在維多利亞會所的一頓午飯，堅定了他有爲者亦若是的雄心；而董加入廉政公署，亟亟要奪頂頭上司的大權。兩人都力爭上游，但總也難饜足內心無止境的欲望。他們的苦悶，其實在徐槐、岑灼身上也都可得見，只是在此有了更具體的表徵。吳義從最青嫩的妓女身上找補償，董則反其道而行，成了苦澀的、禁欲的官僚——他或許從嫌犯種種縱欲違法的供詞中，得到些微快感？兩人偏執古怪的性向，反襯托出當事人徐槐更有人味的一面。

施叔青處理殖民者階級，如威爾遜夫婦、碧加律師、黃威廉法官的夫人伊莉莎白等，著墨雖不多，也務求把他們的來龍去脈交待清楚。這些人等其實來自不同背景，到了香港，卻都能各展所長、各取所需。支撐他們的正是殖民主子們的那股種族優越感。碧加大律師原是倫敦發霉的律師，幾經輾轉，當上了香港首席按察司。但甫下飛機，他「聞到一股別處所沒有的味道——金錢的味道」，從此改回本行，大發利市。伊莉莎白出身殖民世家，下嫁黃威廉重臨香港。人在海外，她及一干夥伴們活得比英倫島上的居民更像英國人。但在她們儀式性的活動中，施叔青已嗅到淡淡腐朽，而且是腐屍的味道。

在「香港的故事」中，施叔青最動人的角色多是女性。可怪的是，《維多利亞會所》中最弱的一環，卻是女性。與徐槐萍水相逢，即掉入情欲的泥沼而不能自拔的馬安珍，是脫胎於〈情探〉、〈一夜遊〉、〈愫細怨〉等作的正宗「女鬼」型角色。馬年逾摽梅卻名花無主，在張皇中成了徐槐的情婦，任由後者眷養消受。她一次又一次的要擺脫這地下情，卻一次又一次的讓徐槐鉤去她的三魂六魄。這段孽緣直到徐出事受審才算告一段落。只是馬貞能重新爲人麼?這類角色,施叔青寫來應駕輕就熟的,但在《維》書中,我們看不出任何精采之處。馬自甘墮落的悲愴、縱欲激情的躭溺,竟融爲一段段日記式告白,未免太煞風景。倒是施寫徐槐的初戀情人涂玉珍,從當年的志比天高,到與徐再相會的悔不當初,再到之後力圖重收覆水,以迄徐案發後的自我解嘲,閒閒數筆,每有可觀。至於徐槐那個平淡卻強韌的妻子、還有岑灼乾瘦的女友等,都只是平平而已。《維多利亞會所》要描寫香港極頽廢、極艷熟的感官世界,但少了要命的或不要命的女人,自是失色不少。

「眼看他起朱樓,眼看他宴賓客,眼看他樓塌了」,維多利亞會所的一頁興亡史,儼然是殖民地大觀園由絢爛到消解的一則寓言。施叔青由小處著手,卻擅於堆砌雕琢、踵事增華。她所形成的縟麗繁複的寫實風格,在晚近一味追逐後設、遊戲的小說潮中,反屬彌足珍貴。施以寫台灣的故鄉鹿港起家,反以寫僑居的香港,攀上她創作的一個新的高峯。在這方面,她有前例可循:巴爾札克的故鄉不是巴黎,卻終以「小說巴黎」的代言人傳世。《維多利亞會所》是施世紀末香港傳奇的起點,好戲也許還在後頭,且讓我們拭目以待。

世紀末的中文小說

——預言四則

一九〇二年梁啓超在日本創辦《新小說》雜誌，開宗明義，以「新」字掛帥，儼然爲中國小說的現代化作了正名工作。九十年來，「新」小說的發展屢經遞嬗，而依然堪稱是二十世紀中國文學最重要的文類。時序進入了二十紀末的最後十年，當代中國小說是否還承續了以往創新的活力？如何參與並反思現階段中國現代化的經驗？在世紀末的喧嘩中，小說又如何投射新世紀的憧憬？

九〇年代的前夕，中國小說的生態環境有著重大改變。在大陸，天安門的血腥鎮壓一度迫使文藝活動偃旗息鼓。但曾幾何時，老少作家又重以不同面貌，捲土重來。在台灣，前所罕見的政經局勢導致書市秩序大整合，而市場趣味的轉換，竟每如電腦遊戲般的快速莫測。在香港，九七大限的陰影則彷彿催逼世紀末的焦慮及頹廢，及早降臨斯土。

當代中國小說的變貌也與後現代文化、科技發展，息息相關。藉著電腦電傳、以及全球電訊網路的日新又新，作者與出版者得以瞬息互通有無，彷彿天涯眞是近在咫尺。一處不暢銷或不能銷的作品，在市場靈活的調度下，往往也可在他處另起爐灶。近年大陸菁華作家如莫言、余華、蘇童等人的作品，往往是由港台出版者代理結集，搶先在海外上市。香港女作家西西文思高妙，惜未在本地引起重視，倒是頗受台灣書市的青睞。（西西的台灣關係如此深厚，甚至香港政府編寫一九九一年年鑑時，將她誤認爲台灣作家。）至於瓊瑤、三毛等通俗作家的率先「反攻大陸」，則猶其餘事了。「新馬」或「老馬」批評家動輒喜談文化工業或現代、後現代科技如何侵擾中國經驗的眞確性，我卻以爲在消解「中國」的神話、質疑意識型態眞理方面，強調播散、擬眞的後現代資訊文化觀，倒頗可記一功呢。

九〇年代初也是個中國作家競相出遊或出走海外的時代。由於國際交通的日益便捷，也由於政治情勢的千變萬化，作家穿梭海峽兩岸乃至雲遊異鄉，成爲世紀末的文壇一景。去國與懷鄉曾是現代中國小說的重要主題之一，當代作家頻繁的遷徙經驗，勢必要爲這一主題憑添新的向度。寫台灣經驗極傳神的平路及楊照，其實人都常駐美國，但他們有幸經常往返兩地，所見所思反更豐富他們作品的意涵。六四之後，大批中國大陸作家流亡海外，他們所形成的異議聲音，爲歷來所鮮見。尋根派的大將阿城落籍美國，青年詩人楊煉遠走紐西蘭，劇作及小說家高行健暫留法國，只是幾個例子。長期流亡終將剝奪這些作家與土地的密切關聯，但背井離鄉的經驗也迫使他們以不同的角度，審思並銘記中國的種種。當年的魯迅、老舍、郁達夫等人，不都曾因羈旅異邦，反得淬煉他們感時憂國的文章？明乎此，當代中國小說的重鎮之一應在海外，也就不足爲奇了。

上述的一些當代文壇現象——如政治文化的顚仆、科技及文化工業的進展、以及作家的遷徙或流亡——都促使我們重思傳統文學史所建構的「中原／邊緣」地圖。以大陸文學爲例，我們要問，目前的重量級作家在寫些什麼？爲哪些或哪裡的讀者而寫？或甚至他們在哪裡寫作？如果一項作品由大陸作家創作，得到香港文藝界的資助，在台灣出版，卻最先受到旅美中國讀者的注意，這項作品到底歸屬如何？現代中國文學史的大陸中心論亟應推翻。有的作家人在「中原」，所思所著卻是在中原意識型態的圈外遊走；作家一本國籍護照無從保證作品的向「心」力。而另一方面，出自台港海外邊陲的作品也絕不僅只於是點綴而已，其所載的經驗往往正是大陸文藝、文化現代化的核心目標。我之強調重思「中原／邊緣」論，並不著眼二者間的辯證關係（邊緣打倒中央，難不自成了一個新中央霸權？），也不奢望中國文學的「大同世界」。我只著眼於中文文學的複數實體存在，並希望不同的聲音能在對話過程中，爲中國文學的何去何從，勾勒出種種而非一種可能。

準此，以往我們常念的「文學反映人生」的口號，可以稍作推衍。反映一詞不足以說明文學內蘊的權力取予關係。某一時代有「代表性」的作品，不只意味其模擬「現實」的精確性，也更暗指其傳達「眞實」的合法性。寫實主義在過去幾十年獨領風騷，除了反映「人生」

之外，也在不同的政治、歷史情境中，反映了一套套我們信以爲「眞」的意識型態。八〇年代海峽兩岸政治稍見鬆動，「寫實」大纛頓成衆矢之的，豈僅偶然？而九〇年代的作家更要質詢，「反映」(represent)民意的作品與「代表」(represent)國家的作品分野何在？流亡作家可以反映／代表她已背離的國家麼？如果寫實一詞可以包含多聲複義，那麼隨之而起的現代、後現代等字眼，又何必定於西方定義之一尊呢？

展望世紀末的中國小說，以下的四個方向或者值得有心人的追踪：㈠怪誕的美學；㈡以詩入史的敍事策略；㈢消遣並消解中國的姿態；㈣新狎邪體小說的形成。這四個方向分對以往現代中國文學的主要標籤提出反響。寫實的風格、史詩的抱負、感時憂國的主題等漸行漸遠，一場場展現世紀末風情的好戲，正要上演。

一、怪世奇談(Familiarization of the uncanny)

八〇年代中期以來的中國小說，在風格上最引人注目——或是側目？——的一點，大約就是個怪字。尤其大陸年輕一輩的作家，如莫言、蘇童、余華等，作品眞是一本比一本怪。他們的風格詭譎多變，題材突兀惑人，常使讀者如墜五里霧中，卻又森森然彷彿看出了什麼。相對於以往「毛文體」當道時所謂的高大美好文學，當前大陸小說的怪誕傾向，自可視爲一種政治姿態。作家以不可思議的筆觸，力求寫出不該說、不可說、也說不清的歷史經驗。

在題名爲〈畸人行〉的一篇文字裡，我曾以醜怪(grotesque)一詞來形容八〇年代大陸文學的這種特色（註二）。我提到這種文學上的「作怪」，除了指涉作家的抗議策略外，也點明了當代小說美學範疇的轉向。五四時代作家所面臨可嗔可怪的題材並不在少，但我們並不見太多刻意凸顯醜怪的作品；以人道主義掛帥的現實（或寫實）主義，將彼時作家的關懷，導向一不同的敍事層面。我也提到這一醜怪的風格可以印證俄國形式主義「經疏離再認知」(defamiliarization)的觀點。我們對某一社會的生活經驗，或好或壞，往往日久生習，也因此逐漸失去洞燭細微的審美或認知能力。好的作家能以別出心裁的方法，重新裝點我們習以爲常的事物，以期使讀者由「聞新」而「知故」。大陸小說的頻出怪招，無非刺激我們遲鈍的感官，面對我們原不該等閒視之的社會現實。

但面對九〇年代的作品，我以爲以上的觀察不足以說明天安門事件後的文學氣候。尤其「經疏離再認知」的美學信條過分偏重表象形式的更迭，而有輕忽形式內蘊的權力及認知結構運作之嫌。常說的換湯不換藥，此之謂也。這使我驚覺「經疏離再認知」美學何曾是新時期作家的專利，它可以是中國共產機制中最常玩弄的把戲。推陳出新可以變成一種意識型態的障眼法，以文字及形式的變幻，重新肯定某一種現實的永久合法性。

過去四十年中國大陸的許多「怪」現狀，只怕比載諸文字者更要令人可驚可詫。西方的學者讀者大約很難想像中國的現實比想像的要更荒謬，比傳說的更詭異。如果形式主義談論出奇制勝，我要說現實的奇遠勝於說部的奇。對這樣怪誕荒謬的現實，如果說中國的人民一向視爲當然並見怪不怪，實在是極犬儒的態度。我們必須詢問黨政的文工機器如何壓制已浮出枱面的怪現象，將其正當化合理化，卻一方面以另一套新語彙新說辭，來一遂自家的「經疏離再認知」把戲。

這樣的辯論使我要強調「對怪誕的認知」(familiarization of the uncanny)才是當代作家推陳出新的策略。中國現實本身不缺恐怖奇詭的素材，作家的任務不在於如何把這些素材寫得更匪夷所思，而在於把它們寫得可親可信些。比諸前述的經疏離再認知，中國作家的任務毋寧充滿弔詭：他們要讀者認知那些已被疏離的怪誕事物。我之使用怪誕(uncanny)一詞，有其深意存焉。對佛洛依德來說，怪誕的感覺起自於面對某種陌生事物的恐怖；但眞正的問題是，我們恐怖是因爲那陌生的事物其實似曾相識，其實反射了潛藏我們心底的欲望或憂懼(註二)。佛氏的怪誕觀與當代作家的視景是有可資比附之處。但如前所述，在中國的情境內，我們必須正視怪誕的現象如此層出不窮，以致早成爲現實或眞實的一部分；就算有心者企圖揭發其可怖面，也必受制於政權的高壓。佛洛依德所描述的一種個人意識及潛意識的壓抑行爲，在中國成爲一種公開的、大規模的箝制運動。當代作家的責任因在於把這已存在及「正常化」的怪誕現象，重新再表露出來。這是一項雙重的任務，既要使讀者疏離現實，也要使讀者逼近現實；既探討個人政治潛意識，也要追溯這潛意識如何早被政教機器刻意曝光、利用及羣體規範化。

我將以當代作家的四種風格來說明這一怪誕的文學現象：醜怪的敍述(grotesquerie)、狂想曲(fantasy)、鬼故事(ghost stories)、及動物寓言(allegory)。以余華的作品爲例，在像〈世事如煙〉、〈一九八六年〉、《呼喊與細雨》這些平凡的題目下，我們看到一幕幕瘋狂與荒謬的人生即景。余華扭曲傳統所謂清楚明確的語言，改寫屢經傳頌的情節情境。他筆下所呈現的世界似幻似眞、難以捉摸，卻在在使人坐立難安。故事中肢體的變形、斲傷及崩毀與文字形式本身的四分五裂，「演出」一則又一則的暴力寓言。而恰如余華的一篇作品名所示，這不過是〈現實一種〉。究竟是余華走得太偏太遠，或是他與歷史現實正作艱苦的競爭？如果有人說余華的虛構世界太荒涼殘酷，那麼比起天安門的血腥、文化大革命的浩劫，他所寫的眞不過是些紙上黑色幽默吧。

莫言的《十三步》以及最近的《酒國》也以怪談大會串的形式，搬演血腥好戲。前者藉屍變衍生出生活與生命的絕望情境，後者則脫胎自魯迅「禮教吃人」、「救救孩子」等呼聲，而予以最荒唐的詮釋。人吃人的行徑古以有之，於今爲烈，而最好吃的莫過於「孩子們」的肉。讀者如覺莫言的故事難以置信，鄭義最近關於文革期間廣西吃人事件的報導，無疑才眞正令人髮指。另外蘇童的小說，從稍早的〈儀式的完成〉，到最近的〈狂奔〉、〈吹手向西〉，也一再敷衍墮落、死亡及瘋狂的生命即景。這些怪談與其說反映了亂世的「惡聲」，不如說教育我們認識亂世本身所以如是的樣本。

寫作醜怪的世界以大陸作家見長，在台灣則有林燿德、陳裕盛等的風格差堪比擬。瀰漫兩者作品中大量的暴力與性變態的描寫，不應僅視爲他們嗜痂有癖的例證，而直指他們對台灣惡質化的人文環境，一種以文字之暴指控現實之暴的表徵。台灣作家對怪誕的處理更多見於狂想曲式的文字。平路的〈台灣奇蹟〉幻想世界台灣化的盛況，從股市狂飆到政壇馬戲，從狂嫖亂賭到妄尊自大，一時全球風行景從，眞是漪歟盛哉。平路的用意當然是在凸顯台灣暴發戶式的面貌，也不無感慨的點出一個國際政壇的侏儒，如何在中共的陰影下，幻想著有朝一日的奇蹟。然則我們細細看來，還能發覺另外一層涵義。狂想曲作爲一種想像現實的方法，已是一種病徵。狂想是一種對現實的逾越，一種自欺欺人的徵候。平路的小說因此不只是揶揄台灣的自我膨脹症，她運用的敍述模式本身已帶有自嘲嘲人的意圖。

又如楊照的〈我們的童年〉，描寫兩個情場失意的女子，如何寄情股票投機，卻反在股市起落中共享回憶童年往事的樂趣。在這裡鄉愁成了消費對象，而股票指數的確可成爲兩人的精神食糧。在狂想的天地裡，眞實就是幻影，不可能的都成爲可能。這一則簡單的故事已自成爲台灣末世奇觀的抽樣。

現代鬼話的嘗試可得見於鍾玲、楊煉、蘇童等人的作品中。鍾玲的一系列鬼魅作品，像

〈生死冤家〉、〈過山〉、〈望安〉等藉轉世投胎、冤冤相報、陰陽生尅等古老主題，架構出一情欲糾纏、人鬼不分的世界。「太平之世，人鬼相分；今日之世，人鬼相雜。」（話本〈楊思溫燕山逢故人語〉）今世何世，使得人鬼爭道？鬼又是什麼？鍾玲於此以女性喻鬼，點出其遊走男性禮教世界邊緣的身分。幽幽緲緲，小女子的「妾身」永遠不能在男性社會中正名，一腔情欲，從來難逃「陽」界的法力。類似的處理，我們亦可在蘇偉貞及施叔青作品中找出呼應。

流亡海外的楊煉把這樣的鬼話又翻上一翻，成了若有所指的政治寓言。森森古屋、幢幢鬼影。但聞蕭索的廻聲，不見絲毫生機。這大約是生命飄泊的盡頭了。控訴六四的血淚作品已不在少，楊煉的〈鬼話〉以鬼說話，說得也盡是鬼話，荒涼之至，也警醒之至。任何大陸政治的回顧，都只能化作啾啾鬼話，不能當眞。這是作者對一己現狀的反思，也是對革命紅旗下，新魂舊魄的禮敬。

當代作家的怪誕傾向，還可在他們寫作動物寓言式的作品中看出，現僅舉三例。唐敏的〈我不是貓〉、朱天心的〈袋鼠族物語〉、西西的〈母魚〉不約而同的以動物爲托喩，寫出大陸及港台傳統女性及母性神話的消逝。大陸的唐敏用新聞報導筆法，揭露大陸女性被迫墮胎的非人待遇；台灣的朱天心嘲弄中產社會母親所歷經的重大壓力；香港的西西則對未婚而孕或已婚不孕的女性，寄予無限同情。她們都要描摹中國女性的現狀，卻都發現所謂的「寫實」技法，只能引出動物寓言。

何以這些作者對人生的寫實墮落(?)成爲動物寓言，模擬淪爲嘲仿？也許這正是女性作家最具弔詭性的寫作策略吧？當唐敏寫到大陸懷孕婦女在最簡陋的墮胎病室前，被迫脫下褲子，一字排開，等待打胎；或朱天心寫到她的袋鼠媽媽患失患得，忙得僅憑本能照管家務，「動物」寓言成爲最有力的證詞。而西西在〈母魚〉中將女性對生育的憧憬及焦慮，以及女作家對生產作品的欲望與挫折合而並列時，更使她的動物喻意，別創新意。

二、歷史的抒情詩化(Lyricization of the epic)

九〇年代小說的第二個可能走向是詩與史的混成辯證。面對七〇年代末以來強人已死、法統漸頹的政治環境，作家自然有意重新爲歷史作註。他們要質問，是什麼樣的政教建構決定歷史敍述的「合理」「合法」法?是誰賦予歷史權威式的聲音?歷史除了演述我們的過去經驗，又如何統攝未來?特別是**歷史**在共產黨的信仰中，已被神化成爲金科玉律，詰問歷史如何寫就，甚或其虛構的、意識型態的成分，自難脫干冒不韙的大忌。作家們企圖以「小我」的聲音，擾亂以往大歷史的敍述，自然值得注意。

幾乎四十年以前，捷克漢學家普實克（Průšek）教授曾以「抒情詩」式的相對於「史詩式的敍述，來綜論自晚淸以降，中國現代文學的風格轉變（註三）。普氏所謂的抒情風格，意指現代作家彰顯自我，發揚主體的傾向。這一傾向少見於古典說部，反與抒情詩歌傳統多所關聯。另一方面，所謂的史詩風格則代表作家關懷社會，感時憂國的情懷。抒情的風格曾促使一代作家得以反抗傳統，淬勵獨立的政治或歷史抱負，功不可沒。但對普氏而言，抒情畢竟不能成就羣體生命的昇揚：史詩式的文學是所有現代作家努力的目標。抒情或是史詩，小我或是大我，二者間的消長互動，已爲二十世紀前半期的文學，留下精采見證。

普實克的文學史觀固然扼要懇切，但受制於個人的馬克斯主義史觀，他並不能擺脫辯證外加大一統式的終極烏托邦色彩。四九到七九年間大陸的文學恰爲他抒情／史詩的觀點，提出反諷的一擊。在極權社會裡，大我愈益膨脹，終致犧牲小我；難道大而無當的「史詩」文學，眞是普氏甘以「抒情」文學的代價所換取的麼？

如果普實克的「抒情／史詩」觀點對當代作家及評論者仍有啓發意義，其重點應不在於普氏強調的正反合邏輯辯證。在九〇年代寫歷史、談政治，任何追求有機融合或一統的想法，都註定成爲一種不合時宜的鄉愁。我們所應注意的是，「抒情」與「史詩」這兩種敍述模式如何「易位」或「錯位」的現象，以及因此而生的一種錯落參差的新詩學。當代不少作家一秉對傳統文史不分的信念，力求傳史如詩，寓詩於史。只是在「天安門」後的時代，任何敍史、鑄史的衝動，必已化爲詩般偈語。歷史是如此的詭譎變幻，陷身在無從捉摸的暴力與荒謬中，也許只有看似無根的詩，反差堪比擬其於萬一吧？無怪格非小說〈迷舟〉中的主角，面對戰爭的浩劫，反興起「在戰場的廢墟中寫詩的欲望」。

或有論者要指出，當代作家這種將歷史抒情化、私有化的作風，或代表了資本主義意識型態的新症狀，或暗指後現代主體性分裂的事實（註四）。我獨以為這仍未觸及問題的核心。抒情風格強烈訴諸文字符號本身托意引喻的功能；詩的表達在於文字最凝練的比、興演出。相對於歷史敍述對文字傳眞、模擬的要求，抒情風格的敍述毋寧凸顯了作者與文字間相輔相成，卻又不滯不黏的一面。換句話說，如果我們能意識到任何的敍「史」行為只是敍「詩」——欲望的延伸，我們也許可跳出實證主義及種種意識型態的先驗牢籠，而一任文字想像的馳騁。歷史**不是**不「言」自明的；歷史一但落了言詮，也就落入文字書寫的領域。強調以詩敍史因此不只是回到個人主義的老套，而是肯定歷史「想像」及「符號」的重要，以及人為而非宿命的註史過程。抒情的史觀因此是人本主義色彩濃厚的史觀，也是極具批判性的史觀。在這一方面，我們不能不回想到當年沈從文的貢獻（註五）。

以格非的〈迷舟〉、〈大年〉等作為例。這些作品都觸及了戰亂及政爭等傳統歷史（小說）的主題。但細細讀來，我們要驚覺格非的敍事手腕不但未補強歷史的不足，反使其漫漶消解，終致無形。格非以細膩的寫實方式，紀錄歷史時空中的哀怨恩仇。乍看之下，他的故事似極盡翔實委婉之能事，但當過多的細節橫蓋歷史主線，無所指的人事糾纏湮沒原本涇渭分明的政治對壘，格非這類「歷史」小說的危險悄然出現：在戰爭的邊緣上，他暴露傳統歷史小說所不能及的瑣碎人生；在史詩敍述下，他注入了極風格化的個人聲音。

類似的筆法在李渝的〈夜琴〉、〈受傷的手飛起來〉等作中亦可得見。李多年蟄居海外，對台灣的關注卻未曾或減。八〇年代的大陸、台灣作家各就文革或二二八的往事大作傷痕文學、翻案文章，李渝卻不動聲色的以詩人之筆，寫就一篇篇憮今追昔的歷史故事。哀而不怨，極其引人深思。尤其〈夜琴〉寫二二八及白色恐怖，將所有血淚創傷，俱皆化爲詩化篇章；或許在這樣時代中，文學畢竟仍有其救贖不義、開闢視野的功能？

當年的尋根派大將阿城近年的作品越寫越淡越短，直逼散文詩的境界。他與大陸這幾年所興的「筆記」體小說，有密切的關係。這類作品上承晚明小品、清初筆記的風格，志人述事，每以清淡逸遠取勝。如曹乃謙、李佩甫、何立偉等，皆是個中能手。就算是血洗山河、驚世駭俗的事件，到了這些作家筆下，也是寥數數語，意未盡而文已止。也許面對過去半個世紀的擾攘喧囂，此時眞是無聲勝有聲吧？

筆記體小說固然是歷史抒情化的極佳抽樣，卻難免陷入精雕細琢，卻又故作天然的死胡同。除了前述格非等的中篇作品外，台灣作家如李永平的《海東青》、蘇偉貞的《離開同方》、以及朱天文的短篇小說，如〈柴師父〉、〈世紀末的華麗〉等，代表了不同的小說詩化實驗，野心不容忽視。李永平的《海東青》敷衍一個中年男子嚮往妙齡少女的故事，骨子裡卻要重述一則國府遷台的政治寓言。李的文字瑰麗典雅，卻反諷的超出了一般讀者的閱讀耐性。而也是在這裡李顯現他最大的野心：我們必須用讀詩的方法，琢磨推敲《海東青》的文字迷陣。這本書的上卷已長達九百五十頁，全書文字的密度與長度互相拉鋸，形成當代文學寫與讀兩方面的奇觀。這形式之間的糾結，我以爲是世紀末小說美學的一大關目，值得再思。

蘇偉貞的《離開同方》以地緣象徵入手，描寫一羣人在國家命運的擺佈下，由相遇而離散的經過。此作多有識者指出其魔幻寫實的傳承，實則其最動人的力量，來自於詩化想像與寫實敍史欲望的交集。寫人生聚散的無常，啼笑姻緣的無償，一向是蘇的拿手好戲。這回他將所思所念化作一場場想像閾域中的冒險，綿延數百頁，即幻即眞，極是不易。而四十年來國家興亡的感喟，早已幽然滲入字裡行間。朱天文的作品則另見凝練嫵媚之姿。〈柴師父〉中的老人對女體的推拿，〈世紀末的華麗〉中模特兒對浮華世界的嚮往與絕望，猥褻頽廢，莫此爲甚。但朱的文字終能昇華其所指涉的世界。化腐朽爲神奇，這正是詩歌語言的境界。由此朱乃能一抒對浮沉世事的感喟，對曠男怨女的悲憫。

三、消遣（解）中國（Flirtation with China）

自五四以來的現代小說主流，一向以反映現實、改進國魂見稱。多年前夏志清教授以「感時憂國」一詞，形容現代文學的道德、政治抱負，一語道破其精神所在。作家們自膺生命不可承受之重擔，以筆代劍，力圖在字裡行間銘刻他們的關懷。這樣的寫作方式使現代中國文學煥發出一種強烈的載道氣息，爲其他國家文學所鮮見。回顧二三十年代作家運用所謂「露骨」的寫實主義方法，暴露黑暗，鞭撻不義，的確使我們心有戚戚焉。但另一方面，「感時憂國」一旦成爲一種寫作的必然，甚或是意識型態的律令，我們也看到其負面的影響。文學向政治靠攏，最終造就了四十年代毛式「爲革命而文學」的緊箍咒。於此同時，作家過分關心大中國的命運，也使他們的文學及歷史視野難以超越中原心態。比起彼時西方現代主義的五花八門，中國小說的發展畢竟有限。

近年有學者以心理學的角度，談論「感時憂國」徵候下自虐虐人的情結（註六）。這類見解固然新奇，到底仍是隨著當令西方文學起舞。我以爲文學形式上的諸多問題，才是我們注意的核心。五四以來的小說，在文學「反映」人生的口號下，多不能對形式的複雜性，以及所牽引出的政治後果，細作考查。形式不只是透明的符號表徵，而是「代表」及「參與」社會象徵運作的重要一環。我們回顧文學史，至少有二例可資覆按。五四作家力圖表彰現實的醜惡，卻終發現他們越「逼眞」的描述社會的敗德與不義，越暗示了改革現狀的無望——而寫作的初衷，原是在於藉文學改變社會的理想！另一方面，早期中共作家一味頌揚社會主義的烏托邦，卻不能也不敢正視國家每下愈況的事實。他們「完美」的文學表現成了政治障眼法，一則中國版「國王的新衣」神話。在這兩個例子裡，形式都被視為無庸置疑的符號，傳遞客觀的現實，但二者終以不同的方式揭露了文學與政治，神話與歷史間的弔詭關係。

九〇年代的作家以具體行動打破了過去「感時憂國」或「露骨寫實」等主義的我執。相對於當年郁達夫式的「祖國呀祖國，我的死都是妳害我的……」的歇斯底里，到五〇年代老舍式的「我愛我的國呀，誰愛我呢？」的荒謬憂疑，九〇年代的作家反倒要消遣中國，也在消遣的過程中，消解中國的神話圖騰。他們以訕笑、以嘲仿、以戲弄來撼搖「感時憂國」傳統的基石，在在引人注意。或有評者要歎道人心不古，當代的文學不再如以往虔誠嚴肅。但感時憂憂國其實不必與涕淚飄零長相左右。不明所以的笑、或是插科打諢的笑，反更具殺傷力呢。

迎合目前流行的巴赫汀(Bakhtin)理論，我們可以說「消遣中國」是出自一種嘉年華式的衝動。這一衝動其實其來有自，在魯迅的《故事新編》中，及在老舍、張天翼的部分小說中，皆可得見。然而以想像之奇，笑謔之野，仍非九〇年代小說莫屬。在強調此一喜劇或鬧劇的寫作形式的同時，我們兼亦認識了文學素材及文學表現間，並無必然關係；形式本身的取捨已是作家與社會對話的行動。藉著嘲謔譏諷，作家與當道政權形成新的對抗策略。然而不可諱言的，「消遣」中國一方面「消解」了中國，也另一方面引出自我消解的暗流。飄忽憊懶既是作家寫作的策略，也是作家所置身的寫作環境。

「消遣中國」的寫作首可見諸台灣作家在九〇年代前後的表現。張大春早於一九八六年即以〈將軍碑〉一文，顛覆了傳統歷史大河小說的敍述法則。他穿梭於時光及記憶的隧道，將中國現代史濃縮爲一短篇小說。上自東征北伐，下迄文革三通，所有的戰亂流離、功過是非俱化作歷史蒙太奇的片段，最後隨著那將軍碑的傾頹，而四散消弭。就此張再接再厲，又寫出了〈四喜憂國〉。藉一退役老兵的一再書寫「告全國軍民同胞書」，鼓吹反共抗俄，小說點出了時移事往的嚴酷，以及神話變爲笑話的無奈。只要比較張早期處理類似題材的〈雞翎圖〉，我們即可得見他對中國歷史視野的轉換。

類似的筆法也得見於朱天心的〈新黨十九日〉及林宜澐的〈人人愛讀喜劇〉等作。前者寫家庭煮婦捲入股市崩盤及反對黨運動等事件中，卻因而體驗了家庭及性的「政治」意義；後者寫脫衣舞孃遊走法律邊緣，在愛國歌曲的掩護下，爲國爭「光」。政治與情欲，國家與春宮，交相糾結，終化爲一場場令人哭笑不得的馬戲會串。這幾年台灣的獨派作家力圖凸顯自己的地位，多數卻仍是走著傷痕文學的老路。八〇年代中期林雙不的《決戰星期五》以一所學校的「水肥」之戰，毫不容情的揶揄當權政府，笑果令人噴飯，也頗點出消解中國的意圖。但是類的野心之作並不多見，未免可惜。

新時期的大陸小說雖然花樣百出，但一直要到八七年反資產階級自由化運動後，才衍生出一套調皮搗蛋的敍事策略。政治的壓抑難再如從前滴水不漏，作家因應的態度也較從前靈活得多。因此形成的你緊我鬆的弔詭關係，極可尋味。這一波作家中的佼佼者，首推王朔。他的一本小說《一點正經沒有》，開宗明義的點出他創作的態度及內容。此書上接《頑主》，敍述幾個文化痞子瞎三亂四，不務正業的怪現相。小說一開始的高潮就是麻將桌上談救國文學，吆五喝六的完全不成體統：可不是麼，不成體統正是王朔小說的要緊處。正經八百的學者（如我者？）或要研究其微言大義，或要尋思其社會象徵。但小說存在的本身，及其大受歡迎的現象，似乎不勞我們深究。王朔現象也許來得急去得也快，惟其如此，它已嘲諷了文章乃經國之大業的載道傳統。

另外如寫〈堅硬的稀粥〉、〈成語新編〉的王蒙，以及晚近的莫言等，也顯出一點正經沒有的傾向。王蒙是這幾年的政治新聞人物，他的作品雖然時有新意，但到底脫不了早期中共文學風格上的一些包袱。以〈堅硬的稀粥〉為例，寫得失之過露，仍在政治寓言上打轉。倒是莫言自晦澀的《十三步》後，時有神來之筆。除前述的《酒國》外，他的短篇如〈神嫖〉等，香艷逗趣，好似意在言外，卻又並不盡然。六四之後，控訴暴政的文字不在少數。文學方面卻好像沒有驚人表現。或許在新一波名為消遣文學中，我們看到作家消解中國的用心？

我們在香港及海外作家的作品中，亦可以看到一些例子。顧肇森的〈素月〉寫天安門事件後流亡海外的民運人士與紐約華埠一車衣廠女子之戀，雖然擺明是個正經八百的悲情故事，卻很耐人尋味的流露反諷訊息。天安門廣場前的英雄再悲壯愛國，到了美國一樣得從頭幹起；而對一個雲英未嫁的華裔女子，曾經震動海外的歷史事件不過成全了她一段苟且姻緣。在重寫「革命加戀愛」的公式上，顧作顯然別有見地。香港的也斯寫出〈*Transcendence And Fax Machine*〉（超越與傳眞）這樣的作品。藉一研究神學的學者與一具傳眞機之「戀」，也斯巧妙的將神學與科學，人性與物性，男人與女人等議題聯鎖一處，令人著迷。但在這個層面之外，也斯的「傳」眞與傳「眞」微妙的烘托出世紀末香港的焦慮氣息。不論如何超越，眞理的傳遞終將轉換爲不可知的符號，播散於不可及的他方。偏處海角一隅，也斯筆下的教授能否傳眞歷史的困境？在一個後現代世界，香港可否超越她的大限呢？

四、新狎邪體小說(Mimesis of depravity)

九〇年代前後，興起一股以欲望徵逐、男歡女愛爲題材的新小說潮。這些作品詠嘆頹廢、耽溺感傷，兀自透露著縟麗艷熟的世紀末風華。飲食男女原是文學寫之不盡，敍之不完的關目，但這一股世紀末風潮究竟有不同之處。不論表面的聳動嫵媚，時間的危機意識永遠是縈繞不去的主題。宿命的倒數計時已然開始，末代的繁華已自腐蝕。在歷史蛻變或消亡的關口上，作家們輾轉惶慄了。他們在喧嘩中見到了荒涼、在情欲中參悟出徒然。「時代是倉促的，已經在破壞中，還有更大的破壞要來。」張愛玲的一句話，恰可作爲註腳。而在大破壞的前夕，及時行樂或是紙醉金迷不再只是一種無所指的躭溺，而可成爲一種反抗絕望的道德弔詭姿態。

近一個世紀以前，晚清小說中其實也曾出現過類似的現象。彼時的作家描寫文人與優伶娼妓的往還，風流香艷，無所不至。上焉者成就了從《花月痕》、《海上花列傳》到《恨海》的感傷言情傳統。藉著婚姻以外的露水姻緣，作家反寫社會人情的僞善與苦悶，以及勾欄之內的感情救贖。但是現實終將逼進，情欲的大觀園到底是個太虛幻境。《花月痕》及《恨海》中的主角都必須面對歷史的擺佈。小說中太平天國之亂或庚子事變只是浮在歷史枱面的事件而已；時間洪流的淘洗，終將銷溶所有卑微的感情、人事牽引。《海上花》更上層樓，竟把歡場生活寫得像尋常百姓家般的瑣碎無聊，尤其使讀者暗自心驚。另一方面，像《青樓夢》、《九尾龜》一系的作品，則大事鋪張妓院春秋，猥褻傯懶，成爲又一種奇觀。這類小說因其枝蔓無文，歷來不受重視，甚至落得「嫖界指南」的罵名。

魯迅在《中國小說史》中，對上述晚清小說綜稱爲「狹邪小說」。狹邪者，北里勾欄之謂也。除《海上花》外，魯迅對是類作品基本持貶意。時移事往，在二十世紀末回顧狹邪小說，我們倒可在頹廢的章節中，體會到一代文人對情欲的種種態度，並由其間細思文化、政治的動機。而回到當代寫男女情欲的小說，我建議不妨以「狎邪」名之。狎邪與狹邪意義相近，但前者不必局限於作者對歡場生涯的描寫，而可擴及其對情天欲海的無饜觀照。歡場與情場的混淆，原是晚清狹邪小說的看家好戲，而在當代狎邪小說中，假戲眞作或眞戲假作依然是作者一顯身手的題材。只是他（她）更意識到情欲騷動之下，所潛伏的其他人生因素：或是權力的取予、或是世代的更迭，或是意識型態的糾結、或是金錢物欲的消長，輾轉曲折，無不引人入勝。

以客居香港的施叔青來說吧，她早年即以擅寫怪誕的情欲想像著稱。但一直要到她把這種想像貫注到香港的末世現實中，她的狎邪風格才算確立。她於八〇年代寫就的一系列「香港的故事」，縷述曠男怨女對物欲及肉欲的爭逐。儘管表面充滿聲光色影，骨子裡兀自透露一股陰森慘然之情，讀來令人不寒而慄。進入九〇年代，施的野心更大，她要爲香港百年殖民史，預先寫下如悼文般的紀錄。就已發表的部分（如〈一八九四年香港的英國女人〉、《維多利亞會所》等）來看，香港的政治、歷史路程，竟沾染如許的艷情曖昧色彩，果然有獨到之處。十九世紀末的中國妓女與洋人廝混，二代以後，有孫躋身高級華人社會，卻陷入另一種欲望、權力的角逐。論狹邪到狎邪的轉換，這樣的情節堪稱佳例。

李碧華是香港的暢銷作家，所作《胭脂扣》、《潘金蓮之前世今生》、《霸王別姬》、《青蛇》等因受影劇界的青睞，更爲聲名大噪。李的文字單薄，原無足觀。但她的想像穿梭於古今生死之間，探勘情欲輪迴，寃孽消長，每每有扣人心弦之處。而她故事今判的筆法，也間接托出香江風月的現貌。尤其在九七「大限」的陰影下，李的小說講死亡前的一晌貪歡，死亡後的托生轉世，兀自有一股淒涼鬼氣，縈繞字裡行間。她的狎邪風格，畢竟是十分「香港」的。

施叔青的妹妹李昂這些年一直是頗受爭議的作家。她的《殺夫》、《暗夜》等作，大膽探討男女性關係與金錢、暴力的轇轕，曾得到毀譽參半的反映。九〇年代的李昂依然故我，且寫出更大膽的《迷園》。這部小說乍看像是台灣版的《查泰萊夫人的情人》。李昂寫台北都會女性的性焦慮及性幻想，其頹靡鬱抑處，仍然頗可一觀。但李昂更藉此延伸出一則有關台灣政治地位妾身不明的寓言，因使小說的視野，陡然放寬。然則李昂要處理的問題太多太雜，反使全書的發展有頭緒不清之虞。或許就像書名《迷園》所示，李昂不只寫了一個女性陷在情欲、政治、歷史與金錢迷宮中的故事，她也現身說法似的彰顯這一迷宮的力量，已延伸到書寫行動的本身。

當代中國文壇的另一對姊妹朱天文與朱天心也在九〇年代大放異彩。前者的《世紀末的華麗》書如其名，簡直就像為九〇年代度身訂作的題材。朱寫台北人的車馬喧譁、張致感傷，既有末代的淫逸艷熟的勢派，又有後現代的虛幻玩世的姿態。像前述的〈柴師父〉和已一再被談論的〈世紀末的華麗〉，都能從最猥瑣的生命時刻，見證時光劫毀的無奈，人世起落的大悲喜、大驚慟。〈世紀末的華麗〉明寫一個年華已去（二十五歲）的模特兒如何站在事業及感情的十字路口上張望。朱不事道德教訓，亦無意故作撇清，反能成就一種世故警醒之姿。至於文內對台北浮華世界的白描，絢麗繽紛卻又空洞異常，倒是猶其餘事了。朱天心絕不讓乃姊專美於前。她的風格緊俏而尖銳，發爲文字，淘淘不絕，的確與衆不同。像寫女同性戀的故事〈春風蝴蝶之事〉，竟能別出心裁，從男性眼光入手，並將情欲的婉轉曲折與文字的隱晦多喻共相結合，已爲新狎邪體小說的敍述方式，打出另一通路。朱天心的〈預知死亡紀事〉雖不再汲汲於男女，而專注於生死，但所予人的蠱惑或威脅，其實未嘗稍歇。對時間銷毀的恐懼，對人世無常的感傷，至此合盤托出，儼然是乃姊世紀末的華麗的論述版。朱天文與朱天心如今愈寫愈不相同，但她們皆受教張愛玲、胡蘭成——新狎邪體的開山祖——的傳統，仍可見一脈相承之處。

大陸方面的作家王安憶曾以「三戀」（《小城之戀》、《荒山之戀》、《錦繡谷之戀》）小說，刻畫極權社會中男女的性欲問題。小說容或大膽坦白，但放在港台作家所設立的狎邪標準上，到底是婢學夫人，未能窺其堂奧。狎邪的基礎在於一華麗卻疲憊的文明，一矯情卻婀娜的生命情境上。可以一提的大陸作家，還是蘇童。而他最好的作品都是以一九四九年以前，甚或民國以前爲背景，誠非偶然。〈妻妾成羣〉中的妻妾爭寵，〈一九三四年的逃亡〉中的情欲與疫癘，還有〈罌粟之家〉中的家族亂倫、煙霞漫漶等情節，都可說明蘇童對那個陰溼、縟麗而又紊亂的舊社會，一種不由自己的鄉愁。這是禮法將要崩頹的時刻，歷史行將銷解的前夕。但一切仍森森然如鬼魅般的兀立著，這正是蘇童世紀末嘉年華的場景。蘇的近作《我的帝王生涯》更回到歷史，大事敷衍末代皇帝的神話。如果我們只看到了蘇童以古諷今的意圖，未免錯過了他嫵媚好弄的一面。他寫宮闈秘史、后妃爭寵、落魄皇孫等古老歷史話題，竟能煥發一種作戲般的虛浮趣味。男與女、情與權、歷史與政治到頭只是一種淒美或躭美的姿勢，留供他年回憶罷了。這大約是狎邪的最新境界吧。江山美人一場遊戲一場夢，《我的帝王生涯》所透露的不可承受之輕，讓我們重思晚清狹邪小說隱而未發的一面。

我以有限的篇幅，介紹了世紀末中文小說的四則預言：怪世奇談，歷史的抒情詩化，消遣（解）中國，及新狎邪體小說。藉此我既無意將當代小說的發展一網打盡，也無意自我抬舉，預設中國小說的走向。但就九〇年代初小說發展的種種蛛絲馬跡，我們約略可看出二十世紀最後十年的文學不但不是強弩之末，反而充滿了令人驚異的韌性與變數。預言畢竟只是預言，是否應驗猶待他日方知。回首中國文學現代化紛紛擾擾的七十年，有多少期望與失望已為文學史家所銘刻。在「後」天安門、後現代的時代裡，我的樂觀是審慎的。但過了世紀「末」，不也正是世紀「初」麼？

註：

一 王德威〈畸人行：當代中國小說的衆生怪相〉，《衆聲喧嘩》（台北：遠流，一九八八）。

二 Sigmund Freud, *The Uncanny,* Studies on Parapsychology, Tr. Alix Strachey,(New York; Macmillian, 1981) , p.47.

三 Jaroslav Průšek, The Lyrical and the Epic ed. Leo Lee (Bloomington: Indiana UP, 1980), pp.12～25.

四 見如王瑾，〈本位化情結與大躍進心態〉，《今天》三～四期（一九九一），二六頁。

五 參見 David Der-wei Wang, *Fictional Realism in 20th-Century China : Mao Dun, Lao She, Shen Congwen* (New York ; Columbia Press. 1992), pp. 203～210 , 224～233.

六 Rey Chow, *Woman and Chinese Modernity* (Minneapolis : Minnesota UP, 1991), pp.121～169.

【輯三】

去國與懷鄉

現代中國小說感時憂國的特色，在去國與懷鄉這兩類主題裡，表現得淋漓盡致。從二十年代的魯迅到八十年代的宋澤萊，作家寫著他們對國家愛恨交織的情結，對故鄉百難排遣的執念。國與鄉甚至可成互換的意符，遙指我們對中原或本土、正統文化及合法政權的嚮往。但在九〇年代回顧去國與懷鄉小說，我們不僅有感於作家憂國戀鄉的深情，也要思考他們憂國戀鄉的「姿態」，以及掩藏其下的美學及政治動機。

〈賈寶玉也是留學生〉勾勒晚清留學生小說一個側面，也從其間看出現代國家意識滋生的端倪。這一國家意識在五四及三四〇年代的留學生小說中，有更爲深切複雜的發展。〈出國・歸國・去國〉一文以點將錄的方式，將各路留學生小說，稍作歸納。由「出」國到「去」國，一代留洋知識分子的辛酸與感慨，盡繫於斯。五〇到七〇年代於台灣盛極一時的留學生小說，已有齊邦媛教授〈留學「生」文學〉（《千年之淚》，台北，爾雅，一九九〇）專文論之，極富參考價值。

鄉土文學以魯迅作品爲濫觴，但至沈從文方稱大放異采。論述沈作的文字近年已不算少，惟多半仍在其鄉愁情懷上打轉。〈原鄉神話的追逐者〉希望另闢蹊徑，探討原鄉之爲一種想像傳統、一種寫作儀式的可能。鄉不僅是作者魂牽夢縈的地理所在，更是作者及讀者共生共有、恨不能歸的烏托邦源頭。沈從文對此其實頗有自知之明，而順著這一脈絡下來，我們看到當代鄉土作家如宋澤萊、莫言、李永平的傑作。而李以無鄉之人創作文字之鄉，尤其激越撼人。司馬中原及朱西寧的小說結合國與鄉的意念，發爲文章，特色十足。早在大陸尋根作家耀武揚威之前，他們的作品早已率先「隔海發功」了。司馬及朱早歲渡海來台，緬懷去國失鄉之痛，他們要如何在台落地生根？如何秉持他們的鄉愁於不墜？這不只是鄉土文學的問題，也是國家文學的問題。

賈寶玉也是留學生
——晚清的留學生小說

留學生小說是現代中國文學的一支奇兵，談到留學生小說，我們往往想到六、七〇年代於梨華、白先勇、張系國等人的作品。從《又見棕櫚、又見棕櫚》到《紐約客》系列到《昨日之怒》，這些作家的作品不僅曾喚起一代讀者的異鄉與故鄉情懷，也爲現代中國小說感時憂國的特徵，留下重要見證。其實留學生小說其來有自。早在於梨華、白先勇筆下那些青年男女飄洋過海前好幾十年，魯迅、郁達夫、郭沫若等人已在寫著五四學子負笈異鄉的辛酸。但留學生小說眞正的源頭是在清末。許多我們日後習見的主題與人物，已可得見於此。清末小說對留學百態的褒貶，由保守到激進，皆有可觀，所描寫的留學生更是形形色色，而且不乏知名人物。像是賈寶玉吧，他竟然還是留日學生呢？

是的，賈寶玉也曾經作過留學生。話說寶玉那年出家作了和尙，雲遊到了揚州，巧遇老友柳湘蓮。湘蓮剛從國外回來。從他那兒寶玉才知道心愛的黛玉其實沒死，而是輾轉到了西洋留學！黛玉前一年學有所成，已應友人之約，到東京附近的大同學校作了哲學兼英文教授。過去傷春悲秋的詩詞是不作了，黛玉正全力翻譯《萬國通史》呢。寶玉聞訊大喜，幾經週折，終於到了日本找著黛玉。寶玉本以爲從此可與黛玉天長地久，殊不知林教授板起面孔告訴寶玉，國難當頭，知識分子理應努力向學，以盡一己之責。爲求專心研究，黛玉僅允每逢星期假日，見面一次。寶玉無奈，只得先註冊入學，作了留學生。

這段寶黛留學記不是出於我的杜撰，而是源自清末小說《新石頭記》（一九〇九），作者署名南武野蠻。《紅樓夢》的續貂之作不知凡幾，但以此一紅樓留學夢最令人大開眼界。學者阿英（錢杏邨）曾叱此書荒唐。但有鑒於清末求取西學之風，蔚爲時尚，好事之徒把大家心愛的才子佳人也送出國去，接受新學的洗禮，倒也不無道理。與其批評作者玩世遊戲的態度，我們不如細思寶黛留學記所透露的時代訊息。留學可視爲晚清現代化運動的具體表徵之一。有識之士渴望藉著先進國家的知識技術乃至政教模式，重爲一己及家國找尋定位。而飄洋過海、行走異邦的經驗本身，也必曾引生或浪漫、或艱險的異國情調。但另一方面，留學也可能成爲知識分子逃避現實困境的方法，其或一條寅緣爲官的登龍捷徑。這些問題已可得見於《新石頭記》等晚清小說，而在未來的七、八十年中，不斷的爲留學生文學演繹。

《新石頭記》有個驚人的結局。就在寶玉、黛玉努力在日本打拚學問時，寶玉的兒子賈桂、侄兒賈蘭已作了清廷的欽差大臣，赴日出差。父子叔侄終又重逢，欣喜不在話下。只是寶玉、黛玉早已返老還童，反倒是賈桂賈蘭成了白髮老翁。蘭桂二人因見黛玉過分專心學術，忽略了寶哥哥的一片痴情，乃居間奔走撮合。於是大清皇后與日本皇帝同時下詔賜婚；寶黛二人便在東京奉旨完婚，大遊街三天後，衣錦還鄉。賈寶玉與林黛玉成了中國近代史上第一批歸國學人。

正因爲（南武野蠻的）《新石頭記》寫留學寫得如此匪夷所思，我們反易得見留學之舉如何在清末已自醞釀著它的神話魅力。留學所暗含的知識的超越、感情及意識型態的淬鍊、行爲模式的轉換、乃至時空內容的遞嬗等意義，勢必會對絕大多數無緣出國的晚清作者及讀者，造成強烈震撼。而「歸國學人」的所作所爲，也的確爲清末政教界，投下變數。心嚮往之也罷、心懷敵意（或醋意）也罷，作家發爲文章，自然要用他們所熟悉的模式，來詮釋這社會的新「怪現狀」。《新石頭記》把原非凡品的寶黛送出國去鍍金，正代表了清末作家（及讀者）對留學的想像之一極端。寶黛在國外發憤用功、奉旨成婚，更把在國內不能解決的紅樓憾事也解決了。留學之功大矣，晚清已可見一斑！

但像《新石頭記》這樣的留學狂想曲到底並不多見。晚清描寫留學（及留學生）的小說主要在暴露出國念書的艱苦、以及留學生社會的黑幕。阿英在《晚清小說史》中所羅列的小說，像履冰的《東京夢》（一九〇九）、叔夏的《女學生》（一九〇八）、老林的《學堂現形記》（一九〇九）、遯廬的《學生現形記》（一九〇六）等，皆屬此一範疇。相對於《新石頭記》般的遊戲文章，杞憂子的《苦學生》（一九〇八）最能表現清末留學生小說寫實一脈的精神。《苦學生》共十回，結構完整，在清末動輒半途而廢的小說創作中，已屬不易。故事以一貧一富兩個留學生的海外遭遇爲骨幹，寫盡負笈他鄉可涕可笑之事。主人翁名叫黃孫，在日本打工兼求學後，有志到太平洋彼岸的美利堅繼續深造。黃孫在遊輪上巧遇官費留學生文琳。兩人家世背景，極不相同，但既同船共渡，自然結爲朋友。以後小說敍述黃孫如何初登彼岸即遭移民官員的虐待，如何受到中國領事的刁難，如何在求學過程中歷經美籍師生的排擠，如何又在走投無路的情形下，獲得華僑前輩的資助，而終於完成學業。《苦學生》一書文采、人物也許皆不足觀，但小說寫黃孫在海外的遭遇或奇遇，自有感人之處，足爲許多未來的留學生小說的藍本。全書結局，亦頗用心。黃孫學成後，立即束裝歸國，致身教育。一日巧遇昔日船上相識的文琳。後者來美後，經受誘惑，傾盡學費卻一無所成。草草回國後落魄消沉，敷衍過活而已。兩人回首當年的豪情壯志，以及種種不能預料的週折，感慨不已。

除《苦學生》外，另外像《東京夢》、《文明小史》等作，也紀錄了海外留學生的種種活動。《東京夢》中敍述學生搬演新劇《黑奴籲天錄》的盛況，尤爲中國現代戲劇史的啓蒙階段，留下重要資料。但如前所述，晚清留學生小說的大宗，還是在揭發黑幕上打轉，彼時留學蔚爲風潮，不少學生以讀書爲名，放蕩海外，的確要引起詬病。然而晚清譴責及黑幕小說盛行，許多作者抱著依樣畫葫蘆的方式，極力醜化留學生形象，亦不足爲怪。所可注意的是，作者在抨擊嘲弄留學生留而不學、惹是生非，或留學生歸國挾洋自重，招搖撞騙時，亦流露出極保守而焦慮的心態。土洋之爭，非自今始，晚清小說已有太多前例在先了。

比較典型的例子像是南支那老驥氏的《新孽鏡》（一九〇六），其中介紹了青年學生沈偏滋（騙子？）的發達史。沈在國內求學即喜鬧風潮。校長百般設法，終於把沈送出國去，到日本留學。沈在日結合同志，辦理雜誌，竟在國內風行一時，未幾成爲進步青年的偶像。其實沈「公餘」之暇，狂嫖濫賭、中飽私囊，在日本站不住腳，終於潛回中國。沈因彼時曾參加革命集會，深恐見罪於清廷，最後他聽了一個妓女的建議，在《時務報》上發表一篇罵革命的文章，搖身一變，竟成維新保皇派了。類似《新孽鏡》這樣的小說，嘻笑怒罵，原不可取。但若與前述的《新石頭記》合而觀之，我們可以得見當時作者對留學（生）所投射的幻想與厭惡，對留學（生）所作的過分抬舉或嘲弄，實在是一體之兩面。清末小說亦不乏譏誚管理留學生官員之嘴臉者。《苦學生》中中國公使對官、私費留學生的差別待遇、《東京夢》中公使栽誣留學生爲革命黨等，已是佳例。留學生與政府官員的對立，甚至衍生成《文明小史》中監督逼留學生投海、請日本警視廳拘捕學生等情景。比諸六四民運後，部分大陸留學生所遭到使館人員的特別待遇，眞不禁要教人懷疑，到底是小說模仿人生，還是人生模仿小說了。

留學生小說因得人物、背景之便，往往也成爲宣傳、辯證政治訊息的有利媒介。但就我所見的暴露留學生黑幕作品，多數對維新立憲等論點都不能有深刻見解。作家比較尖銳的描寫，反倒出於指陳應時當令的政治字眼，如何可成爲空洞的口號；貌似前衛西化的維新名士，如何出落爲言行不一的政客。這些描寫固然切中時弊，卻相對的把政治理念問題導向道德實踐的層次，因此難以更上層樓。此外，靜觀子的《六月霜》（一九一一）寫秋瑾殉難事，部分情節涉及秋瑾留日所受的政治影響；陳天華的《獅子吼》（一九一〇）亦有篇章寫留日學生的排滿活動，書未成而陳已投海自殺。此二作或直接寫革命活動、或爲革命學生所作，自不同於泛泛的留學生小說。

但晚清留學生小說闡揚某一政治主張最力者，當推《東歐女豪傑》（一九〇二）。這部小說的作者署名嶺南羽衣女士（阿英考證其爲廣東女傑張竹君；一說爲康有爲的學生羅普）。全書僅得五回，敍述中國女留學生華明卿自幼有志西學，及長赴瑞士讀書，因而認識一群俄國虛無黨的女留學生。小說所謂的女豪傑，指的是斯時極受矚目的俄國女革命家蘇菲亞·波羅斯卡亞（Sophia Perovskaya，一八五三～一八八一）。波羅斯卡亞鼓吹虛無主義，最後竟以身殉，曾在晚清激進的知識界引起相當震撼。羽衣女士以華明卿爲引子，介紹俄國知識婦女奔走革命的各種活動，其肯定革命、爭取女權的立場，已不言自明。可惜小說又是虎頭蛇尾，寫到波羅斯卡亞被捕，同志四出營救即戛然告終。究竟華明卿這位女留學生受了虛無主義薰陶，可能會有什麼作爲，就不得而知了。關於華明卿的身世，還有一點可資一提，原來明卿之母從未嫁人，到了七十多歲因夢得孕，懷胎十個月又十五日才產下明卿。老小姐產女後，即拋棄不顧，幸賴一西婦拾得，才將其撫養長大。晚清小說敷衍情節，中西合璧，時有奇招。女留學生華明卿的遭遇，又是一個例子。

從《新石頭記》到《東歐女豪傑》，晚清小說寫留學生的作品也許十分粗糙，卻在在為五四以及以後的是類作品，開下先河。當魯迅在《吶喊》的前言中，自述如何在留日時經受刺激而棄醫從文，我們不能不想到《苦學生》裡留學生在海外所遭的衝擊。當郁達夫〈沉淪〉中的留日學生學業感情兩受挫折，一邊走向大海，一邊喊著「祖國呀！祖國，我的死都是你害我的」時，郁已經有意無意的把留學生小說家陳天華本人的悲壯自戕，化作了充滿反諷的留學生小說素材了。至於五四以降作家對留學生在國內國外百態的嘲諷，從魯迅《阿Q正傳》裡的假洋鬼子，到老舍〈東西〉中的小漢奸、〈文博士〉中的自戀狂、再到錢鍾書《圍城》中的冒牌博士，可謂與晚清留學生小說的主要特色，一脈相承。

在世紀末回顧世紀初的留學生小說，我們可能要驚訝留學生小說的素材其實何其有限。從羽衣女士到於梨華到鄭寶娟（《這些人那些人》一九九〇），作家對留學生的心理活動，容或有日益精緻的掌握，但在寫作異鄉思故土、海外論國是等主題上，其實進境並不算大。最後的反諷是，當年的留學生小說寫學子到西方而非西天「取經」的壯志，寫關山萬里、鄉夢遙迢的情懷，自有一分風蕭蕭兮的氣息；時移事往，今天的留學生興奮的坐上噴氣客機，飛向美日歐的大學，一償宿願，而且多數眞是但願一去兮不復還。由「取經」到「還願」，九十年來留學生小說的主要改變之一，或許竟在於此？

參考資料：

阿英《晚清小說史》、《小說閒談四種》；王孝廉等編《晚清小說大系》。

出國・歸國・去國

——五四與三、四〇年代的留學生小說

中國小說的風格在五四時代丕然爲之一變。以留學生爲題材的作品曾經形成一小傳統，頗值得注意。許多作家本身即曾負笈異邦，親嘗海外就學的苦樂。他們除了發抒異鄉異客、感時憂國的塊壘外，兼對自己感情生活的消長歷練，亦有深切的體會。較之晚清的留學生小說，確有不同。必須一提的是，五四時期原本是新舊雜陳的時代。新派小說家固然開拓了留學生文學的視野，傳統風格的作品倒也並不因此立即消失。與魯迅、郁達夫、冰心同時，作家像向愷然（即平江不肖生）的《留東外史》（一九二五）、春隨的《留西外史》（一九二七）等，依然按照晚清敍述的老路子，揭發、嘲弄留日或留歐學生的百態。這類作品有其固定的吸引力，只是大勢所趨，終難免淘汰的命運。

一

談到五四作家群的留學生（或有關留學生的）作品，我們又不免先把注意力投到「祖師爺」——魯迅的身上。魯迅曾於一九○二年到一九○七年間，就學日本仙台醫校。誠如日後他在小說選集《吶喊》的序言中所述，他的留學生經驗決定了他日後的文學道路。大約於一九○六年，魯迅某日在生物課後的幻燈片中，見到日俄戰爭裡中國人束手就屠的慘狀。不可思議的是，這樣的殺戮場面居然能招引一群津津有味的中國「看客」。魯迅夾坐在歡聲叫好的日籍同學間，突然省悟到：「凡是愚弱的國民，即使體格如何健全，如何茁壯，也只能作毫無意義的示衆的材料和看客……所以我們的第一要著，是在改變他們的精神，而善於改變精神的是，我那時以爲當然要推文藝。」（註一）魯迅個人的留學經驗，間接肇始了中國現代文學的鉅變。

在實際創作上，魯迅對留學生著墨不多。最引人難忘的，當然是〈阿Q正傳〉中的假洋鬼子。假洋鬼子喝過幾天洋墨水，回鄉之後，自視處處高人一等。但除了幾句洋經濱外，他只是個穿著洋服的空心老倌。而他在政治上的隨風搖擺，尤其令我們想到淸末留學生小說《新孽鏡》中的沈偏滋。魯迅對掛「洋」頭、賣狗肉的留學生嘲諷不遺餘力，在他之後，也有不少作家繼續效尤。像筆名落花生的許地山吧，他也曾寫過一篇辛辣的〈三博士〉。〈三博士〉中的歸國留學生個個不可一世，但在國外的論文，竟是「麻雀牌與中國文化」、「油炸粿與燒餅的成份」等不倫不類的題目。這些人在國外也許一無是處，回到國內卻是張牙舞爪，追女人、走後門，無所不為。

這一型的留學生到了老舍的筆下，更具危險性。老舍抗戰初期的短篇〈東西〉就是寫一對分別留日或留歐的博士，如何利用抗日期間，大發國難財的故事。他們自甘為日軍走狗，藉機盜墓尋寶，中飽私囊。漢奸加無賴，這對「東」「西」合璧的博士，果然不是東西。老舍的〈文博士〉有異曲同工之妙，是承襲晚清及魯迅諷刺精神的小品。

老舍在二十年代末期尚有一部重要的長篇小說《二馬》，描述海外華人及留學生的形形色色。老舍本人曾於一九二四到二九年應聘至倫敦大學教授中文。《二馬》的部分情景人物，必有所本於他個人的倫敦經驗。故事以一老派的中國紳士馬則仁與他血氣方剛的兒子馬威移居英倫為主線，寫父子兩人在異鄉扞格的人際經驗，他們沒有結局的羅曼史，還有英國人種族歧見的怪態，笑中有哭，極其動人。小馬是一個浪漫的愛國主義者，但寄居異國，他的一腔熱血勢必化為一場無所寄託的空想。倒是老馬得過且過，反能隨遇而安。與馬威相對的是留學生李子榮。他替馬氏父子打工，掙錢上學，但求他日回國落地生根。老舍在完成這本小說後，即束裝返國。但小說中的英雄馬威儘管愛中國，末了卻遠蕩到了法國——或許「愛國」是旅居國外者最昂貴的精神消費品吧？老舍意在諷刺，卻巧妙托出了海外華人（及他自己？）歸與不歸的兩難。

二

與魯迅同時崛起五四文壇的郁達夫也曾是留日學生。他所作的留學生小說不以諷刺取勝，而專事描摹留學生在海外所面臨的鉅大身心壓力。或棲遑淒切，或頹廢激憤，其感情曲折複雜處，爲前所未見。也因此，我以爲郁在開拓留學生小說風格多樣性方面，成就超過魯迅。郁達夫一九二一年膾炙人口的〈沉淪〉，正是一篇留學生小說。主人翁是個少年赴東瀛讀書的學生，蒼白敏感，多疑自憐。異邦求學已是不易，這位青年更有著感情與性的苦惱。他偷窺房東女兒沐浴，竊聽日本情侶交媾的淫聲。在百無出路之餘，他召妓陪酒又因付帳事而自取其辱。小說最後，我們的青年絕望的走向大海自戕，一邊呼喊著：「祖國呀祖國！我的死是妳害我的！你快富起來強起來吧！你還有許多兒女在那裡受苦呢！」（註二）

郁達夫的新青年今日看來也許是矯揉造作、自作自受。他死前（或他果眞有自殺的決心麼？）的呼號，尤其誇張曖昧。但置諸擾攘紛亂的二〇年代，郁的留學生那種躁鬱悸動的姿態，在在凸顯了歷史的氛圍。個人心理生理的挫折與政治感情的挹悶在此合而爲一，化作了最驚心動魄的嘶號。郁的留學生蹈海之舉，有可能回應前清留日學生陳天華（《獅子吼》作者）的自溺事件，但也不無嘲擬諧仿之初衷。不論如何，流落異鄉，家事國事兩皆無著的滋味是淒苦的。半世紀後白先勇〈芝加哥之死〉中的留學生吳漢魂，在拿到博士的次日即自沉於冰冷的密西根湖，正是〈沉淪〉這一傳統的延續。

郁達夫尚有其他寫留學生的作品如〈風鈴〉等，風格上不脫感傷與自憐的頹廢基調，在此略過不表。與郁同時的創造社健將郭沫若、張資平等，也皆有以留學生爲背景的小說可資一談。郭沫若的〈喀爾美蘿姑娘〉就與郁的〈沉淪〉有異曲同工之妙。留日的工科學生愛上了街頭賣糖的姑娘。儘管他已是使君有婦，也甘願冒拋家棄學之苦，一償相思之願。然而女郎可望而不可及，留學生更因來自弱國而自慚形穢。以後女郎逐步墮落，竟成富商外室。留學生的一場春夢也乍然而醒。這篇小說再一次揉合了留學生異鄉情緣與感時憂國的兩種心理特徵，爲性與政治潛意識交相錯綜的關係，作了動人的說明。郭沫若另有一短篇〈落葉〉，亦描寫男留學生與日本佳人的淒美戀史。此作從女方觀點入手，稍見匠心。惟郭在強調日本女主角無私無我的奉獻精神時，不免洩露強烈男性自我補償心態。同樣問題亦可得見於郭《飄流三部曲》的首部中。主人翁又是得享異國姻緣的留學生。爲了愛丈夫，也愛丈夫的國家，我們的日本太太犧牲到底，換得丈夫對她「聖母」、「永遠的女性」的封號。此作略有郭沫若自傳光影；既有佳人相愛，又能一遂心願。郭老當年，想來眞不寂寞。

創造社早期另一健將張資平的作品如〈約檀河之水〉及長篇《沖積期化石》等，也是寫留學生的異國之戀。苦悶加頹廢，並無可觀之處。只是張後來以言新派言情小說暴享大名，他因此可視爲將留學化爲言情通俗小說「橋段」的重要作者。日後的瓊瑤等人在敷衍留學生戀曲方面，大可視張爲前輩。以《沖積期化石》爲例，故事寫自幼喪母，寄人籬下的青年在輾轉澆薄而動盪的社會間，屢屢受挫。東渡日本後又陷入愛情困局，終悄然逃入山中寺院，暫求解脫。小說以留學經驗引生出異國情調，提供讀者一不同的浪漫想像空間，確也達到效果。

郁達夫、郭沫若、張資平之外，巴金也曾以《霧》等作，描述留學生活動，但除革命加戀愛外，不見出色。倒是另有數位與創造社有直接或間接關係的作家，如滕固、陶晶孫、鄭伯奇等，値得在此一提。陶晶孫是創造社作家群中，直言「一直到底寫新羅曼主義作品」的一員。陶十歲隨父赴日，後入九州帝大及仙台醫學院，留日時間頗長。一九二五年的《音樂會小曲》以印象派的筆法寫一留日學生周旋在感官世界的探險中；全作不重情節，以音樂旋律爲骨、感情沉浮爲幹，極盡纖美頹廢之能事。滕固就此更上一層樓。他一九二二年的作品《壁畫》以一個留日美術學生的單戀作引子，敍述這一青年如何情繫美色，不能自拔。小說的高潮寫他如何某日豪飲後嘔血，乃以指蘸血，作畫於壁。畫上但見一女郎於一僵臥者的腹上跳舞，旣妖冶又凶險，旣放蕩又詭秘。五四作家寫海外留學生頹唐的性苦悶，以此最引人側目。

創造社成員鄭伯奇則另闢蹊徑。他爲《創造季刊》所寫的〈最初之課〉（一九二二）並不見前述作家那種浪漫頹廢的光影，而代之以現實主義的陰冷色彩。小說以一中國留學生到日本京都大學入學的第一堂課爲背景，刻畫了日本學生的歧視驕態，教師的軍國主義激情以及這位留學生的孤單與惶急。原來赴日深造的壯志，在「最初之課」中已銷磨殆盡。批評家楊義曾指出此作帶有法國作家都德（Dudet）名作〈最後一課〉的影子（楊義，《中國現代小說史》，卷一，五三八頁），確是實情。而若將〈最初之課〉與魯迅《吶喊》序言中所述的上課經驗對照，更可使我們感受到，當年留學生夾處在學業與政治壓力間的艱辛。

三

五四女作家有關留學生的作品，並不讓男作家專美於前。清末以來風氣漸開，女作家如冰心、蘇雪林等人本身皆曾有留學經驗，下筆爲文，自然有切身之感。她們在抒發去國的悲涼或歸國幽憤，尤其不讓男作家專美於前。中國新小說肇始者之一陳衡哲一九一四年留美，深受西學薰陶。她於一九一七年在《留美學生季報》所發表的白話小說〈一日〉，寫美國女子大學一群新生一日的活動，多少反映了個人的行止與感觸。〈洛綺思的問題〉寫女性學者徘徊於婚姻與事業的兩難間，是民國最早富有女性意識的作品之一。惟此二作刻意掩藏角色的身分，顯得不中不西，因此難謂留學生小說的新起點。

冰心亦曾經留美。她最爲人稱道的留學生小說應屬〈去國〉。故事講留美七年的英士學成歸國，一心貢獻所學，卻面臨了一個軍閥混戰、庸腐迂敗的政局。英士有志難伸，只有悵然再度去國。他痛苦的喊出了：「可憐呵！我的初志絕不是如此的，祖國呵！不是我英士棄絕了你，乃是你棄絕了我英士呵。」這樣的呼喊與同期郁達夫〈沉淪〉的結尾，眞有相互應合之姿。前述郭沫若的〈陽春別〉也處理了類似問題。在日本十年苦學有成的青年，回到中國竟不能一展所長，最後把大學文憑換了一張船票，再渡回日本謀生。郭的另一篇〈殘春〉寫報國無門的留學生積憂成憤，在回國的船上「脫帽三呼萬歲」後，跳海自殺。在這樣一個主題脈絡裡讀〈去國〉自可見冰心寄託之深。

另一位五四女作家廬隱筆鋒一轉，不寫留學生海外的辛酸，而寫留學生家眷翹首盼歸人的殷情。〈時代的犧牲者〉中的女主角在孤凄勞瘁中等待留學九年，猶未有歸踪的丈夫，只能將一腔幽情，寄託在古典詩詞中。背井離鄉不易，苦守寒窰亦不易。廬隱以特有的女性觀點，演述現代王寶釧的故事，是男作家所不能及的。曾留法的蘇雪林則於一九二九年出版長篇小說《棘心》，銘刻女留學生海外的血淚。主人翁醒秋留學法國，夢魂繫念在家鄉倚閭望女的慈母，邇後母病兄喪，家鄉遭匪禍，醒秋留學夢醒，換得無限淒涼落寞之感。爲了一償愧咎，她竟遵親命嫁給了冷酷的未婚夫。這裡沒有留學生文學習見的反抗或浪漫，惟存不能自已的妥協與傷感。蘇雪林的《棘心》也許少了一絲「進步」訊息，但寫留學生置諸傳統禮教與新學問的掙扎，仍然頗有可觀。

比較不見經傳的白薇於一九二九年亦曾寫過短篇〈留學〉。此作以一個湖南女學生四出奔走，籌措旅費赴日始，歷述「留學」對當時新青年所產生的吸引與挑戰。爲掙脫閉塞落後的社會羈絆，出國是自求解放的門徑。但面對不可知的未來，我們的準留學生也不免憂懼。大名鼎鼎的張愛玲則於四〇年代寫下〈紅玫瑰與白玫瑰〉。張本人的留學行腳，最遠止於香港。但張少時她的母親及姑母卻曾遊學法國。想來這類的異國經驗，對她並不陌生。〈紅玫瑰與白玫瑰〉寫的是留英學生童振保的幾段情史。他在國外曾與熱情的華僑女子有段孽緣，但回國之後，卻輾轉覓得了一個老派女子爲妻。浪跡國外，古中國的一切竟成爲一種新的異國情調，吸引振保這樣的留學生，只是他的浪漫幻想能夠長存於現實生活中麼？紅玫瑰與白玫瑰代表了童兩種可望而不可即的感情歸宿，也何嘗不影射了一中一西兩種心理及意識型態的結晶？張的另一名作《金鎖記》中的童世舫，海外留學歸來，迷上了曹七巧那鬼氣森森，兼有鴉片癮的女兒長安，爲這種有「考古癖」的留學生，又加添一精采註腳。

四

三〇年代末及四〇年代間，抗戰軍興，作家遷徙流離，創作亦益趨政治化。以往留學生小說因不復多見。但一九四七年錢鍾書的《圍城》異軍突起，堪稱傑作。這部小說歷來被視爲儒林新傳，對新派文人的行徑嘻笑怒罵，有極精湛的諷刺白描。但換個角度看，《圍城》寫的正是一群不學有術、名過其實的海外學人回國創天下的浮世繪。主角方鴻漸在國外一無所成，買得學位後歸來沽名釣譽。方的行徑在在讓我們想到魯迅的假洋鬼子、許地山的三博士，還有老舍筆下的兩個「東西」。但錢鍾書並不一味嘲弄，小說中段以後，他細剖像方這樣平庸之徒的曲折感情，居然別有所見。錢揉入了郁達夫一脈的感傷浪漫風格，卻絕不陷入濫情窠臼。他所成就的寫實特色，誇張中有無奈、輕佻中見眞情，在五四小說後獨樹一幟，也爲四九年以前有關留學生的文學，畫下重要句點。

五四（以及五四後）的留學生小說，上承晚淸留學小說的遺緒，下開六、七〇年代白先勇、於黎華、張系國等人新留學生小說的先河，在現代中國文學史上，具有重要的傳承意義。留學是二十世紀中國一個重要的教育、文化與政治現象。留學生小說所述的形形色色，爲這一現象提供極豐富的見證。五四時期以來的三〇年，留學生小說所代表的意義，約略有以下數點。第一，留學生小說以國外爲背景，爲中國文學引入了異鄉情調，相對的也烘托出鄉愁的牽引，及懷鄉的寫作姿態。第二，五四以來的留學生小說藉著孤懸海外的負笈生涯，凸現了彼時知識分子在政治及心理上的種種糾結，進而形生一極主體化的思辨言情風格，頗有可觀。第三，留學生出國、歸國與去國的行止，不只顯現留學生個人的價値抉擇，也暗指了整個社會、政治環境的變遷。歸與不歸的問題，在以後的數十年仍將是海外學生揮之不去的心結，作家將其付諸文字，也成爲中國小說「感時憂國」症候群的特例。檢視三、四〇年代的留學生小說，我們對六〇年代臺灣留學生小說的興起，以及八九年民運後大陸留學生有國難歸的窘境，自不免油生其來有自的感觸。

註：

一　魯迅《吶喊》自序（台北：天龍，一九八八），二四頁。

二　郁達夫《沉淪》（台北：五南，一九七九），一四頁。

原鄉神話的追逐者

——沈從文、宋澤萊、莫言、李永平

在中國現代小說的傳統裡，「原鄉」主題的創作可謂歷久而彌新。從魯迅的〈故鄉〉（一九二一）起，五四及三、四十年代的作家如廢名、沈從文、蕭紅、艾蕪等均屢有佳作。一九四九以還，台灣以軍中作家爲主的懷鄉文學（司馬中原、朱西寧、段彩華），還有日後由本地作家所鼓吹的鄉土文學（黃春明、王禎和），也曾各領風騷。中共作家過去秉承毛的延安文藝談話指示，對「土地」或「農民」其實從未或忘，但直到八〇年代中的尋根文學，才算一放異彩。而晚近隨著政治局勢轉換，驀然興起於台灣及海外的「探親八股」，啼笑喧嚷，亦不妨視爲原鄉文學的一支奇兵。

儘管描摹原鄉題材的作者背景、年歲有異，懷抱亦自不同，但他們的作品卻共享不少敍事抒情的模式：或緬懷故里風物的純樸固陋、或感歎現代文明的功利世俗、或追憶童年往事的燦爛多姿、或凸顯村俚人事的奇情異趣。綿亙於其下的，則是時移事往的感傷、有家難歸或懼歸的尷尬、甚或一種盛年不再的隱憂——所謂的「鄉愁」，亦於焉而起。「故鄉」因此不僅祇是一地理上的位置，它更代表了作家（及未必與作家「誼屬同鄉」的讀者）所嚮往的生活意義源頭，以及作品敍事力量的啓動媒介。的確，情牽萬里、夢斷關山，歷經數十年的家國動亂，原鄉小說之盛行於現代中國文壇，自有其歷史因由。但同時「故鄉」的召喚也極可視爲一有效的政治文化神話，不斷激盪左右著我們的文學想像。

以「神話」一詞來描述原鄉題材作品，並不就此否認其所投射之歷史經驗的重要性。但有鑒於邇來閱讀或抒寫是類作品的濫情甚或儀式化傾向，我們可以質問有關「故鄉」的言談述作是如何輾轉構造而成的？在百無寄託的「鄉愁」情懷下，是否另有心理及意識型態動機有待發掘？探本溯源的原鄉衝動是否也遙指又一場自我徵逐意義的循環遊戲？

在本文有限的篇幅內，我們當然不能細膩討論這些問題。但下列數點初步的觀察，或可作爲未來研究的起點。第一，原鄉小說基本沿襲了傳統寫實主義的模擬信條，但也同時誇張或戲劇化其內蘊的矛盾。卑微的人物，樸拙的風俗，傳奇的往事往往是作家的拿手好戲，而大量原鄉作品集中刻畫農村經驗乃至其無奈的變遷，又豈僅是偶然？反諷的是，故鄉之成爲「故鄉」，亦必須透露出似近實遠、既親且疏的浪漫想像魅力。當作家津津樂道家鄉可歌可記的人事時，其所貫注的不只是念茲在茲的寫實心願，也更是一種偷天換日式的「異鄉」情調（exoticism）。

第二，原鄉作品的敍述過程以及「鄉愁」的形成，都隱含時間介入的要素。今昔的對比，傳統與現代的衝突，往事「不堪」回首的淒愴，在在體現了時間銷磨的力量。但也正由於突出了時光的主宰地位，原鄉式作品才得大肆展現「回憶」功夫的重要，以及「欲望」失落及再現的種種悲喜劇。究其極，原鄉主題其實不只述說時間流逝的故事而已；由過去找尋現在，就回憶敷衍現實，「時序錯置」(anachronism) 才是作家們有意無意從事的工作。

第三，相對於「時序錯置」的現象，我們亦兼可考察「空間位移」(displacement) 的問題。此不僅指明原鄉作者的經驗狀況——「故鄉」意義的產生肇因於故鄉的失落或改變，也尤其暗示了原鄉敍述行爲的癥結——敍述的本身即是一連串「鄉」之神話的移轉、置換、及再生。比附晚近神話及心理學對神話傳佈與置換的看法，我們不妨質問原鄉作者如何在遙記和追憶的敍述活動中，不自覺的顯露神話本身的虛擬性與權宜性。

第四，「故鄉」的人事風華，不論悲歡美醜，畢竟透露著作者尋找烏托邦式的寄託，也難逃政治、文化、乃至經濟的意識型態興味。與其說原鄉作品是要重現另一地理環境下的種種風貌，不如說它展現了「時空交錯」(chronotopical) 的複雜人文關係（註一）。意即「故鄉」乃是折射某一歷史情境中人事雜錯的又一焦點符號。神話何曾外於歷史？以「神話」來看原鄉作品，其實正是又一門徑，觀察現代中國作家反省、詮釋歷史流變的成果。

對照這四種觀察，下文將以沈從文、宋澤萊、莫言、李永平的作品，抽樣加以引伸討論。

沈是三〇年代原鄉文學的佼佼者，但他的作品中亦顯示不少自我琢磨、質疑「故鄉」敍述的脈絡，值得注意。宋澤萊是台灣鄉土文學運動末期的健將，莫言則是大陸尋根文學的主催者之一。兩者的代表意義，不在話下。而李永平以海外華人身分，選擇居住台灣，並且「無中生有」，於「紙上」創作出鄉土傳奇，當是對中國原鄉傳統的最大敬禮與嘲諷。必須強調的是，我的討論將不刻意在四者表面影響傳承上作文章。（又一種尋「根」式企圖？）我所關心的毋寧是他們在以上所述的原鄉特徵下，所顯示的自我及相互對話關係。

一

無論以創作的數量或探觸題材的廣度而言，沈從文（一九〇四～一九八八）均可稱之為現代中國原鄉文學的巨擘，他的生命歷程也恰似印證許多後繼者的共同體驗。沈出身自漢苗雜處、障蔽無文的湘西地區，早年的經驗曲折處處卻又充滿不羈野趣。二十歲那年他離開了追隨六年的軍旅及家鄉，一路跋涉來到北京，「開始進到一個使我永遠無從畢業的學校，來學那課永遠學不盡的人生」（註二）。但城市的經驗從未使沈滿足。在以後的年月裡，他雖然輾轉京華，卻寫就了一篇篇鄉土故事。形體及知識經驗上的「背井離鄉」，儼然成就了沈述寫「故鄉」的志業。在他的筆下，辰河、沅水流域的人物風情，一一來到我們眼前。誰能不爲湘西的草木蟲魚所吸引？誰能不爲那裡的販夫走卒、舟子妓女的行徑所感動？誰能不隨蕭蕭、翠翠、夭夭這些小女子的悲歡命運而浩歎？湘西不再只是沈個人的故鄉，它也將漸漸幻化爲萬千讀者心嚮往之的文學「故鄉」。

然而湘西豈眞是水甜人美、清奇秀麗的地方？沈從文在《湘西》的引子裡寫出了外人對湘西的印象：湘西是苗夷之區，「同時又是個匪區」，婦人會放蠱，男人喜殺人；湘西地形崎嶇蔽塞、民風兇險；湘西出辰州符、出「趕屍」奇觀，但也是古傳桃花源的所在；湘西文化落後，「人民蠻悍而又十分愚蠢」（註三）。要在這樣一塊窮山惡水間建立一「世外桃源」般的「故鄉」，沈從文的野心不可謂不大。化窮鄉爲神奇景致，甲邊城於中原之上，沈浪漫激進的寫作姿態往往爲他平淡謹約的文字所掩蓋。而我以爲這正是他對現代原鄉敍述最重要、也最應引起爭議的貢獻。於此沈其實不乏自知之明。他一再點出地理上的湘西正是文學裡的桃花源。一方面強調兩者間的關聯，一方面卻也嘲弄歷來文人墨客的興寄；虛實並敍、褒貶兼陳，「桃源」神話流傳千載，至此可說又翻出一新高潮。沈的原鄉企圖猶不止此，他更要在湘西不毛之地上，編織出歷史的網絡。兩千年前屈原孤憤悲歌的路線，東漢馬援南征的遺址、沅水中游的伏波宮來由、廂子岩的崖葬木棺之謎、白河岸邊的立約銅柱、鳳凰縣山間的古堡等，無不訴說著湘西與外界接觸來往的血淚點滴。沈是一流的「說故事者」，也是一位準方志家；他的鄉土作品是傳記，也是傳奇。依違於神話與歷史間，湘西所煥發的幽邃視景，在現代中國小說中，得未曾有。

在描寫演述故鄉風習及人物遭遇時，沈從文浪漫之餘，實不離傳統寫實風格的訓練。鄉土的「感覺」或「氣氛」看似純任天然，卻兀自有其述寫方法。沈對風景的印象式白描（如〈辰河的船〉）、小人物的塑造（如〈丈夫〉、〈柏子〉），內裡均包含他經營排比的匠心。沈也從不諱言得自西方大師的影響。屠格涅夫（Turgenev）在《獵人日記》中所運用的疏離的、靜觀的「外鄉人」視角，在沈的作品中時時可見，而莫泊桑（Maupassant）的說故事方式及戲劇性的逆轉煞尾，沈亦優以為之（如〈夜〉、〈貴生〉）（註四）。尤其在所謂「地方色彩」（local color）的敷陳上，我們更得見如沈的原鄉作者如何在方言土話乃至奇風異俗間多所取捨，使讀者既感受異鄉地的新鮮情趣，又不失對己身行為、價值、及語言認知的立場。也由這些地方沈洩露了「故鄉」的形象，實是一文字及文化價值相互指涉衝擊下的產物——儘管沈終身自許為「小苗子」、「鄉下人」，他仍得站在外場或過來人的立場來重新詮釋故土。更進一步說，無論就寫作的行動或描述的對象及方式而言，沈從文都徵顯了一位傳統寫實作者的兩難：他要再現故鄉本來的面貌，重組往日生活的情境，卻總無奈的帶出想像與原欲，文字與世界，回憶與「往事」間的罅隙。「鄉愁」的出現因此不只是主體意識何去何從的問題，也是寫實文學敘事形式內蘊緊張的表現。

由是觀之，沈從文的鄉土文學以一特殊地理空間起始，卻終須慮及時間流變的痛苦，或非偶然。烏托邦的意義只有在與時俱移，不斷延挪後退的條件下，才得持續。由沈從文輩代表的原鄉衝動來看，現實的墮落、文明的傖俗，人心的澆薄，固有外在環境的佐證，也暗指作家與一特定寫實規範相生相剋的立場。桃花源果眞坐落湘西，也必早已分崩離析。只有在不斷的遙擬追憶那「已失」並「難再復得」的故土時，原鄉的敍述方得以綿綿無盡的展開。沈從文在中期以後的作品中，似已逐漸體認是類寫作情境的弔詭性。而其最戲劇性的告白，則非《邊城》與《長河》兩作所形成之對話形態莫屬。

《邊城》（一九三四）與《長河》（一九三八）分別是沈從文三〇年代兩次返鄉後的作品。少小離家老大回，沈的感慨可以想見。尤其歷經軍閥匪寇的盤旋割據，都市文明的侵擾，故鄉的情景早已有了劇變。沈乃希望藉著文字的形式，將他對故鄉的憧憬及憂懼細細紀錄下來。乍看之下，兩作恰似形成銳利對比：《邊城》充滿牧歌情趣，沈抒情詩式的筆觸寫盡了二十世紀初湘西小社會的自足環境，以及人事關係的自然純眞。翠翠的愛情故事更是淒美幽麗，羨煞天下多少痴男怨女。《長河》則將《邊城》所投射的田園詩境界拉到現實的洪流中。沈對湘西在抗戰前夕惡劣的政經軍教形勢，有極其細膩的觀察。他對家鄉在劫難逃的未來，更有份不能已於言者的悲愴。由《邊城》到《長河》，沈儼然示範了兩種原鄉文學的模式，而前者屹立的空間意象轉換爲後者流動的時間意象，倒也說明其間的辯證關係。從不同的角度來看，我們更可說沈從文把同樣的故事說了兩遍：翠翠與夭夭，老水手與老船夫，儺送與三黑子這些人物不都相互照映？愛情的波折、生活的變數亦總縈繞兩作不去。只是沈的用心何其不同。《邊城》出入桃花源畔，成就暫時的神話想像，《長河》溶匯雜沓的人世糾葛，直逼擾攘的歷史夢魘。

這樣的比對或許言之成理，但筆者以為仍不免小看了沈從文原鄉敘述的複雜性。我想強調的是，《邊城》或《長河》各皆包涵了自我質詰增替的層次，為沈所冥思的「故鄉」平添了多音歧義的可能，也更耐人尋味。先以《邊城》為例，沈嘗自謂寫作《邊城》的目的，「不在領導讀者去桃源旅行，卻想借重桃源上行七百里路酉水流域一個小城中幾個愚夫俗子，被一件普通人事牽連在一處時，各人應有的一份哀樂，為人類『愛』字作一度恰如其分的說明」（註五）。陶然在此「愛」字訣下，難怪不少讀者要覺得《邊城》是「一部證明人性皆善的傑作」、是「一首詩」（註六）。然而仔細讀來，《邊城》內有暗潮洶湧，怎是一個「愛」字了得？書中各個角色想履行一場「恰如其分」的哀樂，更談何容易。相對於翠翠與儺送這段淒美的愛情，我們也得見翠母當年與屯戍軍人的自殺，楊馬兵的悲劇，以及邊城上下那些妓女舟子間無償的露水恩情。沈從文要寫人與人、人與土地間恰當的關係，卻徒然證明其可望而不可求的難堪。整個《邊城》的情節其實是在祖孫父子、兄弟情侶間的誤會遷延下，迤邐展開。在欣賞翠翠貞靜含蓄的愛情表現同時，我們也必須了解沈從文對其下欲力衝動的驚詫與悲憫。湘西兒女放蠱「落洞」（〈鳳凰〉）、私奔情殺（〈巧秀與冬生〉）、甚至瘋癲屍戀

（〈阿黑小史〉、〈三個男子與一個女人〉）的事蹟，因不妨看爲翠翠故事所「未」實現的各種可能（註七）。習於讚美《邊城》意義豐足圓融、人物善良美麗的讀者，都就著故事建築了自己的桃花源；然則我還是要說，理想的懸宕、質變而非完成，才是主導沈作敍事意義的力量。

另一方面，對於《邊城》所包含的歷史社會意義，近年已有學者作周延的分析。凌宇就指出《邊城》中的宗法禮俗背景，早已點滴滲入一看似純眞素樸的原始社會，湘西經濟活動的指標（碾坊相對於渡船），也不斷影響人際交往的關係（註八）。不僅此也，陳清僑也曾自勞動與欲望報償的觀點，評析翠翠與祖父的擺渡營生，如何反映了社會經濟行爲與感情生活互相爲用（註九）。凡此皆在說明《邊城》的世界畢竟坐落於各個歷史因素交會的網路裡，也爲前述的人情誤會遷延，提供了外在文化壓力的理由。沈從文的原鄉情結原可以《邊城》所召喚的桃源夢境爲極致，但這寄託塊壘的邊城到底還是個落入時間陷阱的失樂園。儘管書中一再暗示生死去來的神話式循環節奏，時間流轉、不知何所終的恐懼依然籠罩在主要角色的心頭。翠翠對成長的惶惑、老祖父對晚輩的操心，能不使人喟歎同情？小說將盡，我們但見翠翠獨操一槳，痴心等待情郎。「這人也許永遠不回來了，也許『明天』回來！」（註十）翠翠的等待，是面向時間無窮吞噬力的悲劇性挑戰；但也正因常懷水畔伊人、倚槳翹盼的憧憬，原鄉作品的讀者與作者才能掩卷長興胡不歸去的浩歎。《邊城》的結局完而未完，適足以作爲原鄉作者（與讀者）與「故鄉」誘惑間，相互召喚而又不斷閃爍牽延的寓言。

《長河》紀錄的是沈從文於抗戰前夕二度返鄉的見聞。較諸《邊城》的寫作動機，《長河》更直截的表達了沈對湘西現狀的沉痛。誠如金介甫教授（J. Kinkley）所指出，沈感時憂國的歷史情懷，早已充塞字裡行間（註一一）。掩映於《長河》敍述間的歷史因素至少包括了中央政府對地方的干預（新生活運動），湖南省主席何鍵、「湘西王」陳渠珍間的相互傾軋，地方蠢蠢欲動的苗族武裝力量，以及山雨欲來的日軍侵華行動。在這樣一個紊亂的時空交點上，沈從文更看到了現代文明如何剝蝕荼毒他故鄉的父老。在《長河》題記中他寫道：「表面上看來，事事物物自然都有了極大進步，試仔細注意，便見出在變化中的墮落趨勢……『現代』二字已到了湘西，可是具體的東西，不過是點綴都市文明的奢侈品大量輸入。」（註一二）前此沈從文已寫出了極具自然主義格調的〈小寨〉，縷述湘西貧苦淪落的實況。《長河》持續此一主題，但沈顯有意更藉此一抒他對歷史「常」與「變」的喟嘆。而從原鄉文學的角度來看，沈的喟嘆本身亦具有文學史意義。前引沈《長河》題記中的自述，三、四十年後豈不又改頭換面，出現在鄉土、尋根文學的口號中？

在此我無意否認沈對湘西的觀察之深、責備之切。事實上，他的《長河》以及散文集《湘行散記》及《湘西》等均不失爲今日研究民國史的第一手資料。但面對這些歷史變動，一位原鄉作者要如何傳達他的感情呢？新與舊、城與鄉、戰爭與耕作、文明與野蠻等常見的對比，於此再被渲染，而交錯其間所產生的「時代錯置」的主題，正是沈落力之處。《長河》前半部敍述呂家坪鄉對「新生活」的反應，或視爲天兵神將、或視爲洪水猛獸，滑稽突梯，令人絕倒，卻適足以說明傳統社會的成員努力了解新事物、新觀念的窘態。「新生活」的內容無從捉摸、行止詭秘飄忽，它總結了湘西對未來的恐懼與好奇，但也因爲有了「新生活」的魅影，故鄉的一切突然顯得古拙可觀了。

「時代錯置」的感覺凸出了湘西好景不再，每下愈況的危機感。歷史經驗的流轉恰似前浪後浪，相與洶湧而去。沈的感傷，誠是良有以也。但在《長河》這樣的敍述裡，我們也發現另一層弔詭：沈既能指出湘西新舊雜陳、青黃不接的現狀，顯已預設一風調雨順的理想年月；然則他在承認時間遞變、勢不可遏之道理的同時，又何能找出一時代「不曾」錯置的黃金歲月呢？故鄉的意念成爲一永遠後退的鏡中折影，一再敍述著「幻」得「幻」失的時間徵逐遊戲。「時代錯置」竟暗暗成爲原鄉作者本身（而未必是他關心的鄉人）的執念，不能須臾稍離。在這個角度下讀《長河》，我們乃能在急促嘈雜的歷史表象下，質疑沈從文是否仍在經營「故鄉」的神話。《長河》與《邊城》兩作所形成的循環對話關係，因此不能局限在簡單的歷史／神話的二元辯證模式下來看；兩作各自其實已衍生了不請自來的對話聲音了。

二

筆者前面用了較長篇幅描述沈從文的原鄉題材及敍述方式，主要是鑒於他所完成的言談風格（discursive style），可以作爲我們評估後之來者（不僅限於模仿者）的指標。隨著一九四九年的政治分裂，原鄉文學的形式與內容也有改變。台灣五、六〇年代以軍中作家如司馬中原、朱西寧等爲主的懷鄉小說，曾經廣受注目。人在天涯、心懷中土，他們的作品不論是寫田園哀樂或鄉野傳奇，都能牽引我們神遊故國之思。但六〇年代末期興起的鄉土文學運動卻是異軍突起，其所照映的美學及意識型態轉換問題，尤足耐人尋味。

台灣鄉土文學於七〇年代的興衰起落，關心當代文學走向者應已熟知，毋須贅述。值得注意的是，歷來我們強調此運動在政治文化上帶動了「本土」化風潮，反往往忽略其對原鄉文學傳統本身的衝擊。在「故鄉」與失去的中原已逐漸合爲一義的年月裡，黃春明、王禎和等人的嶄露頭角，以及楊逵、鍾理和等人的重被發掘，實在暗示了「故鄉」的所在不必僅定於一。「台灣」的鄉土之得「出現」，也再次說明原鄉神話何曾只是有關地形地物的追認而已。它更是個充斥意識型態動機的人爲佈置，代表不同價值、意識系統的角逐場地。鄉土文學與原有的懷鄉文學拉鋸於文壇之上，其實已悄悄揭發了「鄉」的專屬權問題。

歷來討論台灣鄉土文學的重心，多集中於前述黃春明、王禎和等人。他們筆下的小人物，狼狽卑下，卻時能煥發出一種憨直誠厚的性格。他們與自然以及城市威脅搏鬥，雖每每居於下風，卻不乏「壓力下的風度」，令人無奈之餘又勃生敬意。白梅（〈看海的日子〉）、青番公（〈青番公的故事〉）、萬發（〈嫁妝一牛車〉）、阿緞（〈香格里拉〉）這些名字勢將成爲刻畫一代台灣人辛酸歡笑的最佳見證。於此同時，鄉土小說也紀錄了台灣因經濟成長、政治挫折所帶來新的社會結構劇變。除前述者外，王拓（〈金水嬸〉）、宋澤萊（〈打牛湳村〉）等人的作品，可爲佳例。原鄉的主題不只代表作家們尋根的欲望，也成爲一批判、檢討「中央」政經措施的文學符號。鄉土運動之演變爲激烈的泛政治化風潮，可謂其來有自。

在芸芸台灣鄉土作家中，本文僅擬討論宋澤萊（一九五二—）的例子，因爲他的作品一方面總結了鄉土文學的特色，一方面也有意無意的搖動了前此作家所奉行的信條。宋澤萊「其生也晚」，他廣受注目的〈打牛湳村〉，發表時，已是一九七八年春。儘管鄉土論戰的「內亂外患」仍是方興未艾，整個運動已呈夕陽無限好的局面。平心而論，〈打牛湳村〉寫農村經濟蕭條，鄉民勉力自持而終不免一敗塗地的情形，是有誠摯感人的力量。即便如是，宋也不過承襲了近半世紀前茅盾〈春蠶〉的口吻，訴說著又一個無償的努力的農村故事。其後的長篇《牛眺灣的變遷》則是個二流《長河》型的原鄉作品，只能讚之爲用心頗佳。宋澤萊此際的問題不是缺乏關懷故土的熱誠，而是難以在人云亦云的模式下，提出一己的視野。

宋澤萊最大的成就，應屬後以《蓬萊誌異》爲名結集發表的三十三個短篇小說。宋自述《蓬》書的創作，基於兩項預設目的：一、紀錄一九七九年以前（台灣）平民經濟社會狀況；二、並在那種環境中去探討他們的反映。而他所描繪的時空背景及材料，「大部分來自鄉村和小鎮」，「偶爾也有港口和都市」(註一三)。按照宋的說法，這些故事以自然主義的手法寫就，企圖用冷洌的、社會科學式的眼光，看待鄉土上種種可悲可怪的事件與人物。西方自然主義本身立論與習作間的矛盾，一向是文學評論者的熱鬧話題，在此不能盡詳。宋「版」的自然主義一面標榜作家「客觀」的「科學」態度，一面鋪張跡近神秘主義的宿命觀，已是破綻畢現。但我以爲，正是由於這些漏洞，宋寫出了一系列淒淸奇詭的「誌異」故事，爲六、七〇年代的台灣鄉土文學，幽幽的畫下一個句點。

《蓬萊誌異》三十三篇作品所概括的時間約從日據時代到台灣與美斷交前後，其內容則自日軍征夫、地主淪落、小鎭姦情、鄉情特寫、工廠剝削、選舉恩怨至杏壇醜聞等無所不包，儼然構成台灣五十年變遷的浮世繪，其規模之大，堪稱獨步。與黃春明等人及宋稍早作品相較，《蓬》書諸作不再突出特定人物。宋澤萊所長者，是觀察他的角色如何在動亂的歲月及錯綜的社會經濟關係中，成爲身不由主的命運犧牲。西方自然主義所號召的「遺傳」、「環境」等機械決定論因素，似乎重現於此。但是仔細讀來，我們則可見宋對生命中不可測的力量以及陰錯陽差的因緣際會，總有一份迷戀。而宋極度素樸簡約的敍事方法，尤其給予他的作品一種新的力量。

宋澤萊對故鄉往事的探討，的確是懷著解謎的心情。他最動人的小說多是以說故事的方式進行：敍述者來到或回到某一城鄉所在，遇到一件難以廓淸的現象或浮光掠影的經驗，卻往往引出第二敍述者，揭開事件的謎底。這類「故事中的故事」結構不只在形式上造成戲劇性的懸疑效果，也直指說故事者及聽衆間的權宜性關係。比如〈蕉紅村之宿〉中，敍述者與朋友載著農藥沿鄉兜售，在蕉紅村偶遇一戴著帽子的年輕人。兩下談起，年輕人述說了一則當地曾發生的故事，無非是少妻老夫、紅杏出牆的悲劇。但故事演至少妻婚外懷孕難產，生下一頭部畸形嬰兒後，突急轉直下。原來二十載光陰已過，一切恩怨似皆不存，惟戴帽的說故事人揭下帽子，我們才赫然明白他就是那畸形嬰兒，他的「故事」就是他生命經驗的回顧。小說告終，年輕人誓言繼續找尋生父，也拋下一句話：「一切的依戀中，沒有比對父母和土地的依戀更令人感動的。」（註一四）

宋澤萊所運用的說故事形式，果然留有他所崇拜的莫泊桑之敍事風格。但在追懷往事，重溯鄉情的大纛下，說故事的手段也很可以看作是塡充時間的空隙，連鎖現在與過去的「一種」努力。當年不可說的禁忌，被壓抑的行爲，受挫阻的情欲經由後人的追憶與敷衍，重又拾回其意義；或嘲諷現實社會、或慨歎時光流轉、或驚詫人生無常，這些故事的批判動機，亦不言可喻。像〈舞鶴村的賽會〉寫大戶人家的淪落、〈在港鎭〉寫村婦爲女力斷孽緣、〈許願〉寫奸商發達史等，皆爲佳例。對讀者而言，宋寫作「故事中的故事」猶有另一層擴散意義的效果。他的敍述者往往成爲另一故事的聽衆，而該說故事者竟至於揭露其本身與故事的密切關係。除前述〈蕉紅村之宿〉外，〈創痕〉以太平洋戰爭台胞充軍的歷史爲背景，也最後帶來說故事者「現身說法」的撼人高潮。至此我們方了解每一個故事下均暗藏神秘悲愴的背景，每一說或聽故事的情境，均足觸發始料未及的往事奇情。當宋的敍述者自其所引述的故事喟然而退時，我們這些讀者又要如何面對「宋澤萊的」故事呢？說與聽故事成了一場環環相套的意義傳播試驗。

沈從文在〈三個男子與一個女人〉結尾寫道：「我老不安定，因爲我常常要記起那些過去事情……，有些過去的事情永遠咬著我的心，我說出來時，你們卻以爲是個故事，沒有人能夠了解一個人生活裡被這種上百個故事壓住時，他用的是一種如何心情過日子。」(註一五) 宋澤萊或可爲這樣的自白而覺深獲我心。但若進一步比較，我們可見宋澤萊的傳奇故事亟於說明、解釋事件的來龍去脈，使每一返鄉或思鄉的敍述成爲告別過去的自覺姿態。他的故事如此繫於「解」謎的任務，竟有瓦解他原構思的原鄉執念之虞。像〈蘇苞〉中的蘇苞，在前妻死後居然擺脫噩運力爭上游；像〈婚嫁〉中的貴婦，藉女兒的婚禮終償自己當年的屈辱。故事原所設計的張力，每因眞相大白而使我們如釋重負。「故事」說完了，「故鄉」的魅力似乎也將隨之消散。同樣是運用了傳統的原鄉主題對比及人物造型，宋澤萊卻不再假設「圈內人」的眼光看待鄉土的點滴往事。不似沈從文的故事那樣餘音嫋嫋，宋的故事或出諸還願似的企圖，或煞似安魂祭的儀式。當此一敍述「儀式」告終，不論是故事中的角色或聽／說故事者似乎共同體認到，鄉夢已遠，諸般往事不論悲歡絕續與否，均須作無奈的了結。恰如〈病〉的結局，子女懷念爲父捨身的母親，也只能在她的墳頭追念過往。宋澤萊的原鄉小說淒淒冷冷，「記」起了鄉土一切，卻也解脫了鄉土的情結。台灣鄉土文學以宋的出現而告一段落，或許不無軌跡可循。

三

大陸的尋根文學自一九八四、八五年出現後，一時風起雲湧，足足熱鬧了兩三年。踩著傷痕作家留下的腳印，尋根的作者們或是回顧插隊下放邊區的見聞，或是重探故園老家的風貌，或是揉和「想像」的鄉愁與傳說，寫出了一篇篇叫座的小說。尋根文學堪稱是七九年以來，大陸作品在藝術及意涵上的第一次的高峰。顧名思義，尋根是要找「尋」失落的根。但在一泛政治傾向濃厚的社會裡，尋根自有其喻意：相對文革強烈反傳統的風潮，八〇年代的作家們企圖點點滴滴的拼湊出那「落後」的、「守舊」的社會、歷史、文化層面，其本身已具十足抗辯姿態。另一方面，尋根也極具個人化、主體化的反思色彩。恰如評論家李慶西近作〈尋根：回到事物的本身〉一文所示，尋根文學何止是玩弄鄉土色彩、擺弄神話傳奇的小技？它更隱含了作家追溯人間倫理關係，重估歷史軌道，自我發掘以及重建生存意義的抱負（註一六）。

雖然沈從文於四九年以後即退隱文壇以外，尋根文學的興起仍不免使我們油興追逐「尋根」作者文學之根。與沈有師徒之誼的汪曾祺早自八一年以來，即寫作了系列以「鄉味兒」見長的小品，風格直追乃師。八二年賈平凹的《商州初錄》以散文隨筆形式記載故鄉風物，不啻是沈《湘行散記》、《湘西》之類作品的當代迴聲。阿城曾自承對沈印象深刻，而韓少功、古華、何立偉、葉蔚林等作家根本是以三湘山水作爲他們原鄉想像的起源。特別值得一提的是，這些作家的風格多具實驗性，抒情寫實、浪漫魔幻，各有千秋。顯然尋根的號召非但未局限他們的創作活力，反成刺激他們另闢蹊徑的起點。較之沈從文當年看似保守、實爲激越的寫作姿態及風格試煉，尋根作家的努力自然不宜小覷。

這裡我要介紹的作家是莫言（一九五七—）。莫言以《透明的紅蘿蔔》等作崛起，但眞正使他走紅的則是《紅高粱家族》系列作品。在其中莫言以他的故鄉山東高密東北鄉里爲背景。那裡的高粱地廣袤狂野，成爲他的魂牽夢縈的創作視景；生活在高粱地周圍的農民，貧苦激憤，每是引生出各種奇聞異事的主要人物。不僅如此，莫言更打算自尋根的寫作裡，重建家族的譜系，並據其歸納出一（抗日）歷史的淵源。原鄉與探史這兩種欲望在莫言的小說中相互並列衝擊。自特定的空間中追尋歷史的痕跡，從時間的洪流裡淘洗「故鄉」的精華，莫言的膽識用心，首先引人注目。他的故鄉也因之成爲反映中國現代史的新輻輳點，提供我們特殊的角度，省思一些熟悉的歷史問題。

莫言作品於敘述形式上的創新處，已屢有方家論及。他的文字意象豐富，象徵瑰麗多姿，常令讀者迷眩不已。像〈大風〉裡那場驚天動地的狂風，〈狗道〉中五彩斑斕，爭食人屍的野狗，〈秋水〉中行蹤詭秘的黑衣人與紫衣女等，寫來介於鄉野奇談與高度個人想像間，確是與衆不同。此外，莫言對敘述時間的掌握，亦有獨到之處。他的故事發展，常揉和不同的時間觀念及行進層次，造成今古同步、虛實難分的現象。據此常有評者指出他師承國外大師如福克納、葛西亞・馬奎斯之處，亦或言之成理（註一七）。

但我以爲莫言的文字魔術如落實在原鄉文學的述作傳統裡，才更有可觀。《紅高粱》家族系列作品對故鄉愛恨交織的複雜感覺，苟非得力於新穎的表達形式，不免有重蹈前人窠臼之虞。沈從文以次的原鄉作者，常視時間爲回返過去，一償鄉愁的最大阻礙。莫言則似反其道而行。在名作如《紅高粱》、〈紅蝗〉裡，敘述者雖然意識到歷史的不可逆轉性，卻能施施然運用幻想補充其缺憾。於是他回到了五十年、甚至百年前家族長輩的思維行動情境裡，「重新」替他們再活過那些艱難困苦、卻又充滿傳奇色彩的日子裡。「我爺爺」、「我奶奶」等這些輩份上的老古董居然因此下得凡塵，又成了飽有七情六欲的血肉之軀。是「創造性」的回憶，暫時滿足了莫言的愁鄉情懷，但也因此，他的作品揭露了更多是類敘述的漏洞。當《紅高粱》裡的「我奶奶」在高粱地的遐思，或「我父親」在游擊戰中的驚嚎被如此細膩渲染後，敘述者已有意無意的暴露「過度」寫實下的失眞性，使《紅》作染上了自我嘲諷的色彩。與台灣作家宋澤萊刻意與題材拉遠距離的作法雖恰恰相反，莫言的超近特寫敍事格調同樣使讀者不知所措。這些因回憶造成的「時」「空」錯置的問題，其實也存在於「正統」原鄉作家如沈從文的作品裡，只是莫言更爲自覺的在運用或戲劇化其間的矛盾而已。

由是推之，我們要說莫言的原鄉作品一面以田野調查式的勤懇態度，又爲中國現代小說開發了一處「故鄉」，一面又以喧嘩自嘲的筆法，暗暗搖動他所據之寫作的傳統。在《紅高粱》裡，抗日戰爭的歷史與家族的恩怨情仇相互糾纏，甚而成爲作者個人腦力激盪下的演義故事。幻想與史實、現在與過去全都成爲飄動意象，供作者編鈔排比。這一現象到了〈紅蝗〉裡尤見尖銳。身處都市的敍述者在經過一段莫名其妙的艷遇後，返鄉觀察五十年僅見的蝗災。由是他牽引出了家族上兩代的蝗害經驗，以及長輩夾纏不清的感情孽債。按照情節安排的理路，莫言似乎要以現代人生的虛浮無根來照映當年父老的激清愛憎、快意恩仇；以尋根的行動治療遊子的創傷。然而當故事逐漸進行時，莫言這敍述者的目的逐步混淆了。人世的關係從來紊亂，前人的志節行止未必勝過今人。只有相傳每五十年一次的蝗災來到，才一再顯出了人們的卑瑣無能，不因時稍變。褪去鄉愁的外衣，莫言猛然發現「追憶吃草家族的歷史，總是使人不愉快；描繪祖先瘋傻的形狀，總是讓人難爲情。」他強烈的犬儒主義正如作品中的紅蝗一般，一旦蔓延開來，將噬盡所有的價値、破壞所有的意義。過去與未來終成一混沌的循環，原鄉的高貴呼聲，終削弱成衆音交錯中的微小鼻息。

相對於《紅高粱》及〈紅蝗〉這類夾雜史實與傳奇的尋根故事，莫言的另一組小說如〈白狗鞦韆架〉、〈爆炸〉、或〈枯河〉等，卻好像執意折回現實的泥沼，展現鄉愁不足為外人道的一面。這兩種類型的原鄉小說已自展開了互相辯證的衝突力量。〈白狗鞦韆架〉尤其具有強烈嘲諷意圖。敍述者又是個受過良好教育，抽暇返鄉的城市青年。故鄉貧瘠傖俗依舊，並不能帶給他任何美好印象。惟有在高粱地邊巧遇兒時玩伴時，方纔勾起他一些青梅竹馬式的回憶。只是當年的娉婷少女後自鞦韆架上跌下，瞎了一隻眼，委屈嫁了個啞丈夫，又生了三個不會說話的孩子。她的障蔽飄零，自是對沈從文以降，翠翠原型人物的謔仿。面對敍述者的似水鄉愁，她的回答是：「有甚好想的，這破地方。想這破橋？高粱地裡像他媽×的蒸籠一樣，快把人蒸熟了。」（註一八）鄉愁是鄉下人消費不起的奢侈品，但仍是隱藏在心頭一角的模糊欲望。小說繼續發展，我們乃知女子曾與一解放軍官有段美夢成空的邂逅；只是〈紅蝗〉、《紅高粱》所瀰漫的昂揚激情，不論結局悲喜，已不復得見。據此比較前後兩類作品有關歷史政治（抗日／解放）的「插話」，莫言的批判意圖，已若隱若現。

〈白狗鞦韆架〉原可仿照魯迅、沈從文等人返鄉小說的前例，來上個淒涼無奈的告別故鄉結局。然而當我們的敍述者草草再奔上離鄉之路時，瞎了一眼的當年女伴赫然殺出。她向敍述者要求野地苟合，一為生個「會說話的孩子」，一為稍償少年眉目傳情之誼。當代文學裡，再沒有比這場狹路相逢的好戲更露骨的褻瀆傳統原鄉情懷，或更不留情暴露原鄉作品中時空錯亂的癥結。莫言筆下的「獨眼」（！）女子要以肉體片刻的歡愉，跨越時間的障礙，實踐她心目中的鄉愁欲望，而這一深具嘉年華意義的舉動，實亦質疑原鄉作者種種顰眉蹙首的「回憶」、「述寫」姿態。〈白狗鞦韆架〉未必是莫言最絢麗眩目的作品，卻能切中邇來尋根、鄉土情結的要害。此類作品與《紅高粱》等作並列，才更能體現莫言關懷面的深廣。

四

本文的討論將以李永平（一九四七—）的鄉土小說作結。在前面的例子裡，我們已得見作家在不同的時代及社會背景下，如何來往折衝於原鄉的主題間。他們的風格與角度容或有異，基本上卻都能掌握一地理位置，使其成為敍事意義鋪展的根源。沈從文的湘西、宋澤萊的南台灣、莫言的山東高密各個皆成為作家註釋歷史、評價社會的終極根據地。李永平的例子卻為我們帶來又一新的尷尬。李原是婆羅州的華僑，及長赴台完成大學學業。爾後又在美取得比較文學博士學位，並回台任教、創作於斯。這樣高學歷的作者並不多見，而他以獨特的成長背景來寫作「鄉土」小說，更是引人注目。李的《吉陵春秋》自八六年在台出版以後，一直廣受好評，讚美其精緻文字象徵者有之、品評其深邃寓意主題者有之，但對李所塑造的鄉土小鎮視景，猶未有適切觀察。簡單的說，李原為土生土長的華僑，他的「根」到底要如何尋起？他的「故鄉」到底坐落何方？失卻了中國地緣的聯繫關係，歷經了輾轉浮游的成長經驗，李永平還能明正言順的捅足於原鄉的行列中麼？

李永平的答案自然是肯定的。而他顯然利用了此一矛盾，用心的「寫」出了一個烏有鄉即景，而其細膩動人處，尤勝那些「有」家可歸的原鄉作者三分。準此，我以爲他把現代中國小說的原鄉主題更加發揚光大，同時也逕行暴露其神話底細，使得整個傳統游離起來。莫言的作品多少已顯出這樣的傾向，但他畢竟沒有李永平那樣激進的決心。高密東北鄉的重重高粱捲起了莫言回歸故里的尋根情懷，而李永平卻要在前人書寫故鄉的「千言萬語」間找到他的歸宿。他的吉陵鎮，似脫胎於司馬中原那樣的蘇北荒僻小鎮，卻又兼具了南洋熱帶風情，既有台灣小調的人物情趣，又遙擬古典話本中的市井喧聲。虛虛實實，直讓評者如劉紹銘教授等大歎「山在虛無縹緲間」（註一九）。李永平當然可能意識到福克納等人予他的影響，但他擺脫現實的羈絆，封阻了自傳或歷史的牽連，實有更甚於前人之處。

《吉陵春秋》的故事主線其實很簡單。吉陵鎮刨製棺材的劉老實有美妻長笙爲無賴孫四房所垂涎。某年觀音誕辰的遊行當兒，孫得妓女春紅及一幫潑皮慫恿，乘亂強暴長笙，後者受辱後自戕。劉老實得知後，殺孫妻及春紅而獲罪。多年後吉陵鎮角有神秘人物出現，狀似劉老實，引得全鎮人心惶惶。果眞劉又返鄉報仇？或僅係鎮民罪惡感的投射？眞耶幻耶，全作至此戛然而止。然則這一故事在《吉陵春秋》漫漶開來，使主線人物影影綽綽，邊配角色卻各有獨當一面的機會。全書共以十二短篇構成，各篇分可獨立，合則共同襯托主線故事。可是此一堆積木式的結構底下大有文章。細心的讀者會發現各篇時序的發展，人物性格的描寫，以及故事情節的交代竟頗有齟齬。任何想要將其合而爲「一」的努力，終不免徒勞無功之憾。李永平的小說因成就一萬花筒式的視景，不斷幻化出似曾相識卻又迥有不同的樣式。

一般評者最關切的，莫如《吉陵春秋》的要義何在。李永平於此最爲拿手。舉凡我們習見的文學題材公式，如罪與罰、神與魔、靈與肉、今與昔、眞與幻等等，無一不包。他的象徵場景，如妓女巷中的觀音誕辰，日正當中的正邪對立，棺材店裡的生死行當，也正是文學課程中大作文章的好材料。正所謂動靜皆得、左右逢源，其極致處，稱之爲「十二瓣的觀音蓮」亦不爲過（註二〇）。筆者自不願唐突這樣的詮釋方法，但卻覺得《吉陵春秋》的重要性實不在於爲「一個中國小鎭塑像」，亦不在於視其爲二十世紀的中國「荒原」象徵（註二一）。它是原鄉傳統流傳數十年後，一項最弔詭的「特技表演」，在在凸出李永平個人風格化的色彩。形式本身的玩耍試驗，才是該書最大的成就。它顯示有心人可以閑熟的擺弄原鄉作品中的各個修辭符號，而不必汲汲追尋鄉土的「本質」或「根源」問題，它更顯示時間的錯置乃至停擺，已不再値得追悔或嗔怪。原鄉的渴求，或是天長地久、或是稍縱即逝，何必斤斤計較？前此我們習見的那個上下尋找「鄉」之意義的主體意識，在《吉陵春秋》中似乎銷聲匿跡，但換個角度看，李永平何嘗再需要一個尋根的代言人？整個吉陵小鎭就是作者的心中丘壑，無處不彌漫著他製造摩挲鄉情的身影。也就是從這些方面，我們瞥見李永平與現代主義掛鉤的線索，以及他對原鄉文學又一嶄新的詮釋。

由是觀之，李永平吉陵鎮內一些風風雨雨，不妨皆視爲一自覺性的矯情安排。其中最顯著的莫如此鎮謔仿烏托邦的特質。與多數鄉土、尋根作品所誇飾的純樸落後的鄉野不同，吉陵鎮是個諸神見棄的市儈小鎮，其中人心之險惡，風俗的之敗壞，十足引人側目。誘拐姦殺、詐騙橫死的事件層出不窮，距離《邊城》呈現的天地遠矣。但一切經過李永平的細細點染，竟也引人入勝。恰似與傳統反其道而行，李的紙上故鄉不作興「俱往矣」的浩歎，只提出一種弔詭的論式：如果沈從文可以將湘西美化成人間桃源，視故鄉如罪惡淵藪是否是「理想」的另一極端表現呢？對像劉老實這樣的角色，故鄉所留下的不是鄉愁，而是鄉「仇」。李永平作品尚少，到底不能像福克納的約克那帕陶伐郡那般投射複雜多義的象徵，但我們仍不應忽視他極具原創精神的視野。魯迅當年營造的那個墮落的、衰頽的魯鎮或紹興，只能充作道德批判的佈景；吉陵鎮卻在失去了禮教的憑依後，衍生出一頹廢卻自足的風貌，生生世世，成爲原鄉者的夢魘，這不能不視爲李對原鄉傳統的重大「貢獻」。

本文的篇幅有限，只能就現代小說中的四位作家，作點到爲止的描述。我對他們個人作品細微處，並未作深入討論，僅希望對「原鄉」這一觀念的傳承遞變，提供初步的觀察。回顧三十年代以還的各類原鄉作品，我們的研究其實大有可爲。而以下的結論，或可權充未來是類努力的起點：第一：原鄉的觀念或關係個人追本溯源的欲望、或牽扯宗族法統的感召、或表現地域山川的特質，可謂衆說紛紜，各有道理。但本文的目的不在於分殊這些道理，只希望跨出一般地理上或空間上的定義範疇，探討其所暗藏的歷史動機及社會意義。如前所述，只有我們將故鄉視爲一種時空向度的指標，文化、意識型態力量的聚散點，方不至於落於（簡化）盧梭式的浪漫公式中。

第二、在不否定歷史、情感經驗確眞性的前提下，我們亦須注意各種原鄉文學所兀自構成的敍事規範及符號象徵傳統。作家對故鄉的嚮往或係誠中形外的表現，但在「寫作」鄉情的同時，他們仍必須不斷的「推陳出新」，以肯定自己故鄉的獨特性。這其中牽扯的意義、修辭相互指涉的問題，自是一大挑戰。由沈從文的湘西山水到李永平的紙上吉陵，作家們縱使懷抱寄託不同，終須在字裡行間見眞章。而原鄉文學所衍生的言談論述力量，如何左右作者讀者想像，亦是相生而起的問題。

第三、綜上所述，以「神話」一詞來審視原鄉文學的傳統，非但毫無貶意，反而強調其於我們的文學及社會體系中，運作不息的力量。這些作品已經發生了單純鄉愁以外的影響，爲我們的社會總體敍述行進，注入對話聲音。宋澤萊代表的台灣鄉土及莫言所屬的大陸尋根運動，都是現成的實例。但對於關懷「原鄉」情懷何所之的讀者們，也只有在了解神話意義本身不可免的詮釋循環，以及神話運作不能稍離的歷史環境後，才可避免「原鄉」的閱讀行動，墜入一廂（鄉）情願的追逐中。

註：

一 Chronotope 一詞藉自巴赫汀（Bakhtin），意爲小說時空交會所構成的場景不只是一單純背景，而每每代表一文化符號的集結，投射作品潛藏的社會及歷史動機。其使用見〝Forms of Time & of the Chronotope in the Novel,〞 in *Dialogical Imagination,* trans. Caryl Emerson & Michael Holquist (Austin: U of Texas p, 1983), pp. 84～258;又相關延伸討論見 Katherine Clark, 〝Political History and Literary Chronotope: Some Soviet Case Studies,〞 in *Literature and History: Theoretical Studies and Russion Case Studies,* ed. Gary Saul Morson (Stanford: Stanford UP, 1986),pp. 230～246.又可參考 James Turner, *The Politics of Landscape* (Cambridge: Harvard UP, 1979).

二 沈從文《從文自傳》、《沈從文文集》卷九（香港，三聯，一九八四），二一八頁。

三 沈從文《湘西》引子、《沈從文文集》卷九，三三六～三三七頁。

四 沈從文曾與淩宇教授談及所受屠格涅夫及莫泊桑等西方作家的影響，見《中國現代文學叢刊》第四期（一九八〇），三一五～三二〇頁。

五 沈從文〈邊城題記〉、《沈從文文集》卷十一，六九頁。

六 引自凌宇《由邊城走向世界》（臺北：谷風，一九八七），二三七頁。

七 更進一步的討論，見拙作〈初論沈從文：《邊城》的愛情傳奇與做事特徵〉，《衆聲喧嘩》（臺北：遠流，一九八八），一一一～一一六頁。

八 凌宇《從邊城走向世界》，二四四頁。

九 陳清僑(Stephen Chan)，*The Problematics of Modern Chinese Realism: Mao Dun and His Contemporaries*, diss., (U of California-San Diego, 1986), pp. 282～296.

十 《邊城》，一六三頁。

一一 金介甫(Jeffery Kinkley)〈沈從文與中國現代文學的地域色彩〉，《聯合文學》二七期（一九八七），一二六頁。

一二 沈從文《長河》題記（上海：開明，一九四八），一頁。

一三 宋澤萊《蓬萊誌異》（臺北：前衛，一九八八），二頁。

一四 同上，六七頁。

一五 沈從文〈三個男子與一個女人〉，《沈從文文集》卷六，四九頁。

一六 李慶西〈尋根：回到事物的本身〉，《文學評論》卷四（一九八八），一四～二三頁。

一七 溪清、呂方〈當代文學中「魔幻現實主義」小說的勃起〉，《當代文學研究：資料與信息》卷四（一九八八），四～六頁。

一八　莫言〈白狗鞦韆架〉，《透明的紅蘿蔔》（臺北：新地，一九八八），二四頁。
一九　劉紹銘〈山在虛無縹緲間〉，《聯合報》副刊（一九八四、一一、一一）。
二〇　余光中〈十二瓣的觀音蓮〉，序《吉陵春秋》（臺北：洪範，一九八五），一～七頁。
二一　龍應台〈一個中國小鎮的塑像〉，《當代》第二期（一九八六），一六六頁。

鄉愁的超越與困境

——司馬中原與朱西寧的鄉土小說

鄉土小說是現代中國文學最重要的傳統之一。這一傳統由魯迅、許欽文、臺靜農等首開其端，而大盛於三、四〇年代。作家如沈從文、吳組湘、艾蕪、沙汀等，皆是其中佼佼者。鄉土作家以所熟悉的故里經驗爲背景，或抒愁鄉塊壘，或寫民生疾苦，讚彈之間，早爲半世紀中國土地的蛻變，留下深刻見證。大陸淪陷後，鄉土小說亦有了質變。彼岸的作家如趙樹里等奉行毛的延安談話精神，曾力求爲鄉土小說點染革命色彩，卻終不免墜入樣板教條的窠臼。反觀臺灣作家，從五〇年代的遙思故土，到七〇年代的紮根本土，形式內容，兩皆可觀。在八〇年代大陸「尋根」運動爆發前，臺灣的鄉土小說應可謂獨領風騷三十年。

朱西寧與司馬中原是臺灣鄉土小說由「思故土」過渡到「念本土」階段，最值得注意的兩位作家。這兩位作家的成就，當然不僅止於鄉土文學。但我以爲他們的鄉土作品，上承三、四〇年代的原鄉視野，下接王禎和、黃春明等的本土情懷，在文學史的傳承關係上，扮演了極重要的角色。這兩位作家皆出身軍旅，且甚早相識，他們的背景情誼亦對個人作品產生微妙的影響、互動關係。這篇文章將以朱西寧與司馬中原早期的作品爲例，討論他們對五、六〇年代鄉土小說的貢獻與特色，以及他們在擴充一己視野時，所遭遇的困境及因應的策略。

我所討論的作品，主要是司馬中原的長篇《荒原》及《狂風沙》，以及朱西寧的《旱魃》及短篇小說集《鐵漿》。藉著《荒原》與《狂風沙》，司馬中原證明了他是現代中國文學最有魅力的「說故事者」之一。他豐富的想像、華麗的辭藻，曾使一代讀者對那已失的山河，興起無限憧憬——即使「故鄉」是風沙狂奏的荒原，狐鬼擾攘的惡土！朱西寧則另闢蹊徑。他的鄉野是人性掙扎、欲望消長的舞台。凋敝動盪的村鎮，固使朱常興天地不仁的浩歎，但並不能阻止他探勘人性深處的善惡風景。朱與司馬的小說，皆有強烈的道德使命感。司馬將此一道德命題與政治相連鎖，終在他的鄉土上營造了一復國（或建國）神話；而朱則賦予其一宗教啓悟的層次，使鄉土成爲生命救贖或沉淪的試煉所。兩者的鄉土小說因此絕不止於懷念故土而已；它們間接透露了小說家（及讀者）詮釋、超拔歷史環境的不同敍事手段。

一

司馬中原的《荒原》初稿成於一九五二年，經過十載增刪，至一九六二年才問世。無論就風格或題材而言，這本小說都爲司馬日後大量的鄉土小說，奠定堅實基礎。《荒原》的時代背景是一九四〇年初。司馬敍述他所熟悉的家鄉——蘇北魯南接壤的大草原——如何在連年荒旱戰亂中，夷爲荒原的慘痛史實。儘管荒原裡外豺狼出沒、盜匪橫行，它卻是司馬中原難以言說的鄉愁起點。荒原上的居民質樸無文、迷信頑固，但他們堅韌的秉性及對土地的執著，在在要使司馬肅然起敬。抗戰初期，這片洪澤湖以東的不毛之地成爲三不管地帶，任由悍匪、日寇、土共輪番蹂躪。司馬中原寫農民在天災人禍間的困苦，沉鬱蒼涼，兀自透露詩史千年前的悲愴：「萬國盡征戰，烽火被崗巒；積屍草木腥，流血川原丹。何鄉爲樂土，安敢尙盤桓！」（〈垂老別〉）齊邦媛教授曾謂司馬中原的筆下，寫出了「震撼山野的哀痛」，確是有感而發（註一）。

然而僅稱道司馬中原悲天憫人的胸懷，仍不足以凸顯他鄉土小說的特色。自魯迅的〈故鄉〉、〈祝福〉以降，已有太多的作家寫苛政戰亂對黎民百姓的斲傷。藉著盛年不再、原鄉難歸的主題，這些作家間接批判現實、兼且一抒重整家園的渴望。《荒原》雖然承襲了這一傳統，但其內蘊的主題卻遠較前此的鄉土小說複雜。司馬中原少壯隨軍渡海來臺，對他們這一輩的作家而言，除了思鄉之苦外，更有「亡國」之痛。萬里江山，於今何在？夢斷天涯，恨不能歸！寫「故」鄉，正是寫「故」國。《荒原》之所以能喚起一「史詩」般的感喟，未嘗不是因司馬中原在鄉土視景之上，灌注了一則國家興亡的歷史寓言。

現代中國文學寫家與國間錯綜的依存關係，已有抗戰文學爲先例（如老舍的《四世同堂》），而以五○年代的反共懷鄉文學，表現得最爲淋漓盡致。但若追本溯源，我們要說《荒原》這樣的小說，特別使我們想起九一八事變後，流亡關內的東北作家所寫的作品，如蕭紅的《生死場》（一九三五）、蕭軍的《八月的鄉村》（一九三五），和端木蕻良的《科爾沁旗的草原》（一九三二）等。日軍侵佔東三省後，這幾位作家成爲國土內的流亡者。在南遷的日子裡，他們所魂牽夢縈的，仍是關外的老家。故鄉的生活也許落後艱苦，但失去故鄉後，即使最辛酸不快的經驗，也必銘刻爲最深刻的回憶軌跡。《生死場》與《科爾沁旗的草原》皆是以這樣的鄉愁姿態起始。蕭紅寫關外子民生生世世的苦難，誠摯婉轉；端木蕻良寫草原家族間的快意恩仇，磅礴動人。但《生死場》及《科爾沁旗的草原》的後半部均納入日軍侵華的史實。蕭紅與端木蕻良筆鋒一轉，將鄉土的命運寄託在國家復興的願望上，從而使他們的作品，平添了急切的歷史興替色彩。

夏志清教授在論端木蕻良的專文中，讚許《科爾沁旗的草原》是「第一部中國現代小說，爲中國前途明示英勇的視境：……它不僅爲後來讚揚全民抗戰的英雄小說定出步調，且爲許多回憶、記錄近代中國史實的巨型中共長篇立下榜樣。」（註二）藉此觀點，我們可說司馬中原的《荒原》呼應了端木所首創的敍述模式，但卻從截然不同的意識型態角度，爲中國近代史的血淚往事，留下紀錄。司馬與端木的相似處，尤可見諸兩人對土地所生的神話式膜拜。《科爾沁旗的草原》的第一章寫清代中葉山東飢民遷徙至白山黑水的草原間落戶，托庇狐仙，爲子孫打下兩百年的基業，充滿了傳奇氣息。而《荒原》的首章始自司馬中原對紅草荒原傳說的回顧，而以火神廟的神秘力量，作爲高潮。兩位作家的視野之廣，想像之奇，確是引人入勝。《科爾沁旗的草原》情節主要圍繞家族兒女恩怨發展，並不同於《荒原》的農民抗暴故事。但兩部小說的結局，再一次展現其大開大闔的史詩性結構特徵。《科》作在日軍壓境，東北面臨鉅變中戛然而止。正如第十九章標題所示：「這是一個結局的結局；另一個開始的開始。」司馬的《荒原》則以荒原大火，玉石俱焚後，來年春草又綠，生機再現作結。兩作皆似完而實未完，預言一歷史性的輪迴。

但司馬中原在詮釋鄉土與國土相互依存的命運時，自有異於前輩之處。以《荒原》爲例，最凸出的就是他對英雄與英雄主義的處理。遭遇亂世，期待英雄出現以撥亂反正，原是民心的渴望。《荒原》中的英雄角色，可以分爲兩類。其一是以年輕的農民六指貴隆爲代表。貴隆出身貧苦，父母雙雙於戰亂中死去。娶媳銀花，亦是同病相憐。但生活的困蹇反而淬礪他殺敵報仇的決心，終於在荒原最後的戰役中，以身殉敵。貴隆這般的小人物，資質有限，卻能於平凡中成就不凡，當然符合了「有爲者亦若是」的古訓。但司馬心目中的眞正英雄，卻是由歪胡癩兒這樣的人物所體現。歪胡癩兒名字古怪、其貌不揚，雖身負逃兵之罪，卻是一條鐵錚錚的漢子。他神出鬼沒於紅草原中，與各種勢力週旋。重然諾、輕生死，正義凜凜而又常保江湖不羈之氣。歪胡癩兒的造型儼然上通《史記》列傳中的豪俠刺客，為素來少見英雄的現代中國寫實主義小說，注入「古典」的新血。配上司馬世故而流利的敍述聲音，由歪胡癩兒所引出的這一線情節，終於凌駕六指貴隆的故事——雖然後者更堪為荒原多數人的表率。

司馬中原如此刻意誇張英雄的形象，已經反諷的投射一個英雄不再的歷史環境。但更尖銳的問題是，就算司馬中原的英雄果然存在，他對家國的命運又能如之何？無論歪胡癩兒如何的英勇多謀，僅憑匹馬單槍，並不能抗退大敵。《荒原》的尾聲亦提到，就在農民義軍孤軍奮鬥之際，「老中央還在忍氣吞聲，眞心眞意的跟對方在會議桌上討論著『和平』。」（《荒原》，大業，一九六三，頁二八七）。歪胡癩兒隱姓埋名，立志要作「無名」英雄。他以高適「相看白刃血紛紛，死節從來豈顧勳」（〈燕歌行〉）自明心跡。但啼笑之間，竟也有幾許疾沒世而名不稱的蒼涼，揮之不去。「無名」「英雄」，原就內蘊著自相矛盾。

時代考驗英雄，英雄卻不能創造時代。這該是司馬中原反共懷鄉小說中，最沉鬱難言的隱痛吧？《荒原》結束的時分，八路軍的勢力正日益坐大。歪胡癩兒和他的兄弟們也在一九四八年剿匪的戰爭中犧牲了。以後的歷史，對司馬一輩的作家，不啻每下愈況。但根植鄉土的國家與英雄神話，仍待繼續。於此耐人尋味的是，司馬中原的荒原故事不再往下發展，反而倒退到更早的「過去」。他的皇皇鉅作《狂風沙》（一九六七）正是以北伐前後，淮北鹽販除奸報國的傳說爲背景。莫非在那更緲遠的時代，司馬方能召喚出更刻骨銘心的鄉愁想像，更動人心魄的英雄事蹟？

僅就這兩目的而論，《狂風沙》無疑是部成功的作品。這本書長達一千三百五十餘頁（皇冠版），細膩生動的記述司馬本人出生前，老黃河流域種種驚天動地的鄉野傳說。鋌而走險的鹽梟、殺機四伏的鹽市、兇悍狡猾的土匪、擁槍自重的鄉紳、貪婪愚昧的軍閥、身懷絕技的俠客，共同交織成司馬中原炫麗蒼莽的鄉土人文景觀。三、四〇年代鄉土作品對現實的直接關注，於此逐漸隱去。取而代之的是鄉土化的稗官野史、傳奇化的豪傑列傳。司馬失去了《荒原》中那股「震撼山野」的悲愴，卻成就了傳統說書人滔滔不絕、圓融練達的世故觀照。如此他乃能運用華麗鋪張的辭彙，峰迴路轉的情節，爲我們一面述說農民流亡的悲苦，一面誇耀萬家堡賽轎的奢豪；一面痛悼鹽市保衛戰的慘烈，一面取笑軍閥世界的荒唐；一面演繹歷史力量的無情，一面耽溺傳說想像的多姿。這些不同形式的情節，美醜紛陳、並行不悖，固然時有道德對比的意義，但更重要的，應是滿足司馬（及他的讀者）對「鄉土」幾近美學式的迷戀與好奇。

司馬中原的英雄主義亦較《荒原》中更多有發揮。《狂風沙》的中心人物是人稱關八爺的關東山。關東山二十歲出道時，只是爲鹽販老六合幫拉車的幫手。老六合幫受剿散亡後，關東山劫法場不成，入陸軍速成學堂，五年後成爲緝私隊長。但又因義釋彭老漢而自首入獄，再與獄卒北走關東，在額爾古納河畔打俄軍。小說開始時，關東山已重回淮北，領導新六合幫走私鹽。但關志不在販鹽謀利而已，他更關心生靈塗炭的家國命運。他勉力聯合地方正邪勢力，抵禦軍閥，以待北伐成功。爲了這一理想，關東山折衝奔波，吃虧受辱，甚至遭遇暗算，雙目失明。司馬寫這些過程，曲折動人。像關東山義懾土匪朱四判官，後者悔悟之餘，飲槍自戕；像鹽市俠隱張二花鞋等響應關東山號召，合力鋤奸等情節，讀來都能讓人津津樂道不已。

關東山仗義行俠、豪氣干雲，他的作爲顯然要比《荒原》中的歪胡癩兒更上層樓。高全之在他專論司馬中原英雄人物的文章中，已爲關東山畫下譜系。關的形象與地位，正與《三國演義》中的關雲長、《水滸傳》中的關勝，一脈相承（註三）。司馬中原受傳統說部演義的影響，因此不言自明。作爲一「有德」的英雄，關東山令人無可疵議。但正如高文指出，這樣完美的形象之後，似乎總欠缺了什麼。比如關東山對性及個人欲望的壓抑，雖然成全了大我，就有不近「人」情之處。由於司馬中原堅持「一種獨特的簡單的人性體察，一種決不肯深入的自限。」（註四）《狂風沙》一書最動人的時刻，往往不在於演述人與歷史逆境間種種不可測的搏鬥，而在於伸張邪不勝正的天理，及英雄人物由「衰亡到昇揚」的道德境界（註五）。儘管關東山的遭遇，已兼具悲劇人物知其不可爲而爲之的宿命氣息，以及唐吉訶德式的荒謬素質，他最終作爲道德典範的意義，要大於一切。

回到前述的懷鄉小說傳統，我以爲《狂風沙》的寫作雖出於強烈的歷史翻案動機（見司馬中原《狂風沙》後記），但全書的敍述風格卻在在透露回歸開國神話的欲望。屹立於彼岸的鄉土，似近實遠；存在於記憶深處的鄉愁，若幻若眞。司馬原欲探討中國近代史曾被忽略的一頁，卻止於將那模糊的過去，妝點得更加神秘莫測。鄉土與國家、江湖與沙場在他的小說中不斷相互遞換衍異。在引人入勝的故事背後，我們終於發覺歷史退位、時間歸零。建國復國、感時懷鄉的呼聲，最後演變爲一歲歲年年、循環不已的迴聲。這究竟是歷史的昇華，還是墮落？

《狂風沙》的「歷史」意義，因此也許不在它的內容，而在於它的形式。這本小說成於六〇年代後期，恰是本土派的鄉土作家如黃春明、王禎和初試啼聲之際。反共復國的任務，仍待完成，大陸血腥的文革，正方興未艾。我們的作家鄉音未改，鄉夢已遠。在急遽變化的歷史環境裡，那蒼莽的狂風沙，將沉積於何處？從《荒原》的抗日剿匪，到《狂風沙》的東征北伐，司馬中原的「鄉土」時間指標愈益退卻，終長存在那影影綽綽的「民初」。馳騁鄉野上的豪傑英雄們，師老兵疲、難有突破之際，註定要逐漸消亡。《狂風沙》是司馬中原個人事業的高峰，但也凸現了這一型文學的困境。當關東山曾誓死捍衛的土地，爲狐鬼幽靈所充斥；當往日的「神」話，變成了「鬼」話，司馬中原的鄉土小說，已悄悄的進入另一階段。

二

朱西寧是五、六〇年代，與司馬中原同享盛名的懷鄉作家。朱與司馬的背景頗有相似之處。二人都是少年投筆從戎，輾轉四方。大陸淪陷後，隨軍遷臺，並開始筆耕。兩人皆以反共懷鄉式作品，獲得文名；以後又相繼「投戎從筆」，成為職業作家。朱與司馬在文學創作上的切磋往還，尤可傳為佳話。司馬在《狂風沙》的後記中，特別提及朱的鼓勵之功；而司馬介紹朱西寧的長文〈試論朱西寧〉見解獨到，已是今天任何研究朱西寧創作者，不可或缺的資料。

朱西寧與司馬中原早期的鄉土作品，亦時有互相輝映處。司馬寫蘇淮，朱西寧寫齊魯。兩人都將感時憂國之情，寄託於故鄉廣大的土地，還有世代生於斯逝於斯的農民上。朱筆下的原鄉風土人物，精彩處毫不遜於司馬。但兩位作家敍事取材的方式，則頗有不同；他們為懷鄉文學所闢的兩種出路，更是耐人尋味。司馬中原深得傳統說話人的三昧，風格世故奔放，而朱則顯得緊湊內斂得多。司馬關心歷史動盪所顯露的道德內涵，以及草莽英雄效命家國的能力與局限。朱同樣有興趣探討歷史與道德情境相互消長的現象，所異於司馬者，他並不強求此兩命題的必然邏輯性，而將其間的齟齬，提昇到另一宗教層次。相對於司馬的英雄主義，朱在描寫人，尤其是普通人的欲與悔、罪與贖，最見功夫。如果說司馬中原力於古典演義小說的薰陶，朱西寧則勝在對心理寫實主義的試煉。但有鑑於兩者皆在鄉土之上，點染明白的神話色彩——無論是政治的還是宗教的神話，他們的作品竟又顯出殊途同歸的傾向。

朱西寧早期的作品，以短篇小說爲主，分別收於《火炬的愛》、《狼》、《鐵漿》及《破曉時分》四個選集。以（鄉土）題材的連貫性及敍述手法的細膩性而言，《鐵漿》無疑是最受矚目的作品。此處所論，以《鐵漿》（一九六三）爲主，再旁及其他。《鐵漿》共包含九個短篇，皆以鄉土人情世路爲背景，舖陳一個農業社會在鉅變前夕的百態。像〈鎖殼門〉寫家族內因爭產而生的世仇，〈出殃〉寫大戶人家裡不明不白的死亡事件，〈賊〉寫農村捉賊鬧劇所暗藏的道德及經濟危機，皆是佳例。當然，〈鐵漿〉描述仕紳爭奪官鹽專賣權所釀的悲劇，仍是選集中最膾炙人口的作品。朱對卑微人物，不論善惡，都常保一份悲憫之情。這一人道主義的精神，使他與三、四○年代鄉土作家的風格，時有相通之處。但朱的關懷，較少出於對階級或經濟剝削的義憤，而主要源自他對人性曖昧無常的感喟。朱也許欠缺前輩如吳組湘、艾蕪、沙汀等人的革命意識，但他在揭發農村各階層的醜陋面時，實較前人更具包容自省的精神。

先以最具寓言趣味的〈餘燼〉爲例。小說裡的兄弟，一瘸一瞎，平日相依爲命，倒也無事，但一場大火，燒出兩人的貪念。爲了獨吞餘燼中僅餘的財物，這一對兄弟爾虞我詐，各懷鬼胎。反諷的是，兩人行路認物，誰又離不開誰。小說最後以瘸子故佈投河自盡的疑陣，套出瞎子的心事作結。很顯然的，兩人你死我活的好戲，還在後頭。藉著這一辛辣的鬧劇，朱不只點出「人爲財死」的古訓而已。他更諷刺在非常的狀況下，人的私欲如何蒙蔽了最起碼的自知之明。瘸子無腿力，瞎子缺眼界。自相殘殺的下場，不言可喩。〈鎖殼門〉也是一個（堂）兄弟鬩牆的故事。爲了爭奪田產，原就不睦的各房兄弟勾心鬥角，甚至兵刃相見。血債必得血償，復讎的火焰難保就不再反噬。朱西寧寫設計殺人的亡命天涯，追捕仇人的四海緝兇，兩者的命運竟何其相似！小說的後半段裡，元兇與苦主居然重又相逢。只是二十年歲月一晃已過，當年奸詐的兇手已是又瘋又殘，何勞刑罰加身？而唾棄虐待他最甚的，不是別人，正是自己拋棄的兒子。朱似乎要說一個善惡有報的故事。但換個角度看，這篇小說討論善惡互爲「條件」、共相始終的可能，實已遠超出一般道德是非題的局限。也因此，小說所強調的寬恕主題，也不再是基於以「德」報「怨」式的施惠姿勢，而是一種更謙卑的，推己及人的救贖精神。

朱西寧對人性脆弱面的省察，並不止於以上可辨識的道德問題。〈新墳〉裡的能爺一心自學醫術，以求濟世救人。可惜他技遜一籌，以家人爲實驗品，竟每每藥到命除。能爺喪妻喪子之餘，仍不罷休，他最後的一個兒子將成爲他孤注一擲的本錢了。這篇小說排除了〈餘燼〉及〈鎖殼門〉的二元式是非對立結構，專寫能爺自我價值的掙扎。我們讀罷不禁要問究竟能爺一心學醫，是執迷不悟，還是存在主義式的擇善（或荒謬？）固執？另一篇小說〈紅燈籠〉就此更進一步。朱西寧以童稚第一人稱的眼光，看成人世界的乖離無常。小說敍述者的老舅因意外而罹恐水症，癒後忌諱蕎麥。但某日因搶救溺水小童，老舅竟誤觸水旁蕎麥。故事自此急轉直下。敍述者隨父載著老舅急尋名醫，卻屢屢延宕。最後藥將準備好，老舅已是奄奄一息。就在家人使盡力氣，強要掰開老舅僵直的嘴灌進藥時，我們敏感的敍述者再也不能忍受這一非人的急救行爲，憤而把捧在手中一碗救命的湯藥，摔個粉碎。

朱西寧擅自童稚或淸純的眼光，看人生無常的痛苦、突來的凶險。〈捶帖〉、〈狼〉、〈破曉時分〉皆是佳例。〈紅燈籠〉裡老舅的遭遇，是宿命，還是非命？名醫雖能妙手回春，卻擁秘方自重，終於耽誤人命，是善，是惡？我們的敍述者能救而竟不救老舅，是大不仁，還是大不忍？〈紅燈籠〉藉一則悽愴的童年故事，探問人生存的不同條件。以上所論的種種兩難，在敍述者憤而擲藥的剎那，盡皆鋪灑在我們的眼前。全作剎然而止，留給讀者無限低徊餘地。

柯慶明教授論《鐵漿》一書，謂其充滿了「血性人物」與「命定環境」抗爭的悲劇氣息（註六）。朱寫得最動人的角色，是一群對命運不服氣而又莫可奈何者。柯一語道破朱西寧對生命僵局的感觸，然而他未及細剖在此僵局「之後」的朱西寧，又將如何？我們都還記得，司馬中原的小說，也不乏人與環境對峙的場面。對於司馬而言，這類抗爭對峙只有更滌淸是非善惡的分野。《荒原》中的歪胡癩兒及《狂風沙》中的關東山，都是在極度困厄艱險中，重新煥發其英雄的德性。朱西寧顯然懷疑此一論式。他小說中的僵局，混淆而非釐淸人的道德視野及自我反省能力。險惡閉塞的鄉野環境、禍福不由人的生命顚仆，只有更襯托人癡嗔貪怨的我執，以及人性的渺小脆弱。朱的角色如果感動我們，應是在於他們「不能」達到一種悲劇英雄的自我超拔境界。於此，朱可有應對之道？

我以爲朱西寧堅實的基督教信仰，應是他打通筆下人與命運僵局的重要關目。朱的宗教基礎，來自家庭傳統。如他自述，「他是他的大家族中第三代第十九位基督徒」（註七）。當人與環境的抗爭達於極限時，世俗道德的認知已難詮釋「命運」的力量。對朱而言，唯有通過宗教啓悟的方式，我們方能成就一種迥然不同的生命體驗。但朱西寧早期的作品並不直接傳達此一意旨，而是以迂迴的形式提出各種生命困境的「謎面」，供讀者尋思。我必須承認，這些作爲「謎面」的小說，遠比朱另一組揭露其宗教「謎底」的小說，要來得精緻動人。但朱如果沒有堅實的信仰作後盾，恐怕也難面對這許多懾人心魄的題材吧？

在此最好的例子應是〈鐵漿〉。這篇小說講孟昭有、沈長發兩個鄉紳互爭官鹽專賣權的故事。孟、沈兩家素有世仇，到了他們一輩，更不相讓。爲爭鹽權，一場血腥的競爭，於焉展開。孟、沈皆有江湖氣，他們以自己的身體，作爲賭注。連番刺腿、割指的比試後，孟終於使出撒手鐧，他喝下了沸騰的煉鐵融漿，以生命的代價，贏得競爭。而斯時鐵路已開，所謂鹽權，迅因交通大便而無足輕重。我們最後看到孟不爭氣的兒子蕩盡家業後，某年雪夜倒斃破廟中。

誠如批評者指出，這篇小說生動刻畫了一個歷史轉捩的時刻。工業文明（火車）的侵入，經濟模式的改變，在在使〈鐵漿〉中的農業小鎮，惶懍不安（註八）。孟昭有飲盡鐵漿，慷慨赴死。他的血性令人驚詫，但他犧牲的目的，何以在忒短時間內，竟成徒然！朱西寧寫人的障蔽，時間的反諷，有無限感慨。然而越過此一浮面感慨，他對人性中神、魔一體二面的衝突，更有不能已於言者的省察（或迷惑？）。孟昭有以血肉之軀，迎向生命最恐怖的挑戰，已跡近一種宗教殉身行爲。但何以他的超越，正是一種墮落？從宗教的角度看，孟昭有贏得了一時，失去了永恒。但從人本的角度看，孟的舉動不論如何荒謬無償，畢竟代表了「盡其在我」的奮力一搏。徘徊此二境界間，朱的故事創造了相當大的迴旋空間，供我們這些凡夫俗子，慢慢辯證。

從〈鐵漿〉過度到具有明白宗教企圖心的《旱魃》之前，朱西寧的〈狼〉值得一提。〈狼〉寫農家怨婦誘長工不成，因羞成怒的故事，架構極似《水滸》翠屏山一類情節。朱安排了一個年幼孤兒的天真觀點，來看成人世界的情欲糾紛，是一妙著。我們的孤兒寄養怨婦（其嬸母）籬下，受盡虐待。但這篇小說沒有「翠屏山」式石秀殺嫂，大懲奸淫的結局。恰相反的，當嬸母偷人的東窗事發後，石秀型的長工寬恕了她，僅責其善待養子。朱西寧藉此闡明了人的救贖，全繫於愛恨一念之間。心中之「狼」祛除，我們乃得以和平關愛之心，稍補世間缺憾（註九）。比起〈鐵漿〉的游移曖昧，〈狼〉自然顯出朱西寧苦口婆心的一面。

朱西寧鄉土小說的宗教啓悟主題，因長篇小說《旱魃》（一九七〇）而達於高潮。「旱魃」出於華北鄉間迷信。傳說荒旱之年，厲鬼常藉新死之人屍身，爲虐鄉里。驅除旱魃，乃成受災農村常見的儀式。但《旱魃》一書的目的，不只是重新紀錄農村荒年時分的種種慘狀愚行，而是要藉其點出一種宗教（基督教）考驗的契機。小說的主人翁秋香自幼賣身雜耍戲班，走南闖北、賣藝餬口。秋香原以爲命定飄蕩四方，不想於某鄉賣藝，巧遇惡霸唐重生（小爺），竟牽出一段奇巧的姻緣。唐橫行鄉里，性好漁色。但自遇秋香，百煉鋼居然化爲繞指柔，成就爲美滿夫妻。惟唐宿孽太多，一次因妒槍殺往日情婦後，遭魔纏身，藥石罔效，群醫束手。最後夫妻經地方一金長老點撥，皈依基督，唐的病乃不藥而癒。兩人經此一變，而有徹悟，因散盡所囤不義之財，另謀生路。

《旱魃》至此，無非講的是機緣故事。秋香的婚姻是三生石上註定，而她與夫婿雙雙歸主，也似冥冥中的安排。朱西寧敍述這對匹夫匹婦的種種遭遇巧合，頗有話本小說的趣味，（唐伯虎點秋香的典故，確曾數度被提及，）但他眞正的問題是，秋香的宗教體驗，可曾就此打住？就在夫婦兩人拋棄舊我，力行新生時，唐突遭暗算而亡。秋香哀痛之餘，不免對信仰起疑。其時天旱不雨，村人鼓譟，疑秋香亡夫已遭旱魃附身，而金長老又來提親，勸其改嫁。秋香將何去何從？

作爲心理寫實小說而言，《旱魃》的精采處是全書的大部分情節，都是由秋香的回憶中衍生。一個原似俗不可耐的故事，因此安排而顯得機鋒處處。秋香是個平凡的女人，她必須以有限的智慧資源，辯證、理解所受的痛苦。爲何夫婦歸主後，仍遭大劫？爲何亡夫的死，不出自以往恩仇，反出自意外？爲何自己一心守節，恩人金長老卻勸人再嫁？尤不可解的是，爲何丈夫已死，村人竟稱其爲旱魃所附，強要開棺驗屍？小說於秋香悲痛無奈，一任村人掘墳開棺，而達高潮。

恰如〈鐵漿〉中孟昭有飲鐵漿而亡一景相似，朱西寧以開棺一景，再次揭露人性內神魔糾纏的凶險。唐重生的棺木撬開後，我們在陣陣屍臭間，但見枯髮白骨。所謂旱魃之說，因此不攻自破。但對於秋香而言，昔日良人英偉豪壯的形象，竟已化爲塵泥惡臭，眞是情何以堪！朱西寧顯然認爲，這開棺的一刻，是秋香生命最大的危機，也是最大的轉機。惟有參破了有形生命的醜陋與消亡面，還有人與神恩有限的交易心態，她乃能成就更清朗的神性觀照。不只此也，小說最後的救贖意義，竟落在那昔日叱咤一時，如今枯骨一地的唐重生身上。他巧遇秋香，散盡家財，皈依基督，只是救贖的前奏，一直要到他身後曝屍示衆，弭平旱魃之說，他的神性才眞正超越了他的魔性；他的謙卑與寬恕，才眞正「默默的」、無條件的表達出來。

朱西寧的《旱魃》因此輝映五四期間，亦以寫宗教啓悟而知名的作家——許地山的作品，如〈商人婦〉、〈玉官〉等。許亦喜自女性的角度，探尋基督教義；亦極力申明所謂神蹟，實存於「沒有」神蹟中。許、朱兩人將基督教義中國化、通俗化的努力，尤值有心人細細研究（註十）。但我所關心的是，作爲一鄉土小說家，朱西寧這樣積極的宗教態度，有何文學史意義？如前所述，司馬中原力圖在故鄉的視野中，建立一復國建國的政治神話。當他激越的英雄主義愈益膨脹時，也正是故鄉現實形象逐漸模糊之際。朱西寧當然也是忠誠的愛國者，但他對宗教的向心力，引導他在鄉土上探求神恩救贖的各種可能。他的嘗試，始於像《鐵漿》這樣的選集，而以《旱魃》成就最大。儘管朱與司馬題材風格不同，他們卻分別由個人鄉土小說中，召喚出一政治的或宗教的天啓意義。弔詭的是，這一天啓層次顯現兩人的特色，也形成他們鄉土寫作的負擔。

朱西寧的《旱魃》於一九七〇年出版時，臺灣本地作家的鄉土運動已是風起雲湧。對司馬及朱而言，離鄉已經二十年了，他們要如何說服下一代的讀者，「眞正」的故鄉是在海峽彼岸，是在《荒原》與《旱魃》所呈現那樣的世界中？當金水嬸、青番公、罔市與阿土已嶄露頭角，我們的大轂轆兒、瘸大爺、刁小敗壞、張二花鞋等人物，只有漸行漸遠。原鄉的感觸，本起自時空的流轉，也必歸於歷史的滌蕩。由是觀之，我們要說司馬的英雄建國神話，朱的宗教啓悟寓言，原是因應歷史情境而生，卻有意無意間，轉化成他們抵擋時間，超越歷史的托喻方法，爲他們心目中的鄉土，找尋安身立命之基。然而俱往矣。從《荒原》到《旱魃》，司馬中原與朱西寧爲臺灣五、六〇年代鄉土小說的起落，留下見證。兩人七〇年代後雖仍創作不絕，他們在文學史上的意義，應是在王禎和、黃春明崛起之際，已然確立。

但在九〇年代的今天重審司馬及朱的作品，我們卻又發現一層新的歷史反諷。像《狂風沙》、《鐵漿》般的作品，也許不再得見於臺灣文壇，倒是八〇年代大陸的尋根作家，從鄭萬隆到賈平凹，從莫言到劉恒，重新點染了朱及司馬曾魂縈夢繫的那片土地。從「統一」版的中國文學史角度來看，朱及司馬的作品彌補了大陸五、六〇年代鄉土想像的空白，實爲尋根作家亟應尋回的海外根源之一。這當然又是另一個頗值注意的文學話題了。

註：

一　齊邦媛〈震撼山野的哀痛——司馬中原的《荒原》〉，《千年之淚》（臺北：爾雅，一九九〇），七五～八八頁。

二　夏志清，〈端木蕻良的《科爾沁旗的草原》〉，《夏志清文學評論集》（臺北：聯合文學，一九八七），一五七頁。

三　高全之〈司馬中原的英雄衰亡與昇揚〉，收於李瑞騰編《中華現代文學大系評論卷一》（臺北：九歌，一九八九），三二六頁；亦見齊邦媛〈抬轎走出「狂風沙」〉，《千年之淚》，九六頁。

四　高全之〈司馬中原的英雄衰亡與昇揚〉，三四五頁。

五　同上。

六　柯慶明〈論朱西寧的鐵漿〉，收於朱西寧《鐵漿》附錄（臺北：三三，一九八九），二四六頁。

七　朱西寧〈小傳〉，《朱西寧自選集》（臺北：黎明，一九七五），一頁。

八　Cyril Birch, "The Image of Suffering in Taiwan Fiction", *Chinese Fiction from Taiwan: Critical Perspectives*, ed. Jeannette Faurot (Bloomington: Indiana UP; 1980), pp. 72～74.

九　參考司馬中原〈試論朱西寧〉，收於朱西寧《狼》附錄（臺北：三三，一九八九），二七七～二八〇頁。

十　參見 Lewis S. Robinson（路易士•羅賓遜）〈二十世紀中國小說家眼中的基督教〉，黃瀞萱譯，收於輔仁大學外語學院編《文學與宗教》（臺北：時報文化，一九八七），三四三～三九〇頁。

【輯四】女聲殿堂

女性主義文學批評已成近年學術研究的重鎮之一。在現代中國小說的領域裡，可見的成績卻似乎仍然有限，而當代的作家又比早期的作家更多受青睞。其實五四到三、四〇年代的女性作家人數並不算少，她們所觸及的問題，其前衛深入處，並不亞於後之來者。至於女性角色的塑造，雖說男女作家皆得以為之，但從中而起的性「別」之爭，妳來我往，仍輒有可觀。

本輯四篇文章裡，〈被遺忘的繆思〉嘗試重畫五四到三、四〇年代女作家群像。我以為冰心、蕭紅、丁玲、張愛玲已卓具名聲，但在她們之外，仍有數十名女作家曾致力筆耕，成就絕不容忽視。全文意在作初步的整理，點到為止。細膩的研究，有待繼續。〈作母親，也要作女人〉以類似筆法，回溯母親角色在現代小說中如何轉變。女作家寫母親，男作家也寫母親，在對母性歌之頌之的同時，我們往往忽略了母性與女性間的關係與張力。全文更以巴金小說〈第二的母親〉作結，提出「男性」的母親之疑，以求引生更多對話。

丁玲是大陸左翼女性文學研究的祖師奶奶，其人其作雖常有名實不符之處，亦不乏深刻緊俏的篇章。〈作了女人真倒楣？〉

細讀丁玲數度引起爭議的「愛國」作品，〈我在霞村的時候〉，凸顯她折衝於國家與身體、男性與女性、革命與女權間的種種兩難。丁玲日後爲何遭受非難，自此作已可見端倪。張愛玲則是港台女性文學研究的祖師奶奶。本輯中的文字僅對張腔、張迷，及張學的發展再作定義。錦上添花，但無礙我們多識其人的魅力。

本書其實尚有數篇論文與女性主義批判有關，如輯一的〈蓮漪表妹〉、輯二的〈寓教於惡〉、〈華麗的世紀末〉等，皆可資參照。

被遺忘的繆思

——五四及三、四〇年代女作家鈎沉錄

女性主義批評是近二十年來西方文學界的盛事之一。流風所及，不少研究現代中國文學的中西學者也紛紛披掛上陣，幾年之間，倒也打下一片江山。邇來的文學會議上若不談女性的自我意識或性覺醒，外加女性的身體政治／政治身體，難免要遭到男性沙豬主義之譏。這樣的現象，尤以在國外爲然。然而令我不能無惑的是，儘管女性主義學者的口號術語喊得震天價響，在重塑現代中國女性文學譜系方面的努力，成績竟十分有限。

我們只要看看近年發表的學術論述，就不難發現對一九四九年前的女性文學研究，多不脫丁玲、張愛玲、蕭紅等範圍。尤其丁玲與張愛玲兩位女士，一因其生命傳奇，一因其風華文采，早已爲迷哥迷姊們捧爲絕代雙「玲」。夾在這響叮噹的「玲」聲中，蕭紅研究已顯遜色，冰心、凌叔華的芳名則海外尋常少見，至於其他從五四到四九年代的女作家，就更難得女性主義者的青睞了。

女性主義批評的重點之一，就是在以男性爲中心的文學史外，重新發掘一屬於女作家的傳統，並從中界定不同的美學及思維典範。從這個觀點來看，丁玲與張愛玲的成就算不上是新發現。早在女性主義批評出現前，她們已在主流（男性中心？）文學史上有一席之地。女性主義者對她們作品的深耕細耘，善則善矣，畢竟是錦上添花之舉。而在急急膜拜少數經典作家的同時，女性主義者已自建立了她們的「中心」——或是盲點。女性批評原爲顚頡男性「中心」主義而起，曾幾何時，此一邊緣打倒中央的策略，竟成爲一新的霸權聲音。這究竟是惰性使然，還是歷史的反諷？

綜觀大陸、台港及西方對早期現代中國女作家的研究，除丁玲、張愛玲外，蕭紅與冰心亦小有基礎。前者於七〇年代由美籍學者葛浩文熱情推薦後，枯木逢春，一路紅回中國。後者爲五四遺姥，得耳聾目衰之利，成了大陸學界樂於供養的乖乖牌。既然這四位作家已然受到程度不同的重視，下文就要將她們略過不表。我所願介紹的是五四與三、四〇年代間，許多致力創作、而今乏人問津的女作家。一一數來，這些女作家爲數還眞不少。她們的受到冷落，與方興未艾的女性主義批評，形成強烈諷刺。作爲男性評者，我的介紹也許要遭到越俎代庖之譏。但愛國不分男女呢，爲了支持女性主義，還顧得了防閑小節麼？

一

女作家的聲音，在新文學草萊初闢的階段，已經不容忽視。不少大陸版的文學史在討論往往獨厚冰心（一九〇〇—）一人，其實並不公平。冰姥的作品誠謹敦厚、溫婉可人，在彼時男作家殺伐批判聲中，的確獨樹一幟。但與冰心同期，還有不少女作家孜孜創作。她們的作品也許不如冰心的「可愛」，但她們所發抒的感情或所揭櫫的理念，其激進處，在在要引人側目。

以陳衡哲（一八九三～一九七六）來說吧。我們今天談論五四小說創作，多以魯迅的〈狂人日記〉（一九一八）爲鼻祖。事實上，早於〈狂人日記〉前一年，陳已寫下了〈一日〉。這篇小說爲陳留美時所作，發表於《留美學生季報》。小說以印象速寫方式，穿插、剪接一群美國大學女生一日生活的點滴。筆觸也許稚嫩，但陳白描人物、刻畫情緒的方式，在以往小說敘述上，得未曾有。但陳更值得注意的作品是〈洛綺思的問題〉。這篇小說寫女性在事業與愛情間的痛苦抉擇，是日後新女性意識小說的濫觴之一。故事中的洛綺思爲了學術前程，放棄婚姻。但多年後眼見昔日的追逐者已兒女繞膝，事業有成卻孑然一身的洛綺思也不能無所感慨了。小說以洛與自己夢中的「鬼」對話達於高潮。這一對話依稀有著浮士德與魔鬼打交道的影子，以最戲劇性的方式，剖陳了女性開創生命新境界的欲望與猶疑。陳衡哲的作品不多，但其作爲現代女性小說肇始者的地位，不容置疑。

馮沅君（一九〇〇～一九七四）與林徽音（一九〇三～一九五五）是另外兩位作品雖

少，但影響深遠的作家。憑著有《卷葹》、《春痕》、《劫灰》等短篇小說集。她的作品浪漫幽深，對五四新女性無從寄託的性愛意識，時有動人之筆。像〈隔絕〉、〈旅行〉等作中，女主人翁對自由戀愛的嚮往、對嘗試禁果的靦腆、對家庭壓力的絕望，無不讓我們深深感喟五四女子在感情的禁忌與解放間，求全的不易。林徽音曾負笈英美，她的創作顯然有更明顯的西學影響痕跡，如〈九十九度中〉，以蒙太奇式的速寫筆法，迅速堆砌、轉換一場人間喜事的衆生相，而嘲諷之情，盡在其中。談論中國寫實小說的立體空間意識，此作堪爲佳例。又如〈窘〉，寫知識分子微近中年而家業無著的蒼茫之情，絲絲入扣，俱見作者觀察世路人情的功力。

但我以爲五四後期最値得注意的女作家，應屬下列四人：凌叔華（一九〇〇～一九九〇）、廬隱（一八九八～一九三四）、蘇雪林（一八九九—）、石評梅（一九〇二～一九二八）。比較起來，凌叔華的成就較爲我們熟知。這位擅寫「高門巨族的精魄」的女作家出身仕宦門第，作品也深深透露典雅雍容的古韻。但凌精緻纖巧的故事中，每每透露著反諷嘲訕的機鋒。她寫待嫁深閨的老式小姐，蹉跎青春的新派女性，百無聊賴的婚姻生活，閑閑數筆，即能道出許多不能已於言者的人間尷尬感情。她的題材以及筆觸因形成一種微妙張力，値得細細研究。凌的作品已由書目家秦賢次蒐集在台出版；她作於五〇年代的英文自傳小說《古韻》亦已迻譯爲中文。對關心凌叔華其人其作的讀者，無疑方便甚多。

與凌叔華恰恰相反，盧隱的作品以纏綿奔放見長。在抒發女性抑鬱的深情、困蹇的處境方面，盧隱比諸今天的許多女作家並不遑多讓。〈或人的悲哀〉或〈麗石的日記〉中都凸顯了一位上下尋覓愛情意義的女性角色。這些角色渴盼突破生命的苦繭，但卻都嘗到事倍功半之苦。她們或以倔傲的面貌、或以遊戲的姿態行走江湖，但難掩心底的焦慮與栖遑。盧隱的《海濱故人》野心更大。該作以五個女子的聚散離合爲經，以她們的感情顛仆爲緯，娓娓敍述女性種種不由己意的遭遇，以及常存她們之間的情誼。論者每以此作冗長枝蔓、感傷濫情。我卻覺得《海濱故人》正是以其恣肆的憂傷、綿延的情景，凌駕彼時男性作家的作品。

盧隱也在部分作品中，探觸女性同性戀的主題。男性主導的世界既是如此荒蕪涼薄，女性之間感情牽引成了重要寄託。這樣的同性關係或鮮見肉體愛欲表現，但其纏綿曲折處，絕不在男女間的羅曼史之下。〈麗石的日記〉及《海濱故人》均就此有所發揮。而在眞實生活中，盧隱與另一女作家石評梅生死不渝的感情，無疑印證了她小說中的愛情觀。盧的長篇《象牙戒指》即爲悼石而作。盧隱的際遇與作品，原應爲女性主義者大書特書的例子。但截至目前，我們並未聽到太多的回響。

蘇雪林是又一位碩果僅存的五四輩女作家。她的生命多采多姿，由留學到成婚、由皈依宗教到與魯迅論爭、由小說創作到學術研究，早成爲一現代知識女性的傳奇。蘇的著作甚豐，自傳性的長篇小說《棘心》成於一九二八年，是現代中國長篇小說早期佳作之一。《棘心》

寫少女醒秋成長、求（留）學、成婚的心路歷程。風格雖平鋪直敍，筆鋒盡處，自有誠摯無華之姿。這本小說也是最早有關留學生域外生活的實錄之一。順著醒秋羈旅異鄉的經驗，蘇雪林探討斯時女性尋愛的四種可能：母女之愛、男女之愛、故國之愛及皈依天主之愛。小說在這些不同的愛相互徵逐間進行，此起彼落、消長滌盪，至終卷仍未有定局。而全書的魅力亦由此煥生。蘇的學術成就，早經認定，她早年的創作成果，卻猶待有心人詳細估量。蘇與女作家袁昌英（一八九四～一九七三）的友誼，亦頗可傳爲佳話。袁逝世後的文集編纂，即由蘇在台爲之進行出版。

石評梅在一般文學史中，少見經傳。她短短二十六年的生命中，遭遇坎坷，而猶筆耕不輟；她與廬隱相知相扶持的經過，尤其感人。石的創作量有限，但題材常見新意。短篇〈棄婦〉對五四男性知識分子動輒以志趣不合、捨棄糟糠之舉，有一針見血的控訴；〈玉薇〉及〈露沙〉中對女性間的同性友誼，則充滿深切嚮往。又如《林楠的日記》等作，檢視新文化裡換湯不換藥的男尊女卑觀念，激憤困惑之情，躍然紙上。特別值得注意的是石逝前一年所作的〈匹馬嘶風錄〉。這篇小說寫一天涯飄泊的女性，如何在亂世中覓得愛侶，又如何爲了國事，放棄了一己私情。這對情侶月夜餞別的一景，不啻是早期政治小說的經典場面之一。爾後男方被捕、從容就義，而我們的女主角強忍憤愾，兀自獨立蒼茫。此作多少帶有石評梅自說身世的意味；她與共黨分子高君宇的戀愛，即頗富悲情意味。二十年代寫「革命加戀愛」

的作家中，石評梅應是女性的佼佼者。彼時的丁玲，還在呢喃著莎菲語錄呢。

二

丁玲（一九〇四～一九八六）在一九二七年十二月及二八年二月分別發表了〈夢珂〉及〈莎菲女士的日記〉。這兩篇作品以其大膽的感情告白及頹廢的人物造型，短期之內，造就了她的文名。三〇年代初，丁玲與同居人胡也頻涉入左翼陣營，未幾因胡於「五烈士」事件罹難而成新聞人物。一度丁本人亦謠傳爲國民黨所害。一九三六年，丁玲又神祕出現於陝北，搖身一變，成了革命女傑。爾後的二十年，丁玲一再捲入政爭整風間；她桀驁的形象與她日趨教條化的作品，使她同時成爲左翼作家的正面及反面樣板。丁玲自五〇年代後期遭整肅下放後，湮沒無聞，文革末期又奇蹟式的重現江湖。老太太不凡的際遇與韌性，一時成爲海內外女性主義者歌之頌之的對象。

丁玲的集衆愛於一身，固是良有以也。但過分吹捧她的成就，容易讓我們忘了與丁玲同時還有不少姊妹們，也曾用筆紀錄她們的因緣際會。若論革命激情，丁的同鄉謝冰瑩（一九〇六—）就足以與之抗衡。謝早年與成仿吾、陳天華共被譽爲「新化三才子」。這位女才子後來果然要驚動鄉里。她反抗家庭安排的婚姻不說，更曾於一九二六年加入了革命軍北伐的隊伍，轉戰東西。這段期間她寫成《從軍日記》，以女性的觀點，述說戎馬倥傯、征戍四方的苦樂，豪放中見柔情，一時轟動文壇。謝以閨閣之軀，廁身行伍，她這亦男亦女的寫作姿態，本身已極富女性主義的辯證色彩。謝日後在北京發起北方「左聯」，又曾赴東瀛深造，參與愛國運動。折衝在文學與政治間，她所代表的激進意義，何曾下於丁玲？

丁玲的另一位女同鄉白薇（一八九四～一九八七）亦頗值得一提。這位女士早年也受制於不愉快的婚姻，也有不甘雌伏一生的決心。她排除萬難、東渡日本留學，亦由此展開創作生涯。與丁玲〈莎菲女士的日記〉同年發表的《炸彈與征鳥》，就是一部白薇現身說法的小說。「炸彈」與「征鳥」指的是兩個知識女性的外號及特徵。「炸彈」人如其名，以其豐沛的爆破力，闖蕩社會，奮力爲自己的前程打通出路。相形之下，「征鳥」則逆來順受，幾爲傳統制度所吞噬。但當「征鳥」遇上「炸彈」後，也深爲後者的衝勁所啓發，因誓言要以鍥而不捨的精神，尋求幸福。

但白薇不是天眞的女性主義者。她深知女性的烏托邦未來必以血淚築成，而且步步皆是危機。短篇〈跳閘記〉就道盡了她的艱苦：「跳，我一闗一闗的跳，跳出個什麼來？」女性就像盆中的魚，「你跳，愛跳，跳吧！跳出盆外或池外，是沒有水的乾地，硬岸，或荆棘、枯草，算不定有貓兒、獺兒，等著要捕而吞噬你！」情況如是險惡，白薇及她筆下的女性還是選擇了「跳呵，跳」。她們的行動，已具有悲劇的向度。而白薇三〇年代中期的自傳作品，正是以《悲劇生涯》爲名。此書的序措辭之激烈，足可爲當前的女性主義評者覆案：「在這個老朽將死的社會裡，男性中心色彩還濃厚的萬惡社會中，女性是沒有眞相的。什麼眞相、假相，假到犧牲了女子的一切的各色各相，全由社會、環境、男人、獎譽、毀謗或謠傳去決定她們！」

丁玲、謝冰瑩以次，我們也看到一批女性作家曾投身政治，誓求從無產階級解放運動裡，找尋女性解放之途。一九三一年「五烈士」事件中唯一女性受難者馮鏗（一九〇七～一九三一），就是一個例子。另外彭慧（一九〇七～一九六八）及陳學昭（一九〇六—）的經歷，也足資參照。談到文名，則以草明（一九一三—）、葛琴（一九〇七—）較勝一籌。這兩位左翼女將，根正苗紅，筆下的作品，也饒富意識型態機鋒。葛琴善寫農村的凋零痛苦，而草明多以工業界的勞工問題爲素材。葛琴的《總退卻》曾經魯迅品題，而作者也多少發揮了斯時批判現實主義的特徵；草明的作品則還要粗糙得多。惟後者四〇年代後期的中篇《原動力》，描寫東北鏡泊湖水電廠工人「當家作主」的鬥爭過程，號稱爲「親身體驗」的成果。此與丁玲爲寫《太陽照在桑乾河上》而下鄉勞動，有異曲同工之妙；兩者皆爲毛的延安文藝談話後，第一批小說「勞動美學」實踐者。

九一八事變後，不少東北青年作家流亡關內。白山黑水，恨不能歸。(她)他們乃用筆銘刻下故園情懷，兼一抒感時憂國的塊壘。這群作家中，初以蕭紅、蕭軍最受重視。蕭軍的

《八月的鄉村》寫盡抗日兒女的萬丈豪情，但在蕭紅的作品中，我們才見證了東北籍作家對故鄉、對國是最精緻動人的描繪。蕭紅（一九一一～一九四二）有極浪漫艱難的一生。她與蕭軍及端木蕻良的戀史，至今膾炙人口。三、四〇年代間，她以《生死場》、《呼蘭河傳》等作奠定文名。但隨著她的不幸早逝，蕭紅之名也逐漸淡出文學史。七〇年代葛浩文(Howard Goldblatt) 重新肯定她的成就，十年之間，她又成為女性文學研究者的新寵。

三、四〇年代活躍文壇的東北女作家其實不只蕭紅一人。白朗（一九一二—）及下節將提到的梅娘（一九二一—）也都有佳作行世。白朗的《伊瓦魯河畔》收有小說七篇。其中四篇記敍滿洲國治下，東北人民所受的蹂躪，以及抗日分子的奉獻犧牲。筆鋒雄健，是標準的抗議文學作品。我較看好的，反是她在宣傳愛國主義之餘，對女性自身問題所流露的關切。小說集中的另三篇，〈探望〉、〈女人的刑罰〉、〈珍貴的紀念〉，以三部曲形式寫一對從事革命的夫妻，如何在家庭與政治間取捨，如何在萬難中經歷了生產的痛苦及短暫歡愉，又如何在數月後喪失了孩子。白朗描繪為人妻為人母的點滴，固然討好，但她對女性身體在生產及政治、家庭活動中所受的摧折，尤其有令人驚心動魄的告白。她在三〇年代中期的中篇《四年間》對此一主題續有發揮。該作寫女性對生產的恐懼，對養育子女患得患失的焦慮，早已超出母愛文學的窠臼，直搗「女性」與「母性」二者間，糾纏不清的愛恨關係。

山東籍的女作家沈櫻（一九〇七～一九八八）其實與丁玲、白薇等同時出道，惟在三〇年代中期才建立文名。沈櫻本人雖也有不凡的政治際遇（一九二五年曾入共黨的上海大學），但反映在作品中的，則多半是男女關係的素描。婚姻的蕭索，苦戀的無償，都是她擅長的題材。像是〈喜筵之後〉，以一場別人的喜宴挑出夫妻的冷漠關係，以及妻子常久壓的浪漫情愫；又像〈嫵君〉，寫即將與愛人殉情的少女，久候情郎不至的尷尬，皆可見沈櫻冷冽的嘲弄技巧。沈櫻的才情風格，約在凌叔華與白朗之間，又是極有訓練的翻譯者。她四九年後遷台，晚年客居美國以迄逝世。一位早期女作家就如此爲文學史所忽略了。

三〇年代與蕭紅同時崛起的，尙有羅淑（一九〇三～一九三八），又一位英年早逝的作家。羅淑的作品不多，但已可見她關懷土地、悲憫人生的胸襟。她的作品以故鄉四川的農村爲背景，每有極精警的描述。最爲評者傳頌的〈生人妻〉就是寫農民貧極典妻的悲慘境遇。這類題材，男性作家已有前例在先（如柔石〈爲奴隸的母親〉），但羅淑寫來，仍有個人特色。她不事渲染社會不義，而以農民夫妻欲斷未斷的恩情，反映生命的絕境。如果羅淑能有更多的作品問世，她的成績不會讓蕭紅專美於前。

三

從今天的眼光來看，四〇年代是張愛玲（一九一七—）的時代。張華麗蒼涼的故事，驚世駭俗的言行，彷彿爲那悸動不安、急速墮落的戰爭中及戰後社會，作了最佳註腳。張在彼時也許已橫領風騷，但女作家的天地裡，絕不僅止她光桿牡丹一人。從女革命家到女名人（或名女人？），這正是一個群雌並起的時代。

張愛玲睥睨淪陷期的上海之際，北平也有女作家梅娘名重一時。兩人的聲望並駕齊驅，有彼時的稱號「南玲北梅」爲證。時移事往，張愛玲盛名喧騰不銷，而梅娘其人其作卻早已楣入谷底了。如前所述，梅娘是東北人，曾於三〇年代末赴日受教育，一九四二年隨家人遷居北平。她於這段時間，已開始創作，以中篇小說《魚》、《蚌》、《蟹》等，廣受注目。梅娘的文字清麗流暢，所常寫的題材則以中上層女性感情生活爲主。與張愛玲相較，梅到底少了一份洞悉人情的世故姿態，亦乏張那樣瑰麗卻頹廢的人生視野。但她仍不失爲一中規中矩的作者。中篇如《蟹》，以清純少女的眼光，看敗落世家的形形色色，兼對男性世界的霸道、貧鄙與墮落，有生動的控訴。又如另一中篇《蚌》，寫少女處於人情險惡的社會中，在父母及外人的左右下，身不由己的墮落。故事雖然並不新鮮，但由梅娘娓娓道來，仍是力道十足。

華北淪陷時期的女作家，尚有雷妍、張秀亞等。張秀亞（一九一九—）的成就值得在此一提。她早於一九三五年即在天津《益世報》及《大公報》初試啼聲，受到編者蕭乾、沈從文的賞識。她也曾得凌叔華的啓迪。張以詩才入小說，所作每有抒情風味。短篇小說集如《在大龍河畔》即有不少文字優美，兼富哲理意味的精緻作品。但張的中篇如《皈依》等，才更有可觀。這些作品寫於張皈依天主教後，以說部形式闡述基督眞理，是自蘇雪林的《棘心》後，僅見的女性宗教小說。但我以爲張的虔誠奉獻精神，固使得她作品清明如鏡，卻畢竟少了蘇《棘心》中那樣神人輾轉交戰的動人場面。張於大陸變色後來台，是文壇廣受敬重的前輩。

再回到五光十色的上海。我們看到張愛玲之外，另一位叱吒一時的女作家，蘇青（一九一七—）。蘇青的風頭主要建立在一部自傳性的小說《結婚十年》上。作者以自白書的形式，敍述十年婚姻所加諸於她的種種有形無形傷害。全書以結婚啓事開場，以離婚作結，具見作者苦澀諷刺之情。小說情節即隨著這十年婚姻的風風雨雨而展開。從丈夫的外遇寫到妯娌的糾紛，從懷孕生產的痛苦寫到亂世持家的不易。蘇青所述的內容，皆似我們早已耳熟能詳的家庭瑣事。但經她貫串前後，一氣呵成，乃成現代中國小說婚姻實錄的佳作之一。更有意義的是，蘇青自述如何在婚姻跌於谷底時，開始執筆寄情寫作；又如何在薄有文名時，遭到丈夫的妒恨。蘇青的文學成績，竟是以婚姻的失敗換來。女作家爭取創作事業的不易，豈竟若是！蘇青日後又曾作《續結婚十年》。縷述離婚女性獨立生存的遭遇。惟此作撇清意味太濃，已不復原作那種激憤沉鬱的調子。

四十年代前後，活躍上海的女作家尚有趙清閣（一九一四—）。惟她的創作顯然不如她的劇作或編輯工作來得有成績。趙所主編的現代中國女作家短篇小說選《無題集》，仍是我們一窺三、四〇年代女作家活動的極好入門資料。除趙之外，我以爲楊絳（一九一一—）、羅洪（一九一二—）、鳳子（一九一二—）、關露（一九〇八～一九八二）四人，不應爲女性文學研究者或忘。楊絳是大名鼎鼎的錢鍾書夫人，但學識素養並不下於錢。她的喜劇及翻譯（如《唐・吉訶德傳》）早爲我們熟知，而她的小說卻罕見品評。其實楊絳的小說創作始於三〇年代中期，題材多傾向暴露知識圈及女性荒謬扞格的人生經驗。其冷雋幽默處，頗有錢鍾書之風。五四以來的女作家正如男性同儕一樣，擅寫涕淚飄零的故事。楊絳應是惟一以喜劇手法，檢視社會現實的女作家。像是〈大笑話〉，顧名思義，已可知內容如何。小說寫一群自命不凡的知識分子夫人，如何在百無聊賴的生命中，惹生他人的桃色是非，藉增一己的情趣。她們急於爲另一新寡的同事夫人作嫁，鉤心鬥角，你來我往，好不熱鬧。到頭來空忙一場。自己唯恐天下不亂的醜態，反而暴露無遺。〈鬼〉重寫聊齋式的故事，把書生夜遇艷鬼的老套題材，改成少女因思春而衍生的錯中錯喜劇。楊絳嘲弄了傳統男性爲中心的鬼故事寫法，對女性情竇初開的性幻想，亦有獨到諷刺。楊尙有其他喜劇小說如〈玉人〉等，可資研究。他冷眼縱觀蒼生，以笑代淚，道盡市井男女張皇騷動的百態。可惜作品嫌少，否則足以與張愛玲相提並論。

羅洪亦自三〇年代初即開始創作，她最大的特色是關懷廣闊，文武不擋。從女性婚姻問題寫到上海經濟活動，從農民的凋敝生活寫到孤島時代的政治暗潮，在在都顯示了這位女作家的氣魄與格局。像〈兒童節〉自小孩的眼睛，看成人世界的虛僞；〈遲暮〉藉一爲人接生墮胎的老產婆爲主人翁，寫代溝的隔閡與暮年的蒼涼，每使羅洪的作品帶有難以言傳的沉鬱格調。這使我們想起了葉紹鈞、王魯彥等人的作品。但羅洪眞正的成就是在長篇小說。抗戰前的《春王正月》寫上海波譎雲詭的商業活動，直追茅盾稍早的《子夜》；抗戰後的《孤島時代》從家庭的聚散紛爭，透視上海淪陷時期的怪現狀，儼然是要爲一個時代作註。羅洪的史家抱負，已可記一功。她又在小說內發展已婚女主角對小叔無望的暗戀，兼寫她在黃金市場的瘋狂投機。情欲與貪婪兩相交錯，生剋與共，不啻使我們的女主角成了上海版的「包法利夫人」。羅洪的短篇作品，曾由鄭樹森爲之整理在台出版。空谷跫音，深爲不易。

鳳子與關露所長的也是長篇小說。鳳子在戰後出版《無聲的歌女》，寫一位一心登龍的小歌女在上海淪陷期時，暴起暴落的經歷。藉著女主角虛榮徬徨的姿態，鳳子顯然有意側寫一種時代的氛圍。小說瀰漫著自然主義的色彩。全書終了前，女主角歷盡滄桑、喑啞失聲，也失卻行動自由；鳳子渲染自然主義「環境」與「遺傳」左右人生的恐怖下場，不遺餘力。關露的長篇《新舊時代》也是野心勃勃的力作。小說頗富自傳意味，敍述一個孤女掙扎脫離傳統桎梏，迎向革命號召的心路歷程。關露爲左翼作家，小說所透露的政治訊息，不言自明。《新舊時代》如今看來，已屬陳腔老調式的革命小說。惟在四〇年代，此作下啓楊沫等《青春之歌》式作品，上承巴金的革命浪漫小說，傳承地位，不可忽視。

四〇年代的左翼女作家除關露外，日後大紅大紫的楊沫（一九一五—），已嶄露頭角。晉陝「解放」區出身的的袁靜（一九一四—）、菡子（一九二一—）都有意識型態分明的作品問世。另外寫兒童文學的杲向眞（（一九二〇—）、寫過中篇《遙遠的愛》的郁茹（一九二一—）等，也有待有心人的研究。女作家創作力受到壓制，與其說是在中國女性被解放前，更不如說是她們與男同胞一起被解放後。一九四九年以後的女性文學發展，至少有三十年是以台灣及香港爲主要舞台。

這篇文章肯定丁玲、張愛玲、蕭紅、冰心四位主流女作家的成就。但在她們的聲音之外，有太多的現代中國繆思被遺忘了。我寫此文的目的，不在自恃博學多能，更無意彰寫某學某派的批評法則。我毋寧是懷著敬謹的心情，對五四與三、四〇年代的女性作家譜系，作初步整理。一路寫來，所提及的女作家竟已達三十二人之多，而此中尙不包括女性的詩人、劇作家、及評論者。九十年代的中國女性文學研究，應對這些作家多作著墨，而不是一味挾著西方女性主義的口頭禪，重複讚美男性中心批評時代已見光彩的女作家。在這些屈居次位的女作家中，有不少珠玉尙待發掘，而作家本人啼笑擾攘的創作生涯，尤爲現代中國女性的成長，留下珍貴紀錄。研究工作尙待開展，有志女性主義批評的學者及讀者，盍興乎來！

參考資料：

一　楊義《中國現代小說史》，三卷（北京：人民文學，一九八八、八九、九一）。

二　孔范今《中國現代文學補遺書系》，小說卷一～十四（濟南：明天出版社，一九九〇）。

三　黃人影編《當代中國女作家論》（上海：上海書店，一九三三）。

四　殷國明、陳志紅《中國現當代小說中的知識女性》（廣州：廣東高等教育出版社，一九九〇）。

五　《東北現代文學史》編寫組，《東北現代文學史》（瀋陽：瀋陽出版社，一九八九）。

作母親，也要作女人

中國現代小說家從魯迅到王文興，從冰心到殘雪，都曾描寫過母親。正因母親是如此普遍的文學主題，把平凡或不平凡的母親「寫」得出人頭地，並非易事。本文將藉五四以來的各樣作品，爲現代中國母親的形象編織初步的譜系，同時也要提出下列問題：在傳統父權社會逐漸解體的過程中，有關母親的敍述及「神話」如何相應消長？在女性運動日益茁壯的今日，「母性」及「女性」意識如何定義相互的領域？

現代中國小說家寫母親，由五四輩的魯迅、冰心、馮沅君等，首發其端。魯迅的〈祝福〉以貧婦祥林嫂被迫再醮，意外喪子而爲社會唾棄的情節，點出傳統社會的虛僞不義。祥林嫂的獨子爲餓狼所噬，她一遍遍的哭訴失子的痛苦，竟成爲村人娛樂的來源。這一**苦難母親**的形象到三十年代被日益膨脹，而以柔石〈爲奴隸的母親〉登峰造極。柔石的母親連名姓也沒有，被丈夫賣給富戶作為生產工具。她拋棄先前的兒子，為富戶傳宗接代。產下幼子後，不能相認，輾轉又被迫遣回夫家。當疲憊、瘦弱的母親勉強回到家中，長子早因久別而視她如陌路。這悲慘的一刻，的確令人動容。

冰心是五四女作家歌頌母親的王牌，她寫的「我在母親懷裡／母親在小舟裡／小舟在月明的大海裡」（〈致詞〉）等文字，煞似今天母親節卡片中賀詞的源頭之一。冰心一面強調母愛無所不在的包容力，一面也沉浸在所謂母女連心的理想關係裡。另一位作家馮沅君寫〈慈母〉、〈隔絕〉，對母女間相互扶持的關係，亦多所著墨。

在這些作家的筆下，中國母親是堅忍的、慈愛的。她們含辛茹苦，飽受摧折，卻依然勉力自持。她們的偉大，毋庸贅言，但她們的性格及行動卻常為作家有意無意被動化、靜態化了。尤其當母親馱負了過多的象徵意義，從無產階段的苦難到理想社會的化身，不禁讓我覺得作個文字裡的母親，更是責任重大，不得安寧。君不見郁達夫〈沉淪〉中的那位留學生，要跳水自殺了，仍不忘把母親的苦，與中國的難，比上一番：「祖國呀祖國！我的死是你害我的！你快富起來，強起來罷！你還有許多兒女在那裡受苦呢！」

評者如周蕾等也指出，五四作家對母親形象的誇張運用，除了表面的孺慕之情外，也內蘊了心理及意識型態的焦慮（註一）。母親的苦難、母愛的失落這些題材，與其說指向作家對母親的關懷，不如說指向作家補償一己欲望或挫折的權宜手段。這樣的寫作甚至可流為對「母親」意義的持續剝削，而非增益。於是母愛越寫越偉大，而作家因自得或自咎而生的滿足感也隨之水漲船高。「神話」化的母親，「天職」化的母愛，不代表社會敍述功能的演進，反可能顯示父權意識系統中，我們對母親角色及行爲的想像，物化遲滯的一面。

苦難母親之外，現代中國作家也熱中描寫**勇氣母親**。丁玲著名的《母親》，堪爲典範。丁玲寫她的母親如何在家敗夫亡之際，刻苦求生，終於自學有成，開創一己的新天地。苦難母親不乏勇氣，但有勇無「謀」，終難逃受氣包的命運。似丁玲的母親者，則多少顯現了自立自主的內心資源。順著這一傳統，我們看到許地山的〈玉官〉、〈商人婦〉，也是寫棄婦寡母藉教育或信仰的力量，自謀生路，教成兒女。五〇年代以來，繁露的《向日葵》、李喬的《寒夜三部曲》、朱西寧的《茶鄉》、蕭颯的《返鄉箚記》、《霞飛之家》，都凸出一位歷盡風霜、百折不撓的母親，來彰顯時代如何考驗母親，母親如何「創造」時代。母親的歲月與歷史的動盪，於此相互輝映。

勇氣母親中亦不乏特例，比較值得注意的有四〇年代魯彥的〈陳老奶〉。此作以抗戰爲背景，寫老婦陳老奶在次子從軍後，竟不聞不問，一念持家。這一反應看似矯情，卻有多少哀慟，蘊於其中。其後陳老奶長子猝逝，儲蓄盡失，惟賴老母撐持家門於不墜。陳老奶絕非完美，她的精明狡黠，在在要讓祥林嫂之流的母親無以爲對。尤令人驚奇的是，當她自知來日無多時，居然自行選定棺木，含笑就死。在抗戰烽火中，陳老奶敬謹的儀式性行爲，不啻對廉價的死亡威脅，作了最從容卻有力的回應。除此，七〇年代的王拓亦曾描寫過一個有性格缺陷的勇氣母親——金水嬸；而八〇年代的黃櫻得獎之作〈賣家〉，寫一離婚母親為養家而不斷自導自演賣家悲劇，也算得上是別有所見的母親素描。

苦難也好、勇氣也好，母親的形象不脫正面教化意義。但母親到底不是超人，母愛也難免有變調的可能。四〇年代以來，越來越多作家請得母親「下凡」，展露她們的七情六欲。這樣的寫法，看似甘冒不韙，其實確有其人道關懷的玄機。最引人側目的，當屬**邪惡母親**這一題材的試探。吳祖緗〈樊家鋪〉裡的母親，在城中幫傭，日久沾染都市習氣，嗜錢如命，錙銖必較，甚至對在家鄉女兒的困境，亦不屑一顧。小說高潮，母親因財喪義，而女兒則見財起意，終於演出了女兒夜盜藏金，情急殺死母親的逆倫慘劇。這篇小說寫母女情仇，驚心動魄，不是高唱「母女同體」的一些女性烏托邦主義者所能體會的。錢只是女兒弒母的導火線，母女關係的日漸疏離乃至怨懟，以及導致血案的道德抉擇，才是我們著眼的重心。

另外一位塑造邪惡母親的高手，是我們熟悉的張愛玲。她筆下〈金鎖記〉中的七巧，《怨女》中的銀娣，都足以成為我們母親節的夢魘。她們遇人不淑、一生坎坷，最後在子女身上找到報復的門徑。她們搬弄女兒的婚姻、敗壞兒子的前程，一點一點了斷他們的幸福。弔詭的是，張愛玲的母親角色惡則惡矣，卻兀自成就悲劇人物的向度。她們半瘋狂的行徑，使我們恐怖，也引起我們無限悲憫。比較起來，蕭麗紅《桂花巷》中的母親，雖然依樣畫葫蘆，力道就差了一截。

六〇年代歐陽子的〈魔女〉又是一篇母女鬥法的力作。女兒不滿貌似貞潔的母親新寡即再嫁，爲繼父介紹女友以示警於母親，由此竟牽出母親二十年來月月外遇的告白。更驚人的是，女兒的生身父即可能是她所怨恨的繼父。歐陽子冷冷的寫這對母女被壓抑的變態情欲，劇力十足。她及張愛玲、吳組緗等使我們逐漸了解母親不是中性的標識。母親是女性，也不免一切女性欲望的昇華或墮落。

八〇年代的大陸女作家殘雪接力寫出邪惡母親的故事。如在〈蒼老的浮雲〉中的母親，因女兒拒聽使喚而「恨透了她」。這位母親顯然已有精神官能症狀。她詛咒女兒是條毒蛇，發誓「要搞得她永世不得安寧」。殘雪用她超寫實的筆調寫母親的迫害與被迫害狂，在在令人不寒而慄，但對傳統的「慈母」形象及其價值觀，卻具有無比顛覆作用。誠如北大樂黛雲教授指出，殘雪與張愛玲的罪惡母親其實重新定義了中國女性的自覺意識。

作母親，也要作女人。六〇年代以來，越來越多作家注意到「母」性與「女」性兩者間微妙的張力。而此一張力往往表現在母親對性角色的尷尬立場上。八〇年代的李昂在《殺夫》中寫林市的母親甘於爲食物及性的誘惑，與陌生的逃兵春風一度。這一私通爲林市所窺見，從而成爲她日後性幻想及性恐懼的源頭。恰如殘雪，李昂很技巧的暗示，連繫母女親情的，不只限於冰心早年歌頌的愛，也有恨，更有欲。類似觀點亦反映在袁瓊瓊的〈滄桑〉裡。〈滄桑〉裡的母親年輕時紅杏出牆，搞得夫離子散，多年後母親與子女重逢，赫然發覺最恨她的女兒居然最像她，行事爲人，無一不然。這是人生最無情的反諷，還是母女親情最奇詭的牽引？

當代男作家處理同樣問題，不如女作家火爆。王禎和的〈香格里拉〉、七等生的〈老婦人〉走的是五四路子，寫老母爲誰辛苦爲誰忙，較不見新意。白先勇的〈玉卿嫂〉及王文興的《家變》均觸及戀母情節的母題，但點到爲止，引人遐思而已。倒是黃春明的那篇〈看海的日子〉，寫妓女白梅立志要作母親，頗有可觀。白梅想有孩子，不思結婚，卻四處尋種借種。她終於達成心願，成了單親媽媽。白梅末了抱著胖兒子坐火車看海一景，誠摯感人，而她作爲「大地之母」的意義，也盎然煥發。但激進的女性主義者還是有話可說：妓女白梅既然立志養個沒爹的孩子，無疑滿足了那些尋芳客的遐想，讓他們大可以撒了種拍拍屁股就跑。〈看海的日子〉既前衛又保守，是現代小說中關於母親神話頗具爭議性的一作。

描寫母性與女性角色相生相剋的作品，還有兩則值得一提。蕭颯的〈我兒漢生〉藉母親的口吻，寫教養子女各階段的苦樂。此作固然頌揚了母愛無私無我的偉大，但卻暗暗質疑傳統母親角色的永恆性。女性做母親不再是生了孩子就算數，還必須得時時刻刻學著「扮演」一位「好」母親的角色。故事中中產階級的母親對子女不可謂不關愛，但她何以仍如此動輒得咎呢？何以我們的現代孟母到底沒把兒子教成材的地步呢？這篇小說的女性敍述者訴說自己與母親角色日益疏離的苦悶，平淡中見功夫。另一篇作品是朱天心的〈新黨十九日〉。朱寫一位媽媽，子女皆漸長大，丈夫日益無趣，偶然機會中參與股票市場而終捲入政治抗爭活動。新黨十九日，這位媽媽對黨爲啥新毫無興趣，卻實實在在的由群衆運動中，體會了久經壓抑的性與政治潛意識。她逐漸了解到，母親一職，半由天賦、半賴人爲。她的欲望即在於重新定義那由社會、家庭所打造的母親角色。聽夠了慈母頌、看罷了遊子吟，這位媽媽也要從廚房走上街頭了。從謝冰心到朱天心，從沉默的母親到抗議的母親，這條路走了七十年。

我將以三〇年代作家巴金的小說〈第二的母親〉，暫爲此文作結。如其夫子自道，巴金早歲喪母，對母親素有強烈的思念，而他對母親一職的難爲，也曾有發人深省的描寫（如《寒夜》寫婆媳、母子的糾紛）。但巴金的〈第二的母親〉卻對母親角色有更激進的詮釋。〈第二的母親〉中的男孩是個寄居叔父家的孤兒，一日隨叔父聽戲，巧遇見叔父的老相好，一俏麗中年婦人。孤兒與婦人互生好感，戲方唱罷，孤兒「自己也有些不明白……竟然接連叫了兩聲『媽媽』。」這場認母記越演越奇。一日這位「媽媽」竟告訴「兒子」，她不是女子，而是自幼賣身，學唱旦角的男人！這篇小說的意義繁複，不能在此盡述。但我要強調的是巴金藉此對傳統倫理關係及女性和母親地位的顚覆。故事中的孤兒思母心切，居然從「空虛裡製造出一個母親」，而在發現母親的性別後，仍毅然決然的愛將下去。巴金雖以此證明了母愛召喚，果然驚人，但另一方面他已動搖了傳統對母親或母愛的先驗迷思。他複數化了母親的絕對唯一性，甚至揶揄了母親性別的必然性。〈第二的母親〉的曖昧處，在於把母親神話發揮得淋漓盡致，卻也同時暴露男性中心社會的想像力，及政治、經濟制約力，已誇張到自行製造「母親」及「女人」，且能以假亂眞的地步。面對這樣的故事，我們終於了解，母親的意義，有其歷史文化的互動因素，不應永遠視爲當然，也不能化約爲中性、固定的角色；同時，做母親不易，做女人更不易呢。

註：

一 周蕾(Rey Chow)，*Woman and Chinese Modernity* (Mineappolis: U of Minnesota P, 1991), pp. 156～159.

作了女人眞倒楣？

——丁玲的「霞村」經驗

談論現代中國女作家的創作及早期女性主義者的活動，丁玲（一九〇四～一九八六）每每是不可或缺的要角。純就文字藝術的試煉而言，丁玲的小說或流於煽情造作，或偏向政治宣傳，筆鋒粗糙，不如同期或稍後的女作家如凌叔華、蕭紅、張愛玲等多矣。但自當年〈莎菲女士的日記〉（一九二七），到文革後發表的〈杜晚香〉（一九七九），丁玲半世紀的寫作經驗每隨感情、政治際會屢起屢仆。她的作品與生命兩相糾結，輾轉曲折，自有其扣人心弦之處。而她對女性身體、社會地位及意識的體驗，尤其是有心人探討（女）性與政治時的絕佳素材。

本文要討論的是丁玲作於四〇年代初期的作品〈我在霞村的時候〉（一九四一）。這篇作品以陝北農村抗日活動爲背景，是她中期的代表作之一。一九五七年「反右」時期，此作與〈在醫院中〉、及散文〈三八節有感〉等均成爲丁玲遭受整肅的主要罪狀。但攻之罵之的結果，反益形彰顯其內容的複雜性，頗有可觀。丁玲因此被批判，豈正良有以也？

〈我在霞村的時候〉以敍述者「我」因健康緣故，被「政治部」遣往鄰鄉霞村休養。初抵霞村，「我」即感受周遭村民議論紛紛，似有事故發生。經其逐步體察，方知村女貞貞突自日軍營中歸來，且染花柳惡病，亟待醫治。原來貞貞於一年半前日軍攻進霞村時，因走避不及而遭姦污。爾後她非但未因此自我了斷，反混入日軍陣中，甘操賤業。此番歸來，村人棄之如敝屣，自是想當然爾的事。惟有貞貞早年私心傾慕的男友夏大寶，對她仍是一往情深。

然而貞貞的故事更有一番周折。「我」逐步了解貞貞並非自甘墮落的女孩。她竟是有「任務」在身，被共軍送至日方從事刺探軍情的工作！貞貞為政治而犧牲肉體，不可謂不高貴。無奈多數村人昧於實情，又兼風俗保守，自然容不下她。貞貞自己倒是豁了出去，不再計較。她拒絕男友的示好，決心接受「黨」的安排，先到「××」（延安？）治病，再覓校繼續「學習」。小說將了，「我」正打點離開霞村，「我心裡並沒有難受，我彷彿看見了她的光明的前途，明天我將又見著她的，而且還有好一陣時日我們不會分開了。」

好一個「光明」的尾巴！丁玲欲藉小說渲染一福音式政治訊息的動機，不言可喻。事實上貞貞的遭遇正可視之為一變種的「聖徒列傳」（hagiography）型故事。這類文字，常可見諸於宗教文學乃至傳統方志筆記等記載，只是在丁玲筆下，宗教或道德的狂熱已為意識型態信仰所取代。貞貞為了國家民族的大愛，不惜肉身佈施，換取寶貴的情報。有一次「人家說我（貞貞）肚子裡面爛了」，又趕上必須傳送軍情，半夜一個人摸黑「來回走了三十里，走一步，痛一步，只想坐著不走了。」這樣的奉獻情操，眞叫千百男兒無地自容。這樣的典範故事，足以爲繼起的共黨作家依樣加工產製。但何以丁玲反在「霞村」去來十七年後，反因此橫遭文字獄呢？

按照中共官方的說法，丁玲的問題還是出在無產女英雄貞貞的身上。既名爲「貞貞」，我們的貞貞怎麼可以不貞呢？丁玲顯然不懷好意，「把一個被日本侵略者搶去作隨營妓女的女子，當作女神一般地加以美化。」不僅此也，「貞貞是一個喪失了民族氣節，背叛了祖國和人民的寡廉鮮恥的女人」（註一）。餓死事小，失節事大，中共的文藝批評家原來竟是群尙未「解放」的道學先生。而其固執撇清處，與「霞村」故事中所嘲弄的村婦蠢夫，不過是五十步與百步之間。令人莞爾的是，文革後爲丁玲作平反的論述雖反其道而行，大讚貞貞如何出汚泥而不染，如何爲大我犧牲小我（註二），卻依然是在一狹隘的道德教條圈中打轉，不能或不願去面對丁玲在小說中所暴露的癥結問題。

是神女，還是女神？貞貞角色定位的問題是〈霞村〉情節的張力所在，也是日後批丁或擁丁者各執一詞的根源。如果〈霞村〉確有異於一般樣板小說的動人力量，我們可以說丁玲不願囿於一端，簡化小說內蘊的道德、政治與性問題的錯綜關係，應是首要原因。這個表面看來頭頭是道的小說，其實深具女性主義訊息。它的挑釁性不在於美化了妓女或醜化了民族正氣，而在於根本搖撼了傳統文化論述所視爲當然的那套女性神話。透過貞貞的痛苦經歷，〈霞村〉點出了她的壓力原來來自於「敵」、「我」雙方；而掩藏在愛國愛黨前提下的，是她甘對自身肉體的無盡忽視摧毀。無怪陪伴小說敍述者同到霞村的阿桂，聽了貞貞的故事後要長歎：「作了女人眞倒楣！」

貞貞的噩運始於被攻進霞村的日兵所凌辱。在此之前，她已因爭取愛情婚姻的自主，而鬧得滿村閒話。丁玲對貞貞性格的塑造，毋寧是充滿同情的。這個開朗、大方的女孩卻注定了要跳入「火炕」，成就一最曲折傳奇的命運。她甘願獻身日軍，固爲村人所不齒，但極反諷的是，她卻因此對村人所力持的貞操道統，作了最徹底的回擊。剝除了貞貞捨「身」取義的外衣，我們竟發現丁玲是在探觸一性解放的禁忌。比照「莎菲」時期的浪漫頽廢，〈霞村〉的主題當然別有懷抱，只是丁玲骨子裡那點甘爲異端的不羈之情，仍然迴盪不去。五七年丁玲遭整時，有心人提出她於三三到三六年爲國民黨軟禁期間，與「國特」關係曖昧，煞似貞貞的前身。由是類推，丁玲寫〈霞村〉正似爲一己的風流公案作開脫。這類比附，我們自不必當眞，但鑒諸〈霞村〉文內對性問題欲言又止的描述，丁玲借題發揮，一抒塊壘的用心，隱約可見。貞貞罹患的何只是「性病」？因「性」而「病」恐怕才是自命貞潔的村人所想當然耳的結論。

〈霞村〉中對女性身體在男性社會中所代表的神話意義，也有細膩的發揮。在強調男女防閑的社會裡，女性的身體一方面被視爲孕育生命的神聖處所，一方面卻被視爲藏污納穢的不潔表徵；一方面被默認爲欲樂享受的源頭，一方面也公推爲倫常禮數的勁敵。處於這些矛盾的交會點下，貞貞的所作所爲自然備受議論。前有識者已經指出，在「霞村」中蹂躪利用貞貞身體的，其實不止日軍而已。「我方」共黨何嘗不藉其獲取情報（註三）？正因「敵」「我」雙方都賦予女性身體同等的價值觀，貞貞才得以往來兩者之間，操作其任務。正因爲女性身體是如此的美好卻又危險，男性社會才得善加使用之餘又嚴加防範。不僅此也，連女性與女性之間的關係，也要受到同樣觀念左右。君不見讓貞貞最難堪的不是男人，而是同村的多數婦女。丁玲的敍述者說得好：「尤其那一些婦女們，因爲有了她（貞貞）才發生對自己的崇敬，才看出自己的聖潔來，因爲自己沒有被人強姦而驕傲了。」

女性身體除了在禮教上顯現模稜意義，在政治上也往往兼具正邪兩極的潛能。古來紅顏禍水、傾國傾城的例子多矣，不必於此贅述。與貞貞境遇相同的近代前輩，則首推浮沉庚子國變的孽海奇花賽金花。賽金花原爲娼家女，嫁與狀元洪鈞爲妾後亦不安於室。蕩婦淫娃，行徑原無可取，但八國聯軍攻打北京之際，賽二爺居然能委身德帥瓦德西，救生靈塗炭於「床上」。爲國「捐軀」，正是功德無量，阿彌陀佛。賽金花傳奇固然出自好事之人的編派，但以其流傳之廣，正足以顯示清末民初的社會如何傾倒於又一則女性身體的政治神話。神女乎？女神乎？在低鄙的青樓名妓與高潔的救國英雌間，賽金花的造型道盡了傳統士子縉紳「一魚兩吃」式的性幻想。只是當賽的地位被提昇到空前的高峰後，反而亦暴露了淸末社會價値紊亂顚倒現象的一端。

比照賽金花的傳奇，丁玲很可以把貞貞也寫成個小號的、無產階級的孽海「向陽花」。但是〈我在霞村的時候〉在彰揚貞貞的傑出表現同時，也悄悄夾帶了不少弦外（題外？）之音。丁玲的問題包括了：在以「解放」爲號召的政權下，婦女的地位如何才算是解放？兩性間的不平等關係，可以用民族意識（中對日）或階級鬥爭論來輕輕化解麼？女性身體如何成爲男性權力放縱或禁抑的對象？還有女作家如何在男性中心敍述傳統下，突破障礙，發出獨特的聲音？對於左派烏托邦主義者而言，這些問題只要隨著「革命」的成功，自可迎刃而解。但是丁玲似乎不作如是觀。小說也許沒有提出明確的答案；我們所見的，是敍述者游移於各類角色所代表的立場間，企圖包容彼此的矛盾，卻終究更無奈的洩露其破綻間隙。曾有評者甚至注意到，一反中共教條小說的單一敍述聲音或姿態，〈我在霞村的時候〉至少含有貞貞、敍述者、及多數村人三種聲音，相互衝擊（註四）。而隨著故事進行，這三種聲音並未如預期般的合而爲「一」，以預示一烏托邦式敍事（及意識型態）論式的完成。貞貞始終是與「廣大的人民」站在對立的地位上，而所謂擁護她的年輕人，除了痴心的夏大寶外，並不多見。

另一方面我們也要注意，小說除了凸顯貞貞進退兩難的處境外，敍述者「我」亦是一重要關鍵。「我」到底是誰呢？故事開始就說，「因爲政治部太嘈雜」，「我」被「送到鄰村去暫住，」雖然「我的身體已經復原了。」是什麼樣的噪音迫使「我」離開「政治部」？鄰近的霞村豈眞比政治部清靜？至少我們又碰到貞貞與村人所帶來的難題。小說將結，貞貞滿懷希望的要服從組織安排，繼續「學習」。而敍述者「我」是否已隱隱感覺「政治部」的「嘈雜」，將對貞貞構成另一威脅呢？藉著「我」所引出的外圍敍事框架，我們隱隱發覺「我」與貞貞間竟有一休戚與共的關係。丁玲的「我」滿懷鬱悶思緒，並不因爲「休養」完畢而結束。貞貞的出現儼然具象化了她「身爲女性」所特有的期盼與恐懼、希望與挫折。女性革命者的道路走得要比男性更爲艱苦。故事最後，丁玲的「我」期許和貞貞「好一陣時日」「不會分開了」。她們的「有志一同」，豈只是在於政治理想上的奉獻？在其之上，她們還必須對自身的地位，再作一番掙扎。

丁玲的「霞村」去來，因此不只是一個表揚「好人好事」的教條故事，它同時代表了丁玲對女性問題的沉思探索。一念及此，小說前半部偵探故事似的架構也就更有意義。「我」先是聽得風聲，再輾轉深入事件核心，終於得見當事人。而令人驚奇的是，貞貞雖已重病在身，卻「一點病徵也沒有，她的臉色紅潤、聲音清晰，不顯得拘束，也不覺得粗野。」這一高潮（或反高潮）其實頗有文章：貞貞的健康表象，當然暗示其人的精神高貴，以及共產主義的護身符法力無邊；就丁玲的女性主義立場而言，這當然也多少投射她自矜與同情的心理。但我要強調，貞貞的毛病正是在於她的「表裡不一」。不論外表如何「紅潤健康」，她畢竟有「暗疾」，得就醫兼學習。由貞貞所代表的謎題表面上是解決了，但作為一個多思多慮的偵探，丁玲的「我」顯然覺得整個事件另有蹊蹺，卻不得（不敢得？）其解。〈霞村〉因有一緊急煞車的偵探敍述結構，使事件不了了之。也因此，丁玲的迷惑反更凸顯出來。

不論丁玲的文字如何簡單粗糙，政治意圖如何直截了當，〈我在霞村的時候〉很意外的透露了她對婦女問題的深切體驗。尤其在連鎖政治、道德、與性別的畛域時，丁玲揭發了革命的階級鬥爭或前進的意識型態，依然有男女之別，而女性的遭遇亦無法化約為「人民」或「國家」的境況。「霞村」在丁玲的筆下，很可以看作是各種左右女性前途的權力交鋒場所。儘管故事並未提出什麼驚人見解，我們還是可以揣摩丁玲的深沉感觸。〈霞村〉發表於一九四一年，次年毛澤東即發表了著名的延安文藝談話，以決絕的態度限制了文藝工作者對各類禁忌問題的探觸。丁玲及其他作家如蕭軍、王實味等即將面臨更艱苦的命運。比諸將要發生的種種，〈我在霞村的時候〉居然成為丁玲充滿鄉愁感觸的最後冒險，一個向過去的「我」的無奈告別手式。

註：

一　〈丁玲的「復仇女神」——評《我在霞村的時候》〉，《文藝報》一九五八年第三期，二二～二五頁。

二 王中枕《丁玲生活與文學的道路》（吉林，人民，一九八四），一二八～一三五頁。

三 Yi-tsi Mei Feuerwerker, *Ding Ling's Fiction* (Cambridge: Harvard UP), p.114.

四 同上。

張愛玲成了祖師奶奶

平劇圈裡有張腔（張君秋），四〇年代風靡一時，至今仍是四大名旦以外，傳唱不輟的主要腔派。小說界也有張腔，肇始者不是別人，正是張愛玲。張愛玲也崛起於四〇年代，憑著細膩深刻的文筆、特立獨行的作風，屹立文壇五十年矣。五四以來，作家以數量有限的作品，而能贏得讀者持續支持者，除魯迅外，惟張愛玲而已。

近些年定義、描述張腔的努力，已不算少。純就文字形式而言，張愛玲揉合了古典白話小說（如《金瓶梅》、《紅樓夢》）與二十世初西方言情說部的特色，創造了一種緊俏世故、新舊並陳的敍述方式。張是正宗的寫實主義者，對物質世界的細節點滴，有著永不饜足的好奇及述說的欲望。即使她拿手的心理描寫，也多半藉著與物質世界的平行類比而凸顯出來。張愛玲是寫明喻（simile）的高手，這與她對現實枝節的貫注，必有關聯。她寫揀穿繼母剩下的黯紅棉袍，碎牛肉色，就「像」混身生了凍瘡（〈穿〉），民國的遺老遺少，「像」酒精缸泡著孩屍（〈花凋〉）。她的文字和意象拒絕作爲微言大義的隱喻替身，而自要求存在的地盤。由此產生的意義「參差對照」效果，果然常讓人觸目驚心。

這裡所謂的「參差對照」，源出於張愛玲對顏色調和的看法。她的美學反對浮淺的（顏色、意象）和諧，強調對照。「紅與綠的對照，有一種可喜的刺激性。」可是「太直率的對照，大紅大綠……缺少回味」。因此張從古人的例子裡，看到了參差的對照：「比如寶藍配蘋果綠，松花配大紅，葱綠配桃紅。」（註一）她善於經營的那種婉妙複雜的調合，代表一種不按牌理出牌的機智，一種「因爲看過、所以懂得」的世故，自是張腔的精髓。

但張愛玲小說的魅力，不只出於她修辭造境上的特色，也來自於她寫作的姿態，以及烘托或打壓這一姿態的歷史文化情境。她所謂參差對照的美學，其實也代表了她觀察世路人情的結論。在宣傳文學狂飆的年代裡，張愛玲反其道而行。她摒棄了忠奸立判的道德主義，專事「張望」週遭「不徹底」的善惡風景。她從浮華頹靡的情愛遊戲裡，看到人間男女素樸原始的掙扎與渴望；她從庸懦猥瑣的市井人生中，找尋閃爍不定的道德啓悟契機。蔡美麗教授曾謂張愛玲以「庸俗」反當代，正是一針見血之見（註二）。不僅此也，張愛玲更有名言：「清堅決絕的宇宙觀，不論是政治上的還是哲學上的，總未免使人嫌煩。」（註三）「人生的所謂『生趣』，全在那些不相干的事。」這一對「生趣」的強烈關注，是「人的神性，也可以說是婦人性」（註四）。張愛玲是中國女性主義的另一聲音，由此可見一斑。

私淑張腔的作家，多能各取所需、各顯所能。女作家如施叔青、朱天文、朱天心、鍾曉陽、蘇偉貞、袁瓊瓊、甚至三毛，男作家如白先勇、郭強生、林俊穎、林裕翼等，都有值得追溯的因緣關係。施叔青與白先勇是六〇年代的張派重要傳人。施寫在欲望與瘋狂邊緣煎熬的女性經驗，繽紛卻陰森的洋場即景，活脫是〈金鎖記〉及〈傾城之戀〉的延伸。白寫凋零虛脫的世家，繁華散盡後的歡場，一片懷舊氣息，爲張荒蕪的末世觀，作了有力註腳。鍾曉陽曾以《停車暫借問》一作，成爲七〇年代張腔新秀。她與同時期先後出道的蔣曉雲、朱天文、朱天心等人都擅寫曲折婉轉的人際關係。尺寸天地，盡得風流。而張腔中一些商標式的俏皮話及修辭法，也在這幾位作家手中，發揚光大。但張愛玲也成爲鍾、朱等人的負擔。近幾年來，除了跡近退隱的蔣曉雲，另外三人銳意求變，令人眼界一新。如果仍要從張派傳統來看，鍾曉陽強化了張古典風俗劇式的筆法，朱天文則把張的頹廢及世紀末風情，推向極端。而在朱天心最好的小說與散文中，我們看見張的潑辣與諷刺。袁瓊瓊發揮了張愛玲作品中較不爲人注意的黑色喜劇氣氛，嘲人自嘲之餘，有時更能賦予其荒謬向度。蘇偉貞傳播張家「鬼」話，淒清冷豔，則不作第二人想。這幾年新起的男作家如郭強生、林俊穎、林裕翼等，也看得出張門風采。郭對人間風情的觀照，林對蒼茫世路的感嘆，師承有自，各擅勝場。而林裕翼更以〈我愛張愛玲〉等作，遊戲於張的作品內外，以後設小說的方式，解構張愛玲神話。

但張腔既爲腔，更有其裝致造作的一面，一種戲劇化的自得與自娛。對這一點張愛玲頗有自知之明。「生活的戲劇化是不健康的」（註五），但張愛玲卻明知故犯，而且樂在其中。在她衆多的追隨者中，惟有三毛把這作戲一面的張愛玲風格，身體力行。但三毛學得了張愛玲的天眞，卻失卻了張的狎暱；鋪陳了張的自戀，而了無張的警醒。易入夢而不易（也不願）驚夢，三毛的修爲火候未夠，到底使她成爲滾滾紅塵下的犧牲。

六〇年代初夏志淸教授首將張愛玲寫入中國小說史內，可謂奠定了張學研究的基礎。其後的張迷如水晶、唐文標、陳炳良、鄭樹森、陳子善等都有重要發現。張愛玲本人傳奇的生涯、神秘的行止，更使整個研究益發的有看頭。相對於前些年大陸學界神話魯迅之舉，張愛玲的旋風在台港似更多了一份自發式的親切感。但如前所述，張愛玲現象，畢竟有其歷史因緣。「這時代，舊的東西在崩壞，新的在滋長中。但在時代的高潮來到前，斬釘截鐵的事物不過是例外。」（註六）是的，「時代的高潮」還沒到來，或來了又悄悄退潮，或永不到來。在歷史的夾縫中讀張愛玲，我們的「回憶與現實之間時時發現尷尬的不和諧，因而產生了鄭重而輕微的騷動，認眞而未有名目的鬥爭。」（註七）這「鄭重而輕微」的騷動，「認眞而未有名目」的鬥爭，或正點出張愛玲現象本身的歷史意義吧。

註：

一　張愛玲〈童言無忌〉，《流言》（台北：皇冠，一九八八），十三頁。
二　蔡美麗〈張愛玲以庸俗反當代〉，陳幸蕙編《七七年文學批評選》（台北：爾雅，一九八九）一五二頁。
三　張愛玲〈燼餘錄〉，《流言》，四二頁。
四　張愛玲〈自己的文章〉，《流言》，二〇頁。
五　張愛玲〈童言無忌〉，《流言》，十四頁。
六　張愛玲〈自己的文章〉，《流言》，二一頁。
七　同上。

【輯五】

批評的新視野

二十世紀中國小說的研究與批評，過去十餘年來有長足發展，本輯文章探觸了四個方向：海外評論文集的編纂，台灣小說選英譯的現況及理論架構，大陸文學批評雜誌與政治機器間的齟齬，以及海外有關現代中國小說的專著與會議。這種種活動都為小說中國增添向度，也都成為我們「想像」中國的方法。

〈想像中國的方法〉以筆者參與編選的哈佛大學新書，《從五四到六四：二十世紀中國小說與電影》為藍本，介紹學院派研究者如何由小說與電影「看」中國。橫亙其下的主題，則是六四與五四時期作家及電影工作者間的傳承關係。我所謂的傳承，不只是有樣學樣而已，尤側重創造的轉化及影響的焦慮等因素。而歷史流變的痕跡，亦於其中得以彰顯。台灣文學的翻譯、外銷一向是文化當局念茲在茲的口號。台灣文學，或是台灣，可以被翻譯麼？已問世的翻譯選集又呈現了什麼樣的台灣面貌？這些面貌又可有「原」貌可資比附麼？翻譯因此不只是語言代換的工作，更是一項未有盡時的詮釋活動。

〈新西潮下的弄潮人〉以大陸主要的文學理論刊物《文學評論》為例，抽樣探討六四前後，大陸學者迎向西方理論洪流時的熱情與風險，洞見與不見，並進而描述學者如何利用或挪用西方文論，與當局作意識型態的抗爭遊戲。知識與權力的鬥爭，此爲佳例。本輯最後一篇論述〈現代中國小說研究在西方〉則以回顧形式，綜論三十年來歐美對中國現代小說研究的成績。也許難求鉅遺靡細，卻希望由此向西方同道致敬，兼亦提出個人的批評與期望。

想像中國的方法
——海外學者看現、當代中國小說與電影

二十世紀中國文學與電影的研究，近年在海外有異軍突起之勢。以往的現代中國研究多半集中在社會科學方面。但史料的累積、數據的堆砌、乃至政治的觀測，雖提供諸多信而有徵的資訊，解釋中國的常與變，卻鮮能觸及實證範疇以外的廣大領域。這一現象在晚近有了改變。不少學者開始重新思考中國及中國人的主體性的問題，並提出建構「文化中國」的可能（註二）。走出實證方法學的牢籠，中國人如何「想像」中國的過去與未來，以及他們所思所存的現在，遂成爲一亟待挖掘的課題。

基於這樣的信念，海外學界對現代中國文學與電影的探討，也較從前展現了不同的風貌。作爲社會性象徵活動，文學與電影不僅「反映」所謂的現實，其實更參與、驅動了種種現實變貌；作爲大衆文化媒介，文學與電影不僅銘刻中國人在某一歷史環境中的美學趣味，也遙指掩映其下的政治潛意識。文學暨電影工作者還有他們的觀衆，運用想像、文字、映象所凸

顯的中國，其幽微複雜處，遠超過傳統標榜純知性研究者的視野極限。

以哈佛大學最近出版的《從五四到六四：二十世紀中國小說與電影》(*From May Fourth to June Fourth: Fiction and Film in 20th-Century China*)，即是最新的一個例子。這本書蒐有十二篇專論，探討當代中國小說與電影如何以不同的角度、不同的意象，投射中國的面貌，而這些面貌與五四文學、電影傳統所呈現的中國，又有什麼樣的對話傳承關係。合而觀之，我們看到三個主要方向：鄉村與城市的辯證關係；主體性與性別的定位問題；文字與映象組合及拆解國家「神話」的過程。

這三個方向相互關聯。在城與鄉形成的象徵空間裡，中國及中國人的問題得以落實演出；文字與映象所展現的多元意義網絡，定義卻也分化我們對主體與性別的認知；而國家「神話」的消長，必與文化事業（或工業）營造的幻象符號，互爲因應。值得注意的是，海外這些學者談的既是文化藝術媒介問題，他（她）們也意識到自身的中介地位。一反傳統中國通言之鑿鑿、強不知以爲知的權威姿態，文學及影劇學者認知所有敍述的虛擬性與權宜性。隔海看中國，他（她）們討論從五四到六四的小說與電影，也無非是「想像」中國人「想像」中國的方法試練吧。

一

由於八〇年代大陸尋根文學的崛起，鄉土與都市文學的對壘，再度成爲熱門話題。尋根文學著重鄉俚風俗人物的素描，往時往事的追憶，乍看之下，只是對彼時日益濫情的傷痕文學，一種美學回應。但當中共政權強調大家「向前看」的時期，尋根作家偏偏反其道而行，不僅向「回」看、向「下」看，而且更要往每個人的內心裡看，其所隱示的頡頏姿態，不言自明。尋根派的大將如韓少功、莫言等，也同時可視爲前衛的先鋒派人物，理由即在於此。

對海外的二十世紀中國文學電影學者而言，「尋根」也恰點明他們現階段的研究方向。尋根是一項深具歷史意義的工作，但這並不是傳統史學所謂的探本溯源之舉。從六四看五四，這些學者毋寧更關切以下的問題：是什麼樣的歷史及政治動機，主宰我們記憶過去、想像中國的形式與內容？當代的文學及電影發展，揭露哪些五四傳統隱而未宣的層面？而五四傳統又如何啓發了六四前夕衆聲喧嘩的局面？

若探尋狹義的尋根文學之根，魯迅在二〇年代對鄉土文學的定義與期許，足堪我們再思。鄉土是絕大多數中國人安身立命的所在。在鄉土的舞台上，作家鋪陳傳統與革新、農村與都會、農民與知識分子等對立主題，在在攸關中國現代化的命脈。於此同時，鄉土作家也必須面臨自己的局限。鄉土文學到底是寫給誰看的？是農民、還是知識分子？鄉土文學作者如何界定自己的創作立場？是懷鄉、是憂國、還是自溺？遠離鄉土的作者如何召喚出原鄉的「想像」？鄉土文學曾引發多次文藝理論論爭，從四〇年代毛澤東爲「人民」而寫作的號召，到七〇年代台灣鄉土文學論戰，再到大陸尋根文學熱潮，不是偶然。

準此，威斯康辛大學的劉紹銘及加拿大英屬哥倫比亞大學的杜邁可(Michael Duke)教授，分別對韓少功及莫言所作的研究，即頗有可觀。湖南作家韓少功是鼓吹尋根文學的大將。他的小說如〈爸爸爸〉、〈女女女〉師承福克納及加西亞・馬奎斯之處，早已有人論及。劉指出韓少功與五四傳統間愛恨交織的關係，才更值得細思。韓所經營的社會主義新中國，坐落於瘋狂與理性的邊緣，充斥無數身心俱殘的靈魂；此與魯迅〈狂人日記〉中所見那個挾禮教吃人的社會，不啻相互輝映。韓的世界是個陰森古怪的淵藪，而這一想像的資源，與其說是來自西方文學，更不如說是遙指志怪及楚神話傳統。韓最好的作品多以文革爲題材，但他超越了傷痕文學的狹窄歷史視野，爲劫後的中國注入一末世景觀。他從中國的現在看到了過去，又從中國的過去看到了現在。

莫言是八〇年代中期以來，最受矚目的大陸作家之一。他的小說如《紅高粱家族》等極受讀者評家青睞。在這些作品中他將荒僻不毛的家鄉幻化成神奇燦爛的土地，並另行塑造一套江湖兒女的價値系統，最是可觀。但杜邁可別具慧眼，指出莫言另一部作品《天堂蒜臺之歌》在鄉土文學的傳統上，更具引人思辯的潛力。表面上《天》書回到社會主義現實主義風格，煞似農民抗暴的老套故事。但細細讀來，我們方知莫言此作實有深義存焉。他的小說在人物、情節及敍事法則上似乎廻響四、五〇年代趙樹理等人的農民小說，也因此間接呼應了毛的延安文藝談話精神。其實不然。《天堂蒜臺之歌》依樣畫葫蘆之餘，暴露當年農民文學「天眞可愛」之處，並反襯後續歷史發展最殘酷的一面。小說一方面對當年「新中國」的烏托邦敍述，作鄉愁式的敬禮，一方面卻也完全顚覆了這一敍述。

海內外學界這幾年重寫文學史的成就之一，是對沈從文其人其作的肯定。直到七○年代末期，沈從文之名仍遭大陸文學史家的刻意曲解與湮沒。隨著尋根文學的興起，年輕作家學者整理他的傳承譜系，才赫然重識沈從文的意義。沈從文筆下的鄉土中國，沉謹敦厚，但決不流於童騃性的樂觀或悲觀。只在沈從文作品中看到桃花源意境的讀者，未免低估了他對文化及人性幽秘面的探索。研究沈從文有年的聖若望大學教授金介甫(Jefferey Kinkley)認爲，沈對現代中國文學及文化想像最重要的貢獻，即在於他首先思考「楚文化」再生的可能。相對於北方中原文化所代表的正統政教意識，南方的楚文化歷來偏居於非主流的地位。當中原（或中央）的霸權不足以詮釋或解決中國的問題時，代表邊陲的楚文化也許提供了另外一種出路。楚文化重神話、尙感情、富地域色彩，在理性疆界之外，另闢一幻想及潛意識馳騁的天地。當代作家如古華、韓少功、何立偉等與沈一樣，出身於三湘楚地。他們把握此一認識，因能在橫行四十年的「毛文體」外，獨創一不同的敍事風格。他們的寫作不只是文學上的創新，尤其可視爲一種迂迴的、與主流對話的政治行動。而就著這許多當代楚文化作家所形成的聲音，我們得以重窺半世紀前，沈從文作品中所潛藏的「邊緣」政治策略。

同樣是討論沈從文的貢獻，筆者則從另一角度，描繪沈從文原鄉想像的特徵及影響。沈從文的故鄉不僅是地圖上的定點，也是想像中的夢土。所謂的鄉愁未必是舊時情懷的復甦，也可能是我們爲逃避或了解現在所「創造」的回憶。作爲一極自覺的作家，沈在自己的鄉愁中看出種種原鄉象徵符號的循環播散。如他的《湘行散記》所示，他的故鄉貧瘠落後，卻正是傳說中桃花源的所在，中國烏托邦神話的起始點之一。徘徊於地理與文字、歷史與神話間，沈的鄉愁畢竟是中國原鄉傳統的一環，是一種眞情，也是一種想像。當代作家如台灣的宋澤萊、李永平，大陸的莫言都能體會原鄉想像的弔詭，各以不同的方式，渲染或解構鄉愁的寫作方法。他們爲原鄉文學另闢蹊徑，也間接說明了「寫實」作家沈從文極富現代意識的一面。

沒有城市，何來鄉土？鄉土意象的浮現離不開都會的對應存在。兩者相生相剋的關係，是許多現代政治、經濟研究的起點。但歷來文學史的研究對城市空間所代表的文化意義與城市文學的研究，顯然不夠積極。鄉土文學固然是新文學的大宗，但是創作及消費文學者多半是城市居民。另一方面市井小民所有興趣的俚巷戲曲、言情說部往往並不能得到「純」文學工作者的重視。而中共文學批評傳統中，「城市——小資產——資本主義——頹廢——墮落」的奇怪邏輯，也影響我們對早年都市文學資料的蒐集及分析。

德籍學者傅郝夫(Heinrich Fruehauf)對上海文學文化的精心研究，因此堪稱此其時也。他以豐富的史料告訴我們，上海這個城市如何發展它「摩登」的氛圍、如何區分它的社會階級秩序、如何因此助長了特殊的城市文化與文學。上海文學雖是中國文學的一部分，卻兀自散發著本土的異鄉情調。而飽受西潮影響的作家名流，以西方的尺度衡量本國事物，又造就一種二毛子式的雙重「東方主義」論述。都會紊亂快速的氣息，同時影響了都市文學的敍事節奏及觀點掌握；凡此皆足以說明地緣與文化文學想像的關係。精緻而世故的都市文化曾因中共革命而消失近三十年。八〇年代都市文學文化隨都市的復興而重生，但能否在一個共產社會裡恢復舊時風景，尚有待觀察。

二

二十世紀中國文學藉城市與鄉村兩種視景，投射了公衆領域內不同層次的問題。在私人領域方面，主體（對性別及意識）的自我追尋則成就一幕幕動人好戲。李歐梵教授多年以前就以「浪漫的一代」含括五四各等維新人物。他們以大膽的言行，激進的姿態，表達與傳統決裂的決心，而以自我的建立作爲奮鬥的目標。但何其反諷的，他們自認最離經叛道的作爲往往洩露了傳統的影響，何嘗須與稍離。而在感時憂國的大纛下，多數五四「浪漫的一代」竟以犧牲自我、回歸羣體集權（大我？），作爲最終的政治依歸，寧不令人心驚。當自我的追尋成爲一荒謬的目標，自我的意義只能以可望而永不可及的方式，作負面的界說。這也使我們深思過去七十年代自我的意涵與形式，歷經了什麼樣的轉折？爲何在號稱主體解構的後現代世界裡，中國與中國人仍苦苦的追問「我是誰？」。

五四一輩文藝家對主體性自我的辯難，促進了女性意識的萌芽。「我」不論是個體小我或是國家社會的大我，原來竟是有性別之分的，不能以一中性（男性）的修辭敍述，一語帶過。早在二〇年代女性運動即受到許多有心知識分子的關注。但不旋踵這一爲女性爭地位、謀幸福的運動即陷入複雜的政爭漩渦中。尤其當女性意識與階級意識、婦女解放與無產階級解放的政見被有心者混爲一談後，女性運動失去了原本主體訴求的立場，成爲國家「革命」節目表裡的點綴。八〇年代大陸的女性運動者重整旗鼓，延續半世紀前丁玲、蕭紅的女性意識呼聲，另一方面也與西方方興未艾的女性運動唱和。對海外關心這一現象的學者，她（他）們的問題是：八〇年代與三〇年代的中國女性意識在表達方式與訴求上有何異同？中國女性主義者要如何借鑑西方的策略而不流於人云亦云？

密西根大學的梅貽慈（Yi-tsi Mei Feuerwerker）教授針對五四以來中國作家描寫定義自我的方法，有獨到見解。她不把自我當作是自足內爍的觀念，而將其視爲文義文本不斷相互指涉、傳鈔的一種想像。儘管五四諸君子對自我的口號喊得震天價響，他們只能以旁敲側擊或否定現狀的方式，來推論自我存在的可能。職是，魯迅的〈狂人日記〉竟是藉「質疑、誤解、溝通的失敗、意識的混淆」等負面表達行爲，暗示對自我的渴望而非完成。同樣的手法可見諸於郁達夫的作品。他的〈沉淪〉用嘲仿的筆調，寫主人公嚮往西方浪漫英雄的行徑，以及其畫虎不成反類犬的下場。梅注意到〈狂人日記〉之後六十年，當代中國作家仍然問著五四時代的老問題。這樣時光倒流的現象，何以致之？五四的作家即使反傳統，畢竟仍有一傳統可供其「反」，他們想像中的自我雖不能一蹴而至，至少有軌跡可循。而當代作家才眞正處於一文化、信仰、傳統的眞空狀態。以老牌作家王蒙爲例，他所陷入的語言及意識型態的「鐵屋」，其實比當年魯迅所想像者更難突破。梅的結論語重心長：如果主體的建立不是無中生有，而是有賴傳統資源的激盪，那麼在一個歷經種種狂暴革命、又只顧「往前看」的社會裡，企求理想主體自我，何異緣木求魚？

柏克萊加州大學的劉禾依循當代西方正宗的女性主義論述，解讀丁玲及兩位八〇年代女作家王安憶與張潔的作品。她強調女性意識的興起與中國國「體」的現代化，息息相關。中國的歷史政治情勢既鼓勵又壓制女性主義運動及文藝表現，這其中的矛盾，最是耐人尋味。曾使丁玲一鳴驚人的〈莎菲女士的日記〉，對當代女作家仍應有啓示作用。這篇小說對女性自我的困境，對父權文化的攻擊，以及對女性「書寫」風格的摸索，置於今日，依然頗有可觀。

我們若將梅貽慈與劉禾的研究並列，可以發現一有趣的對話。劉禾指出中國女性從來只是父權文化象徵系統中的空洞符號，而梅卻看到中國男性也好不了多少。他（她）們同樣在歷史洪流裡，撈取材料，塡充空虛的自我。也許所謂的父權體系不如許多女性主義者所見，爲一森森然的霸權實體。它可能根本是一架空的權威機制，而其中的男性成員一樣也是流動的符號，不斷尋求意義的依歸。

明尼蘇達大學的戴克(Margaret Decker)則採用另一種女性主義的策略：她直搗男性文學陣營，自內部顚覆、瓦解其父權意識的工事。她以五四魯迅的〈傷逝〉、五〇年代馮至的〈來訪者〉、以及八〇年代高曉聲〈村子裡的風情〉爲例，探究女性的社會與感情地位是否在不同時代的男作家筆下，有所轉變。這三個故事都以一個男性「負心的人」追憶往日情懷爲主線，也都處理了女性在性與婚姻上所受的差別待遇。戴克強調，故事中男性敍述者懺悔的口氣、回顧的姿態聽來或看來也許動人，卻可能是種廉價的救贖手段，以解脫他們的不義；而不論封建或是共產或是民主社會的「公」道「公」理，其實也多是爲男性撐腰。八〇年代男作家處理兩性問題時如仍一味的沿襲舊例，那麼所謂回歸五四傳統將成爲一種反諷，點出男人不肯長進的事實。

三

以上對公衆及個人領域的研究導向第三個課題，即電影映象及敍述聲音如何運作，以傳達現代中國的歷史文化經驗。小說及電影是五四以來影響力極大的文化媒介。它們提供了虛構的空間，以演練種種社會政治議題，而其本身的變化也見證了中國現代化的曲折過程。在「敍述」及「演映」中國的前提下，小說及電影如何擴展它們的聲音及視野，又如何相互影響？擺盪在寫實與虛構的藝術兩極間，小說及電影如何重現歷史、改寫神話？這些都是值得細思的問題。

當代學者對小說與電影的研究起自其形式的觀察，卻能不爲（天眞的）形式、結構主義的方法所囿。所謂內容／形式二分的論點，早已嫌僵化過時。形式作爲一種象徵「活動」或活動「象徵」，必與社會文化、意識型態的運作緊密結合，而其歷史動機的複雜多姿，永遠耐人尋味。職是，我們要問在特定的時空裡，某一敍述及演映形式爲何及如何主導觀衆的想像力？是什麼樣的權威力量影響形式的「傳達」，或「隱藏」所謂的眞實眞理？現代中國小說、電影的「中國味兒」何處追尋，有否必要追尋？形式的消長起落如何與國家政教機器形成對話？

耶魯大學的安敏成(Marston Anderson)自魯迅的《故事新編》得到靈感，觀察敍述、主體性、與國家神話間微妙的互動關係。魯迅的《故事新編》，顧名思義，是將古老的神話故事重加撰寫詮釋，賦予新意。但魯迅重述這些故事的時機和方法，頗有深意存焉。在一個政治紊亂、理法不存的年代裡，魯迅以輕佻的口吻、戲弄的筆觸，改寫、重述一則又一則古老神話或哲學故事。與他沉重陰鬱的小說集《吶喊》、《徬徨》相比，《故事新編》尤顯虛浮不實。古今時序的錯亂、寓言意義的渙散，在在令人側目。魯迅的敘述形式其實是一種「轉」述。經此他同時肯定也否定了「創作」的眞諦，凸出也嘲弄了作者「自我」的重要；更要緊的是，他謔仿了那「吃人」的過去，也點出現在的不可承受之輕。當代大陸作家如劉恆、張欣欣、韓少功等也都曾在改寫古神話上下功夫，也因此回應了魯迅《故事新編》的反省與批判精神。面對文革後的紊亂，也許這種故事新編的方法可讓藝術家一方面重溯傳統之源，一方面也避免躭溺於「感時憂國」的老調或文化鄉愁的圈套。嘲仿是一種文學形式，也是一種批判姿態。

爾灣加州大學的胡志德(Theodore Huters)教授同樣自魯迅著手，卻得到另一番結論。他觀察現代中國小說敘述聲音的流變，歸納其譜系，並思考其形上基礎。胡認爲中國小說自五四到六四基本有一單音獨鳴的權威聲音，貫串其間。這一現象的發生與傳統知識體系的崩潰有密切關係。傳統知識、文藝的論述是主體意識與客觀成規相互激盪下的成果。所謂的客觀成規，指的是數千年來中國政教哲學思想所累積的一套論世觀物、知人治學的方法。當這套成規因五四前後反傳統風潮而失去約束作用時，實促進了主體意識的勃發。形諸於文學表現的，正是捨「我」其誰的權威聲音。現代小說不論浪漫或寫實、反共或擁共、男性或女性，都充斥這一聲音。即使八〇年代像張欣欣所編的《北京人》，號稱爲上百北京人心聲的集結，其敍述也不脫單音獨鳴的痕跡。胡志德的結論，與前述梅貽慈等的研究，形成強烈對比。他爲我們定義國家敍述(national discourse)的條件與可能時，添加一極具爭議性的層面。

我們最後的重心轉向電影，聖地牙哥加州大學的畢克偉(Paul Pickowicz)及爾灣加州大學的周蕾各以不同的採樣，不同的理論策略，綜論當代中國電影。畢所著重的是資深導演在文革後恢復三、四〇年代悲喜情節劇(melodrama)上的貢獻，而周蕾則探討八〇年代「第五代」導演的前衛手法及意識型態動機。畢克偉認爲描寫悲歡離合、啼笑因緣的悲喜情節劇是中國電影工業的骨幹。雖然影評界及學界一般並不重視此一劇種，悲喜情節劇卻是小百姓的最愛，而其內蘊的美學及價值系統，亦不應等閒視之。在悲喜情節劇中，我們看到高潮迭起、懸宕處處的故事、極盡誇張之能事的淚水與笑聲、正邪對立的人物、及對善惡道德意義的熱烈追求。這一傳統可以上溯三〇年代的卜萬蒼、四〇年代的孫瑜；而自六〇年代崛起，至今寶刀未老的謝晉，則堪稱當前的代表人物。悲喜情節劇永遠「有話要說」，它誇張的表演方式及敍事手段在相當程度上發洩了我們深自壓抑的欲望與恐懼。它簡化的感情道德體系，也爲混沌不明的現實，提供一烏托邦式出路。悲喜情節劇電影在三、四〇及八〇年代大行其道，因有其歷史背景。

畢克偉以謝晉根據古華原著改編的電影《芙蓉鎭》爲例，說明上述觀點。這部電影把文革血淚溶爲善與惡相爭的骨子好戲。經過重重波折，好人得償，壞人得懲；政治社會復元，

「眞理」得以越辯越明。但畢並不就此打住。他問道，眞理果眞站在善的一方面麼？大家崇拜的主席與總理可能是諸惡之源麼？當國家的歷史被（不斷的改）寫成簡單的情節悲喜劇，我們又如何對過去及未來作更細膩深遠的思辨想像？《芙蓉鎭》這類的電影好看，但其實不容易看。比諸第五代導演的藝術電影，它所涉及的大衆文化及歷史想像問題，其實更要複雜呢。

周蕾則將電影與文化工業、教育宣傳體制、國家主體性、及女性主義論述等合爲一談。她所選用的例子是導演陳凱歌根據阿城中篇小說〈孩子王〉所改編的同名電影。她思考電影敍述如何呈現國家及個人的主體性，但她最終的關懷則是女性在文化媒介中被控制甚或被抹銷的地位。她的論述一方面指向個人與社會的問題，強調主體意義的煥發，有賴其與羣體的對話而非臣服，另一方面則質疑女性與國家間的對話可能，及相關敍述規則的矛盾。

陳凱歌的〈孩子王〉呼應魯迅〈狂人日記〉中的吶喊：「救救孩子！」。像二〇年代的作家一樣，我們的青年導演在孩子中看到中國的弱勢實體的象徵，並呼籲「救救孩子」爲強化未來國民性的開端。但周蕾尖銳的批判這一「看」中國的角度。就在「孩子們」被溫情化、理想化的同時，中國人另一弱勢實體——女性——依然被忽略了。魯迅式「救救孩子」的聲音再動聽，陳凱歌的映象技術再翻新，並不能掩飾男性霸權主控國家教育及象徵符號體系的事實。不去重視女性的地位及實力，只會使改變中國的形象與意識之舉，徒托空談。如前述戴克的研究，周蕾認爲現當代的文學及電影仍深深陷溺在男性文化自戀的循環中，如何走出這一循環，認知個體與羣體「性別」之差異，才是追求中國主體現代化的當務之急。

以上所論海外學者研究現當代中國小說與電影的三個方向——城鄉空間的辯證關係；主體與性別差異的定位；敍述聲音與電影映象的媒介功能——使我們了解想像中國、再現中國的過程，何其繁複多元。過分強調實證研究的學者在掌握浮面證據後，往往即對中國的今昔，遽下斷論；甚至他們的預言推論也多帶有高瞻遠矚的權威氣息。研究小說電影這些「小道」，也許可使我們對千絲萬縷的中國問題，有更具包容性的看法。在理性與實證之外的想像疆界裡，無稽之談也能透露不少玄機呢。

這樣的看法對傳統以「眞實」或「眞理」爲中心的知識論，堪稱一大挑戰。哈佛大學的李歐梵教授這幾年一再提醒創作及研究中國文學者，走出寫實（或現實）主義的藩籬，不只意味著美學形式的改換，也更意味知識論上的重整及歷史觀念的更新。只有我們能想像現實以外的種種可能，回過頭來我們才能認清「眞實」與「眞理」的局限與偏執，也才能對從不曾完美的現實，徐圖改進。「毛文體」及「毛視景」在中國當代文學電影中逐漸消失，代表了眞理至上、革命第一的歲月眞已難再。在天安門事件之後看中國，除了搬演歷史政治、經濟社會等衆所熟悉的因由外，我們如何正視中國人的想像力，以及我們如何想像中國，實爲一饒有意義的新路。海外學者論現當代中國小說電影，雖難逃越俎代庖之嫌，仍不失爲一好的開始。

註：

一　見杜維明(Wei-ming Tu), "Cultural China: The Periphery as the Center"，及李歐梵(Leo Ou-fan Lee)，"On the Margins of the Chinese Discourse"，二作皆收於 *Daedalus* (1991)。

翻譯台灣

台灣小說外銷世界是件極吃力而不討好的工作。好的作品固然不少，但翻譯人才難覓，促銷管道有限，已經形成先天障礙。再加上文學離不開政治，西方的讀者評者縱有機會淺嘗中國小說，難免不先大陸後台灣。正因主客觀條件如此不利，這些年來默默推廣、譯介台灣文學的有心人，如劉紹銘、齊邦媛教授、殷張蘭熙女士等，也更值得我們敬佩。

台灣小說以有系統的選集形式出版，首推劉紹銘（與羅體模，Timothy Ross於一九七二年所編譯的《台灣的中國小說選：一九六〇～七〇》(*Chinese Stories from Taiwan:1960～70*)。選集內收十一位小說家的作品，多數在日後成爲經典：如白先勇的〈冬夜〉、王禎和的〈嫁粧一牛車〉、黃春明的〈看海的日子〉、陳映眞的〈第一件差事〉、七等生的〈我愛黑眼珠〉等。藉著這些故事，劉的選集塑造了一個等待劇變的台灣人文景觀。本土意識與大陸情結，寫實風尚與實驗精神在所選作品中相互衝擊，充分見證六〇年代崛起的小說家活力無窮。值此同時，劉紹銘亦曾與夏志清合編了《現代中國小說選》，收有於梨華、水晶等家小說，但以選集所能反映的視野而言，實不如前者。《台灣的中國小說選》原由哥倫比亞大學出版，絕版多年，十分可惜。

一九七五年國立編譯館出版了由齊邦媛教授主編的《當代中國文學選》（*Anthology of Contemporary Chinese Literature*），分爲小說、詩歌、散文三個文類。小說部分以林海音的〈金鯉魚的百襉裙〉始，以李永平的〈拉子婦〉終。五〇到七〇年代初的台灣作家，從司馬中原、朱西寧到施叔青、林懷民，皆有佳作含括在內。與劉紹銘橫斷六〇年代台灣小說的編選策略相較，齊的選集顯然更重「大傳統」的延續。軍中作家、渡海而來的大陸作家與本土新秀等量齊觀，去國懷鄉的主題則縈繞多數年長作家的筆下。台灣的形象容或未在此選集中凸顯，但卻是懷鄉小說得以產生的前題：渡海遷台，是鄉愁的開始。齊邦媛在發掘不同形式的作品，亦帶有獨到的眼光。施叔青的〈倒放的天梯〉、歐陽子的〈魔女〉、奚淞的〈封神榜裡的哪吒〉及李永平的〈拉子婦〉，均屬佳例。合而觀之，齊的選集表現出對（國家）歷史不能或已的憂思或焦慮，此一風格，不只可見諸她所選錄的資深作家作品，也可見諸於年輕作家如奚淞、李永平的作品。

殷張蘭熙女士過去多年主編台灣唯一的英譯文學刊物《筆會》（*Chinese Pen*），翻譯的品質雖時有參差，但殷默默耕耘的毅力，絕對值得推崇。一九八二年的《寒梅》（*Winter*

Plum）即是《筆會》歷年所刊小說的菁華選集。此書共有三十三篇作品，除了我們熟知的作者如白先勇（〈玉卿嫂〉）、黃春明（〈魚〉）等外，殷引進了不少第二線的或新進的作家如楊茯、子于、張至樟、袁瓊瓊等。殷也一反劉、齊選集以斷代或歷史爲基準的編輯方式，代之以老幼新舊交集的大會串。《寒梅》也許望之散漫，但擺脫了文學史傳承的包袱，以及以經典名家是尚的價值標準，反而煥發出一輕快多樣的台灣意象。這也許是殷張蘭熙始料未及的收穫吧。

介紹台灣小說不遺餘力的劉紹銘一九八三年再接再厲，推出了另一本小說選《剪不斷的鎖鍊》（*Unbroken Chain*）。這本選集的十七篇作品上起賴和、吳濁流、楊逵，經鍾理和、李喬、鄭清文而迄於張大春。劉以台灣本土文學六十年的消長爲背景，編譯出一本極富文學史意味的選集，在英語世界中可算是首開紀錄。此書以抗戰勝利前後爲分界點，將台灣作品分爲兩個世代。早期作家文采或不及後之來者，但在反映殖民時期台灣同胞的所行所思，極富史料價值。全集以外省第二代作家張大春的〈雞翎圖〉作結，則可見「台灣」作家的涵義，半世紀後，已然更趨多義。最近幾年有關台灣本土政治文化的出版品層出不窮，《剪》書於八〇初期問世，反開風氣之先。而編譯者劉紹銘昔爲僑生，現寓海外——誰說不是「純」台人，就不能愛台灣？

跨入九〇年代，台灣小說的譯介出版，也有新的面貌。張錯與奚密聯合編譯的《飄泊與原鄉》（*Exiles and Native Sons*），一如書名所示，扣緊了台灣現代小說兩個重要主題「浪子與孽子」，作爲編選依歸。所收八篇作品也顯現了八〇年代以來，台灣文壇生態的變遷。白先勇或黃春明之名不復得見，林雙不、朱天心等乘勢崛起。小說集內有半數以上作品觸及了政治問題（如李喬的〈小說〉、郭松棻的〈月印〉、張大春的〈四喜憂國〉、李黎的〈最後列車〉）。由白色恐怖到海峽兩岸戀情，由異鄉血淚到國土之內的飄泊，台灣小說題材的質變，已蔚然可觀。

《飄泊與原鄉》編選台灣小說由主題入手，張誦聖（與Ann Carrer）的《雨後春筍》（*Bamboos after the Spring Rain*）則以時興的性別主義掛帥，標榜台灣女性作家過去四十年的成就。張誦聖專研台灣小說有年，這本選集代表她具體的貢獻之一。全書始自張愛玲的〈桂花蒸‧阿小悲秋〉，頗有深意存焉。張雖不能眞正歸類爲台灣作家，但她的作品卻是許多生或長於台灣作家的精神之源。八〇年代我們習見的名字如蘇偉貞、袁瓊瓊、蔣曉雲等，均有作品出現於《雨後春筍》中。台灣文學中女作家豐沛的創作力及影響範疇，一向強於男性同儕，張藉此選集探本溯源，肯定她們的成績，正可謂此其時也。

一九九一年香港中文大學的《譯叢》雜誌（*Renditions*）也推出了一輯台灣文學專號。除小說外，專號並旁及詩歌、散文等其他文類。此一專號由《譯叢》的孔慧儀博士及譯界老將葛浩文教授（Howard Goldblatt）掌舵，品質管制自是在水準之上。小說部分的作品有苦苓的〈貝勒爺吉祥〉、朱天心的〈新黨十九日〉、朱天文的〈炎夏之都〉、及已在張錯、奚密選集中出現過的張大春作品〈四喜憂國〉。由於這一專號強調當代性，而八〇年代末期的台灣文學正值青黃不接階段，難免使編譯者有使不上勁的感覺。儘管如此，《譯叢》台灣文學專號編排精緻，涵蓋範圍寬廣，仍可作為有心推動英譯台灣文學刊物的最佳模式。

國立編譯館自八〇年代中期起即策劃一冊英譯台灣小說選，筆者亦曾參與初期的作品篩選工作。但此書至目前仍未出版。全書編譯由台大外文系的彭鏡禧教授主持，內容以八〇年代早中期小說為主，包括了黃凡的〈人人都愛秦德夫〉、張系國的〈陽羨書生〉、平路的〈玉米田之死〉、陳映眞的〈山路〉、及劉大任的〈杜鵑啼血〉等曾經頗獲好評的作品。此書他日出版，應稍可彌補八〇年代初、中期小說英譯不足的現象。書中作品對台灣政治現代化的陣痛、海峽關係解凍、以及轉型社會裡人際關係的變遷，均多所觸及。選集的編纂雖意在傳諸後世，但既強調「現代」或「當代」文學，時效性仍極重要。國立編譯館春蠶吐絲式的作業，顯然有貽誤軍機之嫌。

除上述諸作之外，任教英屬哥倫比亞大學的杜邁可教授（Michael Duke）所編《現代中國小說面面觀》（*Worlds of Modern Chinese Fiction*），亦收有相當數量台灣小說。此選集原始構想出自劉紹銘及馬漢茂（Helmut Martin）。二人於八六年召開的「現代中國文學的大同世界」會議，即意在打破狹窄的中國（大陸）文學觀，探討不同中國社會（台、港、大陸、海外）裡文學相互對話的可能。杜的選集因此首度提供了一個機會，讓海峽三岸及海外的文學以英譯互相較量。台灣方面排出的陣容有張大春的〈將軍碑〉、王禎和的〈香格里拉〉、蕭颯的〈我兒漢生〉、黃凡的〈賴索〉、李永平的〈萬福巷裡〉等，堪稱是八〇年代的佼佼者。他們的作品顯現台灣站在（政治、文化）歷史與神話的交口間，所生種種可啼可笑之事。與大陸「尋根」、「先鋒」作品並列，自有不同的風格。

杜書的編輯策略，爲未來台灣文學的英譯及推廣，樹立一新的出路。哥倫比亞大學翻譯中心正進行的一本小說選，亦採取了此一海內外大結合的形式。惟因應九〇年代的文學氣候，入選作家面貌有了改變。朱天心（〈袋鼠族物語〉）、朱天文（〈柴師父〉）、楊照（〈我們的童年〉）、平路（〈台灣奇蹟〉）、鍾玲（〈望安〉）等作，將是這本新選集台灣部分的骨幹。

翻譯選集藉所選譯的故事，排比、連接一則則有關台灣經驗的敍述。如上所述，八種台灣小說英譯選集即呈現了極不同的台灣面貌，供西方讀者摩挲。以往評者的觀念多汲於翻譯是否忠於原作，以及原作是否眞正表現或代表了台灣眞相。但在我們持續思考這類觀念的同時，我們也必須自問：翻譯與原作之間「忠實」「可靠」與否的關係，只是個語言道德議題麼？而另一方面原作在描寫、呈現台灣眞相時，不也是一種詮釋——或廣義的翻譯——行爲麼？「翻譯即誤譯」這類的老話在譯界行之有年，實有待重新定義（或翻譯）。我們要說譯事信達雅的信條當然仍極重要，但翻譯之爲一種詮釋，一種對原作的創造性延異（différance)，正如原作之於其創作素材一樣。明乎此，翻譯台灣不只如字面所示，只是轉手促銷台灣的文學工業；翻譯台灣是使種種台灣形象乃至意識浮上枱面的必要手段。台灣是存在於翻譯之中。

新西潮下的弄潮人

——《文學評論》的兩個例子

《文學評論》是當代中國大陸最重要的文藝理論刊物之一。這本雙月刊型的雜誌由中國社會科學院文學研究所編輯發行，其國家級的地位不言自明。也因此，它往往成爲反映當代大陸文藝知識界發展的風向球。在八〇年代所謂「新時期」的階段，《文學評論》勇於介紹西方理論、反思傳統國學、推動文藝實驗，在在引人注目。而這股求新求變的風尚，更因主編劉再復（一九八五年起接掌文學所）的鼓吹人文主義及主體化美學，而於八〇年代後期達到高潮。

在《文學評論》最蓬勃的幾年，西方思潮得以大量引進。從存在主義到新馬學說，從結構主義到解構風潮，從現代派美學到後現代思想，都可在這本刊物中找到中國迴聲。流風所及，有關文藝創作的討論，也顯得多彩多姿起來。像早期對意識流的評介、「先鋒」與「尋根」文學的爭辯，以迄後來對拉美魔幻寫實主義、後設小說的解析，無不顯示西潮激盪下的結果。至於一再出現的現代、現實主義之爭，看來反而有些像老生常談了。隨著各種各樣的學說流派辯難，許多作家的作品亦引起比較性的閱讀。像王蒙之於喬伊斯與海明威，莫言之於葛西亞·馬奎斯與昆德拉，劉索拉、王朔之於沙林傑及「垮掉的一代」，殘雪之於卡夫卡，史鐵生之於卡繆，只是衆多實例中的部分而已。

然而作爲國家一級文學理論刊物，《文學評論》的影響雖大，卻也承擔了相對比例的政治風險。八七年反資產階級自由化運動時分，《文學評論》遭到波及，終能大事化小，僥倖過關。八九年天安門事件後，這本刊物就眞正在劫難逃了。它先受到檢查整頓的命運，隨後編輯人員又大事換血。其時原主編劉再復早已避居國外，接班人馬由「左王」鄧力群撐腰，力行向左看齊。《文學評論》在新時期衆聲喧嘩的現象，至此暫告消寂。

這篇文章試以《文學評論》在八九、九〇兩年所刊的文論爲例，探討在當代歷史關鍵時刻，大陸學界對西方文藝思潮的反應及運用。我特別注意的兩期分別是一九八九年第四期及一九九〇年第六期。前者的出版恰值天安門事件爆發期間，後者則顯現雜誌遭檢查整頓一周年後的面貌。並列這兩期《文學評論》，我們不僅看到知識界與權威當局相抗爭的詭譎，更可一窺西方的文藝思潮如何在這場抗爭中，成爲或利或弊的籌碼。各種外來的學說理論不再只是陌生時新的文化消費品。它們被介紹、挪用乃至曲解、壓抑的過程，已自構成世紀末中國文化界知識與權力鬥爭的重要一環。

一

在一九八九年第四期的《文學評論》上，領銜的兩篇專文是夏中義的〈歷史無可避諱〉以及許子東的〈現代主義與中國新時期文學〉。這兩篇文章一對中共四十年來的文學作宏觀檢討，一對「新時期」狂熱吸收西方現代主義的現象重加剖析，都提出極具爭議性的論點。自八〇年代中期以來，《文學評論》即不斷有文字討論中國文學與西方思潮如何因應的問題，夏、許的論文代表這一論辯的高潮。除此二作外，這一期的《文學評論》亦刊載了其他與西方文論通聲息的作品。像錢中文從巴赫汀（Bakhtin）衆聲喧嘩觀點閱讀高曉聲的小說；李以達私淑保羅·德曼（Paul Deman）「洞見與不見」的論式解構傳統文化中心主義。又如張旭東以〈幻想的秩序〉爲題介紹拉康（Lacan）心理學；季紅眞追溯自傅瑞哲（Frazer）、佛洛伊德至傅瑞也（Frye）的西方神話傳統；以及楊迺喬徵引尼采、康德理論，對屈原之死所作的再思。不僅此也，我們甚至讀到王培元檢討愛國主義，吳曉東、謝凌嵐思考世紀末徵兆的論評。《文學評論》風格的多樣化與激進化，由此可見。

八九年第四期的《文學評論》出版日期是七月十五日，距天安門事件爆發已一月有餘。我們有理由猜測這一期在六月前就已完成編輯甚或排印。中共在六四亂局後居然未予禁止發行，讓許多不該看到的文章與讀者見面，不能不說是歷史的反諷。

像《文學評論》這樣大型雜誌所刊的文章，來源旣廣，所論題材原亦未必相屬。但經編者巧爲排比連接，竟能藉不同的聲音凸顯雜誌的立場，並進而形成一有力的論述格式，的確可見功夫。尤其中共文藝、知識界素以細膩綿密的文字角力見稱，《文學評論》在六四前後編就的專號，更不能等閒視之。從九〇年代的角度細讀這許多文章，我們因此可從其間體會當時知識界批判現狀、迎向西潮的洞見與不見，希望與虛惘。

回到前述夏中義〈歷史無可避諱〉一文。這篇文章剖析中國當代文學史觀與毛澤東文藝思想的糾結關係，有相當露骨的批判。毛澤東文藝思想的具體浮現，始於一九四二年《在延安文藝座談會上的講話》。其主要精神一言以蔽之，即文學爲政治服務。儘管工農兵文藝的口號喊得震天價響，一九七九年以前的中共文學卻見證了政治霸權最嚴苛的箝制。夏文將這一段的中共文學史分爲三個階段：「前迷失期上段」——毛文藝與胡風意見書的鬥法；「前迷失期下段」——毛文藝與周楊「寫眞實」修正論的傾軋；「後迷失期」——毛文藝與樣板戲原則的結合。夏中義對毛澤東文藝路線的批判，也許台港及海外學者看來並不新鮮，但置諸一九八九年中國大陸的政治氛圍中，仍令人爲之揑一把冷汗。

夏的論文以期待七九年後「探尋期」文學作結。他特別提出藉新潮文論重估毛澤東文藝思想的可能。按照夏的說法，新潮文藝理論大致兵分二路：強調作家精神發皇的主體論，以及側重作品「文本」意義自足的本體論。夏對「主體」或「本體」二辭的理解和運用，當然有待商榷，但相對以往政治掛帥的「雙結合」、「三突出」等口號，以及以捕風捉影爲能事的「索隱派」監視性閱讀，自不可同日而語。夏更注意到八〇中期後，「現象學、符號學、闡釋學、文化哲學、比較文學、接受美學、結構主義與解構主義等等像洪水倒灌，半生不熟甚至誰也不懂的新名詞新術語更是狂轟濫炸。硝煙彌散之後，雖不見有宏偉的新論崛起，但世襲領地上的傳統建築已開始土崩瓦解。」（一九頁）

善哉斯言。八〇年代湧入中國的西方文論也許還談不上落地生根，但在顚覆傳統毛文藝教條上，確是威力無窮。夏的主體論顯然與劉再復所倡者相呼應，根源皆出自廣義的西方人本主義、黑格爾、及講異化論的馬克思。另一方面他所謂的本體論，指的其實是作品至上的文本論，因與歐美形式及結構主義部分觀點，一脈相承。仔細爬梳夏的論辯，我以爲〈歷〉文最重要的貢獻，應屬以下兩點。第一，夏剴切揭露以往毛文藝路線庸俗的文學反映論。以毛的話來說，「文藝是社會生活反映在文藝家頭腦中的觀念形態的產物」。這一說法其實唯心之極，在實際運作上卻產生極可笑的「對號入座」批評法。《劉志丹》因此被打成「反黨小說」，《海瑞罷官》更被誣爲「爲右傾機會主義者翻案」。文藝理論可成政治構陷的工具，眞是莫此爲甚。有鑒於此，夏提倡作家創作的自主性，及文本的美學及理念自足性，自有深刻意義。從取材到創作到作品到閱讀，文藝活動複雜的過程不應化約爲「刺激－反射」的簡單公式，甚至成爲政治活動的附庸。

第二，夏文的題目〈歷史無可避諱〉對專講歷史的馬列毛專家，無異是當頭棒喝。毛文藝教條雖口口聲聲服膺歷史規律，骨子裡最排斥的卻是隨時間舒展的歷史變遷。在毛的辭典中，歷史的定義等同於神話。是以當夏文提醒崇拜歷史者不要避諱歷史，已一語道破毛思想中最大弔詭。更難堪的問題是，如果歷史曾經被當作神話般的供奉，那麼毛的「現實」主義是否亦根植於一警衛森嚴的太虛幻境呢？時序到了五四七十周年，夏中義力求借鑑西方新潮文論，審視中國文學的危機，這不啻與當年陳獨秀、胡適、魯迅的精神，遙遙相映。對他而言，唯有經歷了「文的自覺」到「論的獨立」二階段，才能進一步談「人的解放」。七十年前的老問題，看來歷久彌新！

與〈歷史無可避諱〉一文形成極有趣對話關係的，是許子東的〈現代主義與中國新時期文學〉。這篇論文與夏文在形式上有相通之處，都是以宏觀筆法，綜論某一時期的文學現象。現代主義與現實主義之爭是馬克思美學的老問題。在中國文壇上，這一對立亦可回溯到三〇年代。對毛的信徒而言，現代主義代表了一切西方資本主義的（也就是墮落的）美學風潮。這樣不分青紅皀白、一網打盡的作法，已不足取。更可怪的是，毛派現實主義及其根源寫實主義也是來自西方，也是（前）資本主義時期的產物，四九年後反成了國粹菁華。毛派文化打手一再視現實／現代主義爲土洋之爭，其實是犯了抽刀斷水的弊病。

許子東的文章明白指出中國作家用現代派一詞，涵括「從十九世紀法國象徵派詩歌一直到目前流行在歐美的荒誕派、黑色幽默小說」（二一頁），他將新時期學者作家對現代派的反應分爲三個階段。第一階段的焦點集中在「我們要不要現代派」上，大抵延續了傳統西學中用的功利觀點。從徐遲八二年的〈現代化與現代派〉到馮驥才、李陀八四年的呼籲現代主義與民族文化結緣，西方現代文學及思潮被視爲打破文革後文化遲滯現象的利器。第二階段的重心轉移至「我們文學中的現代派好不好」的論爭。何新於一九八五年〈當代文學中的荒謬感與多餘者〉一文，成爲新導火線。何新認爲現代派的實驗已危及「正確」的文藝路線，頗有打擊士氣民心之虞。此文一出，現代文論、文學的道德層面頓成問題所在，一時議論紛紛，好不熱鬧。第三階段則將「現代」化爲詮釋學關目，乃有「我們究竟有沒有眞正的現代派」之問。八七年季紅眞以專文探討、定義西方現代主義的「原貌」，並以之觀察中國作家的異同。季文詳實清晰，但不無刻舟求劍的傾向。果然之後有劉曉波大談中國現代派作品如何畫虎不成反類犬的種種；他本來意在分殊中西的不同，終卻不自覺的抬舉洋貨方爲「正宗」法乳。一場紛爭惹來黃子平八八年〈關於「僞現代派」及其批評〉一文，揭露了現代派求「眞」求「好」的議論中，油然再生的政治動機。

許文對西方現代派到中國後何去何從的問題，並沒有明確說明。但他冷靜的指出，「現代」之爭非自今始，我們既毋需視之爲洪水猛獸，也不必奉之爲靈丹妙藥。值得深思的是，八〇年代中，四個現代化的口號高唱入雲，但文學上的現代主義卻引起衆多不安。現代化的文學自然不一定要和現代主義或現代派文學畫上等號，可是有關現代派的爭議，卻絕對是偵測文學現代化與否的重要指標。明乎此，儘管許多的辯論如今看來都嫌小題大作，卻仍有力的見證了彼時學者作家求變之心的激切。

如果我們將許子東論現代主義的文章與劉中義的〈歷史無可避諱〉併列一處，更可看到另一層意義。劉文的議論，如前所述，基本圍繞著毛澤東社會主義的現實主義而發。他指陳在國家意識型態機器的運作下，一個以「再現歷史與眞實爲理想的美學觀念，如何可物化爲一『避諱』歷史與眞實的樣板。」許子東恰從相對的角度出招。他承認現代主義對新時期文學文論的震撼，卻也看到隱伏其下的危機。「現代」二字的不斷舞弄，並不就眞能使中國文學立即現代化起來。八〇年代對現代主義三個階段的辯論，適足以說明像以往的現實主義一樣，現代主義也可物化成爲一個黨同伐異的新樣板，一種自我虛耗的新寄託。許不禁憂慮：「『我們的現代主義』，是否又會變爲一種新的『我們的現實主義』？」

二

除了現實與現代主義的對話外，八九年《文學評論》的第四期另有其他有關西方文論的文字，亦是耐人深思。季紅眞的〈神話的衰落與復興〉處理西方自傳瑞哲到傳瑞也神話學傳統的流變；張旭東論拉康心理學的〈幻想的秩序〉，屬於平鋪直述的介紹，在此存而不論。比較引起我注意的反是西學中用的例子。像是李以建〈文化選擇與選擇文化〉一文。該作回顧七十年來中國知識分子定義、提倡種種文化模式的歷程，原屬中規中矩的反思文章而已。李認爲四十年來的新中國受制於一貌似解放、實則封建的「新傳統文化」。面對八〇年代的變局，如何突破此一模式，實爲當務之急。但至此他筆鋒一轉，指出以往「文化策略體現的盲視，是堅持中心論造成」。解決之道，在於凸現這一中心論自我解構的傾向，以求「去中心的作用」。此外不論是「新傳統文化」的修正派或還原派，都必須意識到一已的洞見與盲點，並進而求自盲點中找尋新視野。「這種移置中心的作用，使文化發展的歷史向前推移，而中心的不斷的解體，將使人們逐漸逼近文化的眞實自我」（頁五九）。這段解構論寫來的確有模有樣，顯然有德曼、德西達的影子。只是李的論文本身除了指證「還原」與「修正」派因歷史位移所生的矛盾外，並未眞正自理論內部作嚴格的解構邏輯推衍，因此只能算是有心無力的嘗試。

又如高尙的〈論新時期小說創作的深度模式〉，將新時期小說分爲四大模式，各以西方理論作基礎。第一種「現象—本質」模式重新質問黑格爾、馬克思的美學論點，求取剝除事物表象、直探本源的可能。第二種「確定—非確定」的模式，則淵源於卡夫卡、卡繆、沙特等所代表的西方存在主義哲學與文學；第三種「精神分析」模式，顧名思義，是沿著佛洛依德對愛欲的探索，開發意識中非理性的疆域；而第四種「顯義—隱義」模式又採納了結構人類學及語言學的論點，由意符意旨的無盡生尅中，描摩意義的飄忽存在。順著這四種模式，高尙將新時期「現代派」的各輩作者，由宗樸、王蒙到殘雪、馬原，再到蘇童、余華，可謂一網打盡。整篇文字雖講求的是深度模式，但對各模式的來龍去脈皆是淺嘗輒止。

《文學評論》另有兩篇文章分別就不同作家的小說，質疑政治及文化的烏托邦主義。兩篇文章也都參照西方文學及理論，以支持其論證。錢中文評農民作家高曉聲的長篇小說《青天在上》，認爲是當代文學回顧反右運動的精心傑作。高曉聲本人原非農民，卻因在反右時期被劃爲右派，下放蘇北農村二十餘年。八〇年代他以一系列冷雋嘲弄的農民小說，如〈李順大造屋〉、〈陳奐生上城〉等，廣受讀者歡迎。《青天在上》是高更上層樓之作，刻畫政治傾軋的醜陋乖謬、農民生活的傖俗困苦，還有知識分子夾處其間的鬱憤悲涼，每每讓人擲卷三嘆。但這本書並不是涕淚飄零的傷痕文學；它是一本關於十億人民被「趕入天堂」的喜劇。

高曉聲化悲憤爲笑話的反諷風格，使《青天在上》所傳達的荒謬感，決不亞於許多前衛實驗小說。毛記烏托邦看似美好，卻是一集顢頇、愚昧，及兇殘之大成的集中營。在理性的憧憬下，非理性的事物被容忍、被施行，乃至最後也被合理化了。錢中文引用了俄國作家札米亞金（Zamiakin）的《我們》（一九二二）、及英國作家歐維爾（Orwell）的《一九八四》（一九三四）爲例，說明《青天在上》的反烏托邦主題。所不同者，「如果《我們》寫的是預言的荒誕的神話，而且可憐的現實竟不幸而被言中了，那末《青天在上》揭示了現實的荒誕、創作了現實的神話」。（七九頁）

在解釋高曉聲的反諷敍述時，錢中文進一步引用了巴赫汀的「諷擬體」或是諧仿（Parody）觀念。他藉巴氏《陀思妥耶夫斯基詩學問題》一著的論式，指出高曉聲如何的因襲、套用傳統毛派工農兵文學的敍述形式，卻製造出迥然不同的效果。「雙聲語的第二聲音表面上是指向主人公的，但實際上它卻是指向主人公後面的一個陰影，我們可以稱它爲迷信也好，或是烏托邦也好。」（八五頁）錢又注意到如陀思妥耶夫斯基般，高也在故事中不時加插作者的議論，並因此更加強全書的反諷之音。但陀氏的聲音在他小說中從不取得主控優勢，而是與各角色相互來往，並由此形成衆聲喧嘩的局面。錢中文所論層次較淺，基本實不脫新批評反諷的範疇。

無獨有偶的，殷國明在另一篇〈《桃園夢》：一種傳統文化理想終結的證明〉中，也觸及到反烏托邦文學的問題。他所持的例子是莫應豐的《桃源夢》。莫應豐原是尋根派作家，作品如〈駝背的竹鄉〉等以鄉土揉合怪誕，烘托一眞假莫辨的世界。《桃源夢》的靈感明白來自陶潛的〈桃花源記〉。書中的山鄉天外天也是一個與世隔絕的洞天福地，居民男耕女織，不知有漢，無論魏晉。但天外天的完美秩序竟是「以人性、人情、人欲的犧牲爲代價的」（一二〇頁）。在歷史之外建立起的信仰、規則、與禁忌，久而久之實已墮落爲魯迅式的吃人禮教。最美妙的天外天竟是「以滅人欲爲核心的」。

莫應豐以桃花源神話來反省共產社會組織的用意，毋須多言。要緊的是，殷國明在這部新寓言小說中看到烏托邦的崩頽，與其說是因於外力的侵擾，倒不如說是來自其內部的腐蝕與自我消解。他以高爾汀(Golding)的《蠅王》(*Lord of the Flies*,1955)及狄福(Defoe)的《魯濱遜飄流記》(*Robinson Crusoe*,1720)爲例，痛陳一自我封閉的社會所可能產生的危機。但如果這兩部西方小說演述個體的膨脹及個性的衝突，《桃源夢》則展現了群體的禁忌與瘋狂。何以理想倫理關係的善成爲現實生活中的惡？何以天下一家的共產策略成爲天下大亂的伏線？莫的困惑，寧不令人深思。

對於作家、作品、社會間的互動關係，這一期《文學評論》上有兩篇極有趣的文章，可資一談。楊迺喬的〈理性的覺醒和悲劇的誕生〉縱論屈原之死的生命哲學意義，而吳曉東、謝凌嵐的〈詩人之死〉則以一九八九年春，北京青年詩人海子的自殺，思考現代文人求存或自毀的緣由。兩文處理的對象都是詩人之死，而時間則相距兩千五百年。楊迺喬的文章首先指出楚騷文化作爲藝術，並非純粹訴諸感性欲望的表達。一反傳統觀念，他認爲屈原的《離騷》、《九歌》等作中，，已顯現理性文化（禮法）的萌芽。折衝在原始自由的感性追求及新興的禮法制度間，屈原唱出了他的兩難。不僅此也，即使在理性文化範疇內，屈原仍不能解決尙典章的法治及尙血緣的宗法間的衝突。這造成了他「理性心理的偏失」。法治及宗法的壓力表現在屈原「去國實現理想或去國繼續忠君」間，「而君亡國破又使屈原的宗法理性精神失去了寄託。」（九九頁）屈原理解到他「理性」抉擇間的二律悖反問題，卻仍強求二者間的合一，他的悲劇意識因此悄然誕生。

自殺不是屈原衝動的選擇，而是理性思維後的必然。但楊迺喬強調如果死亡代表文化追求永恆超越的起點，屈原之死卻只「趨向於非自由，是情感的枯萎和生命的墮落」（九九頁）。楊對死亡及超越的看法，與其說是來自楚文化，不如說是來自尼采。君不見文章的題目中即直言悲劇的誕生麼？另一方面楊也藉康德論自殺內涵的消極和積極，來支持自己論點的道德意義。對楊而言，屈原的死不代表尼采悲劇式的精神解放，而是禁錮；不代表康德式理性的道德勝利，而是「理性的偏失」。「屈原自殺所得到的並非是絕對永恆的精神自由；而是一個爲氏族宗法血緣觀念奴役和異化的非人，奴隸般地死於宗法理性所得的負價值和非自由。」（一〇〇頁）

吳曉東、謝凌嵐則從另一西方傳統思索詩人之死的意義。一九八九年三月二十六日，二十五歲的詩人海子在山海關臥軌自殺，遺下了二百萬字的詩稿。海子生前被譽爲「詩壇怪傑」，他的猝死，更爲山雨欲來的中國文壇，蒙上陰霾。吳、謝在此看到了中國世紀末的淒絕表徵。他們回潮西方十九世紀以降的史詩，指出「詩人爲形而上的原因自殺」已是恆常的主題。而上個世紀末的夢魘，至今仍籠罩著我們。「尼采敲響了人類理性正史的喪鐘，斯賓格勒繼而又宣佈西方已走向了沒落，于是人類迎來了如海德格爾所描述的世界之夜」（一三二頁）。值此人類存在危機的時分，詩人不願苟活，他們以自身的消亡，求取生命意義的最後結晶。這種孤注一擲的舉動，一方面凸現了詩人荒謬悲涼的生命視野，一方面也代表了向存在宿命抗爭的必要手段。作者甚至引用沃爾夫岡（Wolfgang）對里爾克（Rilke）之死的謚語，稱海子的死不是「一般的死」，而是「巨大的死」，「是不可重複的個體所完成和做出的一項無法規避的特殊功業。」（一三四頁）這與傳統毛文藝「盡忠報國」的論調，正是背道而馳。

三

在六四事件前夕，《文學評論》的作者思考著文學和國家的命運。而彼時方興未艾的西方文學文化思潮，顯然扮演了積極媒介的角色，從現代／現實主義的論辯到反烏托邦文學的探究，從解構文化中心主義的嘗試到揭發理性疆界的漏洞，《文學評論》的批判色彩，愈益濃重。而當詩人之死被視爲爭取生存尊嚴最絕決的象徵時，雜誌本身似乎也沾染了寧爲玉碎的悲劇姿態。六四腥風血雨的氣息，彷佛已直透字裡行間。

天安門事件之後《文學評論》第五期，主編及編委的名字全數消失。也許由於對事件後的反應倉促，這一期的內容除了張炯猛批夏中義〈歷史無可避諱〉一文外，並沒有太大的企圖心。但在第六期中，我們看到雜誌緊急左轉的徵兆。有關當局發動了八位學者舉行「檢查整頓」《文學評論》筆談，撻伐之聲不絕於耳。首當其衝的，仍是夏中義的文章，但每篇文字的暗箭，則紛紛射向劉再復的主體論，以及「一些不甚了然的哲學概念等。」吳曉東及謝凌嵐的〈詩人之死〉也遭到批判，被冠以資產階段頹廢腐朽的大帽子。這些批判文章多爲應景或應命之作，沿襲以往批鬥文學的老路，理不直而氣能壯，是其唯一特色。

《文學評論》一直要到九〇年的第四期才重新組成編輯班子。這次掛名主編的是文學研究所的敏澤。敏澤在反右運動時曾受牽連，之後則力圖與左線掛鉤。他的出馬，據稱是得到左王鄧力群的支持。敏澤與副主編張炯聯手，開幕第一炮就是一篇〈密切文學藝術與人民的關係〉的官樣文章。然而九〇年代的中國畢竟不能回到反右及文革那樣歇斯底里的風潮中。《文學評論》在相當程度上，接受了西方文論存在的事實。如何技巧的指出「西化」是精神污染之源，是編者亟於達到的目標。但他們有弄巧成拙的時候麼？

這裡我要討論出現在九〇年第六期《文學評論》上的一些現象。這是《文學評論》遭到「檢查整頓」一年後的一期。表面上文章的編排仍是兼容並蓄，但細細讀來，我們可以發現編者在擺弄中西土洋的題材與方法上，種種心餘力絀的窘態。於是我們一方面看到呂芳對新時期文學與拉美爆炸文學所作的影響報告，一方面也看到余斌、駱寒超大力促銷民族形式、憂患主題的文章。李虹寫新時期散文的流變，提出〈女性「自我」的復歸與生長〉的結論，「恰巧」與蓮子強調〈左翼女性文學女性意識型態〉一文，相互對照。而解志熙論中國作家與存在主義之關係一作，又有潘必新、李明泉等講意識型態、「藝術辯證的把握生活思考」等論的夾擊。編者力作開明狀，擺明了左右開弓、中體西用的陣勢，但內裡批評方向及方法的夾纏齟齬，往往蔚成奇觀。

最好的例子應是這期《文學評論》最前面一字排開的五篇論文。帶頭的是副主編張炯的〈繁榮文藝與反對資產階級自由化〉。此文殺氣騰騰，嚴厲批駁新時期文學向西看的資產階級墮落傾向。照張的觀察，西方資產階級文論的兩大毒害是反理性主義和「爲藝術而藝術」的唯美主義。前者誇張直覺、潛意識夢幻、性的苦悶與欲求；後者否定「文學藝術與政治、法律、宗教、道德、哲學等上層建築意識型態的密切關係」，不承認「客觀存在的文藝也可以有爲政治服務、爲道德教化、爲哲學眞理傳播服務的功能。」（一一頁）張強調撥亂反正之道，是回到毛主席當年大大有學問的「百花齊放、百家爭鳴」的雙百方針。果眞如此，我們不禁要問，難道所謂的反理性及唯美主義不能算是百花中的一花，百家中的一家麼？

張炯寫道，「搞資產階級自由化的人妄圖把『雙百方針』歪曲爲自由主義的方針，先以『多元共存』，把社會主義文藝和馬克思主義降爲『多元』中的『一元』，繼而又貶斥和否定馬克思主義……並進而實行『只准我批評你，不准你批評我』的辦法……壓制馬克思主義對於非馬克思主義、反馬克思主義思潮的批評。」（八頁）這段話霸氣十足，但令人困惑的是，如果百家爭鳴的結論，已預設爲肯定馬克思主義的勝利；如果多元論的底盤是一言堂，那麼文藝又何從繁榮呢？作賊的喊捉賊，此又一例。

與張炯聯手出擊的余斌，寫下了〈民族化問題與中國當代文學的發展〉。余以詩歌爲例，指出當代文學的危機，源於無條件的擁抱西方模式。而解救之道，端在恢復自民間出發的民族模式。他並藉早期象徵派詩人李金髮「改邪歸正」的經驗，支持自己的論點。強化作品的民族風格原是每一國家文學的指標。但在毛思想指導下的民族風格，早已僵化爲一套樣板，何有日新又新風格可言。更可怪的是，此文結論呼籲作家齊心協力，創造民族風格，俾使中國文學「滙入一百五十年前馬克思所呼喚的『世界文學』的大潮中去。」（五四頁）世界大同化後的文學，是否仍需保有民族風格，已是一弔詭，至於大談尊奉馬克思主義爲中國文學的圭臬，難不成馬克思是我們民族風格之父麼？這裡誰崇洋、誰不崇洋，可眞是一筆鬧不清的糊塗賬。

另一篇潘必新的〈意識型態與藝術的特性〉，又顯示出另一種曖昧性。前兩作激烈暗示文藝是意識型態的一種，必與政治等其他上層建築因素掛鉤，潘文卻以細膩的原典考證方式，點出馬克思文藝理論本身即具的矛盾性。藝術既是意識型態產物，也具有自主空間的範疇；

既反映歷史動因，也有其自我發展的軌跡。潘文論證翔實，所提論點在西方馬克思研究中，並不鮮見。只是如果與張余二作對照，竟不免形成對二者缺陷的反證。自家人打自家人，這大概是編者百密一疏之處吧。

但最引起我興趣的，倒是陳慧〈論西方現代派的頹廢性〉及蔣孔陽〈說醜〉兩篇論文。陳慧這篇文章看得出花了大心思。他（她）對（後）現代主義理論旁徵博引，自卡里內斯庫（Calinescu）以迄哈桑（Hasan），再到後現代的巴特（Barthes）、巴赫汀，談得頭頭是道。但他的重點則歸結於現代（及後現代）派無可避免的頹廢性。準此，陳進一步分析造成現代派頹廢性的原因：一、因上帝之死而生「危機宗教」；二、背棄歷史而生的「非人性化」傾向；三、倫理學、美學墮落後所生的「非道德化」和「反向詩學」。現代派雖然是「一種複雜而又矛盾的文學現象」，卻仍可以一言以蔽之：反文化。

陳慧對現代派的批判，頗似自西方文學史的教科書中擷取而來。他深入西潮理論的虎穴，探得其不堪一擊的眞相後，又反過來告訴讀者要嚴加防範其無孔不入的危險。現代派成了既弱又強、既遠又近的怪物。但這篇文章眞正的弔詭是，陳慧對現代派頹廢性的描述，與其說正確的反映現代派的眞面目，倒不如說是直搗毛文藝本身的要害。中國當代文學現代意識的滋生，固然受西潮東進的影響，但回顧中國本身的歷史情境，我們要說中共的上帝—毛澤東—已死，才帶來了毛宗教的危機；共產極權才背棄了歷史，造成非人性化傾向；中共倫理學、美學論述的墮落，才是驅動社會「非道德化」及文藝的「反向詩學」的主因。當我們讀張炯或余斌反資產階級自由化及民族化的文章時，我們嗅到比現代派的頹廢更頹廢的氣息。歷史無可避諱，現實／現代主義的分殊、民族形式／西方影響的辯論終必證明其倒果爲因的虛浮面：新時期文學的「現代派」實驗正是當代中國文藝「民族形式」的表徵。

順著這一反諷式的閱讀方式，我們看蔣孔陽的〈說醜〉一文，不禁要發出會心的微笑。蔣鑽研西方醜的美學傳統，提醒我們中國文學中也有差堪類比的一環。美醜乃至眞假的混淆，的確是當代作家學者最常思索的問題。但「能夠描寫醜惡的人不是醜惡的人，而是與醜惡作鬥爭的人。」（三七頁）在怪誕、恐怖、痛苦的描寫中，與醜惡爲伍的作家找尋美的救贖可能，而不預言美的必然降臨。現代主義的美學是宣揚醜的美學麼？果眞如是，我們要如何因應？蔣的議論謹愼，但在毛澤東「美」學稱霸中國大陸四十年的今天，發揚「醜」學，眞是此其時也。

李以建在八九年第四期《文學評論》上發表的〈文化選擇與選擇文化〉，曾引了兩則古代刑天神話：

> 刑天與帝至此爭神，帝斷其首，葬之常山。乃以乳爲目，以臍爲口，操干戚以舞。

（《山海經，海外西經》）

刑天揮舞干戚累得慌，想歇一會兒，可死活扔不掉干戚。刑天不禁想到：「是我在舞干戚，還是干戚在舞我呢？」越想越糊塗，也越舞越起勁（《新編白話山海經，海內東經》）。

二十世紀中國化的路程險阻多艱，而西方思潮扮演了既是動力也是阻力的角色。知識分子在面對西方衝擊時，究竟是善加利用或是爲其所役，是我們今天檢討八〇年代大陸新西潮的重要關目。而回溯八〇年代《文學評論》中諸君子的努力，展望世紀末變動頻仍的大陸現代化遠景，也許刑天舞干戚、或是干戚舞刑天的古老神話，仍可作爲我們思考的起點？

現代中國小說研究在西方

本文所要介紹的是西方對現代中國小說研究的方向與研究方法的轉變。現代中國文學研究在西方主要始自一九五〇年代末期。在此之前，固然已有學者對現代中國文學作了零星的研究與翻譯，但並未成爲風氣。直到一九六〇年代初耶魯大學出版夏志淸教授的《現代中國小說史》、捷克學者普實克（průšek）率弟子著書立說，才算打下理論的基礎，在文學史方面的考察也才有新的脈絡出現。

《現代中國小說史》一書所探討的範圍，係一九一七至一九四九年間，自魯迅以迄張愛玲的小說發展。此一年限亦大致符合我們對現代文學斷代的觀念。夏志淸在書中廣泛應用了西方新批評(New Criticism)及李維斯(Leavis)理論的角度，強調文本閱讀及文學與人生的對應關係。該書有時也不免採用比較文學的方法來重新評估現代文學的發展。其中最值得注意的，包括對魯迅的重新評估。自一九三〇年以來，魯迅經過中共神話性的塑造，儼然成爲現代中國文學最重要的理論家與實踐家；在意識型態上，魯迅所代表的左派思想也被奉為正宗。夏書獨排眾議，不再獨尊魯迅，而視其為彼時新文學運動眾多聲音之一。從政治觀點而言，此書立論固然保守，但夏對魯迅的不同看法，卻促使我們再思文學史的脈絡，不必人云亦云。除此，一些在六〇年代早為批評者所淡忘或置諸二、三流的作家，如沈從文、錢鍾書等，在夏書中均得以重新評價。而夏特闢專章討論張愛玲的成就，從而肇始至今方興未艾的張愛玲熱，尤須記上一功。我們今天談沈從文、張愛玲、錢鍾書等，都應回溯到夏先生撰作此書獨具慧眼之處。

夏書的第二個特點在於「感時憂國」(Obsession with China)觀念的發揮。夏指出現代中國的作家，尤其是三〇年代的作家，對中國的關懷與描述，可說已臻於一種執迷的情境。作家自膺生命不可承受的重擔，務求藉文學暴露黑暗，鞭撻不義，改造民心。這樣的寫作觀點，的確凸顯了現代中國文學一種強烈的道德執著。然而對中國如此的過程關懷，也無形中限制了作家的想像力，造成其對探討人生不同層面的一大障礙。等而下之者，更使文學淪為道德宣言的附庸，或意識型態的宣傳品。這種現象在一九四二年毛澤東延安談話後，成為左派及中共文學的主流，一直到一九七〇年代末方才有所轉變。

《現代中國小說史》第三方面的貢獻在於方法學的運用。夏畢業於耶魯大學英語系，在轉入中國文學研究領域前，對於英美文學的造詣，其實遠過於對中國文學的認識之上。然而純從方法學觀點來看，此一訓練無疑提供了許多新的借鏡。例如五〇年代西方盛行一時的新批評方法，強調文本閱讀，及對作品結構、人物、情節的細膩研究，在《現代中國小說史》中皆可看得出來。另一歐美文學批評重鎭李維斯所提出的「大傳統」的觀念，亦經由夏書引進到中國文學研究中來的。李維斯從三〇年代始即爲英國文學的巨擘之一。他所強調的文學與人生的直接關聯，以及文學作品爲人生各種現象的具體表徵等觀念，對夏的文學史觀有深遠影響。在《現代中國小說史》的結論中，夏特別以專章論述文學是不可能脫離人生的；「好的」文學就是人生各種情境最精緻與具體的表現。對夏而言，五四作家惟有沈從文、張天翼、張愛玲、錢鍾書能以獨特的文學風格，展現他（她）們對中國的看法。或笑謔、或諷刺、或抒情，這些作家強烈的風格與強烈的道德視野緊密相連。

我們今天從後現代、後設或結構主義的觀點來看，如此強調文學與人生關聯的文學批評理論，可能覺得已稍嫌過時。所謂人生究指人生的哪一方面？所謂描寫人生應如何描寫？或從何種角度去描寫？其中又牽涉了什麼樣的歷史或政治問題等等。這類的疑問都在過去幾十年內逐漸興起。這一派的文學研究方式，日後得到不少美國學者的呼應，其中最著名者爲劉紹銘教授。他們強調文學與人生之間緊密的關聯性，而文學本身作爲一個在社會中象徵性的活動，其所牽涉到思想與意識型態上的問題，以及語言本身作爲文化或文學傳播的媒介性的問題，都暫時存而不論。

在一九六〇年代尚有一位非常重要的歐洲漢學家—普實克（průšek）—其貢獻值得與夏相提並論。普實克屬捷克籍，其門下學生包括後來十分活躍的高立克(Gálik)，及在加拿大任教的杜洛契洛娃・華玲格若娃(Doleželova Valingerová)。這一捷克學派一方面受到了馬克思美學的薰陶，一方面受到三〇年代俄國與捷克形式主義的影響，與前述新批評美學，自有不同之處。他們在分析小說時特重小說形式的消長轉換與社會現象的推陳出新。此一研究方式以一九八〇年初由Doleželova-Valingerová所編《二十世紀初的中國小說》（*Chinese Novel at the turn of the Century*）一書達到了高峰。而普實克本人對於中國小說研究的貢獻，至少有兩點值得注意：

第一，從五四以來，學者一般認爲現代中國文學是相對於傳統文學的一個全新語言或文化流變的陳述。普實克以爲這一說法固然有其根據，但是中國古典文學的一些影響，仍十分值得重視。對他而言，中國古典文學對於現代文學的影響主要是抒情情境的發揮。此一抒情情境，特別是詩的情境的發揮，並不是很簡單的表達在中國現代詩的創作上，而是表現在小說的發展上。普氏有幾篇相當有名而值得爭議的文章，強調中國現代小說主體性，並不見得完全來自西方的影響，而可能是中國古典詩中主體性的表達，重在中國現代文學中找到了新的發展媒介。

第二，普實克強調文學主體性的傾向，亦即抒情的傾向，須與史詩式(Epic)的傾向，作一新的結合。這一點，我們可以看出普實克受到東歐馬克思理論的影響。史詩性的研究是非常重要的；作家必須要有一種史詩性的關懷，才能眞正和歷史、社會中各種變化相結合，而獲致一個新的起點。所謂的史詩性即是文學的歷史及社會情境的發皇。儘管五四作家重爲主體找到新的定位，抒情的情境終必與史詩的情境產生辯證的關係，才得以產生偉大的文學。換句話說，「小我」必與「大我」相與相融，才是作家自我奮進的不二法門，掩藏在其下的社會革命意識，不可言喩。一九六〇年代末普實克於哈佛大學任教時，有一位中國學生——李歐梵，後爲普實克編了一部書《史詩的或抒情的》（*The Lyrical and the Epic*），即非常恰當的點出以上問題的所在。

普實克的貢獻，因在於把馬克思主義的觀點用一種比較靈活的方式應用在現代中國文學的討論上。然而就此，普氏與夏志清兩人在一九六〇年代末期曾有一場非常重要的論戰。雙方互指對方沒有科學的精神，強不知以爲知，對現代文學作了相當程度的扭曲；雙方皆標榜各自研究的客觀科學性。這一場文學公案，代表了東歐與英美學界在中國文學研究方面相互間的對陣，也各自暴露了雙方在方法學上的洞見與不見。

繼夏志清、普實克後，六〇年代末及七〇年代的現代中國研究進入了一個新的階段。有三本書可作爲這一階段研究與討論的借鏡。

第一本是夏濟安的《黑暗的閘門》（*The Gate of the Darkness*），是夏任職加州柏克萊大學的成果。這本書寫的是左派作家在二〇年代至五〇年代的一些重要文藝及政治活動。夏有相當強烈的意識型態立場，覺得這些作家的「成就」多半乏善可陳。但難能可貴的是，他居然能以巧妙的立論，把極不有趣的資料組織成一篇篇有趣的論文。他的〈黑暗的閘門〉寫魯迅作品及思想的陰暗面，集心理學及神話研究的方法於一爐，是將魯迅「非神」化的開山之作，至今仍極具參考價值。他討論到一九三〇年代左派作家所謂「五烈士」之謎，毫不容情的暴露了文學的政治、政治的文學間，波譎雲詭的關係。甚至他談五〇年代中共的小說千篇一律的英雄體，都能在其中找出了有趣而微妙的變化（或套句文明詞兒，「自我解構」的伏線）。我認為這本書在研究中共文學史上具有相當程度的典範意義。

另一本書是李歐梵撰寫的《現代中國文學浪漫主義的一代》(*Romatic Generation of Chinese Literature*)。在此一標題下，李歐梵以斷代問題為主，指出現代中國文學的一個新的方向。夏志清與普實克的研究基本上所強調的是寫實主義的方向。然而對李歐梵而言，現代中國文學的發展，不論寫實、象徵或其他任何主義，基本上呈現的是一種浪漫的傾向。故在這裡，「Romatic」不只是指一種創作風格，更是指作家的一種創作姿態的總稱。李在書中介紹了一系列作家，從林紓開始，一直到後來的郁達夫、徐志摩、蕭紅、蕭軍等人，同時也凸顯所謂摩登「文人」的形象。這些作家在文學上的成就也許人言人殊，但他們遊走於上海或北京的文壇，或特立獨行，或從事出版編輯，或參與革命，對現代文學及文化的發展及定位，影響深遠。他們的各種活動表面上或許極不同，但內裡卻有共同的思維及創作特徵，飛揚沉鬱、且涕且笑，十分值得注意。

第三本書是《五四時代的中國文學》(*Chinese Literature in the May Fourth era*)。此書源於一九七四年在哈佛大學召開的一場以五四文學爲議題的會議。此一會議網羅重要學者，如白芝(Cyril Birch)、夏志清、李歐梵等，可謂一時之選。會議文章選萃在一九七七年結集出版，爲現今從事現代文學研究之學者所必讀的著作。這本書所涵蓋的範圍並不廣，主要討論了魯迅、茅盾、丁玲、郁達夫等人，不過它在方法學上卻頗有示範意義。從俄國形式主義到新批評，從傳記研究到政治文獻解讀，從影響研究到心理學剖析，都有代表性的文章。新一代的學者隱然氣勢將成，是故此書可以作爲一九六〇、一九七〇年代美國在中國文學研究發展上的指針。

八〇年代前後，因爲政治情勢的轉變，一時間現代中國文學的研究變成相當熱門的學科。首先，對作家本身的專門研究，對象包括丁玲、蕭紅、沈從文、茅盾、錢鍾書、巴金、老舍等，都有專書出版。丁玲研究始於梅貽慈(I-Tsi Mei Feurwerker)。她論丁玲傳奇的生命及寫作的波折，每有可觀之處。缺點是篇幅稍短，無法盡詳。丁玲在文學史上的貢獻，一直是眾說紛紜。也許她在體現「革命家」或「女作家」這兩個「標籤」上的意義，比她的文學成就本身來得更重要。丁玲在八〇年代以後經過女性文學批評家的不斷造勢，可以說大爲走紅。

然而可惜的是，二、三〇年代以來其他極爲重要的女作家如凌叔華、廬隱、四〇年代的張愛玲等，目前爲止都還沒有專論問世，更不論馮元君、陳衡哲、石評海、羅淑等人。女性主義學者如果只是汲汲於耍弄一些時髦的批評觀念，而疏於發掘、重估這些作家所形成的傳統，未免予人買櫝還珠之憾。

另外值得一提的是書是金介甫(Jeffey Kinkley)的《沈從文傳》。因爲種種政治原因，沈從文從一九四九年以後就封筆不再創作，在文革時也受到相當大的迫害。但沈老畢竟有過人之處。三十載的沉潛，居然將自己造就成了中國古代服裝史專家。六、七〇年代，中共對沈從文的研究可以說聞所未聞。一直到文革後，沈從文的成就才又重受重視。金介甫這本以自傳、文化史觀點來看沈氏的專著，極爲紮實。書中對沈從文的背景及他在二、三〇年代的文藝活動有相當詳細的介紹。而最值得稱道的是書末的書目，堪稱鉅細靡遺。本書是對沈從文在八〇年代西方的現代文學研究裡面重新被定位的一個極重要的表徵。

關於魯迅研究，也有柳暗花明的轉變。

八〇年代初期史丹佛的萊爾(Lyell)有一本《魯迅的現實觀念》(*The Vision of Reality*)，寫得只是乏善可陳。中期以後，李歐梵編了一本《魯迅的遺澤》(*The Legacy of Lu Xun*)，把魯迅在政治、思想活動、傳統及現代文學研究各方面，做了非常精微也極具爭議性的論述。參與這本書的學者，除了李歐梵之外，還包括林毓生討論魯迅在思想史方面的貢獻，以及谷梅(Merle Goldman)重估魯迅的政治影響力等。之後李歐梵又出了一本專書，名爲《來自鐵屋子的聲音》(*Voices from the Iron House*)，完全以評傳式處理，寫得十分細緻精彩。在對魯迅背景、作品的分析，可以說是截至目前西方研究魯迅最周詳的一本書（此書已有中文譯本）。

在八〇年代還有一些專題性的研究，如林培瑞(Perry Link)對鴛鴦蝴蝶派的研究，從社會學的角度看鴛鴦蝴蝶派小說在二、三〇年代對現代中國文學文化的影響，首開通俗文學研究之門。另外，還有從事比較文學影響研究的，如吳茂生的《中國文學中的俄國式英雄》(*Russian Hero in Chinese Literature*)，介紹現代中國作家如何受俄國作家，從果戈里、屠格涅夫到托爾斯泰的影響。該書探討俄國的知識分子、畸零人或者是革命英雄等角色，被轉嫁到中國文學以後所產生的各種各樣的變化，頗具啓發性。斷代研究方面則有康乃爾大學教授狄德華(Edward Gunn)的《不受歡迎的繆斯》(*The Unwelcome Muse*)，主要寫的是上海淪陷時的文學現象，他也提到了張愛玲、錢鍾書等人，惟淺嘗輒止。本書在考證上可以說相當翔實，但比較缺乏批評的觀點。

跨入九〇年代，現代中國小說的研究愈見細膩多樣。一九九〇年耶魯的安敏成(Marston Anderson)推出《寫實主義的限制》(*The Limits of Realism*)，以文化及意識型態批評爲出發點介紹中國文學。他強調現代中國文學主流是寫實主義，而寫實主義的主流又是批判的寫實主義。準此他探討了四位作家：魯迅、葉紹鈞、茅盾、張天翼。這些作家期望以寫實主義爲後盾，反映並改進現實人生。但在寫作過程中，他們卻難以應付寫實主義內蘊的弔詭。他們的作品越是「眞切」的暴露社會的黑暗，改造的無望，越是違反了藉文學重建社會的創作初衷。這些作家陷入了道德的兩難：如果「好」的寫實作品只能傳達現實的無可救藥，那麼作家又何必再寫下去呢？毛的延安談話興起，因此必須看作是寫實主義的宿命。但這本書也有它自身的限制。安敏成的討論只集中於批判寫實主義，並由此發展出「寫實主義的限制」一說。這無形中限制了中國寫實主義在三〇年代各種各樣的發展，如笑謔的、抒情的、都市的寫實主義等。而且批判寫實主義的消失，與其說是內裡邏輯的崩解，不如說是外在歷史、政治高壓力量的使然。

筆者的《二十世紀中國的寫實虛構：茅盾、老舍、沈從文》（*Fictional Realism in 20th-Century China: Mao Dun, Lao She, Shen Conguen*）則力圖強調文學的寫實主義不能，也不應，化約爲一種聲音或模式。魯迅本身的寫實作品，已富有多聲複義的潛質。魯迅之後，茅盾的歷史政治小說，老舍笑中帶淚的鬧劇及悲情小說，還有沈從文的鄉土及抒情小說，更在在見證了寫實這一文類眾聲喧嘩的現象。筆者並推薦以「似眞」的觀念，取代傳統的「模擬」觀念。後者汲汲於文學、文字「重現」表象世界的可能，而前者則暴露此一「重現」、「模擬」觀的美學、意識型態、及歷史情境的局限，並進一步剖析寫實與虛構、歷史與神話恆常互動消長的面貌。

周蕾的《女性與中國現代性》(*Woman and Chinese Modernity*)，是目前爲止在國外以女性主義爲批評方法的著作中，寫得最具可讀性的，而且也是火氣最大的一本書之一。對於現代中國文學研究長久以來以男性中心掛帥的理論傳統，都有嚴苛的批評。周蕾本人對新馬克思主義、女性主義、新佛洛伊德等理論和方法都有相當程度的研究，運用起來也時有神來之筆。但她不能擺脫西學中用者常見的愛恨交加的情意結。這使全書最後陷入一種自怨怨人（自虐虐人？）的理論僵局。無巧不巧的，周書最後一章談的正是五四作家的自虐虐人(Sado masachisim)的症候。她與她批判的對象似乎至此合而爲一。全書共分四章，從批判電影媒體工業、東方主義、男性沙文主義及現代中國文學的文類偏見（如鴛鴦蝴蝶派），有很多極精彩的分析。

藍溫蒂(Wendy Larson)的《權威與自傳》(*Authority and Autobiography*)討論五四作家如魯迅、沈從文、胡適、郭沫若等人的自傳或自傳式寫作，並從中找出現代中國小說的歷史命題與局限。藍認爲一九○五年科舉的取銷，不僅斷了一代知識分子的功名之念，也危及文人、文學與政治間的邏輯連鎖關係。五四文人充滿感時憂國的焦慮，但發爲文章，卻只能凸顯其救國無門的鬱憤與憂疑。寫作因成爲一裡外皆不討好的工作，一項無力也無償的政治姿態。藍的論點，頗有與安敏成相唱和之處，但採證及議論，則不如安遠矣。

關於當代大陸文學的研究，在美國可以說是一窩蜂。原因無他，大陸開放以後，學者們有了新的接觸，而且八〇年代的文學的確又有許多值得借鏡的地方。除一般選集外，可資一提的是《鳴放》(*Blooming and Contendilg*)，作者是杜邁可(Michael Duke)。杜主要是討論從一九七九年以後的傷痕文學一直到八三、八四年反思時期的重要作家，包括戴厚英、劉賓雁在內。全書雖有參考的價值，但因爲史料考證方面存有不少漏洞，曾引起很多的批評，故只能說是研究大陸文學的一個起點。晚近未結集成書的大陸史學論述尙多，所運用的方法五花八門，從新馬、佛洛伊德到其他各種媒介式如電影、文化的批評、還有結構、解構主義等，這把現代中國小說的研究帶向另一個高峰。對現當代台灣小說作有系統研究者不多，張頌聖可能是以專書形式討論的第一人。

八〇年代到九〇年代初期有五次非常重要的文學討論會，値得介紹。

第一項會議於一九八六年在德國哥斯堡召開，由威斯康辛大學教授劉紹銘和博宏大學教授馬漢茂(Hulmut Martin)合辦，網羅了歐美、大陸、臺灣各方學者齊聚一堂。這次會議有一動人的題目：「現代文學的大同世界」(The Commonwealth of Modern Chiness Literature)。反諷的是，會議之後，反讓與會者了解「大同世界」這樣文學烏托邦的來臨，可能爲時尙早。此會論文選集的題目爲《分崩的現代中國文學》(*Worlds Apart*)，也許要讓讀者會心一笑。這個會的意義在於第一次由有心人把海內外的學者作家（如台灣的李昂、大陸的張辛欣、楊煉）聚在一塊，以比較客觀的態度來討論現代中國文學的走向。雖在純粹學術的立場上，結論有限，但會議本身儀式性的意義值得正視。一九八八年在捷克普實克的學生高立克又辦了一次大型的會議討論現代中國文學。惟主要參與者多半都是方法學上比較保守的學者，討論內容傾向於普實克、高立克稍帶點意識型態及早期形式主義批評的問題，討論的對象上也都局限於過去已經認定的重要作家，因此不算具有太大開創性。它主要的意義在於代表了東歐的現代中國文學研究，仍然生機蓬勃。

一九九〇年春，哈佛大學舉辦了一次大會，由筆者與威斯廉(Weslyean)大學的魏艾蓮(Ellen Widmer)教授主辦。這個會議的宗旨是企圖把八〇年代的中國文學和五四傳統做一連鎖性的研究。傳承與開創，正是此一會議的重點。會議規模甚大，共有四十多位學者與會，地域不同，討論方法更是琳瑯滿目。遺憾的是，海外學者目前雖有許多方式可以得到第一手資料，也接觸不少大陸、台灣作家，但談到研究時，就如同劉紹銘教授所述，仍脫不了「觀光主義」的心態。例如前幾年大陸的王安憶當紅，一下子在美國的學者一談到女性主義作家，除了王安憶以外，好像就沒有其他人可以討論一樣，這是相當可惜的一個現象。此外很多的研究者仍抱著「大中國」的思想，刻意打壓台灣，實有畫地自限之虞。比如大陸的六、七〇年代文學是一片空白，台灣彼時卻是風起雲湧，佳作頻出。如果學者視而不見此一現象，難免暴露其文學史觀的窄化、淺化傾向。另外，我們對於五四批判性的反省可能還嫌不足。許多學者可能要比五四作家在寫作時所秉持的態度還要保守得多。批判寫實主義的傳統依然主導一切，魯迅仍然是許多人心嚮往之的對象。可喜的是，像沈從文的成就重被認定，跨媒介的研究，如文學與電影、文學與都市、鄉村景觀，也已展開。爲未來更多元性的研究，提供一可能。

一九九〇年秋，在杜克大學(Duke University)也有一項盛會，討論現代文學中的政治與意識型態。會議由大陸旅美的比較文學學者主辦，無論在方法學及討論的內容上均頗有殺伐之氣，與哈佛的會議正是相異而成趣。所謂「老幹」對「新枝」，各有所長。以個人所見，此會生機蓬勃，其實更勝前者。但會議論文所顯出對文學典範的焦慮、對時髦的新馬克思及後現代理論的崇拜，以及對大陸以外文學發展的忽視，已隱隱形成年輕一輩旅美大陸學者的局限。尤其比起哈佛會議中念茲在茲的歷史傳承問題，杜克會議中的歷史、政治意念毋寧過分集中在當代現象。

一九九一年尾，由鄭樹森、劉紹銘、葛浩文等人在科羅拉多大學發起另一場台灣當代文學討論會。這次會議特意針對台灣文學過去六十年的發展和貢獻予以重新評價。相對於七〇年代末期在德州奧斯汀的那次台灣文學會議，匆匆十餘年已過，而台灣文學環境面貌也有了驚人的改變。彼時的陳映眞、黃春明、王禎和等不再橫領風騷，新秀如張大春、朱天文等人，成了枱面上的人物。台灣客觀的文學生態也有改變，使得女性主義小說、歷史小說、政治小說等文類受到重視。這次會議並有作家如張系國、白先勇等出席，爲討論平添不少熱鬧。

在研究上，下面幾個方向有待努力：首先是大陸、港台、海外中文文學互動的問題。到目前爲止，歐美學者所做的研究都偏重於大陸，且多半屬於點的研究；不夠全面，缺乏文學史觀，而這正是我們可以來彌補的。尤其華裔學者藉語言的便宜，可以看公認好的作品，同時也有工夫檢視不夠好的作品，從文學史的角度重新過濾。海峽兩岸經四十年文學的流變，有許多相近而又不太相似的作品，特別值得探討。除了前述的鄉土小說外，例如五○年代的政治小說，海峽兩岸都出了很多，看來也許教條八股，其實未必盡然。它們之間在形式及意識型態上有很多有趣而又相呼應的地方，也有一些相異之處，都特別值得在今天這個政治狂飆的年代裡去重新思索。

第二點是現代與古典文學的傳承問題。此由普實克首開其端，但還嫌做得不夠。常有學者認爲現代與古典文學是兩個不同傳統，似乎沒有可以銜接的可能。這一觀念亟需修正。所謂文學的影響不見得是一種口傳心授、耳提面命式的影響。當年五四作家那麼強烈地反傳統，不也正說明對傳統的一種「負面」的呼應？很多這種負面、割裂的傳承關係，很可以引發更細膩的解析。更不用提一些表面已可注意的問題，像諷刺小說的消長，或普實克所提的抒情詩如何轉化爲現代中國小說主體性的表現等。

第三，是對五四以來的文學傳統重新定位的問題，以及對文學作家或作品重新定位的問題。這方面的批評一直很保守。除了我們所認定的三、四〇年代已經認定的大家外，很多次要作家仍有待進一步去研究。有很多作品不見得在藝術情境上非常完美，但他們所揭示的許多問題到今天反而更值得注意。通俗文學、海外文學的重新評價也是此其時也。惟有秉持開闊的，不斷自我質詰的文學史觀，才有助於我們認識現代中國文學眾聲喧嘩的面貌。

參考資料（本文所提英文專作）：

Anderson, Marston. *The Limits of Realism: Chinese Fiction in the Revolutionary Period.* Berkeley: U of California P, 1990.

Chen, Yu-shin. *Realism and Allegory in the Early Fiction of Mao Dun.* Bloomington: Indiana UP, 1986.

Chow, Rey. *Woman and Chinese Modernity: The Politics of Reading between East and West.* Minneapolis: Minnesota UP, 1991.

Doležlová-Velingerová, Milena, ed. *The Chinese Novel at the Turn of the Century.* Toronto: U of Toronto P, 1980.

Duke, Michael. *Blooming and Contending: Chinese Literature in the Post-Mao Era.* Bloomington: Indiana UP, 1985.

———— · *Modern Chinese Women Writers: Critical Approaches.* New York: M. E. Sharpe, 1989.

Feuerwerker, I-tsi Mei. *Ding Ling's Fiction.* Cambridge: Harvard East Asian Series, 1982.

Galik, Marian. *Mao Dun and Modern Chinese Literary Criticism.* Wiesbaden: Franz Steiner Verlag, 1969.

———— · *Milestones in Sino-Western Confrontation (1898-1979).* Wiesbaden: Otto Harrassowitz, 1986.

Goldman, Merle, ed. *Chinese Literature in the May Fourth Era.* Cambridge: Harvard UP, 1977.

Goldblatt, Howard. *Worlds Apart: Recent Chinese Literature and Its Audiences.* New York: M. E. Sharpe, 1990.

Gunn, Edward. *The Unwelcome Muse: Chinese Literature in Shanghai and Peking, 1937-1945.* New York: Columbia UP, 1980.

Huters, Theodore, *Qian Zhongshu.* Boston, Twayne, 1982.

———— · ed. *Reading The Modern Chinese Story.* New York: M. E. Sharpe, 1990.

Hsia, C. T. *A History of Modern Chinese Fiction.* New Haven: Yale UP, 1961.

Hsia, T. A. *The Gate of Darkness.* Seattle: U otf Washington P, 1968.

Kinkley, Jeffrey. *After Mao: Chinese Literature and Society, 1978-1981.* Cambridge: Harvard UP, 1985.

———— . *The Odyssey of Shen Congwen.* Stanford: Stanford UP, 1987.

Lang, Olga. *Pa Chin and His Writings: Chinese Youth Between Two Revolutions.* Cambridge: Harvard East Asian Series, 1967.

Larson, Wendy. *Authority and the Modern Chinese Writer: Ambivalence and Autobiography.* Durham: Duke UP, 1992.

Link, Perry. *Madarin Ducks and Butterflies: Popular Fiction in Twentieth-Century Chinese Cites.* Berkeley: U of California P, 1981.

Lyell, William. *Lu Xun's Vision of Reality.* Berkeley: U of California P, 1976.

Lee, Leo Ou-fan. *The Romantic Generation of Modern Chinese Writers.* Cambridge: Harvard East Asian Series, 1973.

———— . ed. *Lu Xun and His Legacy.* Berkeley: U of California P, 1985.

———— . *Voices from the Iron House: A Study of Lu Xun.* Bloomington: Indiana UP, 1987.

Ng, Mau-sang. *The Russian Hero in Modern Chinese Fiction.* Hong Kong: The Chinese UP; New York: State U of New York P, 1988.

Průšek, Jaroslav. *The Lyrical and the Epic: Studies of Modern Chinese Literature.* Leo Ou-fan Lee, ed. Bloomington: Indiana UP, 1980.

Wang, David Der-wei. *Fictional Realism in 20th-Century China: Mao Dun, Lao She, Shen Congwen.* New

York: Columbia UP, 1992.

Widmer, Ellen and Wang, D. David., eds. *From May Fourth to June Fourth: Fiction and Film in Twentieth-Century China.* Cambridge: Harvard UP, 1993.

Vohra, Ranbir. *Lao She and the Chinese Revolution.* Cambridge: Harvard East Asian Series, 1974.

王德威作品集 2

小說中國——晚清到當代的中文小說

作　　者　王德威（David D. W. Wang）
責任編輯　陳逸瑛
封面設計　黃暐鵬

編輯總監　劉麗真
總 經 理　陳逸瑛
發 行 人　涂玉雲
出　　版　麥田出版
城邦文化事業股份有限公司
104台北市中山區民生東路二段141號5樓
電話：（886）2-2500-7696 傳真：（886）2-2500-1966、2500-1967
麥田部落格：http://blog.pixnet.net/ryefield
發　　行　英屬蓋曼群島商家庭傳媒股份有限公司城邦分公司
104台北市中山區民生東路二段141號11樓
書虫客服服務專線：(886)2-2500-7718；2500-7719
24小時傳真服務：(886)2-2500-1990；2500-1991
服務時間：週一至週五09:30-12:00；13:30-17:00
郵撥帳號：19863813　戶名：書虫股份有限公司
讀者服務信箱E-mail：service@readingclub.com.tw
歡迎光臨城邦讀書花園　網址：www.cite.com.tw
香港發行所　城邦（香港）出版集團有限公司
香港灣仔駱克道193號東超商業中心1樓
電話：(852)2508-6231　傳真：(852)2578-9337
E-mail：hkcite@biznetvigator.com
馬新發行所　馬新發行所 城邦(馬新)出版集團【Cite(M)Sdn. Bhd】
41, Jalan Radin Anum, Bandar Baru Sri Petaling,
57000 Kuala Lumpur, Malaysia.
電話：(603)9057-8800　傳真：(603)9057-6622
E-mail:cite@cite.com.my
印　　刷　宏玖國際有限公司
初版一刷　1993年6月
二版一刷　2012年11月

ISBN：978-986-173-832-1
售價：NT$400元

城邦讀書花園
www.cite.com.tw

國家圖書館出版品預行編目資料

小說中國：晚清到當代的中文小說 / 王德威著.-- 二版. -- 台北市
: 麥田, 城邦文化出版 : 家庭傳媒城邦分公司發行, 2012.11
面；　公分. -- (王德威作品集 ; 2)
ISBN 978-986-173-832-1(平裝)

1.晚清小說　2.現代小說　3.文學評論

820.9707　　101020830